Das Antiquariat der verlorenen Dinge

Für Mama und die kunterbunte Familie Lombard.
Für Andreas. Mittagessen in Lyon, Abendessen in Paris
und Sonnenaufgang in Marseille.
Je t'aime

1. Auflage 2022
© Ueberreuter Verlag GmbH, Berlin 2022
ISBN 978-3-7641-7131-5
Dieses Werk wurde vermittelt durch die Autoren- und
Projektagentur Gerd F. Rumler (München).
Lektorat: Steffi Korda, Büro für Kinder- und Erwachsenenliteratur
Covergestaltung: Pietro D'Angelo, Silver Tales Graphic Design
unter Verwendung von Bildern von shutterstock/Daniela Pelazza;
shutterstock/Bokeh Blur Background; shutterstock/Paprika_only;
shutterstock/Stock_Design; shutterstock/Chores.
Druck und Bindung: CPI books GmbH
Gedruckt auf Papier aus geprüfter nachhaltiger Forstwirtschaft.
www.ueberreuter.de

Daphne Mahr

DAS ANTIQUARIAT DER VERLORENEN DINGE

ueberreuter

Wunder kommen
zu denen,
die an sie glauben.

Sprichwort aus Frankreich

Bücher sind Schiffe, welche
die weiten Meere
der Zeit durcheilen.

Francis Bacon

Prolog
Fête des Lumières

Es passierte in der letzten Nacht des Lichterfests. Die Einwohner Lyons hatten ihre Fenster mit Kerzen geschmückt, ein eisiger Wind trug den Geruch frischer Crêpes durch die schmalen Altstadtgassen und über dem Wasser der Saône hing eine dünne Nebeldecke. Vermutlich würde bald der erste Schnee fallen. Noël hasste Kälte. Das war allerdings nicht der Grund, warum er es so eilig hatte. Er grub die Hände in die Taschen seines dunkelgrauen Cordmantels, dessen Ärmel mit braunen Flicken übersät waren, und blickte konzentriert auf den uneben gepflasterten Boden der *Rue Saint Jean*. Die schwarze Strickmütze hatte er tief in die Stirn gezogen, als wollte er sich darunter verstecken. Mit aller Kraft versuchte er dem Drang zu widerstehen, zurück auf den Platz mit der hell erleuchteten Kathedrale, der *Cathédrale Saint-Jean-Baptiste de Lyon*, zu sehen. Obwohl Noël bereits einige Meter hinter sich gelassen hatte, spürte er immer noch die bohrenden Blicke in seinem Nacken. Er wusste, wieso sie das taten. Genauso wie er wusste, dass er sich nichts anmerken lassen durfte. Das hätte nur ihre Neugier geschürt. Ihren Verdacht gestärkt. Ihn interessanter gemacht. Besser war, sie hielten ihn für einen langweiligen Ahnungslosen. Einen jungen Mann von zwanzig Jahren, der seine Fähigkeiten nicht beherrschte. Der sich heute Abend mit Freunden getroffen hatte, um nichts anderes zu tun, als das prachtvolle Lichtermeer zu bewundern, in das Lyon sich jedes Jahr rund um den achten Dezember verwandelte. Der die vergangenen Stunden damit verbracht hatte, ziemlich viele Crêpes zu essen und ziemlich viel Glühwein zu trinken. Ein junger Mann, in dessen Manteltaschen steif gefrorene Finger steckten – doch kein Gegenstand von Wert –, und der sich auf dem Heimweg befand. Was der Realität entsprach. Das hier *war* Noëls Heimweg. Bis zu dem alten Buchladen seiner Familie fehlten nur noch fünfzig Schritte. Fünfzig Schritte, die Noël mit verbundenen Augen hätte gehen können, und dabei hätte er immer genau gewusst, an welchem der vielen kleinen Lokale mit Klappstühlen und rot-weiß-karierten Tischdecken er gerade vorbeikam.

Vor allem aber wies ihm die Geigenmusik des Puppenspielers die Richtung. Solange Noël sich erinnern konnte, war nie auch nur ein Tag vergangen, an dem der alte Mann mit der regenbogenfarbenen Ballonmütze, den buschigen Brauen und den weißgrauen Locken nicht an einer der Häuserecken seine Holzmarionetten hatte tanzen lassen. Und natürlich trotzten die Puppen und ihr Spieler auch in dieser Nacht Dunkelheit und Kälte, baten die Passanten um eine kleine Spende und füllten Kindergesichter mit Aufregung.

Als Noël sich näherte, hielt der alte Mann inne. »Guten Abend, Monsieur Lombard. Wie geht es dem Baby?«, fragte er durch die Gasse.

Noël verlangsamte seine Schritte, bis er schließlich direkt vor dem alten Mann stehen blieb und ihn freundlich anlächelte. »Guten Abend, Gaston! Ach, das Baby ist bald kein Baby mehr.« Er zog die Hände aus seinen Manteltaschen und rieb sie einige Male kräftig gegeneinander. Aber die gefrorene Luft war gnadenlos; sie kroch bis unter die Nägel, und er kam nicht gegen sie an. »Ich fürchte, Malou und ich müssen in den nächsten Wochen auf Schlaf verzichten. Die Zähne haben uns fest im Griff.«

»Ach weh, ach weh, das arme kleine Wesen …«, brummte der Puppenspieler, ehe er die Marionette mit der demolierten Nase aufgeregt springen ließ und mit glockenhell verstellter Stimme rief: »Die Zähne? Was hat das Kind denn an den Zähnen?« Nun warf er Noël einen entschuldigenden Blick zu und wandte sich dann mit seiner eigenen Sandpapierstimme an die Puppe: »Dummkopf! Das Kind hat nichts an den Zähnen, es bekommt welche! So ist das mit Menschenkindern, die sind nicht mit dem ersten Atemzug fertig geschnitzt.« Erneut sah er Noël an. »Bitte nehmen Sie es ihm nicht übel, Monsieur Lombard. Caillou ist entsetzlich vorlaut.«

Noël schmunzelte. »Ach, ich würde Cai…«

Doch weiter kam er nicht. Plötzlich war ihm, als habe sich in seinem Augenwinkel etwas bewegt. Kurz und flüchtig, wie ein Schatten, der eine Mauer entlanghuscht. Dennoch lange genug, um ihm eine Warnung zu sein. Er durfte keinesfalls unachtsam werden. Sie beobachteten ihn immer noch.

Noël atmete tief durch, beugte sich ein Stück vor und raunte: »Gaston, die Stadt leidet unter einer Bücherwurmplage.«

»Bücherwürmer?« Jetzt flüsterte auch der Puppenspieler und seine Stirn legte sich in Furchen. »*Mon Dieu!* Käfer oder Larven?«

»Käfer …« Noël richtete sich wieder auf – und noch im selben Moment entdeckte er die dunkle Gestalt am Ende der Gasse. Sie stand mit dem Rücken gegen eine Hausfassade gelehnt, die Beine überkreuzt von sich gestreckt. In einer Hand eine Zigarette.

Blauer Qualm.

Vorgetäuschtes Desinteresse.

Noël kannte diese Tricks.

Sie wollten ihn für dumm verkaufen.

Ihn in Sicherheit wiegen.

Sie wussten Bescheid.

Sie folgten ihm.

Er hatte gehofft, sie würden sich täuschen lassen und nichts weiter als Vermutungen anstellen. Aber dafür strahlte der Inhalt seiner Tasche wohl doch zu stark aus.

Noël hätte sich selbst ohrfeigen können! Wieso war er ausgerechnet an einem Abend wie diesem dermaßen nachlässig gewesen? In einer Nacht, in der die Stadt nur so wimmelte von Menschen! Wenn Malou herausfand, dass er *heute* den offensichtlichen Weg gewählt hatte, anstatt unbemerkt durch eine der versteckten Seitengassen zu schleichen, von denen es in Lyon mehr als genug gab, würde sie ihm den Kopf abreißen. Nein. Erst würde sie ihm natürlich die hellbraunen Haare verstrubbeln und ihn stürmisch küssen, wie sie es immer tat, wenn er mit allen Gliedmaßen am Leib von einem Auftrag zurückkehrte. Denn seit Malou ihn und die Besonderheit seiner Familie kannte, war eine ihrer größten Sorgen, die Aufträge, die er für den Laden durchführte, könnten ihn Arme oder Beine kosten. Was grenzenloser Unsinn war. Wenn man Pech hatte, konnten sie einen das Leben kosten, aber keine Körperteile. Das fürchtete Malou nur, weil *Grand-père* Antoine die leidige Angewohnheit hatte, Antiquarsanekdoten mit Details auszuschmücken, die er zuvor in irgendwelchen eingestaubten Piratenromanen gelesen hatte. Wie dem auch sei, Malou würde Noël, trotz aller vorhandenen Körperteile, einen waghalsigdämlich-leichtsinnigen Blödmann schimpfen, der sich endlich seiner neuen Verantwortung als Vater bewusst werden musste und niemals – *Niemals!* – wieder auf die Idee kommen sollte, diese skrupellosen Unwesen in die Nähe des Ladens zu locken.

Womit sie recht hatte.

Natürlich hatte sie das.

Aber Noël war mit diesen Dingen aufgewachsen.

Seine Tante, sein Großvater, sein Vater, sein Onkel – sie *alle* hatten ihn von klein auf gelehrt, wie man Bücherwürmer loswurde.

Ohne der Gestalt am Ende der Gasse weitere Aufmerksamkeit zu schenken, wandte Noël sich wieder dem Puppenspieler zu. »Ein gutes Spiel, Gaston«, sagte er. Hastig kramte er eine silberglänzende Münze aus seiner Manteltasche und schubste sie mit einem Fingerschnippen in den zerschlissenen Geigenkoffer. Dort drehte sie eine Pirouette, ehe sie zwischen zwei einsamen Fünfzig-Cent-Stücken erstarrte und keine Sekunde später umkippte.

Der Blick des alten Mannes streifte das Geldstück. Einen Wimpernschlag lang herrschte Stille, dann zog er mit einem kräftigen Ruck die Ballonmütze von seinem grauen Lockenkopf, presste sie fest gegen die Brust und deutete eine sachte, kaum wahrnehmbare Verbeugung an. »Es ist mir ein Vergnügen, Monsieur Lombard«, flüsterte er.

Noël nickte. »Danke, Gaston.«

»Ich danke Ihnen, Monsieur Lombard. Grüßen Sie Ihre bezaubernde Malou und den kleinen Schreihals.«

»Das mache ich.« Noël lächelte. »Bestimmt schaut Malou bald vorbei. Sie ist richtiggehend vernarrt in Caillou. Ich wünsche einen schönen Abend, Gaston.«

»Einen schönen Abend, Monsieur Lombard.« Der alte Mann schob die Mütze zurück auf seinen Kopf. »Auf dass die Regale Ihres Antiquariats heute Nacht frei von Bücherwürmern bleiben!«

»Das werden sie, Gaston.« Ein letztes Mal hob Noël die Hand zum Gruß, bevor er sich wieder auf den Weg machte. Nur wenige Schritte später hörte er den Klang der Puppengeige durch die *Rue Saint Jean* hallen. Es war eine traurige Melodie, aber kräftiger als all die fröhlichen Lieder, die Gaston seine Holzmarionette an anderen Tagen spielen ließ. Sie war durchdringender. Sehnsüchtiger. Echter. Es war, als würden die Töne wie Efeuranken die Hausfassaden emporklettern. Als würden sie über den Boden bis in die kleinsten Mäuselöcher kriechen. Niemand konnte sich diesen Klängen entziehen. Noël musste sich nicht umdrehen, um zu wissen, dass die Menschen, die normalerweise gleichgültig an dem bärtigen Mann mit Marionette vorbeigeschlendert wären, nun stehenblieben und ihn gebannt beobachteten. Genauso wenig musste Noël sich umdrehen, um zu wissen, dass die Schattengestalt am Ende der Gasse verschwunden war. Dass die Dunkelheit sie verschluckt hatte. Wie es immer passierte, wenn Gaston sein Lied spielte.

Der Anfang eines Buches ist ein Versprechen.
Ein winziger Vorausblick
auf das, was einen
zwischen
den Seiten erwartet.
Es gibt unendlich viele Arten von
Anfängen.
Manche sind sanft und leise,
andere halten dir
gleich
im ersten Satz
die Pistole
vor die Nase.
Sie lassen ihren Lesern keine Zeit,
es sich in ihrer Welt
gemütlich zu machen. Sie wollen auch gar nicht,
dass ihre Leser es gemütlich haben.
In ihnen stecken Nervenkitzel und Kanonenpulver, kein
Feenstaub oder zu pink geratene
Himbeermacarons.
Dennoch sind sie harmlos.
Es gibt nur eine Art von Büchern, vor denen du
dich in Acht nehmen musst, meine kleine Clara.
Die verlorenen Bücher.
Ihr Inneres kann einen kuscheligen Abend vor dem Kamin
von einer Sekunde
auf die andere in eine Nacht voll lebendiger Schatten verwandeln.
Wie aus dem Nichts lassen sie
dunkle Gestalten in das milchige Licht der Laternen treten.
Geschlüpfte Bücherwürmer.

Falls dir das jemals passieren sollte, Clara, falls dir ein verlorenes Buch in die Hände fallen sollte und falls ein geschlüpfter Bücherwurm an dein Fenster klopfen sollte, musst du mir eins versprechen: Sei eine mutige kleine Chevalier. Zeig ihnen niemals deine Angst!

Philippe Gustave Chevalier

1.

Bis zu meinem elften Geburtstag fuhr ich jedes Jahr Anfang August mit dem Zug von München nach Lyon. Meistens mit meiner Mutter, einmal mit Mama und Papa gemeinsam – und danach nie wieder. Dieses eine Mal vor dem *Niewieder* war die traurigste Frankreich-Sommerferienreise meines Lebens. Meine Eltern hatten mich nicht wie sonst einfach vom *Gare de Lyon Perrache* vorbei am *Place Bellecour* bis in die *Rue Saint Jean* in der Altstadt gebracht. Wir blieben nicht vor dem historischen Renaissancestadthaus stehen, in dessen Untergeschoss sich das Antiquariat der Familie Lombard befindet und wo im Dachgeschoss Papy Philippe wohnte. Mama drückte nicht den kleinen Messingknopf in der Steinmauer direkt neben dem winzigen Schild mit der verschnörkelten Aufschrift *Atelier de relieur Chevalier*, Buchbinderei Chevalier, und wartete nicht, bis Papy Philippe mit einer qualmenden Tabakpfeife im Mund und einem alten Buch in der Hand das Fenster öffnete, den Kopf herausstreckte und freudestrahlend rief:»Meine kleine Clara ist wieder da!« Und danach eilte mein französischer Großvater – mein lieber Grand-père, mein Papy Philippe – auch nicht so schnell wie möglich durch den Hinterhof bis zu der dunkelgrünen, schweren Holztür, um mit mir und Mama unsere traditionellen Begrüßungscrêpes in Raouls Crêperie zu essen. Ich glaube, diese eine Frankreichreise vor dem *Niewieder* war tatsächlich der Moment, in dem ich herausfand, dass man niemanden für immer hat. Vor allem nicht seinen Opa. Dass man jede Sekunde genießen muss, die gemeinsam bleibt, weil es irgendwann keine solchen gemeinsamen Sekunden mehr geben wird. Keine Schokoladencrêpes, keine Nächte in der Buchbinderwerkstatt mit den spannendsten Märchen der Welt, keine selbst gebundenen Glitzertagebücher, auf deren Einband mir mein Großvater in extragroßen Buchstaben *CLARA CLAIRE BERNSTEIN* geprägt hatte, keine Papy-Philippe-Croissants zum Frühstück und keine Frankreich-Sommerferien.

Das alles war gemeinsam mit Papy Philippe aus meinem Leben verpufft wie eine Seifenblase, die in den Himmel schwebt und in der Sonne platzt.

Nachdem wir also all die Dinge nicht taten, die für mich sonst zu jeder Lyon-Reise dazugehörten, fuhren wir zum Friedhof, und ich hielt die Hände meiner Eltern, während Papy Philippes Sarg in der Erde verschwand. Und die ganze Zeit lief keine einzige Träne über meine Wangen, weil es eine Art von Traurigkeit gibt, bei der man nicht einmal mehr weinen kann. Bei der einem einfach bloß ein dicker Kloß im Hals steckt und man glaubt, alle Gefühle hätten sich aus dem Körper verflüchtigt. Als hätte man sie verloren. Genauso wie den Menschen, von dem man dachte, man würde ihn niemals verlieren.

Inzwischen lag das fünf Jahre zurück.

Heute war der dritte August.

Gestern war ich sechzehn Jahre alt geworden.

Und heute hatte sich dieses *Niewieder* in ein *Dochwieder* verwandelt. Zum ersten Mal seit damals stand ich am Bahnsteig des *Gare de Lyon Perrache*. Nun jedoch ohne Mama und Papa, denn meine Eltern fanden, dass eine Sechzehnjährige das Recht hatte, die Welt allein zu erkunden. Sie stellten sich das wie in Büchern oder Filmen vor, in denen Jugendliche die verrücktesten Abenteuer erleben und darüber erwachsen werden.

Wäre das hier wirklich ein Film gewesen, dann würde das Bild nun langsam auf ein Mädchen mit von der Sonne ausgebleichten roten Chucks an den Füßen zoomen, das sich fieberhaft umsah. Dazu trug ich ein blaues Sommerkleid mit weißen Pünktchen, das weder cool noch neu noch praktisch noch sonst was war, denn von solchen Dingen hatte ich keine Ahnung, und das war auch noch nie anders gewesen. Meine rabenschwarzen Haare hatte ich zu einem unordentlichen Dutt hochgebunden – nichts ahnend, dass sie in diesem Sommer eine wichtige Rolle spielen würden. Genauso wie meine dunkelbraunen Augen und der viel zu große Leberfleck auf meiner linken Wange in diesem Sommer eine wichtige Rolle spielen würden.

Mein moosgrüner Trolley war ganz schön schwer, und ich hielt in der rechten Hand ein eierschalenfarbenes Papierkärtchen, das ich unter keinen Umständen verlieren wollte. Denn darauf stand eine mit schwarzer Tinte gekritzelte Nummer, die ich anrufen sollte, falls ich die Frau mit dem langen blonden Flechtzopf nirgendwo entdecken konnte. Und ich entdeckte sie nirgendwo. Was nicht daran lag, dass ich Yvette Lombard nicht gekannt hätte. Im Gegenteil. Ich hatte Tausende Erinnerungen an die Antiquarin aus der *Rue Saint Jean*. Obwohl wir kein bisschen miteinander verwandt waren, fühlte es sich so an, als wäre sie meine Tante. Sie schickte Weihnachtskarten, Geburtstagskarten und war stets zur Stelle, wenn man sie brauchte. So war sie zum Beispiel, als Mama die Zwillinge bekommen hatte, extra nach München gereist, um meine Eltern zu unterstützen. Wie eine richtige Tante das eben tat. Vor allem aber erinnerte ich mich an ihre Besuche in Papy Philippes Buchbinderwerkstatt und die vielen staubigen Bücher, die sie ihm immer gebracht hatte, damit er sie rettete. Und an die rosaroten Bonbons aus den Taschen ihrer Strickwesten, die sie mir, als ich noch ganz klein gewesen war, mit den Worten »Sieh mal, Clara, dir wachsen pinke Perlen hinter den Ohren. Ein eindeutiges Anzeichen für Feenblut!« aus dem Kragen gezaubert hatte.

Normalerweise hätte ich Yvette Lombard also ganz bestimmt nicht übersehen. Doch heute wimmelte es im *Gare de Lyon Perrache* so sehr von Menschen mit Koffern und Rucksäcken, die hinaus in die Stadt drängten, dass ich mich vor lauter Trubel kaum orientieren konnte. Es wurde gerempelt, gestoßen, geschoben und manchmal ein wenig geflucht. Doch nichts kam gegen das Herzklopfen an, das in meiner Brust polterte. Vielleicht war das hier der aufregendste Tag meines Lebens. Jedenfalls dachte ich das. *Clara Bernstein, einen aufregenderen Tag wird es nie wieder geben!*, schoss es mir andauernd durch den Kopf. Wahrscheinlich sind das normale Gedanken, wenn man zum ersten Mal alleine eine so weite Reise macht.

Gerade als ich dazu ansetzte, das Smartphone aus meiner Stoffumhängetasche zu nesteln, um die Tinten-Kritzel-Nummer zu wählen, hörte ich es.

»CLARA!!!«

Ein paar Leute drehten sich verwundert um. Ich sah von meinem Handy auf. Mit weit in die Höhe gereckten Armen stand Yvette neben dem Bahnhofseingang und winkte, als wäre sie ein überdimensionaler Scheibenwischer. »Clara! Clara! Clara!«, brüllte sie. Ganz ehrlich, hätte jemand wie meine Mutter irgendwo in der Öffentlichkeit eine ähnliche Show abgezogen, wäre ich vor Scham im Erdboden versunken. Aber bei Yvette war das anders. Bei ihr musste ich grinsen wie ein Honigkuchenpferd. Yvette gab es eben nur in speziell. Da genügte ein Blick auf ihre Klamotten. Obwohl die Augustsonne vom Himmel knallte, trug sie eine hellgrüne, hüftlange Strickweste zu einer knallgelben Bluse und einer kirschroten Leinenhose. Ihr Zopf hing locker nach vorn über die linke Schulter und mir fiel sofort wieder ein, wieso Mama und Papa ihr irgendwann heimlich den Spitznamen »Flip« verpasst hatten. Mit ihrem schlanken, hochgewachsenen Körperbau und den langen Beinen erinnerte sie wirklich an die nette Heuschrecke aus *Biene Maja*. Fehlte nur der Hut.

Vielleicht war es die Art, wie Yvette meinen Namen aussprach, mit den lang gezogenen A, genau wie Papy Philippe es immer getan hatte, sodass man hätte glauben können, ich würde *Claaraa* heißen, oder weil sie sowieso Französisch sprach und dann auch noch »*Ma chère*!« rief – jedenfalls wurde mir zum ersten Mal, seit ich heute Morgen um sechs Uhr in München in den Zug gestiegen war, so richtig bewusst, dass ich gerade nicht träumte. Ich war wirklich hier! In Frankreich! In Lyon! Und ich würde den ganzen Sommer bleiben!

Für einen Moment vergaß ich sogar, wie tonnenschwer mein Trolley war. Ich steckte mein Handy weg, packte den Koffergriff und bahnte mir, so schnell ich konnte, einen Weg durch die Menschenmassen.

Auf halber Strecke kam mir Yvette entgegengelaufen. »Clara!«, rief sie ein letztes Mal, dann zog sie mich ruckartig an sich, sodass der Trolley hinter mir mit einem Rums umkippte. »Es ist so schön, dich zu sehen!«, murmelte sie mir in die Haare.

»Es ist so schön, dass ich kommen durfte«, murmelte ich auf Französisch zurück. Und urplötzlich verwandelte sich das aufgeregte Flattern in meinem Bauch in einen brennenden Druck, der von meiner Brust bis in meine Augen wanderte. Ich blinzelte und blinzelte. Doch es ließ sich nicht mehr verhindern:

Tränen kullerten mir über die Wangen. Ganz von selbst. Auch wenn das vielleicht ein bisschen verrückt klingt. Wahrscheinlich lag es an Yvettes Geruch, dieser Mischung aus Bleistift, Staub und alten Büchern, die sich in der Wolle ihrer Strickweste festgesetzt hatte, und die mich unendlich an Papy Philippe erinnerte. Mit dem Unterschied, dass Papy Philippe immer auch noch etwas nach Pfeifentabak gerochen hatte. Es war, als würde das alles – die lange Reise, die Aufregung, weil ich zum ersten Mal vollkommen allein unterwegs war, die Ankunft an einem Ort, den ich so schrecklich vermisst hatte, das Wiedersehen mit Yvette, diese Begrüßung – einen Knoten aus Gefühlen in mir lösen, der in den letzten Jahren immer fester geworden war. Der sich die ganze Zeit wie ein Stahlseil um mein Innerstes gewickelt hatte.

»Was heißt, dass du kommen *darfst*?«, empörte Yvette sich nun, schob mich mit ausgestreckten Armen ein Stück von sich und betrachtete mich prüfend. Dann strich sie mir mit dem rechten Daumen ein paar Tränen aus dem Gesicht. »Die Enkeltochter von Philippe Chevalier ist jederzeit willkommen. Du hättest mich gerne schon früher besuchen *dürfen*. Wenn ein junges Mädchen sich zum Geburtstag wünscht, die Sommerferien freiwillig in meinem stickigen alten Buchladen zu verbringen, werde ich sowieso schwach. Ich liebe Menschen mit kuriosen Wünschen! Also zumindest denke ich, dass das ein ganz schön ungewöhnlicher Wunsch ist. Möglicherweise verstehe ich aber auch einfach nur nichts mehr von Teenagern. Ich jedenfalls wollte in deinem Alter immer ans Meer und mich unsterblich verlieben! Das mit dem Verlieben habe ich auch getan, alle zwei Wochen neu, dafür jedes Mal unsterblich.« Sie lachte. Auf eine so ansteckende Weise, dass sich der dumpfe Druck aus meiner Brust verzog, und ich plötzlich ebenfalls lachen musste, obwohl Yvette meinen Wunsch *seltsam* genannt hatte. Doch bei ihr klang das überhaupt nicht böse. Anders als wenn meine Freundin Nele solche Dinge sagte. Sie fand es völlig crazy, dass ich freiwillig fünf Wochen zwischen eingestaubten Büchern in einem Antiquariat arbeiten wollte, anstatt mit ihr und unserem gemeinsamen Kumpel Jan ins Surfcamp nach Griechenland zu fahren, Cocktails zu schlürfen, knackbraun zu werden und den ganzen Tag mit irgendwelchen Jungs zu flirten. Genau genommen war sie sogar ziemlich sauer auf mich, weil ich nicht mitgekommen war. Sie kapierte nicht, wie mir die Bücher- und Frankreichsache nur wegen meines verstorbenen Opas wichtiger als unsere Triofreundschaftsgang sein konnte. Was Quatsch war. Ich hielt das nicht für wichtiger, sondern einfach für genauso wichtig. Okay, zugegeben, unter Umständen hielt ich die Frankreichreise *doch* für etwas wichtiger ... also ... nicht als unsere Freundschaft, aber als Surfen und Flirten in Griechenland. Zumal ich sowieso weder Ahnung vom einen noch vom anderen hatte. Außerdem sprachen wir hier über meinen Lebenstraum. Schon als Kind hatte ich mir vorgestellt, eines Tages wie mein Großvater mit alten Büchern zu arbeiten.

Manchmal, wenn ich die Augen schloss, kam es mir so vor, als wäre ich wieder das kleine Mädchen, das im Schneidersitz auf Papy Philippes Werkstattbank saß und stundenlang dabei zusah, wie er seine Hände über Leinen oder Leder streichen ließ. Wie er sich daranmachte, schöne Einbände von vollständig zerstörten Seiten zu befreien und sie mit neuen Seiten zu füllen – oder gute Seiten aus kaputten Einbänden löste.

»Am Anfang musst du fragen, was das Buch braucht, *ma chère*«, hatte Papy Philippe mir dabei jedes Mal erklärt und gezwinkert. Mit diesem typischen Papy-Philippe-Zwinkern, bei dem sich eine winzige Falte auf seinem Nasenrücken gebildet hatte. »Eine gute Buchbinderin versteht, dass sie den *Büchern* zuhören muss. Sie sagen dir selbst, was sie brauchen. Auf gar keinen Fall darfst du den Menschen zuhören. *Mon Dieu*, die haben ja keine Ahnung! Am Ende wollen sie pinkfarbene Lesebändchen. *Non, ma chère,* wenn sie reden, nickst du freundlich und lässt die Sätze an deinen Ohren vorbeiflattern, als wären sie Schmetterlinge.«

Und genau das wollte ich nach der Schule werden: eine gute Buchbinderin. Deshalb hatte ich mir zum Geburtstag ein Praktikum in Yvettes Antiquariat gewünscht. Natürlich wusste ich, dass die Arbeit dort relativ wenig mit Buchbinden zu tun hatte. Aber es war der einzige Ort der Welt, an dem ich das Gefühl hatte, Papy Philippe nahe zu sein und gleichzeitig zu lernen, auf die Art mit alten Büchern umzugehen, wie er es getan hatte.

»So, jetzt lass dich anschauen«, riss Yvette mich aus meinen Gedanken. »Mhm, mhm, mhm.« Bei jedem *Mhm* betrachtete sie mich von einer anderen Seite. »Groß bist du geworden! Sag bloß, einen Meter siebzig?«

»Achtundsechzig«, lachte ich und wischte mit den Handrücken meine Wangen trocken.

»Nein!« Yvette schüttelte den Kopf. »Das kann unmöglich die kleine Clara Bernstein sein! Warst du nicht eben noch so?« Sie klopfte sich an die Knie.

»Yvette!« Ich musste gleich noch mehr kichern. »Ich bin gestern sechzehn geworden. Das letzte Mal war ich mit elf hier. Ganz so klein war ich da aber auch nicht mehr«, erinnerte ich sie, während ich einen Schritt zurücktrat und den Trolley hinter mir aufhob. Gerade rechtzeitig, ehe ein Mann mit Nadelstreifenanzug und Aktentasche, der telefonierte und keine Sekunde auf den Boden guckte, darüber stolpern konnte.

»Stimmt.« Yvette nickte ernst. »Ach Gott, bei Philippes Beerdigung, nicht wahr? Er fehlt so sehr.« Sie seufzte tief und nahm mir ungefragt den Koffer ab. »Ich finde einfach keinen Buchbinder, der ähnlich viel von Büchern versteht wie dein lieber Grand-père. Als Antiquarin brauche ich aber jemanden, der das tut. Er darf nicht davor zurückschrecken, Lösungen für besonders schwierige Kandidaten zu überlegen. Du musst wissen, manche der Bücher, die zu mir kommen, sind in einem grauenhaften Zustand.« Sie seufzte ein weiteres Mal. »Das kannst du gleich selbst sehen. Heute ist eine Lieferung aus einer aufgelösten Bibliothek in Avignon bei mir angekommen. Monsieur Mathis hat sie ersteigert. Erinnerst du dich an ihn?«

»Äh, ja.« Ich nickte. Wie hätte ich Yvettes grummeligen Mitarbeiter mit den Segelohren und dem Schnauzbart bis über das Kinn jemals vergessen können? Als Kind hatte ich mir seinetwegen vor Angst regelrecht in die Hose gemacht. Vor allem, nachdem er mich einmal mächtig angemotzt hatte, weil ich im Hinterhof die Arkadenfenster entlanggeklettert war.

Anscheinend las Yvette meine Gedanken. »Keine Sorge, er hasst Kinder, aber ein Kind kann man dich jetzt ja wohl nicht mehr nennen. Und du wirst viel von ihm lernen! Der Mann ist zwar selten gut gelaunt, hat aber ein Händchen für das Aufspüren wundervoller Schätze! Unter den neuen Büchern sind zauberhafte Stücke. Beispielsweise eine nahezu zweihundert Jahre alte Ausgabe von *La Belle et la Bête*, neben den armen Wesen, bei denen ich noch nicht weiß, was ich mit ihnen machen soll. Vermutlich stecke ich sie hinunter ins Lager, bis mir ein fähiger Buchbinder über den Weg läuft. Oder du so weit bist.«

Schmunzelnd knuffte sie mich in den Oberarm. »Komm jetzt, wir sollten los. Sonst wird Mathis doch noch ungemütlich. Er hasst es, wenn ich ihn allein arbeiten lasse. Obwohl …« Sie wog den Kopf hin und her. »Heute stimmt das gar nicht so ganz.«

»Ach?«, wunderte ich mich und folgte ihr ins Bahnhofsgebäude. Eigentlich glich es einem Wunder, dass Yvette mich überhaupt bei sich arbeiten lassen wollte. Sie war berühmt dafür, niemanden außer Monsieur Mathis zwischen ihren deckenhohen Regalen zu akzeptieren. Und Monsieur Mathis gehörte seit über zwanzig Jahren ins Antiquariat der Familie Lombard. Länger, als Yvette das Geschäft leitete. Noch ihr Großvater, Antoine Lombard, hatte ihn eingestellt. »Gibt es einen neuen Mitarbeiter?«, fragte ich neugierig.

Yvette warf mir einen Blick über die Schulter zu. »Mmm, das verrate ich später, *ma chère*! Es ist eine Überraschung!«

2.

An besonders heißen Sommertagen riecht die Luft in Lyon nach Lavendel und Meer. Zumindest kommt mir das so vor. Auch wenn Papy Philippe früher immer nur lachend den Kopf geschüttelt hatte, sobald ich das sagte. »*Non*, Clara, das ist kein Lavendel, wir sind hier nicht in der Provence! Das sind die Kiefern! Und Meer sehe ich erst recht keines, nur die Rhône und die Saône«, hörte ich seine Stimme in meinem Kopf, während Yvette mich über die *Pont Bonaparte* in Richtung *Vieux Lyon* führte. Unter uns glitzerte das tiefgrüne Wasser der Saône, vor uns lagen die gelben, roten, braunen und orangefarbenen Altstadtfassaden mit ihren putzigen Gaubendächern und zahlreichen Schornsteinen. Wie dicht aneinandergereihte Schachfiguren streckten sie sich dem Himmel entgegen. Ich liebte diesen Anblick. Er war der perfekte Beweis dafür, dass Lyon seinen Ruf, eine hässliche Industriestadt zu sein, auf gar keinen Fall verdient hatte. Obwohl dieser Eindruck durchaus entstehen konnte, wenn man vom Zug oder von der Autobahn aus die Vorstadtsiedlungen sah. Dort begrüßten einen als Erstes trostlose Wohnblöcke, graffitibesprühte Lärmschutzwände und verglaste Bürokomplexe. Doch all das hatte nichts mit dem Lyon gemeinsam, das ich seit meiner Geburt kannte und aus dem meine Mutter stammte. Und mit Augenblicken wie diesem hier. Durch das laute Brummen der Motorroller, den fröhlichen Trubel entlang der Uferpromenade, Personen, die Fotos knipsten oder mit einem Getränk in der Hand an der Brüstung saßen und die späte Nachmittagssonne genossen, fühlte sich die ganze Welt nach Urlaub im Süden an. Am liebsten wäre ich einen Moment stehen geblieben, hätte die Augen geschlossen und meinen Dutt aufgeknotet, um die Haare in dem leichten, warmen Wind flattern zu lassen und mich währenddessen mit ausgestreckten Armen im Kreis zu drehen.

Aber natürlich machte ich das nicht. Erstens hatte Yvette ein ziemliches Tempo drauf – ihre Beine waren eindeutig länger als meine –, und ich wäre vermutlich nicht mehr hinterhergekommen, zweitens hätte ich mich das niemals im Leben getraut. Viel zu viele Leute waren auf den Straßen unterwegs, und ich fiel nicht gerne auf.

»Ich kann den Koffer wirklich selber ziehen«, sagte ich atemlos. »Der ist doch verdammt schwer!«

»Eben.« Yvette blieb vor dem Zebrastreifen stehen, über den man von der Brücke hinunter auf die Straße gelangte, und wartete, bis ich sie eingeholt hatte. Dann packte sie meine Hand, als wäre ich ein kleines Kind, und eilte mit mir auf die andere Seite. Gerade noch rechtzeitig erreichten wir den Bürgersteig, denn obwohl die Fußgängerampel Grün zeigte, rauschten hinter uns die Autos vorbei. Yvette schenkte dem Verkehr keine weitere Beachtung. Na klar. Für sie gehörte es zum Alltag, dass sich niemand an solche Dinge wie Ampeln hielt. Ich hingegen musste mich erst wieder daran gewöhnen: Mein Puls war augenblicklich in die Höhe geschnellt.

Yvette setzte den Weg zur *Rue Saint Jean* fort. »Du bist jetzt zehn Stunden mit dem Zug gefahren und einmal umgestiegen ...«

»Zweimal«, warf ich ein. »Papa hat die günstigere Verbindung über Stuttgart und Straßburg gebucht.«

»Siehst du?!« Sie sah mich ernst an. »Wie anstrengend! Ich lasse dich nicht auch noch in der Hitze Koffer schleppen. Was würden deine Eltern von mir denken?«

»Meine Eltern würden sich gar nichts denken, die tragen mir nie den Koffer, und außerdem sind sie superdankbar, dass du mich den Sommer bei dir verbringen lässt«, sagte ich und warf im Gehen einen bewundernden Blick auf die hellgelb gestrichene Gebäudefassade zu meiner Rechten. Sie war Teil der imposanten Kathedrale. *Saint Jean* war eines der bemerkenswertesten Bauwerke Lyons, über das Papy Philippe oft mit Stolz gesagt hatte, dass die darin beherbergte astronomische Uhr eine der ältesten Spieluhren Frankreichs sei. Für mich hatte diese Kirche allerdings immer eine ganz andere, viel wichtigere Bedeutung gehabt. Von hier an waren es stets nur noch wenige Meter bis zum Zuhause meines Großvaters gewesen, denn direkt vor den breiten Treppen, die zu den rundgebogenen, dunkelroten Kirchentoren hinaufführten, lag der *Place Saint Jean*, ein von charmanten Häusern umrundeter Platz, mit einem Boden aus Kopfsteinpflaster und einem Brunnen in der Mitte. Und dieser Platz wiederum mündete geradewegs in die ebenso kopfsteingepflasterte *Rue Saint Jean*. Bei dieser schmalen Gasse handelte es sich nicht nur um eine der wahrscheinlich bekanntesten Altstadtgassen Lyons, durch die jährlich, vor allem in den Sommermonaten, Tausende Touristen strömten, sondern auch um die Gasse, in der sich das historische Renaissance-stadthaus befand, in dem meine Mutter aufgewachsen war. Das imposante Haus mit seinen breiten Fenstern und der ocker-farben gestrichenen Fassade selbst gehörte seit vielen Generationen der Familie Lombard. Ich hatte als Kind deshalb immer gedacht, Yvette müsste steinreich sein. Das Gebäude glich mehr einer kleinen Burg oder einem Schloss als einem gewöhnlichen Wohnhaus. Es gab einen Innenhof mit efeuumwucherten Arkadenfenstern, einen Speicher voller uralter Möbelstücke und knarrende Wendeltreppen, die sich wie Bohnenranken durch alle vier Stockwerke schlängelten. Und in manchen der zahlreichen Zimmer existierten richtige Geheimtüren, von denen ich nur wusste, weil ich sie als Kind beim Spielen entdeckt hatte. Dabei hatte Papy Philippe mir eigentlich nie erlaubt, seine Mietwohnung unter dem Dach zu verlassen und in den anderen Teilen des Hauses herumzustromern. Aber ich hatte immer einen tollen Komplizen gehabt: Yvettes Grand-père Antoine, der mir jede Tür geöffnet hatte und der Ansicht gewesen war, ein solches Haus müsse von Kindern belebt werden, sonst würde es vor lauter Langeweile in sich zusammenfallen.

»Wie geht es dir denn in der Schule? Du hast ja noch gar nichts erzählt. Auch nicht, wie es deinen lieben Eltern geht. Und den Zwillingen?« Yvette ließ mir keine Zeit, über die Vergangenheit nachzugrübeln. Was gut war, sonst wäre wahrscheinlich ohnehin nur wieder dieses blöde Brennen in Bauch und Brust zurückgekehrt und hätte mir Tränen in die Augen gedrückt. Also ließ ich zu, dass sie mir Löcher in den Bauch fragte. Zum Beispiel ob es unseren Hund Asterix noch gab (ja, gab es), ob Mama ihre französische Heimat manchmal vermisste (ja, nicht ohne Grund sah unser Wohnzimmer mit all den Paris-, Provence- und Lyonfotos an der Wand und den lavendelblütenbestickten Kissen auf der Couch wie Minifrankreich aus), ob sie schöne Aufträge als Illustratorin hatte (ja, momentan ein Maulwurfbilderbuch, das sie richtig gerne mochte), ob Papa in letzter Zeit ein interessantes Buch aus dem Französischen ins Deutsche übersetzte (nö, nur einen lahmen Tomatenratgeber), was meine kleinen Brüder Maxim und Léon machten (in erster Linie schwachsinnige Sachen) und ob die Bernstein-Oma – das ist Papas Mutter – noch bei uns wohnte (klaro, das würde sich auch nicht mehr ändern, da sie sich letztes Jahr die Hüfte gebrochen hatte).

Bei jeder Antwort nickte Yvette, lächelte mich an und meinte »Wie schön, meine Hübsche«, oder, im Fall von Papas Tomatenratgeber, »Ach, wie schade, aber mir schmecken Tomaten«.

Zwischendurch deutete sie hier und da auf bestimmte Plätze und erzählte, was Mama und sie dort als junge Mädchen erlebt hatten. Denn dadurch, dass die beiden im selben Haus aufgewachsen waren, hatten sie früher richtig viel Zeit miteinander verbracht und jede Menge Quatsch angestellt. Bis meine Mutter mit zweiundzwanzig Jahren dem deutschen Sprachstudenten Paul Bernstein über den Weg gelaufen war, sich in seine witzige Art und die blonden Strubbelhaare schockverliebt hatte, und es relativ schnell zu mir gekommen war. Danach hatten meine Eltern sich für ein gemeinsames Leben in Papas Heimatstadt München entschieden, was sie nicht bereuten. Zum Glück! Ich war ziemlich happy, dass Mama und Papa sich bis heute liebten. Trotzdem fragte ich mich manchmal, wie es gewesen wäre, wären sie in Lyon geblieben. Ob ich dann eine andere Clara geworden wäre? Und nicht das schüchterne Mädchen, das in der Schule auffiel, weil es nicht auffiel? Das knallrote Ohren bekam, sobald ein Referat vor versammelter Klasse anstand? Das sich nie traute, fremde Leute auf der Straße nach dem Weg zu fragen? Das … ach … die Liste ließ sich endlos fortsetzen. Was nicht heißen soll, dass ich München nicht mochte. Ich liebte unser kleines Reihenhaus am Stadtrand, den Garten mit den vielen Tomatensträuchern und mein Zimmer mit dem Erkerfenster, in das ich mich gerne zum Lesen verkrümelte. Außerdem fand ich es schön, Weihnachten jedes Jahr mit der Bernstein-Oma zu feiern. Allein schon beim Weihnachtsessen zeigte sich, dass unsere Familie die perfekte Mischung aus Frankreich und Deutschland war. Während Mama immer *Bûche de Noël* zubereitete, eine superleckere Schokoroulade, die es in Frankreich Heiligabend traditionell als Nachtisch gibt, kochte Oma meist Klöße mit Rotkohl.

Aber egal, wie gut die Dinge zu Hause liefen, wirklich wie ich selbst hatte ich mich immer nur in Papy Philippes Buchbinderwerkstatt gefühlt.

Wir bogen in die *Rue Saint Jean* ein. Spätestens jetzt galoppierte mein Herz derartig schnell, dass ich sicher war, es würde demnächst mit einem riesengroßen Satz aus meiner Brust springen. Ich guckte nach links, nach rechts, nach oben und unten und versuchte herauszufinden, was sich in den letzten fünf Jahren verändert hatte.

Doch da war nichts. Der Kopfsteinpflasterboden unter meinen Schuhsohlen war uneben wie immer, die Häuser mit den breiten Fenstern standen eng beisammen und die Gitterbalkone waren verschnörkelt. Auch die Luft, in die sich neben dem würzigen Urlaub-im-Süden-Geruch nun auch noch eine leichte Note altes Gemäuer und der köstliche Duft frischer Crêpes mischte, war wie immer. Das Stimmengewirr aus allen möglichen Sprachen. Die kleinen Restaurants mit Tischen voll rotweiß-karierter Tischdecken, an denen lachende Menschen saßen und Kaffee tranken oder fröhlich ihre Weingläser klirren ließen. Alles war genau wie in meiner Erinnerung.

Je mehr wir uns der Mitte der Gasse näherten, desto schneller wurden Yvettes Schritte. Und auch ich erkannte den Laden von Weitem. Mit seinen breiten, rund gebogenen Schaufensterfronten und den etwas spooky aussehenden schmiedeeisernen Käferskulpturen links und rechts neben der dunkelgrünen Eingangstür ließ er sich allerdings schwer übersehen. Zwischen den vielen mit kitschigem *Made-in-China*-Krempel vollgestopften Souvenirshops und den teuren Boutiquen, in denen man Seidentücher, Seidenschals, Seidenblusen und gefühlt alles aus Seide bekam, stach er deutlich hervor.

Yvette blieb direkt unter dem Metallschild mit der verschnörkelten Aufschrift stehen.

LOMBARD
LIBRAIRIE D'OCCASION

Sie drehte sich zu mir um und lächelte. Als ich neben sie trat, legte sie mir einen Arm um meine Schulter. »Willkommen zu Hause, Clara! Ich freue mich sehr, dich im Antiquariat Lombard begrüßen zu dürfen. Bist du bereit für dein staubiges Sommerabenteuer?«

Ein Antiquariat ist mehr als nur ein Ort der staubigen
Bücher.
Ein Antiquariat ist ein Ort für Geschichten, die es verdient haben,
niemals vergessen zu werden.
Ein Antiquariat ist ein Ort für alles, was das Leben zwischen die Seiten
spült.
Es ist das Gedächtnis der Bücherwelt.
Der Erinnerungsgarten der
Leser.

Antoine Louis Lombard

3.

Falls es irgendwo auf der Welt einen Ort gab, an dem man sich vorstellen konnte, dass solche Dinge wie Magie existierten, dann war das ohne Zweifel Yvettes Antiquariat. Ich kannte keinen anderen Laden, der ähnlich aus der Zeit gefallen schien wie diese Buchhandlung. Es war, als hätten die Uhren hier einfach beschlossen, nicht mehr weiterzuticken … bildlich gesprochen natürlich. In Wirklichkeit tickte die große Standuhr neben dem Kassentisch mit der altmodischen Registrierkasse ziemlich laut vor sich hin, während Yvette mir mit einer einladenden Geste die Eingangstür aufhielt, und ich in den vorderen Verkaufsraum trat. Die Luft, die von draußen mit hereinschlüpfte, wurde augenblicklich von einem Mix aus Leinen, Leder, Staub, Holz und altem Papier geschluckt.

Als die Tür ins Schloss fiel, verstummte der Gassentrubel. Mit einem Schlag waren da nur noch die Uhr und dieses leise Knarzen, das der dunkle Holzdielenboden bei jedem Schritt machte.

Kein einziger Kunde befand sich im Laden. Und anscheinend auch sonst niemand. Worüber Yvette sich offenbar nicht wunderte, obwohl nicht abgeschlossen gewesen war. Unbekümmert summte sie eine Melodie und nahm einen lose auf der Kasse herumliegenden Stapel Briefkuverts in Augenschein. »Ach, was will der denn schon wieder?«, murmelte sie vor sich hin. »Ich hab ihm tausend Mal gesagt, dass ich …«

Den Rest hörte ich nur noch beiläufig. Viel zu sehr war ich damit beschäftigt, meinen Blick über die deckenhohen Regale schweifen zu lassen und mich zu fragen, wieso sich etwas, das so still wie ein paar goldverzierte Buchrücken war, derartig aufregend kribbelig anfühlte. Am liebsten hätte ich sofort jeden Einband einzeln berührt, um herauszufinden, aus welchen Jahrhunderten die Bücher stammten. Was Stunden gedauert hätte. Im gesamten Eingangsbereich des Ladens gab es kein Fleckchen Wand ohne Regal. Und auch der lange Korridor, in den der Raum sich am Ende wie in einem Schlauch verlor, war vollständig mit Büchern verkleidet. Es war wie in einem Märchenschloss aus Büchern. Dazu passte auch der alte, rostige Schlüsselbund, der unmittelbar über dem Eingang angebracht war, sodass die Kante der Tür dagegenstieß, sobald jemand eintrat. Als wären die Schlüssel Glöckchen, die neue Kundschaft ankündigten. Das Klirren, das sie erzeugten, war allerdings nicht laut genug, um bis in den hintersten Winkel des Ladens zu dringen, schon gar nicht bis in den weiteren, etwas kleineren Verkaufsraum, in den man über den schmalen Flur gelangte. Aber Yvette mochte Schlüssel einfach gerne. Sie hingen nämlich nicht nur über der Tür, sondern teilweise auch an den Regalen und sogar an der Uhr. Ich wusste nicht, was genau es damit auf sich hatte, doch ich vermutete, dass diese Begeisterung für Schlüssel eben auch eine von Yvettes Eigenheiten war. Außerdem musste ich zugeben, dass sie wirklich hübsch aussahen, total verschnörkelt und alt, als würden sie von Flohmärkten stammen. Nele hätte sie geliebt. Sie war mega verrückt nach Disneyfilmen mit Prinzessinnen in Glitzerkleidchen, und diese Schlüssel hätten einem solchen Film entstammen können.

Bei dem Gedanken wurde ich gleich wieder traurig. Ich hatte Nele mehrmals vorgeschlagen, mich nach Lyon zu begleiten und mit mir gemeinsam das Praktikum zu machen. Damit wir nächstes Jahr dann dafür zusammen ins Surfcamp nach Griechenland fahren konnten. Doch meine beste Freundin interessierte sich nun mal nicht für die Dinge, die ich gerne mochte.

»Um dein Gepäck kümmert sich nachher Théodore.« Yvettes Stimme holte mich zurück ins Hier und Jetzt.

Ich blinzelte und wandte mich zu ihr um. »Théodore?«, wollte ich wissen. Den Namen hatte ich noch nie gehört. Im Kopf ging ich schnell alle Mitglieder aus Yvettes Familie durch. Da wären Grand-père Antoine, der in der Zwischenzeit verstorben war, und Yvettes Eltern, die in der Normandie wohnten und höchstens ab und an mal auf Besuch kamen. Ansonsten wusste ich von niemandem. Yvette selbst war laut meiner Mutter alleinstehend, sie schien ihr Leben einzig der Arbeit im Antiquariat verschrieben zu haben.

»*Oui*, Théodore. Es ist gut, wenn er etwas tut.« Yvette riss einen der Briefe in winzige Fetzen, stopfte die Überreste in ihre Westentasche und machte sich daran, meinen Koffer hinter die Kasse zu ziehen. Sie verstaute ihn in einem kleinen Kabuff, das nur durch einen dunkelgrünen Samtvorhang vom Rest des Raumes abgetrennt wurde. »Übrigens habe ich in der Wohnung deines lieben Papy Philippe nichts angerührt, dachte mir aber, dass du trotzdem besser bei uns schläfst«, sagte sie. »Sonst bekommst du Heimweh. Du kannst in Grand-père Antoines ehemaligem Zimmer übernachten. Es ist eine gemütliche Kammer mit Blick hinaus auf die Gasse. Ich nutze sie schon seit einiger Zeit als Gästezimmer. Na ja«, sie lachte kurz auf, »theoretisch jedenfalls, praktisch habe ich nie Besuch. Théodore soll dir den Weg zeigen, wenn er deine Sachen nach oben bringt. Ich gebe ihm gleich Bescheid und bereite uns derweil Kaffee vor. Dann können wir uns zusammensetzen und ein wenig besprechen, was in den nächsten Wochen deine Aufgaben sind. Du trinkst doch Kaffee, oder?«

»Äh, nein«, antwortete ich und biss mir verlegen auf die Unterlippe. Ich konnte einfach nie verstehen, was an dem bitteren Geschmack lecker sein sollte. »Ist Théodore dein neuer Mitarbeiter?«, probierte ich es noch einmal.

»Kein Kaffee?«, staunte Yvette. »Hm, ich glaube, wir haben auch Zitronenlimonade.« Sie zog eine nachdenkliche Schnute. »Ich bin schlecht auf das Leben mit Teenagern vorbereitet. Möchtest du lieber Tee?«

Ich lächelte. »Mir reicht Wasser.«

»Wasser?« Yvette schnalzte mit der Zunge. »Mädchen, du musst doch nicht so schüchtern sein. Ich suche für dich nach einer Zitronenlimonade.« Schon war sie im Begriff, in den langen Flur zu verschwinden und mich einfach allein mitten im Verkaufsraum zurückzulassen. Ein Gedanke, den ich ziemlich gruselig fand. Ich hatte schließlich nicht den leisesten Schimmer, was zu tun wäre, falls auf einmal Kundschaft den Laden betrat. Und überhaupt war mein erster Arbeitstag offiziell erst morgen.

»Yvette?«, rief ich ihr besorgt nach.

»Ja, *ma chère?*« Mit Schwung wirbelte Yvette wieder herum und sah mich fragend an. »Doch einen Kaffee?«

»Nein. Danke … ähm …«

»*Mon Dieu!*« Jetzt schlug sie sich mit der flachen Hand vor die Stirn. »Wo bin ich nur mit meinem Kopf? Selbstverständlich, ihr kennt euch nicht.« Sie lächelte mich an. »Théodore ist mein Neffe. Normalerweise wohnt er bei seinem Großonkel Sébastien in Paris. Das heißt, er *hat* bei ihm gewohnt. Es gab den einen oder anderen … kleineren … nun ja … vielleicht auch größeren … Zwischenfall. Wie auch immer, diesen Sommer verbringt der Junge bei mir. Er ist siebzehn, und ich denke, ihr werdet euch gut verstehen. Eine schöne Überraschung, nicht wahr? Das trifft sich doch perfekt! So musst du nicht die ganze Zeit mit uns alten Leuten zusammen sein. Stimmt's, mein lieber Mathis, das wäre doch schrecklich langweilig für Clara!«

»In erster Linie wäre es schrecklich anstrengend für mich.« Eine tiefe Stimme von oben ließ mich zusammenzucken.

Als ich den Kopf in den Nacken legte und mich verwirrt im Kreis drehte, entdeckte ich unmittelbar hinter mir eine geöffnete Luke in der Decke. Eine der meterhohen Holzleitern stand dagegengelehnt, auf deren oberster Sprosse Monsieur Mathis balancierte. Es machte den Eindruck, als wäre er eben erst aus der Decke geklettert. In einer Hand hielt er ein Buch mit knallrotem Leineneinband, mit der anderen Hand drückte er die Klappe fest zu und kontrollierte anschließend gründlich, ob sie auch wirklich verschlossen war. Dann hangelte er sich vorsichtigen Trittes dem Boden entgegen. »Madame Lombard, dieses Exemplar hat sich zwischen die wertvollen Stücke geschmuggelt. Sie sollten es sich später dringend ansehen!«

Yvettes Augen wurden groß. »Ist es etwa eine …?«

»Oh *oui*.« Monsieur Mathis nickte. »Eine kleine Freude.«

Eine halbe Stunde später wusste ich zwar nicht, weshalb es in diesem Antiquariat Geheimluken in der Decke gab, was mit einer »kleinen Freude« gemeint war und wieso Yvette das Buch so aufgeregt mitgenommen hatte, verstand dafür aber, aus welchem Grund ich früher Bammel vor Monsieur Mathis gehabt hatte.

Yvette lag falsch. Er konnte mich nicht besser leiden, nur weil ich kein Kind mehr war.

Während ich neben der Kasse stand und auf diesen geheimnisvollen Neffen wartete (und angestrengt grübelte, ob Mama oder Papy Philippe jemals erwähnt hatten, dass Yvette Geschwister hatte), schnauzte Mathis mich mindestens fünfmal an. Erst war ich ihm im Weg, dann war ich angeblich einer Kundin im Weg, die nach einer bestimmten Ausgabe von *Parzival* suchte, danach störte ich Mathis mit meiner alleinigen Anwesenheit beim Einsortieren einiger Bücher und schließlich behauptete er, ich hätte mit meiner Schuhspitze einen der rappelvollen Bananenkartons, die sich überall am Boden stapelten, berührt und Victor Hugo mit Füßen getreten.

Irgendwann fand ich, dass sich Monsieur Mathis und dieser dicke Perserkater, der zusammengerollt auf einem Kissen in einem der Regale schlief und mich bedrohlich anfauchte, als ich ihn kraulen wollte, ziemlich ähnelten. Nicht nur, was den üppigen, grauen Schnurrbart betraf.

Als Yvette endlich zurückkehrte, atmete ich erleichtert auf.

Bis ich den Jungen hinter ihrem Rücken bemerkte. Mir stockte der Atem. Also, nicht wegen des Jungens an sich. Mir war schon klar gewesen, dass Yvettes Neffe ein Junge sein würde. Aber ich hatte nicht damit gerechnet, dass er so süß aussah.

4.

Ja. Er sah süß aus. Er sah sogar *verdammt* süß aus. Dunkelblonde Haare, verstrubbelt, als käme er direkt aus dem Bett. Eine Stupsnase, über die sich auffällig viele Sommersprossen zogen. Schlank und hochgewachsen, bestimmt mindestens einen Meter fünfundachtzig. Karamellbraune Augen, die einen hübschen Kontrast zu seinem hellgrauen Shirt bildeten. Darauf war komplett verwaschen der Name einer französischen Rockband abgedruckt. Oder Rapband. Oder was auch immer. Ich hatte keinen Schimmer von solchen Dingen. Ich wusste nur, dass Yvettes Neffe optisch eindeutig zu der Sorte Jungs gehörte, für die sich einige Mädchen aus meiner Klasse neue Hobbys zulegten – wie jedes Wochenende auf ein langweiliges Fußballturnier zu gehen und rein *zufällig* vor der Umkleidekabine zu warten. Aktionen, die mir selbst noch nie in den Sinn gekommen waren. Weshalb Nele behauptete, ich würde unter chronischer Unverliebtheit leiden, und das läge an den Büchern, die ich las. Unrealistische Geschichten über irgendwelche Kerle, wie es sie im echten Leben nicht gab und wie sie mir daher niemals begegnen würden. Die Damen galant die Tür aufhielten, auf Bällen tanzten, Gedichte vortrugen, die Hand küssten und im Regen glühende Liebesbotschaften ins Ohr hauchten. Was überhaupt nicht stimmte. Nur weil ich gern Klassiker las, dachte ich nicht, ein Junge müsste mir die Tür aufhalten. Ich konnte Türen ganz gut selbst öffnen. Die Hand musste mir auch niemand küssen. Gegen glühende Liebesbotschaften im Regen hätte ich hingegen nichts einzuwenden gehabt. Ebenso wenig gegen Jungs, die

Gedichte zitierten oder, noch besser, selbst welche schrieben, um sie mir dann unauffällig in die Schultasche zu schmuggeln. Das stellte ich mir doch sehr romantisch vor. Und die Chancen, einem Menschen, der gerne Gedichte schrieb, in einem Antiquariat zu begegnen, standen ja eigentlich durchaus gut. Jetzt hoffte ich allerdings erst einmal, dass meine Wangen nicht so rot waren, wie sie sich gerade heiß anfühlten.

»Schön, ihr beiden«, sagte Yvette. »Théodore, das ist Clara.« Sie verpasste ihrem Neffen einen sanften Schubs in meine Richtung, den er mit leicht zusammengekniffenen Brauen hinnahm. »Clara, das ist Théodore. Ihr kommt zurecht, oder? Ich gehe mal in die Küche. Dort warten dann ein leckeres Essen und eine Zitronenlimo auf euch beide. Mathis, würden Sie den Laden bitte in einer halben Stunde schließen?«

»Natürlich, Madame Lombard«, brummte Mathis hinter einem Stapel Bücher.

»Wollen Sie bei uns essen?«

»Nein danke, Madame Lombard.«

»In Ordnung.« Yvette nickte zufrieden, zwinkerte mir zu und ging schließlich leise singend durch den Flur davon.

Zurück blieb der Junge. Schweigend. Und weil ich diese eigenartige Stille zwischen uns echt unangenehm fand, überwand ich mich und streckte ihm die Hand entgegen. »Hi.«

Er erwiderte mein Händeschütteln, wobei sich seine Lippen so verzogen, dass ich nicht sicher war, ob er lächelte oder irritiert grinste. »*Salut*«, grüßte er zurück.

»Ich bin Clara.«

»Hab ich mitgekriegt.« Jetzt zeigte er zum Kabuff. »Ist das dein Koffer?«

»Äh.« Ich drehte mich um. »Ja …«

»Okay.« Ohne ein weiteres Wort schritt er an mir vorbei, holte den Trolley und bedeutete mir dann mit einer knappen Kopfbewegung, ihm zu folgen.

Kurz blickte ich ihm betreten nach. Jemand, der derartig wortkarg war, schrieb ganz bestimmt keine Gedichte.

Unser Weg führte in den hinteren Verkaufsraum. Hier schien es noch mehr Bücher als im vorderen Bereich des Ladens zu geben. Zusätzlich zu den bis zum Bersten befüllten Regalen standen jede Menge Kisten auf dem Boden herum. Man musste richtig aufpassen, um nicht über sie zu stolpern und auf die Nase zu fliegen, denn die einzige Lichtquelle weit und breit war eine altmodische Deckenlampe in der Form eines Käfers.

»Was hat es mit diesen Käfern auf sich?«, versuchte ich mit Théodore ins Gespräch zu kommen, während er einen Schlüsselbund aus der Gesäßtasche seiner Jeans kramte und die rund gebogene, dunkelgrüne Holztür aufschloss, die sich am Ende des Raums befand.

Ich gehörte zwar auch nicht zu den Menschen, die immer eine Idee haben, was sie sagen sollen – die ganze Zeit stumm nebeneinanderher zu trotten fand aber sogar ich bescheuert.

»Bücherwürmer«, antwortete Théodore. Knackend sprang die Tür auf. Er trat zur Seite. »Nach dir.«

»Danke.« Ich schlüpfte hinaus in den Hinterhof. Inzwischen war es fast sieben Uhr abends, dennoch fühlte sich die Luft immer noch sommerlich warm an, selbst zwischen den Steinmauern der efeuumwucherten Arkadenfenster. »Ist das nicht ein bisschen seltsam für ein Antiquariat, Bücherwürmer aufzuhängen?«, gab ich zu bedenken.

Papy Philippe hatte mir mal erklärt, dass Bücherwürmer die Larven von ekligen braunen Käfern sind, die sich gerne in Holz, Papier und Brot fressen, um dort ihre Eier zu legen. Heute kennt man das kaum noch, doch die ältesten Bücher aus der frühen Zeit des Buchdrucks bestanden meist aus Holz und Pergament, in denen man oft winzige Löcher entdeckt. Ein Anzeichen für Käferbefall. Als Buchbinder hatte Papy Philippe nie etwas dagegen getan. »Das sind Male der Zeit, das muss nicht geheilt werden«, hatte er dazu gesagt. Trotzdem fragte ich mich, wieso ausgerechnet ein Antiquariat solche Krabbelviecher als Maskottchen benutzte. Eine Buchwurmplage wäre ohne Zweifel ein ziemlich großes Problem für diesen Laden geworden.

»Wieso?« Der Junge zuckte die Schultern. »Wo Bücher sind, begegnet man Bücherwürmern. Passt doch.«

»Stimmt irgendwie.« Ich lächelte. »Mein Grand-père hat mir als Kind immer ein Märchen über Bücherwürmer erzählt. Da waren das keine Käfer, sondern Menschen, die die Leser besonders wertvoller Bücher nachts heimsuchen. Ganz schön gruselig.«

»Hat Tante Yvette mir auch erzählt«, sagte Théodore. Mehr nicht. Natürlich nicht.

Ich seufzte, gab's auf und ging ihm bis zu dem Treppenaufgang nach, über den man in den privaten Bereich des Hauses gelangte. Im dritten Stock stand ein Fenster offen; Yvettes Summen und das Brutzeln von Essen in einer Pfanne waren zu hören. Der Geruch von angebratenem Knoblauch, Zwiebeln und frisch aufgebrühtem Kaffee hing im ganzen Hof. Augenblicklich begann mein Magen zu knurren. Zum ersten Mal seit meiner Ankunft merkte ich, wie mega hungrig ich eigentlich war. Bis auf ein wabbeliges Gurken-Sandwich aus dem Bahnhofsshop hatte ich heute noch nichts gegessen. Außerdem freute ich mich jetzt gewaltig auf eine Dusche und frische Klamotten. Also beschleunigte ich meine Schritte und eilte dicht hinter Théodore die Steinstufen empor.

»Bisschen muffig.« Théodore deponierte meinen Koffer neben einem schlichten Holzbett und kräuselte die Stirn. »Solltest lüften. Hat Tante Yvette vermutlich vergessen.«

Ich nickte und sah mich um. Es roch hier wirklich etwas abgestanden. Doch an sich war das Zimmer wunderschön. Wie aus einem anderen Jahrhundert. Mit einer eleganten Blümchentapete an den Wänden, bodenlangen Vorhängen und weiß umrahmten Fenstern, die hinaus auf die Gasse zeigten. Die Fassade des gegenüberliegenden Hauses kam einem so nahe vor, dass man das Gefühl hatte, man könnte hinüberspringen und in das Wohnzimmer der Frau klettern, die dort auf einem schmalen Gitterbalkon eine Zigarette rauchend telefonierte.

In der Ecke links vom Bett stand ein massiver dunkelbrauner Schrank, dessen Seiten von feinen Schnitzmustern verziert wurden, die ich bei näherer Betrachtung als aufgeschlagene Bücher, aus denen Rosenranken wuchsen, erkannte. Und rechts vom Bett stand eine Kommode voller Bilderrahmen.

Ich ging näher und deutete auf eines der Fotos. Es zeigte Yvette gemeinsam mit einem jungen Mann, der Théodore ziemlich ähnelte. Er hatte die gleichen dunkelblonden Haare, die hellbraunen Augen und die sommersprossige Stupsnase. »Ist das dein Vater?«, fragte ich und drehte mich wieder um. »Ich wusste nicht, dass Yvette Geschwister hat. Wie heißt er?«

»Yvette *hat* keine Geschwister«, sagte Théodore.

Verwirrt schüttelte ich den Kopf. »Aber … ich dachte …?«

»Sie *hatte* einen Bruder. Mein Vater ist tot. Er hieß Noël.«

»Oh!« In meinem Hals bildete sich ein fetter Kloß. »Das …«

»Meine Mutter ist auch tot«, sprach er weiter. »Sie hieß Marie-Louise. Meine Eltern starben beide bei einem Motorradunfall, da war ich ein Jahr alt. Bin also nicht traumatisiert oder so, falls du das denkst. Hab ja nichts davon mitgekriegt. Ähm, brauchst du noch etwas? Handtücher?«

»Ich …« Verlegen knetete ich meine Hände. »Nee, danke, ich hab alles.«

»Gut.« Er nickte. »Dann verschwinde ich, okay?«

»Klar.« Ich lächelte, doch als er bereits nach der Türklinke griff, rief ich: »Théodore?!«

Er hielt inne und sah mich an. »Théo reicht«, meinte er.

»In Ordnung. Théo, ich wollte … mir tut das sehr leid.«

»Was?«, verstand er nicht.

»Die Sache mit deinen Eltern«, sagte ich. »Das muss hart sein. Wenn ich mir vorstelle, dass meine Eltern …«

Ich verstummte. Mann, was redete ich für dummes Zeug?!

Zum Glück schien Théo nicht irritiert zu sein. Er nickte nur wieder und sagte: »Gibt definitiv Schöneres.« Damit verließ er den Raum.

Bücher sind Freunde, die dich das ganze
Leben
begleiten, wenn du es ihnen erlaubst.
Sie sind Schatztruhen, in denen
sich die schönsten
Erinnerungen des Lebens sammeln.
Liest du einen Satz von tiefer Bedeutung,
wirst du dich bis zum
Ende deiner Tage an den
Moment erinnern, in dem die Worte den Weg
in dein Herz fanden.
An das Knistern der
Seiten
unter den Fingerkuppen und den Duft der
Druckerschwärze
in der Nase.
Manchmal aber – manchmal –, da verschüttet das Leben
die Bilder, die Welten und die Gefühle,
die du bereits entdecken durftest.
Dann werden die Bücher
all das für dich
aufbewahren. Und manchmal –
manchmal – suchen diese Bilder, Welten und
Gefühle als kleine Freuden den
Weg über die Seiten zurück in das
Herz, das sie verloren hat.
Ich helfe ihnen dabei.

Yvette Lombard

5.

Meine erste Nacht in Lyon verlief alles andere als ruhig.

Ich war nach einer warmen Dusche zwar todmüde in die Kissen gefallen, wachte dann aber einige Male auf, weil ich ständig irgendetwas hörte. Die Uhr tickte zu laut, der Wasserhahn im Badezimmer tropfte, die Ringe der Vorhangstangen quietschten bei jedem leichten Windzug, und auch aus dem Flur vor der Tür drang hin und wieder ein Knarren. Als würde jemand auf Zehenspitzen durch die Gänge schleichen. Wahrscheinlich dehnten sich die alten Holzdielen. Ich kannte das noch von früher, wenn ich in Papy Philippes Wohnung übernachtet hatte. »Alte Häuser haben Geschichte, und die erzählen sie manchmal eben!«, hatte mein Großvater dazu gesagt.

Heute hätte ich allerdings echt nichts dagegen gehabt, wenn dieses französische Stadthaus seine Geschichte für sich behalten hätte. Ich fühlte mich völlig gerädert von der Reise und der Aufregung. Außerdem lag mir die Tatsache, dass Nele auf keine einzige meiner Sprachnachrichten geantwortet hatte, obwohl sie online gewesen war, im Magen wie ein Hinkelstein – genauso wie das üppige Abendessen. Das war zwar superlecker gewesen, aber auch voll mit geschmolzenem Käse, Butter, Knoblauch und Zwiebeln. Nicht einmal gefühlt zwanzig Minuten Mundwassergurgeln hatte gegen den Nachgeschmack auf meiner Zunge geholfen. Und als wäre das alles nicht genug, kreisten meine Gedanken die ganze Zeit um Mama, Papa, Oma und meine beiden kleinen Brüder. Ich fragte mich, ob meine

Eltern heute wohl wieder bis spät in die Nacht arbeiteten, ob die Bernstein-Oma *Tatort* guckte und ob unser Hund Asterix bei Maxim und Léon im Zimmer schlief. Normalerweise lag er nachts immer neben meinem Bett und gab leise Schnarchgeräusche von sich, die mir jetzt unendlich fehlten.

Eine Zeit lang wälzte ich mich hin und her und versuchte zu ignorieren, dass sich die Bettdecke rau und klumpig anfühlte, bis mir irgendwann doch die Augen zufielen, und ich in einen wirren Traum kippte. Ich saß im Schneidersitz vor dem Antiquariat und las in einem Buch mit dunkelgrünem Einband. Die Seiten des Buchs waren spröde, bei jedem Umblättern zerbröckelten sie. Irgendwann bestand das ganze Buch nur noch aus losen Papierfetzen, die mit einem Mal aus meinen Händen wuchsen. Ich versuchte sie abzuschütteln, aber es funktionierte nicht. Trotzdem schüttelte und schüttelte ich weiter. Da tauchte plötzlich ein junger Mann vor mir auf, der das Gesicht von Théos Vater hatte. Er lächelte mich an.

Ratsch.

Ich fuhr in die Höhe. Es dauerte einen kurzen Moment, bis mir klar wurde, dass dieses Geräusch *kein* Teil meines Traums gewesen war. Aber genauso wenig war es vom Flur oder aus dem Badezimmer gekommen. Und es hatte auch völlig anders als das Quietschen der Vorhänge geklungen.

Ich knipste die Nachttischlampe an und ließ den Blick durchs Zimmer schweifen. Alles unverändert. Die Wand mit der Blümchentapete, rechts neben dem Bett die Kommode mit den vielen Familienfotos, eine barocke Kaminuhr und … Ich erstarrte. Was zum Geier war denn das? Hinter den Vorhängen bewegte sich etwas! Und das kam nicht vom Wind! Zumindest wäre mir neu gewesen, dass der Wind einen Schatten hatte.

Aber genau *das* saß dort hinter dem Vorhang: ein gedrungener, dunkler Schatten.

Wieder und wieder sprang er gegen den Vorhang, begleitet von lauten *Ratsch*-Geräuschen. Als würde man einen Reißverschluss zuziehen. Oder, mit einem Mal dämmerte es mir, Fäden aus dem Leinenstoff der Gardine lösen!

»Hallo?«, wisperte ich.

Schlagartig wurde es ruhig. Der Schatten rührte sich nicht mehr. Aber er verschwand auch nicht. Er saß starr hinter dem Vorhang.

Auf meinen Armen bildete sich Gänsehaut. »Bist du dieser Perserkater?«, fragte ich heiser. Das schien mir die einzig logische Erklärung.

Der Schatten bewegte sich keinen Zentimeter.

»Du bist doch bestimmt dieser Perserkater!«, sagte ich jetzt und schlug energisch meine Decke zurück. Ich kletterte aus dem Bett. Ein eisiger Schauer durchfuhr mich, als meine nackten Füße den kühlen Holzboden berührten.

Schnellen Schrittes ging ich auf das Fenster zu. »Wegen dir werden mir morgen im Stehen die Augen zufallen!« Heftig riss ich den Vorhang zur Seite – und stutzte. Das war nicht der Perserkater. Auf dem Fenstersims saß eine andere Katze. Viel größer, mit schwarzen langen Haaren. Sie leckte sich mit der allergrößten Seelenruhe die Vorderpfote. Wahrscheinlich die Pfote, mit deren Krallen sie noch vor ein paar Minuten die Gardine bearbeitet hatte (die übel aussah).

»Hey, wer bist du? Hast du dich verlaufen?«, flüsterte ich.

Die Katze unterbrach ihre intensive Fellpflege und starrte mich aus tiefgelben Augen an. Sie hatten die Farbe von Bernstein, mit braunen Sprenkeln dazwischen. Richtig hübsch.

»Bist du ein Streuner?« Ich machte einen Schritt auf sie zu und streckte vorsichtig meine Hand nach ihr aus.

Aber diese Katze war eindeutig keine von der verschmusten Sorte. Sofort stellte sie das Fell auf und fauchte bedrohlich.

»Wuah!« Schnell wich ich zurück. »Hey, du bist eingebrochen, klar? Ich möchte dir nichts tun, aber es wäre nett, wenn du jetzt wieder dorthin gehst, wo du hergekommen bist. Ich muss nämlich schlafen. Es ist schon halb vier und mein Tag beginnt um sieben!« Ja. Mir war klar, dass ich gerade mit einer Katze sprach und sie weder in der Lage war, mir zu antworten noch mich zu verstehen.

Die Katze scherte das sowieso nicht. Sie machte einen großen Satz vom Fensterbrett ins Zimmer, blieb in der Mitte des Raums stehen, glotzte mich an und hopste dann mit der Geschwindigkeit eines Pfeils auf die Kommode. Ihr zotteliger Schwanz fegte die Kaminuhr zu Boden. Es klirrte, als das Ding auf die Holzdielen krachte und in Tausende Einzelteile zerbarst. Na, großartig! Hoffentlich war die nicht wertvoll gewesen!

Aber mir blieb keine Zeit, um mir deshalb Sorgen zu machen. Die Katze setzte in diesem Moment dazu an, von der Kommode auf den Kleiderschrank zu springen.

»Nein, hey, bleib da!«, rief ich, aber es war zu spät.

Der Fellknäuel-Eindringling landete auf dem Schrank. Und das mit einer Leichtigkeit, die mich überlegen ließ, ob das überhaupt eine gewöhnliche Katze war oder vielleicht doch eher die französische Verwandtschaft von Tigress aus *Kung-Fu-Panda*.

»Was soll das werden?« Ich griff hastig nach dem Viech, aber leider war ich mit meinen einen Meter achtundsechzig zu klein für einen locker drei Meter hohen Schrank. »Komm wieder runter!«

Verzweifelt sprang ich auf und ab, während diese Katze mich provokant anglotzte und den Hintern langsam davonschob, bis sie vollständig aus meinem Sichtfeld verschwunden war.

Mist. Bestimmt würde Tigress' Katzencousine gleich die Tapete von der Wand kratzen.

Ich seufzte und sah um mich. Es musste in diesem Zimmer doch irgendetwas geben, das mir als Kletterhilfe dienen konnte. Mein Blick blieb an einem Empirestuhl in der Ecke hängen. Der war zwar nicht sonderlich hoch, aber besser als nichts. »Na warte, du kleiner Einbrecher«, murmelte ich, huschte schnell davon und zog den Stuhl zum Schrank, wobei ich versuchte, möglichst wenig Lärm zu erzeugen.

Als ich schließlich mit meinen nackten Füßen auf den edlen Blümchen-Stoffbezug trat, hatte ich fast ein schlechtes Gewissen. Die Federn in der Sitzfläche gaben nach, und ich sank gleich wieder ein bisschen tiefer, aber es gelang mir, die Hände an den oberen Rand des Schranks zu klammern.

Dann holte ich Luft und zog mich in die Höhe. Die Muskeln in meinen Armen zitterten, doch ich ließ nicht locker, bis ich oben angelangt war. Ich konnte richtig spüren, wie mir mein Herz bis zum Hals klopfte. Bestimmt hatte sich mein Gesicht vor Anstrengung schon rot verfärbt, so heiß wie mir war. Zum Glück sah mich niemand. So oder so musste es belämmert wirken, wie ich mich nur in Shorts und Schlafshirt an die Kante von diesem alten Schrank klammerte. Um vollständig hinaufzuklettern, war der Spalt zwischen Holz und Decke zu schmal.

Als ich endlich den Blick heben konnte, stockte mir der Atem. Neben Staubflusen und einem anscheinend ausrangierten Gemälde (Eiffelturm im Regen), sprang mir eine Sache ins Auge, die ich mir beim besten Willen nicht erklären konnte.

Mitten in der Tapete war unübersehbar so etwas wie eine Tür. Zwar eher für die Größe eines Zwerges gedacht, aber trotzdem eindeutig eine Tür. Dafür fehlte von der Katze jede Spur.

Vorsichtig löste ich meine linke Hand vom Rand des Schrankes und versuchte, ohne abzurutschen an die Tür zu gelangen. Aber ich schaffte es nicht, die Tür auch nur mit einer Fingerspitze zu berühren. »Mist«, murmelte ich und ließ mich mit den Füßen zurück auf den Polsterbezug des Stuhls gleiten.

Ich hätte mich keine Sekunde länger halten können.

Grüblerisch knabberte ich auf meiner Unterlippe herum. Ob die Katze dort in die Wand geschlüpft war? Doch wie sollte das möglich sein? Die Tür hatte verschlossen ausgesehen.

Mein Blick wanderte zum Fenster. Vielleicht war die Katze ja, während ich mit dem Klettern beschäftigt gewesen war, über die andere Seite wieder hinunter und dann unbemerkt zurück durchs Fenster in die Gasse gehuscht. Ja, so musste es sein. Alles andere ergab überhaupt keinen Sinn. Obwohl das noch lange nicht erklärte, warum es in Grand-père Antoines altem Zimmer winzige Türen in der Wand gab. Ich eilte zum Fenster, um es zu schließen. Wenn sich heimlich Katzen einen Weg hier hineinverschafften, wollte ich lieber kein Risiko eingehen.

Aber noch mitten in der Bewegung erstarrte ich und blinzelte ein paar Mal. Unten auf dem Kopfsteinpflaster lehnte an der gegenüberliegenden Hauswand ein Mann mit dunklem Kapuzenpullover. Was an sich natürlich nicht weiter seltsam gewesen wäre. Die *Rue Saint Jean* ist eine Gasse, in der auch nachts noch viel los ist. Allerdings nicht unbedingt um vier Uhr morgens. Doch selbst das fand ich noch nicht weiter eigenartig. Er hätte ein Angestellter aus einer der Boulangerien sein können; Bäcker beginnen bekanntlich sehr früh mit dem Brötchenbacken. Was mir komisch vorkam, war, dass die schwarze Katze nun neben seinen Füßen saß und er sich mit ihr zu unterhalten schien. Und zwar nicht so, wie ich es zuvor getan hatte, sondern es sah aus, als würde sie ihm antworten. Was sie selbstverständlich nicht tat. Trotzdem hielt er immer wieder inne, nickte, schüttelte den Kopf – und dann, mit einem Mal, blickte er auf und starrte mich direkt an. Als hätte er gespürt, dass ich gerade aus dem Fenster sah. Und kaum, dass er mich wahrgenommen hatte, zog er eine Zigarette aus der Brusttasche seines Hoodies, steckte sie sich in den Mund und entfachte ein Streichholz. Ich hätte schwören können, er zwinkerte mir zu.

Wie vom Blitz getroffen machte ich einen Schritt zur Seite und versteckte mich hinter dem Vorhang. Mein Herz raste. »Ganz ruhig, Clara«, sagte ich leise zu mir selbst. »Das galt nicht dir. Das hast du dir eingeb…«

Der Satz blieb mir im Hals stecken. Draußen hatte etwas gescheppert. Und ich kannte dieses Geräusch. Es stammte vom Schlüsselbund über der Eingangstür des Antiquariats. Was bedeuten musste, dass gerade jemand aus dem Laden kam. Um vier Uhr morgens?!

Zaghaft schielte ich um die Ecke, ohne mich von der Wand wegzubewegen. Mir stockte der Atem. Eine zweite Person war neben dem rauchenden Kerl mit der Katze aufgetaucht. Sie trug einen langen schwarzen Mantel, der bis über die Knöchel reichte. Sie nickte dem Typen und der Katze zu, der sich daraufhin mit dem angewinkelten Bein von der Hausfassade abstieß. Gemeinsam gingen die beiden davon, dicht gefolgt von der Katze. Als sie in die nächste Seitengasse einbogen, verschwanden sie endgültig aus meinem Sichtfeld.

6.

»Du siehst müde aus, *ma chère*!« Yvette musterte mich über den Rand einer blau-weiß gepunkteten Kaffeetasse. »Hast du nicht gut geschlafen?« Sie trank einen kräftigen Schluck, wobei ein Schnauzbart aus Milchschaum an ihrer Oberlippe hängen blieb.

Augenscheinlich war Yvette Frühaufsteherin. Womit sich meine Vermutung, dass sie nicht die Person sein konnte, die mitten in der Nacht in den Gassen herumstreunte, bestätigte. Wäre sie um diese Uhrzeit unterwegs gewesen, hätte sie jetzt bestimmt nicht derartig entspannt ausgesehen. Sie lächelte fröhlicher, als mein Vater es um sieben Uhr morgens zustande brachte, und das wollte was heißen. Papa ist der am meisten begeisterte Morgenmensch, den die Welt jemals hervorgebracht hat. Beziehungsweise hatte ich das immer geglaubt. Yvette lief ihm nun eindeutig den Rang ab. Zusätzlich zu ihrer gut gelaunten Miene war sie heute auch noch richtig schick. Unter der hellgrünen Strickweste trug sie eine weiße Bluse und dazu eine elegante beige Leinenhose. Statt ihres üblichen Flechtzopfs hatte sie die Haare in Fischgrätoptik geflochten und sich einige überstehende Strähnen mithilfe eines wild gemusterten Seidentuchs aus der Stirn gebunden.

Neben ihr kam ich mir gleich noch weniger gesellschaftstauglich vor. Ich musste den Eindruck eines Zombies erwecken. Nach den rätselhaften Beobachtungen letzte Nacht hatte es ewig gedauert, bis ich mich wieder ins Bett getraut hatte. Dort hatte ich an die Decke gestarrt und wach gelegen. Irgendwann musste ich aber wohl doch weggenickt sein, denn pünktlich um sechs Uhr dreißig hatte mich das nervige Läuten meines Handyweckers aus einem wirren Traum gerissen. Danach war ich wie betäubt ins Bad geschlurft, hatte mich von Kopf bis Fuß eiskalt abgeduscht und dann das erstbeste Shirt übergeworfen, das ich blind aus dem Trolley kramte. Leider bemerkte ich zu spät, dass es sich dabei um eines der Shirts handelte, die ich üblicherweise nur zum Schlafen benutzte, mit einem knallpinken Glitzeraufdruck *Kiss me cause I am cute* vorn auf der Brust. Ein modischer Totalreinfall, den meine Tante Lotte mir letztes Jahr zu Weihnachten geschenkt hatte.

So saß ich jetzt also am Frühstückstisch und kam mir reichlich dämlich vor. Wenigstens ignorierte Théo mich geflissentlich. Alles andere wäre nur noch peinlicher gewesen. Er hatte es sich am Fensterbrett auf der anderen Seite des Raums gemütlich gemacht, tippe vertieft etwas in sein Smartphone und aß beiläufig ein Croissant.

»Die Nacht war ein bisschen unruhig«, gestand ich, umschloss meinen Kaffeebecher mit beiden Händen und zog ihn über die Tischplatte näher zu mir heran. Yvette hatte ihn mir wortlos hingestellt. Entweder war ihr entfallen, dass ich Kaffee nicht mochte, oder meine Augenringe waren so schlimm, dass sie keinen anderen Ausweg für mich sah. Was ich ihr nicht verübeln konnte. Ich fühlte mich platt wie ein Crêpe aus Raouls Crêperie. »Und … also …«, fuhr ich fort, »lange nach Mitternacht habe ich einen Mann draußen gesehen. Ungefähr um vier Uhr morgens. Außerdem war eine Katze im Zimmer.«

»Einen Mann?« Yvette kicherte seltsam. Das passte nicht wirklich zu ihrem Alter. »Männer sehe ich nachts auch manchmal in meinen Träumen.«

»Tante Yvette!« Théo erwachte plötzlich zum Leben. Er

schaute von seinem Handy auf und schüttelte den Kopf. »Niemand will das wissen!«

»*Mon Dieu*!« Yvette hob beide Hände in die Höhe, als würde sie sich ergeben. »Das war doch ein Spaß, mein Junge. Aber entschuldige, Clara, ich wollte nicht von deiner Erzählung ablenken. Was war also mit diesem Mann?«

Meine Wangen wurden warm. »Na ja, er stand unten in der Gasse und rauchte eine Zigarette.«

Toll. Schon während mir der Satz über die Lippen kam, fiel mir auf, wie bescheuert das klang. *Hilfe, da stand ein rauchender Mann in einer der bekanntesten Gassen Lyons!* »Außerdem hatte er ein Streichholz, und er …«

»Nun? Was machte er?«, bohrte Yvette neugierig nach.

»… er grinste mich an und sprach mit der Katze«, sagte ich und schluckte.

O Gott. Vielleicht lag es daran, dass wir gemeinsam in der Küche saßen und draußen die ersten Strahlen der Morgensonne vom Himmel leuchteten, oder dass die Spatzen vor dem Fenster herumflatterten, auf dem Tisch eine gepunktete Vase mit einer Tulpe stand, es nach Kaffee und Croissants duftete und die Nacht vorbei war. Auf jeden Fall fand ich selbst, dass sich das alles überhaupt nicht gruselig anhörte. Eher, als hätte ich vor dem Schlafengehen zu viel Knoblauch und Käse gegessen.

»Aber es tauchte auch noch eine zweite Gestalt auf. Sie kam aus dem Antiquariat und trug einen Mantel«, fügte ich hinzu. »Und dann war da ja noch die Sache, dass die Katze *in* meinem Zimmer war!«

Yvette tunkte ein Stück Croissant in die Milchschaumkrone ihres Kaffees und betrachtete mich mit gerunzelten Brauen. »Nun, es gibt viele Katzen in Lyon. Wenn du nachts das Fenster öffnest, kommen sie gerne einmal hereingeklettert. Besser ist, du schließt es einfach. Und das mit der Person aus dem Antiquariat musst du dir eingebildet haben. Nur Monsieur Mathis und ich besitzen einen Schlüssel. Und ich für meinen Teil bevorzuge es, nachts zu schlafen. Es könnte höchstens sein, dass es eine optische Täuschung war und die Person, die du gesehen hast, aus dem *Traboules* kam, der durch unseren Hinterhof führt. Der Zugang befindet sich seitlich neben dem rechten Schaufenster. Aus dem oberen Stock betrachtet kann durchaus der Eindruck entstehen, diese Tür wäre der Ladeneingang. Wusstest du, dass die *Traboules* eine architektonische Besonderheit Lyons sind? Es gibt ganze …«

»Yvette, meine Mutter ist hier aufgewachsen«, stoppte ich ihren Redefluss. »Ich kenne die Geschichte dieser Stadt und weiß, dass die *Traboules* besondere Gänge sind, von denen es Hunderte in der Altstadt gibt. Man gelangt durch sie von einem Hinterhof in den nächsten und muss dafür keinen einzigen Fuß auf die Straße setzen. Außerdem steht das in jedem Reiseführer. Aber ich bin mir sicher, dass die Person heute Nacht nicht aus dem *Traboules* kam. Ich hab den Laden-Schlüsselbund scheppern hören.«

Yvette lächelte. »Es gibt viele Schlüssel auf der Welt, meine Hübsche. Und Menschen, die nachts unterwegs sind, scheppern auch gerne mal damit. Weil sie sie aus ihren Taschen kramen, um sich ihre Haustüre aufzuschließen und ins Bett zu gehen. Denn das ist der einzige Ort, an dem sich ein Mensch nach Mitternacht aufhalten sollte. Im Bett. Sagte ich schon einmal, dass ich mein Bett liebe?«

»Aber Yvette«, wandte ich ein. »Es war ganz sicher dieser Schlüsselbund. Er klingt … anders.«

Yvette seufzte leise. »Ach, Clara, du bist deinem lieben Papy Philippe sehr ähnlich. Er hatte auch erstaunlich viel Fantasie.«

»Wie meinst du das?«, fragte ich verwirrt.

»Buchbinder sind für gewöhnlich nicht diejenigen unter den bücheraffinen Menschen, die sich durch ihre ausgeprägte Fantasie auszeichnen. Es gibt einige unter ihnen, die sogar behaupten, man sollte als Buchbinder besser gar nicht lesen, da das bloß von der Arbeit ablenkt«, sagte Yvette und nahm noch einen Bissen von ihrem Croissant. Sie kaute eine Weile, dann sprach sie mit halbvollem Mund weiter und wischte sich beiläufig einen Krümel von den Lippen. »Was für ein grenzenloser Unsinn das ist, bewies dein lieber Grand-père. Ein Buchbinder muss in der Lage sein, sich kreative Lösungen zu überlegen. Er muss das Material kennen, die Bücher, das Papier. All die Dinge, die für seine Arbeit eine Rolle spielen. Philippe Chevalier war der beste Buchbinder – und ein begnadeter Leser. Er hatte ein Händchen … Entschuldige, ich schweife ab. Was ich damit sagen möchte: Glaubst du nicht, dass du einfach einen schlechten Traum hattest? Die Schlüssel über der Tür klingen jedenfalls nicht anders als andere alte rostige Schlüssel.«

Ich schüttelte entschieden den Kopf. »Das war kein Traum. Da war jemand im Laden. Was ist mit Monsieur Mathis? Möglicherweise wollte er irgendwas erledigen, für das tagsüber keine Zeit mehr blieb?«

»Monsieur Mathis wohnt im *Boulevard de Belges*«, hielt Yvette dagegen. »Das ist eine viel zu weite Strecke, um sie nach Mitternacht zu gehen. Das würde der Gute sich niemals antun. Er ist siebzig, da liegt man spätestens um einundzwanzig Uhr im Bett. Außerdem denke ich nicht, dass er im Sommer einen Mantel trägt. Weißt du, was ich vermute?«

»Hm?« Ich nippte vorsichtig am Kaffee. Schmeckte erstaunlich gut. Süß und cremig, völlig anders als das bittere Gebräu, das Papa daheim mit der Filtermaschine fabrizierte. Ich nahm gleich noch einen Schluck, dieses Mal einen kräftigeren.

»Ich vermute, meine Hübsche, dass du sehr wohl einen schlechten Traum hattest. Die erste Nacht allein, weg von zu Hause, und dann auch noch ohne deinen lieben Papy Philippe ... Das ist doch verständlich, dass du da Albträume bekommst! Und manchmal können Träume einem so real vorkommen, dass man am nächsten Tag davon überzeugt ist, sie wären Wirklichkeit gewesen. Passiert mir auch öfters.« Yvette griff vorbei an der Blumenvase nach meiner Hand. »Das ist in Ordnung, mach dir keine Sorgen. Wir sollten heute dringend gemeinsam in die Wohnung deines Grand-père gehen und uns in der Buchbinderwerkstatt umsehen. Vielleicht möchtest du sein Werkzeug haben? Na, was hältst du davon?«

»Ja, das wäre schön«, sagte ich.

»Na also!« Yvette lehnte sich zurück. »Jetzt sieht die Welt doch gleich wieder besser aus, oder? Oh, und falls das Bett unbequem ist, brauchst du dir keine Ausreden ausdenken. Du darfst gerne auf dem Sofa im Wohnzimmer schlafen. Aber das hat fünfzig Jahre auf dem Buckel, die Federn ächzen ... und du müsstest es teilen. Es ist der Lieblingsplatz von Floof.«

»Floof?«, fragte ich.

»Meine neue Katze.« Sie reichte mir das Körbchen voll Croissants. »Jetzt nimm dir endlich eines, bevor sie kalt werden. Théodore hat sie aus meiner Lieblingsboulangerie geholt. *Bon appetit, ma chère.*« Sie wandte sich zu Théo um. »Junger Herr, wollen Sie bitte *endlich* dieses elektronische Dingsda weglegen und sich zu uns an den Tisch gesellen? Und zwar mit Zack!«

Ein guter Buchbinder muss den
Büchern
zuhören. Nicht den
Menschen. Mon Dieu, die Menschen
haben ja keine
Ahnung von dem, was Bücher
brauchen. Um das zu verstehen, müssten sie
erst einmal
begreifen, wozu Bücher in der
Lage sind.
Geschichten erzählen?
Mon Dieu!
So viel mehr!

Philippe Gustave Chevalier

7.

Zugegeben, ich hatte mir die Arbeit in einem Antiquariat anders vorgestellt. Ich war davon ausgegangen, ich würde *richtig* mit Büchern arbeiten. Mich für Kunden auf die Suche nach bestimmten Exemplaren machen, Tipps geben und so was. Oder wie in Papy Philippes Buchbinderwerkstatt bei besonders alten Stücken rätseln, woher sie kamen und wem sie früher gehört hatten. Denn das faszinierte mich. Die Vorstellung, dass Bücher im Laufe ihres Lebens Hunderte Regale bewohnen und Tausende Gespräche mitbelauschen. Könnten sie sprechen, hätten sie bestimmt viel spannendere Geschichten erzählt, als zwischen ihren Seiten geschrieben standen.

Na ja. Zum Glück blieb mir wenigstens Zeit, über solche Dinge nachzudenken, während ich mit einem Staubwedel in der Hand auf den schmalen Holzsprossen der deckenhohen Leitern herumturnte und versuchte, bloß nicht nach unten zu gucken und erst recht nicht hinunterzufallen. Ich hing mindestens *vier* Meter über dem Dielenboden! Ich wollte mir nicht ausmalen, wie es sich anfühlte, dort aufzuknallen. Und genauso wenig wollte ich mir die Frage stellen, ob das hier *wirklich* der richtige Job für den Tag nach einer nahezu schlaflosen Nacht war. Schnell voran kam ich jedenfalls nicht. Die alte Standuhr schlug gleich Mittag, und ich hatte noch nicht einmal die Hälfte der Regale im ersten Verkaufsraum abgestaubt, als Monsieur Mathis mit hochgezogener Braue und einem übellaunigen Brummen unter die Leiter trat. »Mademoiselle Bernstein, stecken Sie Ihre Nase heimlich in die Bücher oder wieso dauert das so lange? In Ihrem Alter habe ich eine solche Aufgabe innerhalb einer halben Stunde erledigt. Es wartet noch ein weiterer Raum auf Sie. Und diese Bananenkartons. Ich möchte, dass Sie die Bücher darin alphabetisch ordnen und anschließend hinaus auf den Wühltisch bringen!« Mit der Schuhspitze schob er eine Kiste in meine Richtung. »Die sind wertlos. Groschenromane. Perfekt geeignet für Sie, da können Sie nichts anrichten.«

»Wieso soll ich sie alphabetisch sortieren, wenn sie auf den Wühltisch kommen?«, fragte ich und wischte mir eine Spinnenwebe von der Stirn. Wann war hier eigentlich zum letzten Mal geputzt worden? Meine Fingerspitzen hatten sich mausgrau verfärbt, und ich musste alle fünf Minuten niesen, als hätte ich an Pfeffer geschnüffelt. Und vorhin, in den obersten Reihen, hatte ich geglaubt, neben einem goldverzierten Buchrücken würde eine tote Ratte liegen – zum Glück war's dann doch nur eine überdimensionale Staubkugel gewesen.

Eine Ratte hätte auch kein leichtes Spiel gehabt. Yvettes Katzen schlichen pausenlos im Laden herum. Inzwischen konnte ich sie sogar auseinanderhalten. Floof war das kleine, rot getigerte Kätzchen, Lucille eine weiße Langhaarkatze, die eine rosa Schleife um den Hals trug, und dann gab es noch Adele, eine silbrig schimmernde Tigerkatze, die sich sofort versteckte, wenn fremde Menschen den Laden betraten. Was im Laufe des Vormittags nicht öfter als zweimal vorgekommen war. Der dicke graue Perserkater, dem ich gestern schon begegnet war, hörte auf den Namen Monsieur Minou. Er war der älteste im Bunde und hielt sich laut Yvette für den Chef des Antiquariats. So, wie er mich bei der Arbeit beobachtete, zweifelte ich keine Sekunde daran. Er schien jeden meiner Handgriffe genauestens unter die Lupe zu nehmen, wenn er mich nicht gerade feindselig anfauchte und mir seine spitzen Eckzähne präsentierte. Eine weitere Bestätigung dafür, dass Monsieur Mathis und dieses übellaunige Zottelvieh sich neben ihren Namen gruselig ähnlich waren.

»Warum Sie die Bücher für den Wühltisch alphabetisch sortieren sollen? Weil Sie hier sind, um zu lernen, oder etwa nicht?«, schnauzte Mathis mich an.

Ich nickte. »Schon, aber …«

»Dann lernen Sie, Mademoiselle Bernstein! *Lernen* Sie! Lektion Nummer eins: Wenn ich Ihnen eine Arbeit gebe, wird sie ohne großes Gemurre erledigt. Lektion Nummer zwei: Wer seine Arbeit nicht vor zwölf Uhr fertigstellt, macht keine Mittagspause. Lektion Nummer drei: Madame Lombard mag das Sagen haben, doch wenn sie nicht vor Ort ist, bin *ich* Ihr Vorgesetzter. Lektion Nummer vier: Sie müssen die Rollen in Zukunft besser einrasten lassen, sonst rutscht Ihnen die Leiter weg, Sie verlieren das Gleichgewicht, stürzen ab und brechen sich das Genick. Das wollen Sie Ihren Eltern nicht zumuten. Alles verstanden?« Er sah mich streng an.

»Ja, ich denke …«

»Ich möchte nicht wissen, ob Sie *denken*, ich möchte wissen, ob Sie mich verstanden *haben*?« Wieder nickte ich, anscheinend zu zaghaft, denn Monsieur Mathis guckte gleich noch strenger. »Dann wiederholen Sie Lektion Nummer zwei.«

»Wie bitte?«

»Lektion Nummer zwei!«

»Ich … äh …« Mir wurde heiß. Bestimmt hatten sich meine Ohren längst knallrot verfärbt, wie es sonst immer geschah, sobald mir in der Schule eine Frage gestellt wurde, die ich nicht beantworten konnte. »Lektion Nummer zwei ist das mit dem Mittagessen«, sagte ich heiser. Und schimpfte mich innerlich selbst. Ich hasste es, dass ich es nicht schaffte, mich in solchen Situationen besser zu verteidigen. Ich wollte mich nicht grundlos fertigmachen lassen. Aber ich war eben keins dieser Mädchen, die stets eine gute Antwort parat haben. Die sich trauen, anderen Menschen einfach mal die Meinung zu geigen. Die vor Selbstbewusstsein strotzen. Ich war kein Mädchen wie Nele – die in diesem Moment vermutlich am Strand lag und überlegte, welcher von den drei Kerlen, in die sie sich verknallt hatte, die beste Wahl für einen ausgiebigen Sommerflirt war, während ich mich von einem alten Opi zur Schnecke machen ließ und mit aller Kraft versuchte, die Tränen zu unterdrücken, die sich soeben einen Weg aus meinen Augen bahnen wollten.

Meine Lippen zitterten.

»Richtig. Keine Mittagspause!«, kümmerte das Monsieur Mathis offensichtlich nicht die Bohne. Er bedachte mich mit einem Gesichtsausdruck, als sei ich dümmer als das Marmeladencroissant, das er heute zum Frühstück verspeist hatte. Obwohl ich mir jetzt gerade eher vorstellte, dass er zum Frühstück kleine Kinder fraß. Wie die Hexe aus Hänsel und Gretel. Die bemühte sich allerdings wenigstens darum, sich mithilfe von Süßigkeiten und Schmeicheleien das Vertrauen ihrer Opfer zu erschleichen. Monsieur Mathis offenbarte gleich von vornherein vollständig unverblümt, dass er der dunklen Seite der Macht angehörte. Und die laut tickende Standuhr war sein Komplize.

Als wäre sie darauf programmiert, begann sie exakt in diesem Moment zwölf Uhr zu läuten und machte die Situation damit noch fieser.

»Also dann, Mademoiselle Bernstein«, sagte Monsieur Mathis mit einem boshaften Grinsen. »Ich bin draußen vor dem Laden, eine köstliche Quiche wartet auf mich. Vergessen Sie nicht: Ich habe stets ein Auge auf Sie!«

Er machte auf dem Absatz kehrt und stolzierte erhobenen Hauptes davon, ohne sich noch einmal nach mir umzudrehen.

Ich rubbelte mir die Wangen und hoffte, dass das Brennen wieder verschwinden würde. Dieser Mensch hatte es nicht verdient, dass ich seinetwegen weinte. Als er endlich aus meinem Sichtfeld verschwunden war, wurde es zum Glück wirklich besser. Ich wandte mich vorsichtig auf der Leiter um und fegte kräftig einige der Bücher ab. »Danke, Clara, dass du die Drecksarbeit machst«, sagte ich zu mir selbst auf Deutsch, damit dieser bösartige, miese, gemeine und blöde Monsieur Miesmuffel mich nicht verstehen konnte. So wie der drauf war, traute ich ihm nämlich zu, dass er den Laden in Wirklichkeit nicht verlassen hatte und mich heimlich hinter der Ecke versteckt ausspionierte, um wie ein tollwütiger Oger aus seiner Deckung zu springen, sobald ich auch nur den winzigsten Fehler beging.

»Danke, dass du deine Sommerferien opferst, um Staub zu wischen, obwohl Yvette dir versprochen hat, mit alten Büchern arbeiten zu dürfen. Danke, dass …« Ich verstummte. Wie aus dem Nichts war der Perserkater in der Regalreihe aufgetaucht. Er stieß ein paar Bücher um, setzte sich direkt vor mich, wickelte den buschigen grauen Schwanz um seinen eigenen Körper und glotzte mich durchdringend aus knallgrünen Katzenaugen an.

»Was?«, fragte ich genervt, und obwohl er eine Katze war und mich sowieso nicht verstehen konnte, wechselte ich ganz automatisch wieder ins Französische. »Findest du etwa, dass man sich so benimmt? Ich halte das für ziemlich unhöflich. Mein Großvater war einer der besten Buchbinder Frankreichs. Ein kleines bisschen Respekt hätte ich schon verdient, oder? Also ich meine damit nicht, dass man mich mit Samthandschuhen anfassen muss. Aber ...«

»Sprichst du gerade mit der Katze?«

»Wuhaaa.« Erschrocken wirbelte ich herum. Mit einem solchen Schwung, dass ich um ein Haar das Gleichgewicht verlor und mit den Füßen abglitt. In der letzten Sekunde gelang es mir, mich abzufangen, ehe ich in die Tiefe stürzte.

»*Merde*!«, fluchte ich, nachdem ich mich wieder einigermaßen sicher fühlte. »Théo ... Ich ... Was sollte das? Ich hätte sterben können.«

Théo stand unter der Leiter und sah zu mir empor, die rechte Hand um eine der Sprossen geklammert. Er musste sich leiser als dieser Kater angeschlichen haben; normalerweise war es unmöglich, ohne Knarzen über den Holzdielenboden zu gehen. »*Pardon*, ich wollte dich nicht erschrecken«, sagte er zerknirscht. »Ich dachte, du hättest mich gehört.«

»Schon in Ordnung.« Ich lächelte und wartete, weil er immer noch schaute, als läge ihm irgendwas auf der Zunge, und er keine Anstalten machte, sich von der Leiter zu entfernen. Doch es kam nichts. Er starrte mich einfach nur still an.

Eine gefühlte halbe Minute ertrug ich das, dann fragte ich: »Ähm, brauchst du was von mir?«

Unsicher drehte Théo den Kopf in Richtung Ladeneingang. »Macht Monsieur Mathis Mittagspause?«

Ich nickte. »Ja, er wollte eine Quiche essen.«

»Perfekt, das sollte ihn ablenken.« Théo wandte sich wieder

mir zu, auch wenn er den Blick zwischendurch immer wieder umherschweifen ließ, als hätte er vor irgendetwas Angst. »Wir müssen uns unterhalten.«

»Okay?«, sagte ich.

Und wartete. Wartete. Wartete.

Aber er sagte nichts.

»Worüber denn?«, fragte ich nach einer Weile vorsichtig. Ich wusste auch nicht, woran es lag, doch der Satz *Wir müssen uns unterhalten* verursachte sofort ein eigenartiges Gefühl in meinem Bauch. Vielleicht, weil Mama ihn zu Hause jedes Mal brachte, wenn sie sauer war. Wieso dieser Junge allerdings einen Grund haben sollte, wütend auf mich zu sein, war wieder eine andere Frage. Seit gestern Abend hatten wir außer »Gute Nacht« und »Guten Morgen« kaum miteinander gesprochen. Inzwischen war ich nicht nur der Meinung, dass er für einen Siebzehnjährigen eigenartig still war, sondern zusätzlich unter einem ernst zu nehmenden Handyproblem litt. Ganz im Ernst – er hing einfach *ständig* am Smartphone! Es glich einem Wunder, dass er jetzt keines in der Hand hatte.

»Über das, was du gestern Abend beobachtet hast«, sagte er leise. Und guckte schon wieder um sich, als wäre die Polizei hinter ihm her. »Wo steckt Tante Yvette? Wieso lässt sie dich mit dem alten Spinner allein?«

»Sie beliefert einen Kunden«, antwortete ich. »Und es ist in Ordnung für mich, dass sie mich allein lässt. Ich finde es sogar schön, dass sie ihren Stammkunden die Bücher bis vor die Haustür bringt.«

Théo lachte trocken auf. »Wer's glaubt, wird selig!«

»Wie meinst du das?« Ratlos blickte ich ihn an. »Ich habe selbst gesehen, dass sie einen Stapel Bücher mit auf ihren ro-

ten Motorroller genommen hat und losgefahren ist. Sie meinte, dass sie heute vier Bücher abliefern möchte. Eines davon ist
eine Erstausgabe von *Le Petit Prince*! Ich liebe dieses Buch, meine Mutter hat es mir früher immer vorgelesen. Kennst du es?«

Er seufzte. »Deine Begeisterung für Bücher ist richtig …«
Er räusperte sich. »Egal, das bringt uns vom Thema ab. Tante
Yvette beliefert keine Kunden. Sie ist auf *Kleine-Freuden-Mis-
sion*. Hat sie dir das etwa noch nicht erzählt? Das erstaunt mich.
Normalerweise erzählt sie das jedem, der nicht bei drei auf dem
Baum hockt.«

»Okaaay?«, wunderte ich mich. »Das heißt?«

»Dass sie eine Marotte hat. Sie kundschaftet Menschen aus,
die einen Gegenstand zwischen den Seiten eines Buches vergessen haben. Dinge wie einen Liebesbrief, eine Postkarte, ein
Foto. Menschen vergessen die persönlichsten Sachen in ihren
Büchern, und Yvette liebt es, ihre Nase in die Angelegenheiten
Fremder zu stecken. Außerdem glaubt sie, dass man mit solchen Dingen nicht nur einen simplen Gegenstand verliert, sondern vielmehr eine wichtige Lebenserinnerung. Deshalb möchte sie diesen Personen die Erinnerungen zurückbringen, indem
sie herausfindet, wem die Bücher gehörten, und wo diese Menschen wohnen. Manchmal kann natürlich auch passieren, dass
die Vorbesitzer nicht mehr leben. Dann versucht sie, das Buch
mit dem vergessenen Gegenstand an die Nachkommen zu geben. Das alles nennt Yvette *Kleine Freuden*, da sie der Meinung
ist, wiedergefundene Erinnerungen würden glücklich machen
und eine kleine Freude in traurige Gesichter bringen. Es ist
schrecklich, sie ist total verrückt nach diesen *Missionen*. Ich
weiß nicht genau, wann das angefangen hat, aber es dürfte nach
dem Tod meiner Eltern gewesen sein. Möglicherweise ist das

ihre Art, mit dem Verlust umzugehen.« Er zuckte die Schultern. »Wenigstens ist sie beschäftigt. Ich persön…«

»Oh mein Gott, wie wundervoll ist das denn?«, fiel ich ihm ins Wort. Ich spürte mein Herz plötzlich schneller schlagen. »Warum hat sie mir das denn noch nicht erzählt?! Das klingt absolut zauberhaft! Denkst du, sie würde mich einmal mit auf so eine *Kleine-Freuden-Mission* nehmen?«

»*Mon Dieu.*« Théo seufzte. »Clara, es ist nett, dass dich das fasziniert. Aber wir müssen dringend über das reden, was du letzte Nacht beobachtet hast!« Kurz schien er nachzudenken, dann wanderte sein Blick zum Eingang und wieder zurück zu mir. Er fixierte mich. »Heute Abend um zwanzig Uhr beim Reiterdenkmal am *Place Bellecour.* Weißt du, wo das ist?«

»Théo, ich glaube«, gab ich verlegen zu, »ich hab da ganz schön überreagiert. Yvette hat bestimmt …«

»Heute Abend. Zwanzig Uhr. *Place Bellecour*«, schmetterte Théo meine Einwände ab. »Und sorg dafür, dass weder Yvette noch … Mist!«

8.

»Na ihr zwei Hübschen?« Yvette schneite zur Tür herein. Auf dem Kopf trug sie immer noch ihren knallroten Mopedhelm und in den Händen hielt sie eine braune Papiertüte, aus der ein Tulpenstrauß und die Spitze eines Baguettes lugten. »Was treibt ihr denn da? Ein heimliches Stelldichein?« Sie zwinkerte ihr typisches Yvette-Lombard-Zwinkern und lächelte. »Aber wie schön, dass ich euch beide gemeinsam finde. Ganz davon abgesehen, dass ich mich ohnehin frage, lieber Théodore, wo du heute Morgen bei der Lagebesprechung warst?« Sie blickte ihren Neffen streng an, der daraufhin die Leiter losließ und einen Schritt zurücktrat. »Vergessen«, murmelte er zerknirscht.

»Ja, ja, solche Dinge kannst du vielleicht Onkel Sébastien erzählen, aber bestimmt nicht mir!« Yvette hob den Zeigefinger und schwenkte ihn wie eine Lehrerin, die ihren Schüler tadelte, während sie hinter die Kasse rauschte, dort noch einmal an den Tulpen schnupperte, verhalten nieste und die Tüte dann auf den kleinen Schemel im Kabuff stellte. »Und gestern hast du den ganzen Arbeitstag vergessen, oder wie darf ich das verstehen?«, fuhr sie mit ihrer Predigt fort, hängte beiläufig den Mopedzündschlüssel an ein schmales Ablagebrett und zog sich den Helm vom Kopf. »Und morgen vergisst du dann, dass du nicht hier bist, damit du auf den Dächern herumkletterst und beim Parkour dein Leben aufs Spiel setzt, sondern um Geld zu verdienen? Du weißt, wie die Vereinbarung mit Onkel Sébastien lautet. Er möchte, dass du ihm jeden einzelnen Cent zurückzahlst. Und nur weil du mein Neffe bist, bedeutet das noch lange nicht, dass du ohne geleistete Arbeit Gehalt bekommst! Erst recht werde ich nicht für deine Schulden aufkommen.«

»Du arbeitest auch im Laden?«, fragte ich überrascht an Théo gewandt, woraufhin er die Lippen verzog, aber nicht schaffte, mir eine Antwort zu geben, weil Yvette schneller war.

»Das tut er!« Ihre gute Laune war augenscheinlich verflogen. »Möchtest du Clara verraten, wieso du den Sommer bei mir verbringst, mein lieber Junge? Oder soll ich das übernehmen?«

»Ich wüsste nicht, was sie das angeht«, antwortete er knapp und verschränkte die Arme vor der Brust. Die betretene Miene verwandelte sich in eine trotzige Grimasse. »Ich kannte sie bis gestern nicht einmal. Sie wusste nicht, dass es mich gibt! Und dass es meinen Vater gab! Willst du mir vielleicht stattdessen sagen, wieso du nie über Papa und Maman sprichst?«

Yvette schnaubte. »Théodore, das ist kein Thema für …«

»Oh doch! Das ist ein Thema für jetzt! Es stört mich nicht, wenn Clara die Antwort mitkriegt. Genauso wie es dich ja anscheinend nicht juckt, ihr eben mal zu erzählen, ich hätte etwas gemacht, das ich überhaupt nicht gemacht habe! Was ich dir schon hundert Mal gesagt habe, aber du glaubst natürlich eher Onkel Walross …«

»Nenn ihn nicht so!«, ermahnte Yvette.

»Wieso nicht?« Théo geriet plötzlich bemerkenswert in Fahrt. Ich konnte ihn nur perplex anstarren. War das wirklich derselbe Junge, der mich gestern im Stummfischmodus aufs Zimmer gebracht und morgens beim Frühstück kaum einen Ton von sich gegeben hatte?

»Er sieht so aus! Außerdem nennt er mich Waisenbengel, dagegen hast du auch nichts einzuwenden!«, rief Théo so laut, dass Yvette nervös zur Tür schielte, als hätte sie Angst, Kunden könnten trotz der Mittagspause den Laden betreten und etwas von diesem Gespräch mitbekommen. Dann warf sie mir einen entschuldigenden Blick zu. Vermutlich war ihr aufgefallen, wie unangenehm ich es fand, in einen solchen Konflikt hineingeraten zu sein. Ich hätte mich tatsächlich am liebsten in Luft aufgelöst oder wäre gerne mit den Büchern im Regal hinter mir verschmolzen. Im Stillen überlegte ich, wie ich mich für ein paar Minuten vom Acker machen konnte, damit Yvette und Théo das Problem allein und in Ruhe klärten. Zaghaft begann ich, eine Sprosse der Holzleiter nach der anderen hinabzuklettern, während Yvette sich wieder ihrem Neffen zuwandte und sagte: »Das meint er nicht böse. Er ist manchmal nur einfach sehr ungeschickt bei der Wahl seiner Kosenamen.«

»*Waisenbengel* soll ein Kosename sein?!« Théo lachte bitter. »Ich dachte immer, Kosenamen wären irgendwie nett!«

»Natürlich, da gebe ich dir recht.« Yvette nickte. »Ich werde Onkel Sébastien daran erinnern, dass es alles andere als in Ordnung ist, wenn er solche Dinge zu dir sagt. Du bist Teil unserer Familie, und wir müssen zusammenhalten, besonders nach allem, was passiert ist. Außerdem habe ich das Sorgerecht für dich …«

»Weshalb ich gerne mal wüsste, wieso ich schon mein halbes Leben bei Onkel Walross wohnen muss!«

»Weil Paris dir mehr Möglichkeiten bietet als Lyon! Was hättest du deine ganze Kindheit in diesem alten, staubigen Buchladen machen sollen? Zeit habe ich auch keine! Ich bin eine berufstätige, alleinstehende Frau! Und deine Großeltern sind ebenfalls viel beschäftigt. So, und nun nennst du deinen Großonkel bitte nicht mehr Walross!«

»Machst du doch selbst manchmal«, entgegnete Théo trotzig, im selben Moment, in dem ich mit beiden Füßen auf festem Boden landete und innerlich erleichtert aufatmete.

Ich platzierte den Staubwedel schräg neben dem Regal und murmelte »Bin mal auf Toilette«, dann schlich ich in Richtung Hinterausgang davon.

Yvette und Théo bekamen davon gar nichts mit, ich hörte sie heftig weiterdiskutieren.

»Bei mir ist das was anderes«, behauptete Yvette. »Ich meine das liebevoll, weil er mein moppeliger alter Onkel ist.«

»Ich auch«, murrte Théo.

»Unsinn! Also echt. Nie um eine Ausrede verlegen! Junge, du bist deinem Vater ähnlicher, als du ahnst.«

»Dass ich das nicht ahne, liegt vielleicht daran, dass ich meinen Vater verdammt noch mal nicht kenne?!«

»Wofür ich nichts kann!« Jetzt hob Yvette ihre Stimme auf eine Art und Weise an, wie ich es noch nie bei ihr erlebt hatte.

»Du kannst aber sehr wohl etwas dafür, dass du mir nicht die Wahrheit sagst!«, schmetterte Théo zurück.

»Meine Güte, dass du immer so theatralisch sein musst! Welche Wahrheit?«

»Welche Wahrheit wohl?! Über damals!«

»Du *kennst* die Wahrheit, junger Mann! Deine Eltern hatten einen Motorradunfall, weil dein Vater glaubte, er müsste im Winter viel zu schnell auf den eisigen Straßen fahren. Manchmal verhältst du dich, als hätte ich dir deine Eltern weggenommen! Aber das hat dein Vater mit seinem Leichtsinn ganz allein geschafft ...«

Klack.

Ich ließ die grüne Hintertür ins Schloss fallen. Es wurde still. Endlich. Ich schloss die Augen. Nur noch das Piepen der Spatzen umgab mich.

Durch gespitzte Lippen stieß ich Luft aus und lehnte mich mit dem Rücken gegen die Innenhoffassade. O Mann, war das anstrengend gewesen! Ich hasste es, wenn Menschen sich in die Haare bekamen und ich danebenstand. Dann wollte ich immer helfen, aber meistens fiel mir nichts ein. Zum Glück stritten meine Eltern selten miteinander. Alles andere wäre die reinste Katastrophe für mich gewesen.

Der Gedanke an zu Hause brachte mich dazu, mein Handy aus der Hosentasche zu zücken. Lächelnd stellte ich fest, dass Mama und Papa ein Foto von Asterix und der Tomatenernte aus dem Garten geschickt hatten. Dazu die Nachricht:

Wir hoffen du hast Spaß an deinem ersten Arbeitstag, Clara-Maus! Sag Yvette einen lieben Gruß! Drücken dich fest und vermissen dich, Oma, Maxim, Léon, Asterix, Mama & Papa

Vermiss euch auch! Konnte heute Nacht nicht schlafen, und hier ist miese Stimmung. Wieso hat Mama mir eigentlich noch nie erzählt, dass Yvette einen Bruder hatte?, schrieb ich schnell zurück. Dann fiel mir auf, dass sie sich nach dieser Antwort bestimmt Sorgen machen würden. Dafür kannte ich Mama zu gut. Im schlimmsten Fall hätte sie sich gleich ins Auto gesetzt und wäre nach Lyon gefahren, um mich doch wieder abzuholen. Und das wollte ich nicht.

Also löschte ich das Ganze und tippte ein:

Vermiss euch auch! Aber ist schön hier, zum Frühstück gab es frische Croissants, und Yvette wollte heute mit mir in Papy Philippes alte Wohnung gehen. Er fehlt mir! ☹
Hab euch lieb! ☺

Ich drückte auf *Senden,* danach legte ich das Ohr an die Tür und lauschte. Immer noch hörte ich Yvette aufgebracht sprechen. Ich hätte nur gestört, wäre ich zurückgegangen. Und Monsieur Mathis konnte sich nun auch nicht beschweren, dass ich seinen Staubwisch-Auftrag nicht mehr ausführte, da Yvette im Laden war, und er nicht mehr »das Sagen« hatte, wie er das nannte.

Ich steckte das Handy weg und fasste einen Entschluss.

9.

Es war nicht abgeschlossen. Aber wozu auch?

Papy Philippes Wohnung lag so gut versteckt, dass man erst einmal die lange Turmwendeltreppe im Hinterhof erklimmen und dann einen Gang durchqueren musste, um sie zu finden. Kein Einbrecher wäre auf die Idee gekommen, dass sich in dieser Ecke des Hauses und so hoch oben unter dem Dach Interessantes verbarg.

Mit einem leisen Knacken öffnete sich die Tür nach innen. Eine winzige Staubwolke wirbelte auf, als ich den ersten Schritt über die Holzschwelle machte. Es roch nach kaltem Pfeifenrauch, Leim und Sägespänen. Zusätzlich war es warm und stickig; man merkte sofort, dass hier schon länger kein Fenster mehr geöffnet worden war.

Langsam ging ich weiter durch den engen Vorraum, vorbei an einem Garderobenständer, an dem nichts hing außer einem löchrigen Regenschirm.

Am Ende des Flurs war ein offener Durchgang, über den man in das winzige Wohnzimmer gelangte. Immer noch lagen Papy Philippes bunte Flickenteppiche auf dem Boden, und in einer Ecke stand das schmale Einzelbett aus dunklem Eichenholz, in dem mein Großvater geschlafen hatte. Ein richtiges Schlafzimmer gab es keins, nur das ehemalige Kinderzimmer meiner Mutter, in dem ich jedes Mal übernachtet hatte, wenn ich die Sommerferien über auf Besuch gewesen war. Die Tür in diesen Raum stand offen, und ich musste nicht hineingehen, um zu sehen, dass Mama und Papa ihn bei ihrem letzten

Besuch komplett leer geräumt hatten. Das Einzige, was noch von der Zeit als Kinderzimmer übrig geblieben war, waren die hellrosa Wandfarbe und die Vorhänge mit fröhlichem Bienen-Aufdruck.

Im Wohnzimmer stand dafür nach wie vor der runde Tisch, der von verschiedenfarbig lackierten Stühlen umrahmt wurde.

Ich trat näher und fuhr mit den Fingerkuppen über die Lehne des dunkelblauen Stuhls. Das war Papy Philippes Lieblingsstuhl gewesen. Jeden Morgen hatte er auf ihm gesessen und Kaffee getrunken, ein Croissant gegessen und in einem Buch geschmökert.

Mir huschte ein Lächeln über die Lippen. Mein Großvater war nie einer von diesen alten Opis gewesen, die morgens die Tageszeitung lesen. Bei ihm hatte es in jedem Fall ein Buch sein müssen. Als Vorbereitung auf die Arbeit, hatte er behauptet. Damit er nicht in Versuchung geriet, die Sätze aus den Büchern zu lesen, die er reparieren musste, sondern etwas hatte, worüber er nachgrübeln konnte.

Eine Weile beobachtete ich die Lichtpünktchen des Sonnenstrahls, der durch die Dachschräge hereinfiel und auf der Tischplatte herumtanzte, dann wandte ich mich zur Küche um – falls man die kleine Kammer neben dem Flur wirklich als solche bezeichnen wollte. Eigentlich war sie nicht mehr als eine Nische mit einem Kühlschrank, ein paar bunt zusammengewürfelten Wandschränken von Trödelmärkten und einem altmodischen Gasherd.

Auf einer der Herdplatten stand immer noch Papy Philippes verbeulte, silberfarbene Espressokanne. Anscheinend hatte Mama entschieden, sie hierzulassen. Vielleicht, weil sie sonst im Müll gelandet wäre, oder weil meine Mutter fand, dass diese Kaffeekanne genauso in diese Wohnung gehörte wie die von Würmern zerfressenen Holzbalken an der Decke.

Und das stimmte. Sie gehörte hierher. Ich glaube, es hatte exakt zwei Dinge gegeben, ohne die mein Großvater nicht hätte leben wollen: diese Espressokanne und seine Pfeife.

»Nimm dir daran bloß niemals ein Vorbild, Clara«, hatte er lachend gesagt. »Rauchen ist entsetzlich schlecht für die Gesundheit, und von Kaffee kriegt man gelbe Zähne. Vom Rauchen auch. Siehst du meine gelben Zähne? Wie ein echter Räuber. Man könnte mich für den Vater von *Ronja Räubertochter* halten, oder was meinst du?«

Ich grinste. Papy Philippe hatte wirklich ein bisschen wie ein freundlicher Räuberhauptmann ausgesehen, nicht zuletzt wegen der Klamotten, die er getragen hatte. Dunkelgrüne Leinenhemden und dazu meistens eine geflickte, braune Stoffhose. Außerdem die stets etwas verstrubbelten, grauen Locken, die ihm bis knapp über die Ohren gereicht hatten, und denen man durch ihren dunklen Schimmer angemerkt hatte, dass sie früher einmal genauso rabenschwarz wie meine Haare gewesen waren. Optisch hatten sich bei mir nämlich ganz die südfranzösischen Wurzeln der Familie Chevalier durchgesetzt, obwohl mein Vater strohblond war. Ein paar von Papas Sommersprossen hatte ich trotzdem geerbt; wie zarte Farbkleckse, die mit einem feinen Pinsel aufgetupft worden waren, saßen sie auf meinem Nasenrücken. Ich mochte sie. Im Gegensatz zu dem großen Leberfleck auf meiner linken Wange. Den hasste ich. Am liebsten hätte ich ihn wegmachen lassen, aber meine Eltern waren der Ansicht, er würde zu mir gehören, und ich sollte stolz darauf sein, etwas so Ungewöhnliches an mir zu haben. Was ich versuchte – war nur ganz schön anstrengend, ungewöhnlich zu sein. Vor allem, wenn es jeder sofort sehen konnte.

Nicht so leicht sah man dagegen den Zugang zu Papy Philippes Buchbinderwerkstatt. Ich kniete mich neben eine in den Holzdielen angebrachte Bodenklappe dicht vor dem Kühlschrank. Energisch zog ich an dem Handgriff. Die Scharniere knarrten noch lauter als früher, während die Luke nach oben wanderte und eine steile Holztreppe zum Vorschein kam. Ein Schwall intensiven Leimgeruchs wehte mir entgegen. Ich hüstelte und kramte mein Handy hervor. Dann knipste ich die Taschenlampenfunktion an und rappelte mich auf, um die erste Stufe zu betreten. Vorsichtig setzte ich einen Schritt vor den anderen und tastete nach dem Geländer.

Hier unten war es zappenduster. Man hatte die schweren Samtvorhänge vor den großen Werkstattfenstern vollständig zugeschoben. Sie blickten hinaus auf die Gasse, und da in die *Rue Saint Jean* wegen der eng beisammenstehenden Häuser nie viel Licht fiel, hätte man glauben können, es wäre Nacht.

Ich schwenkte den Lichtstrahl meiner Handylampe zur Werkstattbank. Sofort sprang mir Papy Philippes Prägemaschine ins Auge. Blitzartig schossen mir Hunderte Erinnerungen durch den Kopf. Ich musste daran denken, wie mein Großvater vor diesem Gerät gestanden hatte, sorgfältig mit der Pinzette einzelne Bleibuchstaben in die dafür vorgesehene Halterung gesetzt hatte, sie wie ein Bügeleisen erhitzt und die Schrift behutsam auf die Oberfläche eines neu gebundenen Notizbuchs oder eines Albums gedrückt hatte.

Denn außer seiner Arbeit für das Antiquariat, bei der er vor allem damit beschäftigt gewesen war, alte Bücher wieder in

Ordnung zu bringen, hatte er stets viele Aufträge von Privatpersonen bekommen, die sich beispielsweise besondere Gästebücher für ihre Hochzeit gewünscht hatten. In solchen Dingen war Papy Philippe unschlagbar gewesen. Ich konnte mir nicht vorstellen, dass es einen anderen Buchbinder gab, der ähnlich viel Liebe in Details steckte, wie er das getan hatte. Aber ich hoffte, das eines Tages auch so gut zu können. Obwohl er nicht mehr da war, um es mir beizubringen.

Neben der Prägemaschine hingen Buntpapierblätter an Klammern wie aufgefädelte Perlen an einer Art Wäscheleine. Wahrscheinlich hätten sie Vorsatzpapiere werden sollen. Das sind die Seiten eines Buchs, die innen am Einband haften und manchmal besonders gestaltet sind, um dem Buch ein hübsches Innenkleid zu verpassen.

Ich zog einen der Vorhänge zur Seite, um etwas Tageslicht hereinzulassen, und betrachtete die Papiere genauer. Türkis, Grün, Orange, Pfauenmarmor, Schneckenmarmor – die Klassiker. Natürlich. Papy Philippe hatte es geliebt, neue Bücher aussehen zu lassen als wären sie alte Bücher. Und viele alte Bücher haben nun einmal ein klassisches Vorsatzpapier mit den gängigen Farben und Mustern. Da spielte es keine Rolle, ob die Pünktchen und Linien in knalligem Rot, Blau oder Violett zur Geschichte zwischen den Seiten passten oder nicht. So wie alte Bücher sich auch nicht durch Cover bemerkbar machen, die irgendetwas zeigen, das mit der Geschichte zu tun hat, sondern meistens einfach aus schlichtem braunem Leder oder Leinen bestehen.

Solche Bücher entdeckte ich nun keine mehr in den Regalen rechts neben der Werkstattbank. Früher waren die Reihen oft voll von ihnen gewesen – Aufträge, die Yvette Papy Philippe nach oben gebracht hatte. Jetzt sah ich nur einige einsame Notizbücher, die er vor seinem Tod gebunden, aber anscheinend nicht mehr verkauft hatte. Manche davon waren vielleicht auch nur Übungsstücke. »Wer seine Arbeit gut machen möchte, sollte niemals denken, er wäre bereits ein Meister«, erinnerte ich mich an Papy Philippes Worte. »Du musst üben, bis du alt und schrumpelig bist!«

Ich griff nach einem der Notizbücher und zog es vorsichtig heraus. Der Deckel war dunkelrot und der Buchrücken aus hellrotem Stoff. Als ich das Büchlein öffnete, roch ich den Leim. Das Material fühlte sich an, als wäre es nagelneu, gleichzeitig war das Papier rau und spröde und knirschte bei jedem Umblättern. Man merkte, dass dieses Notizbuch seit mindestens fünf Jahren darauf wartete, benutzt zu werden. »Schade«, flüsterte ich und stellte es zurück an seinen Platz. Eigentlich hätte ich es gern mitgenommen, aber es kam mir falsch vor, irgendetwas aus diesem Raum zu entfernen. So wie er jetzt war, hatte mein Großvater ihn hinterlassen. Vermutlich hatte er selbst jedes einzelne Blatt Buntpapier an die Klammern montiert, ein letztes Wort mit der Prägemaschine auf ein Buch gepresst, den Leimtopf zugeschraubt und die Pinsel in den Stifteköcher auf der Werkbank sortiert. Es kam mir vor, als würde noch ein bisschen etwas von ihm zwischen all dem Werkzeug hängen, als wäre sein Geist hiergeblieben. Und wenn ich einen Teil davon mitnahm, würde ich das damit kaputt machen.

Deshalb ließ ich zum Abschied einfach nur meine Finger über das Holz des Regals streichen und sagte: »Hab dich lieb, Papy«. Ich wandte mich zur Treppe um. Besser, ich kehrte zurück in den Laden, bevor man mich suchte. Hoffentlich hatten Théo und Yvette sich in der Zwischenzeit versöhnt. Und hoffentlich hatte die Quiche Monsieur Mathis Laune gehoben.

Doch gerade als ich mich auf den Weg machen wollte, passierte es. Das Holz der Dielen unter meinem linken Fuß gab nach. Im ersten Moment dachte ich, ich hätte mir das eingebildet. Aber dann senkte ich den Blick – und stellte fest, dass die Platte sich ein wenig verschoben hatte. Und darunter ein Hohlraum im Boden zum Vorschein kam.

Bücherwurm ist ein rätselhaftes
Wort.
Es bezeichnet
einen Menschen, der Bücher liebt,
ebenso sehr
wie ein Insekt,
das Bücher
zerstört. Das sich langsam
durch die Einbände
frisst,
Löcher hinterlässt
und zum Schrecken
aller
Buchliebhaber wird.
So ist der
Bücherwurm der
Feind
des Bücherwurms.

Noël Lombard

10.

Kein Wunder, dass nachts alles knarrte, wenn sich in diesem Haus schon der Boden auflöste! Ich ging in die Hocke und sah mir das Brett über dem Hohlraum an. Dabei stellte ich fest, dass es gar keine Löcher von Nägeln, Schrauben oder Ähnlichem hatte. Es machte den Eindruck, als wäre es mit voller Absicht so platziert worden, dass man es jederzeit anheben konnte. Und das erst brachte mich dazu, auch das Innere der Lücke unter die Lupe zu nehmen.

Staub, Sägemehl, kleine schwarze Kügelchen, die verdächtig nach Mäusedreck aussahen, und … Sekunde. Was war das denn? Ich hielt die Luft an und legte den Kopf schief. Ja, da lag das, was ich dachte. Eine dunkle Truhe, gut eingebettet in all diesen Schmutz. Wobei Truhe vielleicht nicht das richtige Wort war, Schatulle traf es eher. Eine kleine, braune Schatulle, um die jemand eine Art Fahrradkette gewickelt hatte, an der wiederum ein Vorhängeschloss angebracht war, auf dem in verschnörkelten Buchstaben der Name *Henri* stand.

»Henri?«, wunderte ich mich laut. Ich kannte keinen Henri. Was nichts heißen wollte. Erstens konnte es gut sein, dass diese Schatulle gar nicht Papy Philippe gehört hatte und sich schon länger hier verbarg, zweitens wusste ich seit gestern, dass ich nicht über alle Mitglieder der Familie Lombard informiert war. Möglicherweise hatte Yvette noch mehr geheime Brüder. Oder Henri war ihr geheimer Onkel, Großonkel oder so was. Vielleicht ahnte ja Yvette selbst nichts von ihm.

Oder hatte Papy Philippe ein Geheimnis gehabt?

Ich biss mir auf die Unterlippe.

Nein.

Papy Philippe war der ehrlichste Mensch der Welt gewesen. Er hatte mir immer alles erzählt. Sogar das mit meiner Großmutter, die kurz nach Mamas Geburt mit einem Matrosen durchgebrannt war. Er hätte mich niemals belogen. Und mir auch nichts verschwiegen. Da war ich mir sicher.

Doch diese Schatulle schrie geradezu nach Geheimnis.

Ich legte mein Handy zur Seite und kniff die Augen zusammen, damit ich nicht sehen musste, wie die Mäusekügelchen meine Hände berührten, während ich die Kiste aus ihrem Versteck zog. Zum Glück ging es schnell. »Igitt, igitt, igitt«, sagte ich trotzdem die ganze Zeit angeekelt.

Als ich es geschafft hatte, öffnete ich meine Augen wieder und musterte erst einmal die Fahrradkette. Das Schloss machte einen ziemlich stabilen Eindruck.

Mist.

Hoffnungsvoll lugte ich noch einmal in den Hohlraum. Aber logischerweise war da nichts mehr außer dem Dreck, den ich lieber nicht so genau betrachten wollte. Wer immer diese Kiste hier versteckt hatte, wäre allerdings auch dumm gewesen, den Schlüssel am selben Ort zu deponieren. »O Mann«, seufzte ich. Das hatte sich gerade alles so aufregend angefühlt, und ich hatte einen Augenblick lang sogar vergessen, wie blöd der Tag bisher gelaufen war. Das Entdecken solcher Rätsel war im Grund das, was ich an alten Büchern so liebte. Wieso ich gerne mit ihnen arbeiten wollte. Und nicht, um einen Sommer lang Staub von ihnen zu fegen und mich anmeckern zu lassen, wenn ich dabei nicht schnell genug war.

Ich machte es mir im Schneidersitz gemütlich und schaute mich um. Für den Fall, dass dieses Kästchen doch von Papy Philippe im Boden versteckt worden war, wo hätte er dann den dazugehörigen Schlüssel aufbewahrt? Im Regal bei den Notizbüchern? Nee. Das hätte keinen Sinn ergeben. Im Stifteköcher? Da wäre der Schlüssel nur verloren gegangen. Oben in der Wohnung am Schlüsselbrett bei den anderen Schlüsseln? Viel zu auffällig.

Toll. Ich seufzte. Es war zwecklos.

Schon wollte ich meine Entdeckung wieder zurück in die Luke legen, als mir aus heiterem Himmel ein Gedanke kam: Ich saß gerade in einer Werkstatt! Papy Philippe hatte neben all den speziellen Buchbindergeräten ebenso gewöhnliches Werkzeug besessen. Irgendwo in diesem Raum musste es also doch eine Zange geben, mit der man diese Kette aufbrechen konnte! Die Kette sah zwar fest aus, aber doch nicht so, dass ich mir nicht zugetraut hätte, sie an einer Stelle durchzuzwicken. Fahrraddiebe machten das schließlich andauernd.

Schnell stellte ich die Schatulle zur Seite, sprang auf und hetzte zu dem Schrank, von dem ich mich zu erinnern meinte, dass Papy Philippe seine Arbeitsgeräte darin verstaut hatte.

Und dieses Mal hatte ich Glück. Innerhalb weniger Sekunden erblickte ich eine Zange, die groß und kräftig genug erschien, um eine solche Kette durchtrennen zu können.

Inzwischen war ich so neugierig, dass ich nicht lange fackelte. Ich wählte den Teil der Kette, der auf mich den dünnsten Eindruck machte – und drückte, drückte und drückte. Schweißperlen traten mir auf die Stirn. Meine Finger begannen zu schmerzen. Ich rutschte ab, setzte wieder an, drückte weiter und, *Zack!*, das Metall zerbarst.

Als ich die Kette löste, klopfte mein Herz heftig, und ich war total außer Atem. Vor allem natürlich, weil es anstrengend gewesen war. Aber auch vor Aufregung. So mussten sich früher Seefahrer gefühlt haben, wenn sie irgendwo auf einer einsamen Insel einen geheimnisvollen Schatz bargen!

Langsam öffnete ich die Verschlussschnalle des Kästchens. Dann hob ich den Deckel an … und staunte nicht schlecht.

Im Bauch der Schatulle lag ein Buch mit dunkelgrünem Ledereinband. Es war eindeutig keines der Bücher, die Papy Philippe gebunden hatte. Dafür hatte es augenscheinlich zu viele Jahre auf dem Buckel. Die Kanten waren ausgefranst, als hätte die Zeit an ihnen geknabbert – oder die Mäuse. Angeblich können Mäuse ja in jeden noch so klitzekleinen Spalt schlüpfen. Vielleicht auch in eine fest verschlossene Schatzschatulle? Aber egal. Das Buch an sich war jedenfalls absolut zauberhaft. Sein Rücken wurde von hauchdünnen Goldlilien geziert, die sich um den Titel rankten. Papy Philippe hatte mir erklärt, dass die Gestaltung des Buchrückens besonders in der Barockzeit eine große Rolle gespielt hatte. Und dass die französischen Buchbinder dabei immer schon berühmt für ihre außergewöhnlich feine Arbeit gewesen waren. Deshalb überlegte ich, ob es sich um ein Buch aus der Barockzeit handelte. Leider konnte ich nicht mehr gut lesen, wie es hieß, da einige Buchstaben stark verblasst waren. Ich erkannte ein A ein D und ein V, doch das war's.

Vorsichtig, beinahe ängstlich blätterte ich es auf. Ich hatte Sorge, es würde mir zwischen den Fingern zerbröckeln, so alt fühlte das Buch sich an. Doch dann stellte ich fest, dass das Papier dicker war, als ich es aus neueren Büchern kannte, und sich bestimmt nicht leicht beschädigen ließ.

Das Vorsatzpapier zeigte genauso filigrane Lilienmuster wie der Buchrücken. Sie sahen handgemalt aus, anders als alles, was ich jemals gesehen hatte.

Auf der ersten Seite stellte ich schließlich fest, dass das Buch in lateinischer Sprache abgefasst war. »Ähh«, machte ich. Ich hasste Latein. Nicht, weil es mir schwergefallen wäre. Dadurch, dass ich zweisprachig aufwuchs und beinahe so gut Französisch wie Deutsch konnte, fielen mir Sprachen grundsätzlich nicht schwer. Aber Latein unterrichtete die olle Binsenbrecher und bei der glaubte man, sie würde während des Sprechens selbst wegnicken. Ultra langweilig. Jetzt jedoch wünschte ich mir, ich wäre in ihrem Unterricht aufmerksamer gewesen. Leider ließ sich das auf die Schnelle nicht ändern. Doch jetzt war ja auch egal, ob ich alles verstand. Ich stellte relativ schnell fest, dass es eine Art Medizin- oder Rezeptbuch sein musste. Zwischen dem Text waren immer wieder Zeichnungen von Wurzeln, Kräutern und Blumen, die zeigten, wie man sie zubereiten konnte. »Und wieso Henri?«, sprach ich mit mir selbst. »Was hast du damit zu tun, mein lieber Henri?«

Schließlich kam ich zu der Überlegung, dass das Schloss vermutlich bloß zufällig für die Schatulle verwendet worden war. Zugegeben, das fand ich ein wenig schade. Anders wäre es wesentlich abenteuerlicher gewesen. Ich schlug das Buch zu. *Bämm!* Ein Zettel flatterte zwischen den Seiten hervor. Wie hypnotisiert starrte ich ihn an. Er flog vor meiner Nase herum wie eine Feder im Wind. Tanzte nach links, nach rechts, nach oben, nach unten, um mich herum – und landete schlussendlich neben mir auf den Holzdielen.

Dort blieb er still liegen.

Mindestens eine Minute saß ich bewegungslos da und glotzte dieses Blatt an. Ich musste sofort an das denken, was Théo mir erzählt hatte. Dass Yvette verlorene Gegenstände aus alten Büchern sammelte, um sie ihren Vorbesitzern zurückzubringen und diese Menschen damit an Momente in ihrem Leben zu erinnern, die sie möglicherweise längst vergessen hatten. Und ihnen damit eine kleine Freude zu zaubern. Und ich fragte mich, ob ich soeben selbst auf eine solche *Kleine-Freuden-Mission* gestoßen war.

Es war eine dieser Nächte, in denen
das Vollmondlicht
ganz besonders
hell durch die Schaufenster fiel.
Ich vermute, es
war der milchige Schein, der
etwas in den Büchern zum
Leben erweckte, von dem
ich bis zu diesem Tag
keine Vorstellung gehabt hatte.
Eine Kraft, die
jenseits dessen liegt, was die meisten
gewöhnlichen Menschen kennen.
Ein Wesen, das sich die Bücher zur
Heimat machte. Das so
mächtig ist, dass es die Schatten tanzen lässt.
Ich weiß nicht, ob wir der einzige Buchladen
Frankreichs sind,
der es zur Aufgabe hat,
diesem mächtigen Wesen
bei der Suche nach seinen verlorenen
Geschwistern zu helfen.
Aber das werde ich tun.
Bis zu meinem letzten Atemzug.
Das wird meine Familie tun.
Bis die letzten Nachkommen sterben.
Das ist unser Schicksal.

Odette Lombard
1780

11.

Zögernd griff ich nach dem Blatt Papier. Es war in der Mitte geknickt und einmal zusammengefaltet. Vielleicht hatte es irgendjemand einfach nur als Lesezeichen benutzt und es war nichts, das sich für eine solche *Kleine-Freuden-Mission* eignete. Schade, dass ich noch keine Gelegenheit gehabt hatte, Yvette darauf anzusprechen. Ich hätte gerne mehr dazu erfahren. Und vor allem hätte ich sie gefragt, ob sie mich mal mitnehmen würde. Ich stellte mir das vor wie in dem Film *Die fabelhafte Welt der Amélie*, den Mama und ich jedes Jahr in den Weihnachtsferien guckten und dazu tonnenweise Kokosmakronen der Bernstein-Oma verdrückten. In diesem Film entdeckt die Heldin eine Kiste mit Kindheitsschätzen und bringt sie dem Mann zurück, dem sie gehört. Ich hätte am liebsten eine Liebesbotschaft gefunden. Von einem Liebespaar, das niemals zusammen sein durfte und jetzt schon grau und runzelig war.

Ach. Ich seufzte und schloss die Augen. Diese Vorstellung war einfach so zauberhaft!

Eine Weile saß ich mit geschlossenen Augen da und drückte den Zettel gegen meine Brust. In meinem Kopf liefen die Bilder dieser Liebesgeschichte wie Daumenkino an mir vorbei. Dann zerbröckelten sie in Realität und mir fiel wieder ein, dass ich ja noch überhaupt nicht nachgesehen hatte, was sich hinter diesem echten Blatt Papier verbarg. Hoffentlich wirklich nicht nur ein Lesezeichen.

Das Papier fühlte sich krümelig an. Und irgendwie schien es ein bisschen elektrisch aufgeladen zu sein. Die Seiten klebten zusammen. Es dauerte, bis ich es geschafft hatte, sie auseinan-derzufriemeln. Als es mir endlich gelang, begann mein Herz heftig zu klopfen. Ich hielt die Luft an. Keine Ahnung, wieso.

Zumindest ließ sich gleich sagen, dass es kein leeres Blatt war. Allerdings auch keine Liebesbotschaft. Ist es albern, dass mich das traurig machte? Noch trauriger fand ich dann, dass auf diesem Zettel einfach nur drei Buchstaben standen. A, K und V. Sie sahen wie von einem Kind gekritzelt aus. War wohl doch nichts weiter als ein Lesezeichen, das jemand irgendwann einmal in dieses barocke Heilkräuterbuch geschoben hatte. »Na ja«, sagte ich. »Kann man nichts machen.« Ich knickte es wieder zusammen und schob es zurück zwischen die Seiten des Buchs. Kurz überlegte ich. Sollte ich das Kästchen und seinen Inhalt mitnehmen und Yvette zeigen? Doch dann dachte ich mir, dass es bestimmt schon seit Jahrzehnten hier unter den Holzdielen lag und daher genau wie alle anderen Dinge in Papy Philippes Werkstatt ein Teil dieses Raums war. In dem es sich so anfühl-te, als würde mein Großvater weiterleben, solange man nichts veränderte. Daher legte ich das Buch in die Schatulle, wickelte die Kette darum und platzierte alles wieder dort, wo ich es ge-funden hatte. Sorgfältig drückte ich die Holzdiele an. »Krass«, flüsterte ich, während ich langsam aufstand. Von oben betrach-tet merkte man mit keinem Blick, dass sich unter dieser Boden-platte etwas versteckte. Nur wenn man drauftrat, gab sie nach und wackelte etwas. Irgendwie eigenartig, dass mir das früher nie aufgefallen war. Ich hatte doch immer so viele Stunden mit Papy Philippe hier in der Werkstatt verbracht! »Hm«, machte ich und kam plötzlich auf den Gedanken, dass es dieses Ver-steck möglicherweise noch gar nicht so lange gab. Hatte Yvette es nach Papy Philippes Tod angelegt? Oder Mama und Papa?

Aber wieso hätten sie das machen sollen? Außerdem glaubte ich kaum, dass Mama und Papa sich für barocke Kräuterbücher interessierten. Yvette war da definitiv die wahrscheinlichere Kandidatin. Was mich wiederum zur Erkenntnis brachte, dass ich ihr lieber nichts von der Schatulle erzählen sollte. Falls sie ihr gehörte und sie sie hier deponiert hatte, wäre sie bestimmt nicht begeistert gewesen, dass ich sie angerührt hatte. Niemand versteckt Dinge im Boden, von denen er möchte, dass andere Menschen sie entdecken.

Ich lächelte in mich hinein. Dass ich davon wusste, würde mein kleines Geheimnis während dieser Sommerferien bleiben. Und vielleicht konnte ich beiläufig aus Yvette herauskitzeln, ob sie einen Henri kannte.

Da fiel es mir ein. Was, wenn das Yvettes heimliche Liebe war? Bei dieser Vorstellung spürte ich mein Herz gleich wieder schneller schlagen.

Ich hätte noch länger darüber nachgegrübelt, hätte mich nicht ein lautes *Rumms* über meinem Kopf unterbrochen.

»Clara?!« Das war Théos Stimme. Er rief den Treppenabgang in die Werkstatt hinunter. So wie sich das angehört hatte, war er davor mit ziemlichem Karacho durch Papy Philippes Wohnung gefegt. »Wo steckst du denn? Tante Yvette schickt mich. Sie macht sich mächtig Sorgen!«, rief er jetzt.

»O Gott!«, entfuhr es mir. Erschrocken warf ich einen Blick auf mein Handy. Ich hatte völlig die Zeit vergessen. Und tatsächlich – ich war seit über einer Stunde hier unten in der Werkstatt! Insgesamt mussten gute zwei Stunden vergangen sein, seit ich mich aus dem Laden davongeschlichen hatte. Seltsam. So lange war mir das alles gar nicht vorgekommen.

»Ja, bin hier unten!«, antwortete ich Théo schnell und lief zur untersten Stufe der Treppe. »Sorry, ich hab überhaupt nicht daran gedacht, dass es schon so spät ist!«

»Kein Ding!« Théos Umriss zeichnete sich oben im Sonnenlicht ab. Was mich daran erinnerte, dass ich den Vorhang wieder zuziehen musste, bevor ich die Werkstatt verließ. Ich wollte alles genau so hinterlassen, wie ich es vorgefunden hatte. »Bin gleich da«, sagte ich also und wirbelte noch einmal auf dem Absatz herum. Und eigentlich wäre das nun ein ganz gewöhnlicher Moment gewesen, in dem absolut gar nichts Aufregendes passiert. Ich wäre zum Fenster gegangen, hätte alles verdunkelt und wäre dann die Stufen hoch in Papy Philippes Wohnung gelaufen. Dort hätte Théo gewartet, und wir wären gemeinsam zurück ins Antiquariat gegangen, um den restlichen Arbeitstag rumzubringen.

Die Betonung liegt auf dem Wort *wäre*. All dieses *wäre* hätte vorausgesetzt, dass Théo nicht auf die Idee gekommen wäre, sich eben mal die Werkstatt meines Großvaters anzusehen. Denn diese Idee führte schließlich zu sich wild überschlagenden Ereignissen, von denen man wahrscheinlich sogar sagen kann, sie überschlugen sich nicht nur, sondern sie schlugen gleich wilde Purzelbäume mit Salti rückwärts. Den Anfang dieses wilden Ereignis-Zirkus machte ohne Frage Théos erster Schritt auf die Treppe. »Ich war noch nie hier unten«, sagte er und kam mir entgegen. »Darf ich mich mal eben ein bisschen umsehen? Finde ich echt interessant, wie so eine Buchbinderwerkstatt aussieht.« Auf der Mitte der Treppe blieb er stehen. »Wie es hier riecht!«, stellte er fest.

»Ja«, sagte ich und wartete damit, den Vorhang wieder vorzuziehen. Sonst hätte Théo ja nicht mehr viel gesehen. »Das ist der Leim. Alle Buchbinder arbeiten mit Leim. Papy Philippe hatte immer einen großen Eimer voll auf seiner Werkstattbank. Der ist jetzt leider nicht mehr da.« Ich stockte. »Also, mit leider meine ich …«

»Weiß schon.« Théo nickte und zuckte gleichzeitig die Schultern. Was auch immer das bedeuten sollte. Vielleicht, dass er das Gefühl kannte, jemanden zu verlieren. Selbst wenn er zu dem Zeitpunkt, als seine Eltern gestorben waren, fast noch ein Baby gewesen war. Ob er sich wohl richtig an sie erinnerte? Durfte man das fragen? Oder wäre das taktlos gewesen? Ich entschied mich für *taktlos* und lächelte ihn stattdessen an.

Théo lächelte zurück. Es war das erste Mal seit meiner Ankunft, dass ich ihn richtig lächeln sah. »Ist das eine Prägemaschine?«, fragte er und zeigte zur Arbeitsfläche.

»Ja!« Ich nickte, froh über den Themenwechsel. Der Tod ist so ein anstrengendes Thema! »Papy Philippe hatte ein altes Modell. Eines mit Bleibuchstaben.«

»Interessant. Weißt du, wie das funktioniert?«, wollte er wissen. Jetzt hatte er beinahe die letzte Stufe erreicht.

»Ja, man setzt die Buchstaben in eine dafür vorgesehene Halterung, dann wird alles erhitzt wie ein Bügeleisen und …«

Da passierte es.

Théo entschied sich, den letzten Teil der Treppen nicht normal zu gehen, sondern sich mit beiden Händen links und rechts am Geländer festzuklammern und mit einem Schwung nach vorn und, zugegeben mit der Anmut eines schwarzen Panthers, mitten in den Raum hineinzuspringen.

Was grundsätzlich kein Problem gewesen wäre. Wäre das hier kein altes Haus gewesen.

Die Holzdielen wackelten. Ein Ruck ging durch die Treppe. Und die Bodenklappe über unseren Köpfen knallte zu.

12.

Théo zuckte zusammen, genau wie ich. Es kam mir vor, als würde die Erde beben. Putz bröckelte von der Wand, und im Regal kippte ein Notizbuch um.

»*Merde*!«, fluchte Théo. »Tut mir leid, damit hab ich nicht gerechnet.«

Ich winkte ab. »Das lässt sich wieder öffnen.« Ich eilte an ihm vorbei die Treppe hinauf. »Siehst du?«, erklärte ich und deutete auf einen Haken, der an den Holzscharnieren der Falltür angebracht war. »Alles gar kein Problem.«

Ich drückte. Nichts geschah. Die Klappe bewegte sich kein Stück.

»Seltsam«, murmelte ich. Und drückte noch einmal. Wieder passierte nichts. Außer, dass mir etwas Staub in die Augen rieselte, und ich einmal niesen musste.

»Haben wir doch ein Problem?«, fragte Théo und kam zu mir.

Sein Arm griff an mir vorbei nach der Schnalle. Plötzlich war er mir so nahe, dass mir der Geruch seines Deos in die Nase stieg. Frisch, irgendwie nach Minze.

Seine Stemmversuche blieben jedoch so erfolglos wie meine. »Kann man diese Tür abschließen?«, wollte er wissen. »Also könnte es passiert sein, dass das Schloss zugefallen ist?«

Ich schüttelte den Kopf. »Das ist einfach nur eine Klappe. Es gibt keinen Schlüssel, und normalerweise geht sie ganz leicht auf. Zumindest war das früher so. Papy Philippe war oft stundenlang allein hier unten, es wäre viel zu gefährlich gewesen, hätte sie zufallen und sich dabei abschließen können. Sie muss sich verkeilt haben.« Ich ging mal davon aus, dass mein Großvater in seinem Alter nicht mit Schwung von den Stufen gesprungen war. Aber ich verkniff es mir, das zu sagen. Théo wirkte betreten genug.

»So was Blödes«, meinte er. »Und alles meine Schuld, tut mir echt leid.« Er zog sein Handy aus der Hosentasche. »Ich rufe Yvette an, damit sie uns rausholt.«

Ich seufzte und wartete, während Théo auf seinem Smartphone herumtippte. Das Freizeichen in der Leitung erklang fünfmal, dann meldete sich die Mailbox. »Hm«, machte Théo. »Das ist typisch für meine Tante. Nie hat sie ihr Handy bei sich. Wir können es im Antiquariat probieren, dort gibt es ein Wählscheibentelefon, und Monsieur Mathis sollte rangehen. Immerhin rufen da Kunden an.«

»Okay.« Ich nickte.

Das Spiel begann von vorn, nur dieses Mal ohne Mailbox. Es läutete und läutete, bis Théo auflegte und mit den Schultern zuckte. »Monsieur Mathis nimmt das mit dem Telefon nie so ernst. Aber keine Sorge, Yvette wird uns bald suchen. Sie wollte doch, dass ich nach dir sehe. Wenn wir jetzt beide verschwunden sind, wird sie das bemerken.« Kurz schien er zu zögern, dann breitete sich ein verlegenes Lächeln auf seinen Lippen aus. »Damit ist unser Treffen beim *Place Bellecour* hinfällig. Du kannst mir auch direkt hier erzählen, was du heute Nacht beobachtet hast.«

»Ähm«, wich ich aus. Je länger ich Zeit gehabt hatte, über die letzte Nacht nachzudenken, desto unsinniger war mir die ganze Aufregung heute Morgen vorgekommen. Manchmal passiert das. Man bildet sich ein, dass in der Nacht irgendwas total

94

gruselig ist, und am nächsten Tag bei Sonnenschein und nach etwas vernünftiger Überlegung wird einem klar, dass es für alles eine harmlose Erklärung gibt. »Wie gesagt, ich glaube, ich hab überreagiert«, sagte ich und hob entschuldigend die Hände. »Wahrscheinlich hat Yvette recht, und das Klirren der Schlüssel kam gar nicht aus dem Antiquariat. Ihre Vermutung mit den *Traboules* wird richtig sein.«

Ich ging hinunter zur Werkbank und zog mich rücklings auf die Arbeitsfläche, während Théo mir folgte und sich gegenüber gegen das Fensterbrett lehnte. Außer der Tischplatte der Werkbank gab es in Papy Philippes Werkstatt keine Sitzmöglichkeit. Er hatte stets im Stehen gearbeitet und ausreichend Platz für die vielen Maschinen gebraucht. Abgesehen von der Prägemaschine gab es eine Anleimmaschine, die sein ganzer Stolz gewesen war. Es ist nicht selbstverständlich, dass so ein kleiner Einmannbetrieb sich ein solches Gerät leisten kann. Früher hatte sie die meiste Zeit vor sich hin gerattert, jetzt lag sie still da und verstaubte.

»Die Katze war vermutlich eine Streunerin, die übers Dach hereingeklettert ist«, berichtete ich weiter. »Ich werde heute Nacht mit geschlossenem Fenster schlafen. Die Gasse ist sowieso ziemlich laut. Wieso interessiert dich das überhaupt?«

»Nur so«, lautete Théos wenig überzeugende Antwort. Er verschränkte die Arme vor der Brust und wippte mit dem Fuß auf und ab. »Ich wüsste gern, wie der zweite Mann, den du beobachtet hast, ausgesehen hat.«

Ich dachte nach. »Ehrlich gesagt bin ich gar nicht sicher, ob das ein Mann war. Kann auch eine schlanke, große Frau gewesen sein. Für mich war es einfach nur eine Gestalt in einem langen, schwarzen Mantel. Warum?«

Théo zuckte die Schultern. »Nur so«, sagte er schon wieder.

Ich sah ihn mit zusammengekniffenen Brauen an. Hielt dieser Junge mich für doof?

»*Nur so* ist aber kein Grund, extra ein Treffen beim *Place Bellecour* auszumachen, von dem Yvette und Monsieur Mathis nichts mitbekommen sollen?! Sag schon, was ist los?« Ich ließ nicht locker.

Théo seufzte leise. Einen Moment lang sah er zur Decke, als müsste er nachdenken, ob er das, was nun kam, wirklich sagen wollte. »Es ist … persönlich«, erklärte er schließlich mit rauer Stimme. »Ich bin gerade mit Nachforschungen beschäftigt. Und da passen deine Beobachtungen gut rein.«

»Nachforschungen? Was meinst du damit? Und wieso passen meine Beobachtungen da gut rein?«

Etwas an seiner Miene verriet mir, dass es ihm wirklich nicht angenehm war, über diese Sache zu sprechen. Na gut. Genau genommen schien Reden sowieso nicht seine Lieblingsbeschäftigung zu sein. Doch dieses Mal bildete sich eine kleine Falte auf seiner Stirn, die vorher nicht da gewesen war und die ihm das Antlitz eines besorgten Rehs verpasste. »Es hat mit meinen Eltern zu tun«, sagte er nach einer Weile tonlos. »Ich möchte mehr über sie herausfinden. Ich weiß fast nichts. Yvette weigert sich seit Jahren, Infos über sie rauszurücken. Sie benimmt sich, als hätte mein Vater ein Verbrechen begangen, weil er und meine Maman diesen Unfall hatten. Sagtest du nicht, du hättest gar nicht von ihm gewusst? Das liegt daran, dass er für Yvette eine Art Tabuthema ist. Alle ihre Freunde und Bekannten vermeiden es deshalb, ihn in Gesprächen zu erwähnen. Außer den Bildern in Grand-père Antoines Zimmer existieren keine von ihm im Haus. Yvette hat sie alle abgenommen. Meine Großeltern interessieren sich nicht für mich, weil sie genauso wütend auf meinen Vater sind wie Yvette. Für sie war er ein leichtsinniger, fahrlässiger Dummkopf, der sich und seine Frau umgebracht hat, und das zu einem Zeitpunkt, als er Verantwortung hätte übernehmen sollen. Ich möchte …« Plötzlich verstummte Théo und guckte zur Seite. Er kaute auf seiner Unterlippe herum, und mit einem Mal hatte ich schreckliches Mitleid mit ihm. Am liebsten wäre ich zu ihm gegangen und hätte ihn fest in den Arm genommen. Aber ich vermutete schwer, dass er das nicht gewollt hätte.

»Ich finde es komplett nachvollziehbar, dass du etwas über deine Eltern herausfinden möchtest«, sagte ich stattdessen. »Das ist dein Recht. Denkst du nicht, dass du mit Yvette noch einmal darüber reden kannst? Ich bin mir sicher, dass es eine Lösung gibt. Ich hab das Gefühl, sie ist einer der klügsten Menschen der Welt und gibt die besten Tipps, wenn man traurig ist.«

»Das gilt vielleicht für dich«, erwiderte Théo bitter. »Zu mir ist sie anders. Sie will mich nicht einmal hier im Laden haben, dich lädt sie freiwillig einen ganzen Sommer ein. Ich muss mir schon mehr einfallen lassen, als mir ein Praktikum zum Geburtstag zu wünschen.« Er hielt inne. Offensichtlich war ihm aufgefallen, wie gemein das klang. »Entschuldigung«, murmelte er, löste die Arme aus seiner verschlossenen Körperhaltung und stützte sich hinten aufs Fensterbrett. »Damit möchte ich nicht sagen, dass ich das doof finde. Ist nett, dass du da bist. Es nervt mich nur, dass Tante Yvette einem praktisch fremden Mädchen eher erlaubt, den Sommer bei ihr zu verbringen, als ihrem eigenen Neffen. Dabei hat sie nach dem Tod meiner Eltern das Sorgerecht übernommen. Doch *Paris bietet mehr Möglich-*

keiten«, beim letzten Teil des Satzes äffte er Yvette mit verstellter Stimme nach und schnaubte. »Was für ein Schwachsinn! Lyon ist meine Heimatstadt, ich wurde hier geboren, meine Eltern wurden hier geboren, sie sind hier aufgewachsen, kannten jede Straße und jeden Pflasterstein. Mein Vater hätte das Antiquariat gemeinsam mit Yvette leiten sollen, nachdem Grand-père Antoine es abgab. Ich wäre in diesem Haus groß geworden, wären meine Eltern nicht gestorben! Yvette wohnt ganz allein in vier Stockwerken und fünfundzwanzig Zimmern! *Fünfundzwanzig*! Mir soll bitte einmal jemand erklären, wieso sie nicht möchte, dass ich auch in diesem Haus lebe.«

»Ich bin sicher, das meint Yvette nicht böse«, versuchte ich zu beschwichtigen. »Vielleicht will sie dir etwas anderes bieten? Etwas, das sie selbst sich immer gewünscht hat?«

»Nein. Sie liebt Lyon und den Laden, und das schon ihr ganzes Leben. Sie wollte nie weg. Sie möchte mich nicht hier haben, weil sie Angst hat, ich könnte die Wahrheit über den Tod meiner Eltern herausfinden.«

»Den Motorradunfall?«

Théo räusperte sich. Wieder wurde er still und erneut hatte ich den Eindruck, er würde nachdenken, ob er wirklich sagen sollte, was er gleich sagen würde. »Ich hab das Internet nach Nachrichten über den Abend ihres Todes durchforstet. Es war die letzte Nacht des Lichterfests«, begann er dann leise zu erzählen. »Angeblich wollten sie mit dem Motorrad zum Hügel *Fourvière* fahren, um das Lichtspektakel von oben zu bewundern. Yvette sagt, Maman hätte einen Picknickkorb mit Baguette und Rotwein eingepackt. Sie baten Yvette, auf mich aufzupassen. Yvette geht davon aus, dass Papa auch Wein getrunken hat, obwohl er das Motorrad fuhr. Dazu kamen die eisigen Straßen in dieser Nacht. Es schneite sogar. Auf jeden Fall lautet die offizielle Version, dass Papa von der Straße abgekommen ist und sie sich viele Male überschlagen haben. Danach dürften sie stundenlang im Straßengraben gelegen haben, bis Yvette die Polizei rief, weil sie nicht zurückkamen. Aber es gibt keine Zeitungsberichte oder Nachrichten über diesen Unfall.«

»Das muss nichts heißen«, meinte ich. »Jeden Tag passieren so viele Unfälle auf den Straßen, ich glaube nicht, dass alle in der Zeitung stehen.«

»Mag sein«, entgegnete Théo. »Aber bei einem tragischen Unfall wie diesem? Kannst du dich außerdem an Grand-père Antoines Angewohnheit erinnern, ziemlich viel zu reden?«

»Ja, klar.« Ich nickte. »Er war witzig.«

»Mhm.« Théo lächelte. »Aber nicht nur das. Er hat sich auch leicht verplappert. Und er sagte, die Bücherwürmer hätten meine Eltern auf dem Gewissen.«

Okay. Jetzt starrte ich Théo an. Ratlos. Bisher hatte ich noch nachvollziehen können, wie er auf diese ganzen Gedanken gekommen war. Wahrscheinlich hätte jeder Mensch in seiner Lage solche Überlegungen angestellt. Es musste schlimm genug sein, keine Eltern mehr zu haben, aber noch weitaus schlimmer, nicht einmal die exakten Hintergründe zu kennen. Doch das Märchen der Bücherwürmer, das Papy Philippe mir als Kind immer erzählt hatte, war eben genau das. Ein Märchen. Nichts in ihm entsprach der Wahrheit. Es gab keine Schattengestalten, die nachts vor den Fenstern der Leser verlorener Bücher auftauchten, um sie zu einem von ihnen zu machen. Es gab auch keine Jäger, die die Feinde der Bücherwürmer waren, weil sie den verlorenen Büchern helfen wollten. Genauso wenig gab es verlorene Bücher. Ich wusste nicht einmal, was genau sie hätten sein sollen. Papy Philippe hatte sich bei diesem Teil der Geschichte immer sehr bedeckt gehalten. Einmal waren es Bücher gewesen, die ihre Bibliothek verloren hatten, dann wieder waren es welche gewesen, die einer einzelnen Person abhandengekommen waren. Die Geschichte hatte sich so oft verändert, dass sich allein daran gut zeigte, dass Papy Philippe sie sich spontan ausgedacht hatte. Auch wenn sie offenbar nicht nur von meinem Großvater erzählt worden war. Vermutlich kannte Yvette dieses Märchen von ihm und hatte es ihrem Neffen erzählt. Und ich hoffte, dass für Théo auch klar war, dass es sich um ein Märchen handelte. Eines, das meiner Mutter regelmäßig den letzten Nerv geraubt hatte. Sie war der Meinung gewesen, Papy Philippe dürfte so etwas in meiner Gegenwart gar nicht erwähnen. Schattengestalten, die sich aus dem Licht der Laternen lösten, und Dinge dieser Art! Das ist doch nichts für ein Kind! Als Achtjährige hatte ich mich danach wochenlang geweigert, in meinem Zimmer zu schlafen. Auch heute noch lief mir ein eisiger Gruselschauer über den Rücken, wenn ich daran dachte. Doch anders als damals war ich mir jetzt bewusst, dass es keinen Grund gab, Angst zu haben.

»Bücherwürmer?«, fragte ich vorsichtig. »Meinst du Krabbelvieh oder diese Geschichte?«

Théos Miene verfinsterte sich. »Die Geschichte ist keine Geschichte.«

In diesem Antiquariat sind die Dinge anders.
Das bemerkte ich im ersten
Augenblick,
als ich den Laden betrat. Es existieren
zwei Welten in ihm. Die Welt, die für
alle gewöhnlichen Kunden zugänglich ist.
Und die, die sich hinter der
Holzvertäfelung in der Decke versteckt.
Die sich im Keller versteckt.
In den geheimen Schränken, von denen niemals ein
gewöhnlicher Kunde einen zu Gesicht bekommen wird.
Die Bücher in diesen Schränken sind anders.
Sie knistern.
Sie flüstern.
Sie rufen nach einem Menschen, der in der Lage ist,
ihnen zu helfen.
Sie können Angst machen. Doch jetzt weiß ich,
dass Angst alles ist, was ich niemals haben darf,
wenn ich ein Teil dieses Antiquariats sein
möchte.
Wer Angst zeigt, hat verloren.

Marie-Louise Lombard

13.

»Natürlich ist das nur eine Geschichte!«, lachte ich. Obwohl ich eigentlich nicht wusste, ob es angebracht war, über das, was Théo gesagt hatte, zu lachen. Es hörte sich ziemlich erschreckend an. Als hätte er den Bezug zur Realität verloren. Was in seinem Fall wahrscheinlich nicht einmal ein großes Wunder war. Er suchte anscheinend derartig verzweifelt nach Antworten, dass für ihn sogar die Behauptungen eines greisen alten Opis ein Hinweis waren. Damit meine ich Grand-père Antoine. Als Kind hatte ich ihn superlustig gefunden, weil er sich anders als die meisten Erwachsenen nicht besonders ernst genommen hatte, aber Papy Philippe hatte immer gesagt, dass Antoine Lombard einigermaßen verwirrt war. Manchmal hatte er Geschichten, die er in irgendwelchen Büchern gelesen hatte, für Erlebnisse aus seinem Leben gehalten.

»Es ist ein Märchen, das mein Großvater sich ausgedacht hat«, sagte ich. »Und Grand-père Antoine hat es vielleicht ein bisschen mehr für bare Münze genommen, als man sollte.«

»Nein.« Théo schüttelte den Kopf. »Diese Geschichte hat dein Papy Philippe sich nicht ausgedacht. Ist dir noch nie aufgefallen, dass in diesem Antiquariat irgendetwas komisch ist? Es gibt Klappen in der Decke, von denen Yvette und Monsieur Mathis sich weigern zu verraten, was sie darin verstecken. Sie behaupten, es wären besonders wertvolle Bücher. Aber wieso sollte man besonders wertvolle Bücher in die Decke stecken? Und ist dir heute nicht aufgefallen, dass fast keine Kunden kommen? Ich bin jetzt seit einer Woche hier. An guten Tagen tauchen vielleicht vier Kunden auf. Und dann sind mindestens zwei davon total eigenartig.«

»Na ja, das liegt daran, dass dieser Buchladen ein Antiquariat ist«, erklärte ich. »Buchläden, in denen man gebrauchte Bücher kaufen kann, haben nicht so viele Kunden wie andere Buchhandlungen. Und was soll das mit den Bücherwürmern zu tun haben?«

»Ich glaube«, verkündete Théo entschieden, »dass die Sache mit dem Antiquariat eine Art Tarnung ist. In Wirklichkeit hat dieser Laden eine andere Aufgabe, und die hat irgendwas mit diesen sogenannten *verlorenen Büchern* zu tun, die in diesem *Märchen* vorkommen. Ich weiß noch nicht genau, welche Aufgabe das ist, aber ich bin mir sicher, hier stimmt etwas nicht. Und was auch immer es ist – es hat meine Eltern das Leben gekostet. Yvettes *Kleine-Freuden-Missionen* sind genauso Ablenkung. Sie spielt die verschrobene, alleinstehende Frau, die sich gerne in die Leben anderer Menschen einmischt. Aber es gibt noch einen anderen Hintergrund, das steht außer Frage.«

»Hm«, machte ich und kaute nachdenklich an meiner Unterlippe. »Klingt ein bisschen … also …« Ich verstummte. Ich hatte einfach keine Idee, wie ich Théo schonend beibringen konnte, dass er sich da möglicherweise in etwas verrannte.

Doch noch während ich überlegte, fiel mein Blick auf die Holzdiele, aus der ich zuvor die Schatulle mit diesem Buch geholt hatte. Wegen all der Dinge, die in der letzten halben Stunde geschehen waren, hatte ich sie völlig vergessen. Jetzt allerdings hörte für mindestens eine Sekunde mein Herz auf zu schlagen. Schnell sah ich wieder zu Théo, um festzustellen, ob er das ebenfalls bemerkt hatte.

Er stand immer noch mit den Armen auf das Fensterbrett gestützt da und wartete, dass ich etwas sagte.

Ich räusperte mich und schielte noch einmal unauffällig zum Boden. Wie zum Kuckuck war das möglich? Dort lag das Buch mit dem dunkelgrünen Einband aus der Schatulle! Die ich erstens wieder fest verschlossen und mit der Kette umwickelt hatte, und die ich zweitens ganz sicher zurück zwischen die Holzdielen geschoben hatte. Wie konnte es also sein, dass das Buch jetzt mitten im Raum lag? Einfach so? Und von dem Kästchen fehlte weit und breit jede Spur. War es noch im Boden? Und wenn ja, wie sollte es funktionieren, dass ein Buch sich selbst aus einer Schatulle befreite?

»Ähm, Théo«, stammelte ich und deutete mit dem Zeigefinger auf die Holzdielen. »Hast du zufällig mitbekommen, ob dieses Buch da schon die ganze Zeit liegt?« Vielleicht hatte ich mir ja nur eingebildet, ich hätte es zurück in die Schatulle gelegt. Was seltsam gewesen wäre. Normalerweise konnte ich mich gut auf meine Erinnerungen verlassen. Aber für dieses Buch gab es keine andere logische Erklärung.

»Das Buch?«, wunderte Théo sich und folgte mit dem Blick meinem Zeigefinger. Dann zuckte er mit den Achseln. »Ja, das liegt da schon die ganze Zeit. Ich hab mich gewundert, wieso du nichts sagst. Es sieht ziemlich schön aus, oder? Sehr edel. Ein wenig zu edel für ein Buch, das man einfach auf dem Boden herumliegen lässt.«

»Stimmt!« Ich lachte erleichtert auf. Ich hatte mir wohl wirklich eingebildet, ich hätte es zurück in die Schatulle geräumt. War ich so sehr von meiner *Kleine-Freuden-Missions*-Fantasie abgelenkt gewesen, dass mir nicht aufgefallen war, dass ich nur das Kästchen zwischen die Holzdielen gesteckt hatte?

»Ich hab es vorhin gefunden«, erzählte ich Théo. »Jemand muss es unter den Dielen versteckt haben. Kennst du zufälligerweise einen Henri?«

»Henri?« Théo rieb sich die Stirn. »Nein. Der Name sagt mir nichts. Steht der im Buch?«

»Auf dem Vorhängeschloss, mit dem die Schatulle umwickelt war, in der das Buch lag.«

»Da war ein Vorhängeschloss drum?« Interessiert zog Théo eine Braue nach oben. Falls sich das jetzt jemand fragt: Ja, er konnte das wirklich. »Und trotzdem glaubst du mir nicht, dass in diesem Laden etwas nicht stimmt?«, stellte er fest.

Darauf wusste ich nichts zu erwidern. Irgendwie hatte er recht. Bei genauer Betrachtung passierten wirklich viele seltsame Dinge. Dennoch wäre ich deshalb nie auf die Idee gekommen, dass das etwas mit Gruselgestalten aus einem Märchen zu tun haben könnte.

Möglicherweise wäre noch die Gelegenheit gekommen, mehr dazu herauszufinden, hätte sich in diesem Moment nicht unter lautem Knarren die Klapptür geöffnet.

»Na, was soll das denn schon wieder für ein Geheimtreffen sein?«, rief Yvette die Treppe hinunter.

14.

Auch in meiner zweiten Nacht in Lyon konnte ich nicht einschlafen. Mir spukten tausend Gedanken durch den Kopf. Das Gespräch mit Théo ließ mich nicht mehr los. War vielleicht was an der Sache dran und in diesem Laden stimmte wirklich etwas nicht?

Nachdem Yvette uns aus Papy Philippes Werkstatt befreit hatte, war mir auf jeden Fall plötzlich alles höchst seltsam vorgekommen. Ich hatte versucht, Yvette nach den Klappen in der Decke zu fragen, doch sie hatte ausweichend reagiert und dann sogar ein bisschen angesäuert, weil ich nicht aufgehört hatte nachzubohren. Außerdem war mir zum ersten Mal aufgefallen, dass der Schlüsselbund über der Tür ab und an auch schepperte, wenn niemand eintrat, und die Kante der Tür nicht dagegenstieß. Als würde ein Windzug durch die Schlüssel fahren, was aber nicht der Fall sein konnte, wenn kein Fenster geöffnet war. Ganz davon abgesehen, dass es im Laden sowieso nur die großen Schaufensterfronten gab, die Yvette höchstens mal aufklappte, um neue alte Bücher darin zu deponieren.

Und dann war da noch die Sache mit diesem dunkelgrünen Buch. Yvette hatte einen ungeduldigen Eindruck gemacht, wahrscheinlich weil ihr der Streit mit Théo noch in den Knochen gesessen hatte. Deshalb hatte ich das Buch schnell aufgehoben und es zu den Notizbüchern in Papy Philippes Regal geschoben, bevor ich hochgegangen war. Ich hatte mir vorgenommen, es im Laufe der nächsten Tage zurück in die Schatulle zu räumen. Einfach, damit die Dinge waren, wie ich sie vorgefunden hatte. Aber je länger ich grübelte, desto sicherer war ich mir, dass ich das Buch, bevor Théo aufgetaucht war, sehr wohl in sein Versteck gelegt hatte. Und ich fand keine Erklärung dafür, wie es danach wieder hatte herauskommen können.

Außerdem fühlte ich mich nach diesem Tag platt wie eine Flunder. Théo und ich hatten noch bis Ladenschluss die Regale abgestaubt, und das spürte ich jetzt in meinen Oberarmen. Sie schmerzten, als hätte ich zentnerschwere Gewichte gehoben. Dazu kam ein Kratzen im Hals, weil ich so viel Staub eingeatmet hatte. Ich hatte sogar das Gefühl, auf meiner Zunge würde der Geschmack alter Bücher kleben. Zumindest stellte ich mir vor, dass alte Bücher so schmecken: rau, staubig und krümelig.

Genervt drehte ich mich im Bett von einer Seite auf die andere, strampelte die Decke weg, weil mir viel zu heiß war, und zog sie dann wieder über mich, weil ich plötzlich fror. Draußen in der Gasse lachten Menschen laut, Motorroller brummten über das Kopfsteinpflaster, und irgendwo in der Ferne heulte ein Martinshorn. Dabei hatte ich das Fenster heute extra fest verschlossen gelassen, damit nicht wieder eine Katze hereinklettern konnte. Leider wurde es dadurch nach kürzester Zeit so stickig, dass ich fürchtete, keine Luft mehr zu bekommen.

Irgendwann reichte es mir mit dem schlaflosen Herumgewälze. Ich setzte mich auf, knipste die Nachttischlampe an und atmete angestrengt durch. Dann bückte ich mich über die Bettkante nach meinem Handy, das ich auf den Boden gelegt hatte, weil es der einzige Platz im Raum war, an dem es eine noch freie Steckdose gab, und zog es zu mir hoch. Ich warf einen Blick auf die Uhr. Kurz vor Mitternacht. Meine Eltern würden bestimmt noch wach sein, das waren sie meistens um diese Zeit. Ich suchte Mamas Nummer heraus.

Es läutete nur zweimal. »*Salut* Clara-Maus, ist alles in Ordnung?«, meldete sich Mamas Stimme, und ich hörte ihr an, dass sie sich wunderte, wieso ich anrief. Außerdem plätscherte es im Hintergrund leise, als wäre sie gerade damit beschäftigt, den Abwasch zu machen.

»Hallo, Mama. Ja, alles in Ordnung.«

»Hmmm«, brummte meine Mutter. Das kannte ich von ihr. Es war das Lucie-Bernstein-weiß-dass-ihre-Tochter-etwas-auf-dem-Herzen-hat-Brummen. Immer wenn sie das machte, wartete sie darauf, bis ich mit der Wahrheit herausrückte.

»Ich hätte eine Frage«, sagte ich leise.

»Ja?«

»Kanntest du einen Henri?«

»Einen Henri? Wie kommst du denn auf den?«

»Also kanntest du einen?«, horchte ich auf.

Mama lachte. »Natürlich kannte ich einen Henri. Es ist schwer in Frankreich zu leben und keinen Henri zu kennen, das ist ein sehr häufiger Name. Ein Henri ging mit mir in die Klasse. Ich mochte ihn nicht besonders. Er warf ständig Papierkügelchen nach mir. Aber ich nehme an, dass du nicht diesen Henri meinst.«

Ich schüttelte den Kopf, obwohl Mama das natürlich nicht sehen konnte. »Nein, ich meine einen Henri, der vielleicht etwas mit Papy Philippe zu tun hatte.«

»Also, was deinen Großvater betrifft«, Mama zog mit einem *Plopp* die Verschlusskappe aus dem Spülabfluss, »bin ich überfragt. Er kannte viele Menschen. Mir sagt Henri jedenfalls nichts.«

»Und könnte es sein, dass in Papy Philippes Wohnung ein Henri gelebt hat, bevor unsere Familie einzog?«

»Kaum«, sagte Mama. »Das müsstest du Yvette fragen. Aber soweit ich informiert bin, haben die Lombards diese Wohnung nie an jemand anderen als an uns vermietet.«

»Okay.« Ich nestelte am Zipfel der Bettdecke herum und starrte die Blümchentapete an der Wand an. »Und Mama?«

»Ja, mein Schatz?«

»Wieso hast du mir nie erzählt, dass Yvette einen Bruder hatte? Du bist doch mit ihr aufgewachsen. Da kanntest du ja wohl ihren Bruder?«

Am anderen Ende der Leitung wurde es still. Aber ich war mir nicht sicher, ob das wirklich mit meiner Frage zu tun hatte, oder weil Mama fertig mit dem Spülen war und sich gerade die Hände abtrocknete. Nach einiger Zeit, in der ich das Gefühl hatte, der Lärm draußen vor dem Fenster würde noch lauter werden, räusperte Mama sich. »Natürlich kannte ich Noël«, sagte sie. »Ich hab ihn auch sicher schon ein- oder zweimal erwähnt. Wahrscheinlich hast du es vergessen, weil es ja auch gar nicht wichtig für dich war. Außerdem ist es so, Clara, dass Yvette nicht gern über ihn spricht. Der Unfall war ein schrecklicher Schlag für die Familie. Vermutlich hab ich deshalb nicht öfter etwas erzählt, damit du nicht auf die Idee kommst, sie auf ihn anzusprechen. Es wäre besser, wenn du das nicht tust.« Mama seufzte. »Ich mochte Noël sehr gern. Er war ein fröhlicher junger Mann. Und ausgesprochen abenteuerlustig, er ist mit dem Motorrad durch ganz Frankreich gereist.«

»Wow«, staunte ich.

»Ja, das hat mich auch immer an ihm fasziniert. Und seine Freundin Malou war genauso wie er, aufgeweckt und mutig. Ich finde es sehr schön, dass du jetzt endlich den Sohn der beiden kennenlernst. Ein armer Junge. So, nun aber genug der traurigen Dinge. Erzähl mir doch ein bisschen etwas Schönes. Warst du schon in meiner Lieblingsboulangerie?«

Mama hatte es wieder einmal geschafft. Kein Wunder, dass Papa sie *Meisterin des Themenwechsels* nannte. Aber es tat gut, mich ganz normal mit ihr zu unterhalten. Ich erzählte ihr, dass ich nach der Arbeit noch einen kleinen Spaziergang bis zur Rhône gemacht hatte und dabei einmal quer durch die Stadt gelaufen war. *Vieux Lyon* liegt am Ufer der Saône, dem ruhigeren und schmaleren der beiden Flüsse, die sich durch Lyon schlängeln und dann im Stadtgebiet ineinander münden. Die Rhône ist viel breiter und reißender, und trotzdem sieht man immer wieder Menschen, die mit ihren Kajaks auf dem Fluss herumpaddeln. Auch heute hatte ich ein paar Männer beobachtet, die in den warmen Strahlen der Abendsonne gegen die Wellen angekämpft hatten.

Zum Schluss wollte Mama noch wissen, ob ich auch daran dachte, genug zu essen. Was typisch für sie war. Dadurch, dass ich ziemlich zart gebaut war, hatte sie immer Angst, ich würde nicht ans Essen denken. Dabei tat ich das natürlich. Besonders in Frankreich! Heute hatte es zum Abendessen eine weiche Käsesorte gegeben, wie man sie oft in Lyon bekommt, und die ein wenig eigen schmeckt. Irgendwie nach Hefe. Aber ich mochte diesen Käse. Dazu hatte Yvette ein frisches Baguette aufgeschnitten und eingelegte Tomaten auf den Tisch gestellt, die ich über alles liebe. Sie lassen sich nicht mit eingelegten Tomaten, die es in Deutschland gibt, vergleichen. Sie zerlaufen richtig auf der Zunge und schmeckten gemeinsam mit Baguette und den Kräutern im Olivenöl nach Provence.

Als ich Mama eine gute Nacht wünschte, hatten sich alle

düsteren Wolken aus meinem Kopf verzogen, und ich konnte mir endlich vorstellen, einzuschlafen.

Ich bückte mich, um das Handy wieder an das Ladekabel anzuschließen. Doch mitten in der Bewegung erstarrte ich. Wie vom Donner gerührt saß ich im Bett und wusste nicht, wie mir geschah.

Im Leben passieren Wunder. Das ist eine bekannte Sache. Manchmal kommt es auch zu eigenartigen Zufällen. Auch das weiß man. Und nicht immer lässt sich alles mit den Regeln der Vernunft erklären. Ebenfalls klar.

Aber wie in drei Teufels Namen war das Buch mit dem grünen Ledereinband in mein Zimmer gelangt?!

15.

Es lag auf dem Boden, als hätte ich es nach dem Lesen acht-
los aus dem Bett fallen lassen. Im Licht der Nachttischlampe kam mir das Dunkelgrün des Einbands noch leuchtender
vor als am Nachmittag in der Buchbinderwerkstatt. Ein zar-
tes Schillern ging von ihm aus. Wie Glitzerstaub. Ich brauchte ein bisschen, bis ich aus meiner Schockstarre erwachte und
zögerlich den rechten Zeigefinger ausstreckte. Ich tippte das
Buch an, als wäre es irgendetwas, bei dem man nicht weiß, ob
es schlimme Folgen hat, wenn man es berührt. Was natürlich
nicht der Fall war. Außer, dass ich das angeraute Leder unter
meiner Fingerkuppe spürte, geschah nichts. Doch das machte
die Sache nicht weniger seltsam. Wie konnte ein Buch eigenständig den Ort wechseln? Und wie war es aus Papy Philippes
Wohnung in Grand-père Antoines Kammer gekommen? Hatte Yvette es vielleicht nachträglich entdeckt und sich gedacht,
es könnte mich interessieren, und es deshalb hierhergebracht?
Aber dann hätte ich es doch schon zuvor sehen müssen. Ich war
nach dem Abendessen ins Zimmer gegangen, hatte mich aufs
Bett geworfen, meine Handynachrichten gecheckt und das Telefon anschließend angestöpselt. Spätestens dabei hätte ich das
Buch bemerken müssen! Und auch sonst. Ich war seit Stunden
hier. Ich hatte mir nach dem Duschen auf dem Bett sitzend die
Haare gekämmt, danach ein bisschen gelesen und war außerdem mehrmals aufgestanden, um mich im Zimmer umzuse-
hen und herauszufinden, ob sich irgendwo ein Schlüssel verbarg, mit dem man die kleine Geheimtür über dem Schrank

öffnen konnte. Spätestens während des Suchens hätte ich das Buch gefunden! Und auch als ich vor einer halben Stunde nach dem Handy gegriffen hatte, um zu Hause anzurufen, war es mir nicht aufgefallen. War es zu diesem Zeitpunkt also noch nicht hier gewesen? Aber *wie*?

Mit einem Mal beschlich mich das Gefühl, dass ich mich nachmittags tatsächlich nicht getäuscht hatte. Ich *hatte* es zurück in die Schatulle geräumt und unter die Holzdielen gesteckt. Dieses Buch schien auf eine völlig unerklärbare Weise in der Lage zu sein, sich selbstständig zu machen. Was in keiner Weise Sinn ergab. Doch ich fand keine andere Erklärung für das, was ich deutlich vor mir sah. Hatte Théo recht? Ging es hier wirklich nicht mit rechten Dingen zu? Wenn es Bücher gab, die sich von A nach B bewegen konnten – existierten dann vielleicht auch allen Ernstes diese gruseligen, menschlichen Bücherwürmer? Hatte Yvette mich beim Frühstück angelogen? Mir vorgespielt, dass ich mir das alles eingebildet hatte, weil sie etwas vor mir verheimlichen wollte? Die Gedanken schossen mir wie kleine Blitze durch den Kopf, und ich wusste nicht mehr, was ich denken sollte. Bis ich zu dem Schluss kam, dass es nur einen Weg gab, der Sache auf den Grund zu gehen: Ich musste das Buch genauer unter die Lupe nehmen.

Schnell griff ich danach und zog es zu mir ins Bett. Ich setzte mich im Schneidersitz auf mein Kissen am Kopfende und betrachtete gründlich den Einband. Ich hätte schwören können, dass er heute Nachmittag noch nicht geglitzert hatte. Auf der anderen Seite war es in Papy Philippes Werkstatt derartig duster gewesen, dass ich es höchstwahrscheinlich einfach nicht wahrgenommen hatte. Wenn ich das Buch leicht hin und her bewegte, schienen die winzigen Schillerpigmente wie Flüssigkeit in einer Wasserwaage mitzuwandern. Sie rutschten nach oben und nach unten. Das war ja mysteriös! Mehrmals strich ich darüber, ich wollte wissen, ob man diese Bewegung fühlen konnte. Und wie stellte man so etwas her? Oder besser gefragt: Wie *hatte* man so etwas früher hergestellt? Mit den modernen Möglichkeiten der Buchherstellung ging das bestimmt problemlos, doch dieses Buch stammte augenscheinlich nicht aus dem einundzwanzigsten Jahrhundert. Die ausgefransten Kanten und der goldfarben verzierte Buchrücken ließen mich immer noch davon ausgehen, dass es sich um ein Exemplar aus dem Barock handelte. Hatte es damals bereits Buchbinder gegeben, die in der Lage gewesen waren, Einbände schillern zu lassen? Damals hätte man das doch für Zauberei gehalten, oder etwa nicht?

Ich drehte das Buch um und unterzog noch einmal den Buchrücken einer eingehenden Musterung. Dabei fuhr ich mit der flachen Hand darüber. Die Lilienmuster lagen wie kleine, erhabene Krater im Leder. Im Gegensatz zum Rest des Buches glitzerten sie nicht. Sowieso schien das nur der Deckel zu tun. Auch auf der Rückseite konnte ich nichts dergleichen erkennen. »Du bist ein eigenartiges Buch«, flüsterte ich. »Was ist denn mit dir los? Und sag mal, verfolgst du mich?«

Ich betrachtete es einen Moment lang still, als könnte es mir antworten. Dann schlug ich es auf. Dieses Mal versuchte ich, den Titel herauszufinden. Doch auch auf der ersten Seite standen nur die drei Buchstaben, die ich schon auf dem Buchrücken gesehen hatte. Hieß das Buch so? A, D und V? Seltsam. Was wäre das denn für ein Name gewesen? Oder hatten diese Buchstaben eine höhere Bedeutung, die ich nicht verstand?

Ich blätterte weiter. Wie schon am Nachmittag lachten mir Pflanzenzeichnungen und Rezepte entgegen. Und ungefähr in der Mitte stieß ich wieder auf das lose Blatt Papier. Es war zusammengefaltet. Ich überlegte. Hatte ich das getan? Hatte ich es gefaltet, ehe ich es zurück ins Buch geschoben hatte? Ich konnte mich nicht erinnern. Aber egal. Das ließ die Angelegenheit auch nicht mehr komischer werden, als sie es ohnehin schon war. Ich öffnete den Zettel. Und starrte ihn verwirrt an.

Alles klar. Spätestens jetzt war der Punkt gekommen, an dem ich mir eingestehen musste, dass Théo nicht übertrieben hatte. Hier stimmte etwas nicht! An der Stelle, an der ich zuvor ganz sicher nichts anderes als drei Buchstaben gelesen hatte, stand auf einmal in fein geschwungener Schreibschrift:

Bibliothèque Marseille

»Bibliothèque Marseille?«, murmelte ich nachdenklich. Gab es nicht mehr als eine Bibliothek in Marseille? Davon abgesehen blieb das Rätsel, wie sich der Text auf diesem Papier hatte einfach verändern können. Oder hatte er das gar nicht? Plötzlich kam mir in den Sinn, dass sich in dem Buch vielleicht mehrere Blätter versteckten. Und noch während mir dieser Gedanke durch den Kopf ging, begann ich nach weiteren Notizen zu suchen. Ohne Erfolg. Was ich erst glauben wollte, als ich die letzte Seite erreicht hatte. Schnell blätterte ich wieder zurück. Und auch wenn das ein bisschen verrückt war, weil sich das alles so oder so auf keine vernünftige Weise erklären ließ, war ich fast etwas erleichtert, dass der Text gleich geblieben war.

»Bibliothèque Marseille«, sagte ich erneut. »Was soll das bedeuten? Möchtest du mir damit etwas sagen?« Ich betrachtete das Buch. Bis mir auffiel, dass ich mich gerade dezent bescheuert verhielt. Ich meine, das hier war ein *Buch*. Es würde mir nicht antworten. Obwohl … wirklich gewundert hätte mich das jetzt auch nicht mehr, nachdem es offensichtlich in der Lage war, eigenständig den Ort zu wechseln. Und schreiben konnte.

O Gott. Bei diesem Gedanken musste ich plötzlich kichern. Was bitte schön war denn in mich gefahren?! Ich würde das ganz einfach lösen. Ich würde das Buch sofort zurück in Papy Philippes Buchbinderwerkstatt bringen, fest in seiner Schatulle verschließen, die Kette mit dem Vorhängeschloss herumwickeln und morgen früh alles Yvette erzählen. Wahrscheinlich würde sie mir nicht glauben, so wie sie mir beim Frühstück auch meine gestrigen Beobachtungen nicht abgenommen hatte. Aber falls sie doch ein Geheimnis hatte und all diese Dinge damit zu tun hatten, wusste sie danach wenigstens, dass ich darüber informiert war – und vielleicht würde sie Théo und mir dann ja sogar die Wahrheit verraten. Und selbst wenn nicht. Völlig egal. Ich musste das Buch auf jeden Fall von hier wegschaffen und dafür sorgen, dass die Schatulle nicht mehr so leicht aufging. Unter keinen Umständen wollte ich heute Nacht in einem Zimmer mit einem Buch schlafen, das sich auf rätselhafte Weise selbstständig machte.

Im ganzen Haus brannte kein einziges Licht. Die Rohre in den Wänden knackten ein bisschen, und die Dielen knarzten, als ich auf Zehenspitzen durch den langen Flur schlich. Er führte von meinem Zimmer weg und vorbei an zahlreichen Türen, hinter denen sich Räume versteckten, die Yvette nicht wirklich benutzte. Ich erinnerte mich noch, dass ich als Kind einmal in einer Art Ankleidezimmer gelandet war, das wie eine Rumpelkammer mit alten Klamotten vollgestopft gewesen war. Und dann gab es natürlich die Privatbibliothek der Familie Lombard, in der die Bücher aufbewahrt wurden, die nicht im Antiquariat verkauft werden sollten, weil sie Yvette zu sehr ans Herz gewachsen waren. Das war auch der Ort gewesen, in dem Grand-père Antoine sich vor seinem Tod am meisten aufgehalten hatte. Und in dem ich mich als Kind besonders gerne vor den Erwachsenen versteckt hatte. Daher wusste ich, dass es hinter einem der Regale einen Schleichweg hinaus zur Wendeltreppe in den Hof gab, über die ich dann wiederum in Papy Philippes Wohnung gehen konnte. Ich entschied mich dafür, diesen Abstecher zu nehmen, da die Haustür unten jedes Mal, wenn man sie öffnete, einen solchen Krach machte, dass ich am Ende nur Yvette und Théo geweckt hätte.

Die Bibliothek lag ziemlich genau am Ende des Gangs, und die beiden Flügeltüren standen offen. Bevor ich hineinschlüpfte, warf ich einen erschrockenen Blick über meine Schulter. Irgendetwas hinter mir hatte geraschelt. Doch dann huschte nur der Umriss einer Katze vorbei, die mit leisen Tapslauten die Stufen in Richtung Küche hinabeilte.

»Floof«, flüsterte ich und atmete erleichtert auf.

Ich musste zugeben, dass ich das Haus im Dunkeln doch ganz schön unheimlich fand. Na ja, eigentlich war es auch tagsüber ein bisschen wie ein Spukschloss, allein schon wegen der vielen spooky Möbel, die die Familie Lombard über die Jahrzehnte angesammelt hatte. Jetzt gerade schlich ich an einer Stehlampe vorbei, die wie eine Ritterrüstung aussah.

Da ich sicher war, hier niemandem zu begegnen, benutzte ich nun die Taschenlampenfunktion meines Handys.

In der Mitte des Raums gab es immer noch die gemütliche Sitzecke aus alten Ledersofas, auf dem Boden lagen rote Teppiche, und die Regale erstreckten sich bis zur Decke. Auch hier hatten die Lombards wie unten im Laden eine Leiter angebracht, die sich in den Reihen herumschieben ließ. Eigentlich konnte man sagen, dass diese Bibliothek insgesamt ein weiterer Teil des Antiquariats hätte sein können.

Zielstrebig durchquerte ich den Raum und ging zu dem Regal, in dem die Familienchroniken aufbewahrt wurden. Grandpère Antoine hatte sie mir als kleines Kind manchmal gezeigt und stolz erklärt, wie alt die Familie Lombard war und dass sie seit Hunderten von Jahren den Buchladen in der *Rue Saint Jean* führte. Daher wusste ich ganz genau, hinter welchem der Regale sich die Geheimtür versteckte.

Ich leuchtete die Buchrücken ab und griff beherzt nach einem braunen Folianten. Er rutschte mir ein Stück entgegen, es knackte, und das Regal wanderte dumpf ächzend zur Seite. Eine dunkelgrüne Holztür kam zum Vorschein. Sie sah genauso aus wie die Türen, die es unten im Laden gab. Mit dem Unterschied, dass diese hier einen rostroten Türknopf in Käferoptik hatte. Ich drehte an ihm und stellte erleichtert fest, dass nicht abgeschlossen war. Die Tür sprang auf – und frische Sommernachtsluft wehte mir um die Nase. Ich warf einen letzten Blick nach hinten, dann trat ich hinaus in die Arkadengalerie im Hof.

16.

Die Sommernächte in Lyon sind meistens mild, doch heute kam es mir besonders warm vor. Obwohl ich nur Schlafshorts und ein dünnes Shirt trug, fror ich kein bisschen. Dabei hatte ich vor lauter Aufregung sogar vergessen, Schuhe anzuziehen. Barfuß schlich ich an den rund gebogenen Arkadenfenstern vorbei und fluchte ein paar Mal verhalten, weil ich auf kleine Steinchen trat. Yvette schien nicht viel Wert auf das Fegen der Galerie im Innenhof zu legen. Ich war froh, als ich endlich den Wendeltreppenaufgang ins Dachgeschoss erreichte. Immer zwei Stufen auf einmal nehmend, lief ich nach oben, durchquerte den schmalen Gang bis zu Papy Philippes alter Wohnung und schlüpfte ins Innere.

Doch noch im Türrahmen erstarrte ich. Die Deckenleuchte über dem Esstisch brannte und ein leises Murmeln war zu hören. Es klang, als würde jemand unter dem Fußboden sprechen. Was mir sehr vertraut vorkam.

Als ich noch ein kleines Kind gewesen war und bei Papy Philippe übernachtet hatte, hatte ich im Bett immer gelauscht, wie er bis spät nachts in der Buchbinderwerkstatt gearbeitet und vor sich hin gesummt hatte.

Was wiederum bedeutete, dass sich offensichtlich gerade irgendjemand dort unten aufhielt.

Ich warf einen Blick auf mein Handy. Es war schon fast zwei Uhr.

Mit etwas Konzentration erkannte ich das Murmeln als Yvettes Stimme. Was hatte das zu bedeuten? Hatte sie nicht beim Frühstück behauptet, dass kein vernünftiger Mensch nach Mitternacht etwas anderes tun sollte als schlafen? Und wenn sie außerdem sprach, dann war sie vermutlich nicht allein. Es sei denn, sie führte Selbstgespräche. Was mich nicht erstaunt hätte. Erstens war Yvette speziell, zweitens neigte sogar ich dazu, mich ab und an mit mir selbst zu unterhalten. Aber irgendetwas an der Art und Weise, *wie* Yvette murmelte, verriet mir, dass es sich nicht um ein Selbstgespräch handelte.

Auf Zehenspitzen trippelte ich weiter in die Wohnung hinein, lugte um die Ecke und stellte fest, dass die Klappe zur Werkstatt tatsächlich offen stand.

Natürlich wusste ich, dass sich das nicht gehörte. Doch meine Neugier siegte. Anstatt direkt auf mich aufmerksam zu machen und hinunter zu Yvette zu gehen, wollte ich erst herausfinden, mit wem sie redete, und wieso sie um diese Uhrzeit in Papy Philippes Wohnung war. Ich pirschte mich an die Wand bis zur Küche und spitzte die Ohren.

Es dauerte nicht lange, bis ich eine zweite Stimme ausmachte. Sie war tief und gehörte unverkennbar Monsieur Mathis. »Madame Lombard, kann es nicht sein, dass Sie sich getäuscht haben?«, fragte er soeben. »In dieser Werkstatt wurden über die Jahrzehnte so viele Exemplare restauriert. Vielleicht ist davon etwas in den Wänden hängen geblieben?«

»*Non*, Mathis, *non*!«, antwortete Yvette entschieden. »In solchen Dingen täusche ich mich nicht. Ich bin ganz sicher, dass ich heute Nachmittag etwas wahrgenommen habe. Und jetzt fühle ich es nicht mehr. So ein Mist! Wären die Kinder nicht dabei gewesen, hätte ich es sofort gesucht. Aber ich wollte das in Théodores Gegenwart auf gar keinen Fall riskieren. Man kann ja nie wissen. Er ist immerhin Noëls Sohn.«

»Und dass es der Junge vor Ihnen gefunden und mitgenommen hat?« Das kam wieder von Monsieur Mathis.

»*Non*, Mathis! Das hätte ich bemerkt. Außerdem habe ich sein Zimmer gründlich unter die Lupe genommen, während die Kinder mit dem Abstauben beschäftigt waren. Nebenbei glaube ich nicht, dass er seine Fähigkeiten weit genug entwickeln konnte, dass er so etwas eigenständig erfasst, selbst wenn er Noëls Sohn ist. Ich lasse ihn nicht umsonst bei seinem Großonkel aufwachsen. Es muss sich noch irgendwo hier verstecken. Aber wo? Und wieso ist es mir früher noch nie aufgefallen? Haben Sie in den Werkzeugschränken nachgesehen?«

»*Oui*, Madame. Dort ist nichts. Was ist mit dem Mädchen?«

»Was soll mit dem Mädchen sein?«, seufzte Yvette.

»Könnte das Mädchen nicht … Sie ist eine Chevalier.«

»Aber sie ist die Tochter von Lucie Chevalier, die keine derartigen Fähigkeiten hat«, sagte Yvette bestimmt. »Und hätte Philippe jemals den leisesten Verdacht gehegt, dass seine Enkelin in dieser Hinsicht anders als seine Tochter ist, hätte er mich das wissen lassen.«

»Vielleicht ist es ihm entgangen?«

»Mein lieber Mathis, Sie kannten doch Philippe Chevalier.«

»Natürlich, Madame Lombard.«

Ich kniff die Augenbrauen zusammen. Was bitte war das denn für eine seltsame Unterhaltung? Welche Fähigkeiten? Was zum Teufel?! Mein Blick wanderte zu dem Buch in meinen Händen. Sofort war mir klar, dass Yvette danach suchte. Wie hätte es anders sein sollen? Ein Buch, das sich selbstständig im Haus bewegte, in dem ein Zettel lag, der seinen Inhalt verändern konnte, und das plötzlich schillerte, obwohl es das am Nachmittag noch nicht getan hatte – dieses Buch musste ein Geheimnis in sich tragen. Und Théo lag offenbar goldrichtig. Yvette hatte etwas zu verbergen. Etwas, das mit irgendwelchen Fähigkeiten zu tun hatte, die Théo anscheinend besaß. Und ich nicht. Weil meine Mutter sie nicht hatte. Ich überlegte. Was konnte damit gemeint sein? Ich wusste nur, dass Mama sich schon als junges Mädchen, sehr zu Papy Philippes Enttäuschung, dagegen entschieden hatte, Buchbinderin zu werden. Doch ich ging mal schwer davon aus, dass es keinen Zusammenhang zwischen diesen mysteriösen Fähigkeiten und dem Buchbinden gab. Schließlich hatte Théo mit Buchbinden nichts am Hut, während es mein größter Traum war, eines Tages in Papy Philippes Fußstapfen zu treten. Und darüber war Yvette bestens informiert. Sie hätte niemals behauptet, ich hätte keine Fähigkeiten in dieser Hinsicht. Ganz im Gegenteil. Bisher war sie immer diejenige gewesen, die mich in diesem Traum am meisten bestärkt hatte. Die mir regelmäßig sagte, dass ich eine großartige Buchbinderin werden würde. Meine Eltern fanden zwar, dass ich selbst entscheiden sollte, was ich mit meinem Leben anfangen wollte, doch wirklich überzeugt waren sie von meinem Berufswunsch nicht. Ich war ihrer Meinung nach in der Schule gut genug, um später etwas zu werden, womit ich mehr Geld verdienen konnte. Aber das interessierte mich nicht. Ich wollte das tun, was mich glücklich machte. Und für mich stand außer Frage, dass das die Arbeit als Buchbinderin sein würde. Genauso wie für mich außer Frage stand, dass ich herausfinden würde, was Yvette verheimlichte. Womit klar war, dass ich ihr a) doch nichts von dem Buch erzählen durfte, um nicht Gefahr zu laufen, dass sie es mir abnahm und sagte, ich hätte mir das alles bloß eingebildet, und ich b) dafür sorgen musste, dass sie und Monsieur Mathis mich jetzt nicht beim

Schnüffeln erwischten. Eine Gefahr, die größer wurde. Denn das Gespräch unten in der Buchbinderwerkstatt schien beendet zu sein. Schritte knarrten über den Boden und kamen immer näher.

Ich sah mich hektisch um. Früher wäre ich in dieser Situation einfach in Mamas altes Kinderzimmer gehuscht und hätte mich im Schrank versteckt. Aber den Schrank gab es nicht mehr. Ich spielte mit dem Gedanken, mich rückwärts davonzuschleichen und die Wohnung zu verlassen. Das Problem war nur, dass ich wahrscheinlich nicht schnell genug über die Steinwendeltreppe hinunter in den Hof gekommen wäre. Außerdem hätte ich dann nicht gehört, was Yvette und Mathis zueinander sagten.

Ich brauchte eine andere Lösung. Und zwar sofort!

Yvette und Monsieur Mathis befanden sich eindeutig bereits auf den ersten Stufen nach oben.

Ich wandte mich Papy Philippes Bett zu. Das war es! Eiligst stieß ich mich von der Wand ab und schlich über die Teppiche in die alte Schlafecke meines Großvaters. In letzter Sekunde gelang es mir, vollständig unter das Bett zu schlüpfen, bevor Yvette und Monsieur Mathis aus der Bodenluke auftauchten. Mit beiden Händen hielt ich mir den Mund zu, um meine Atemgeräusche zu dämpfen. Das Buch hatte ich gemeinsam mit meinem Handy unter meinen Bauch geschoben. Dabei war mein Shirt etwas hochgerutscht, und es kam mir so vor, als würde meine nackte Haut an der Stelle, an der sie mit dem Ledereinband in Berührung kam, eigenartig prickeln. Wie winzige Spinnen, die auf mir herumkrabbelten. Mit aller Kraft versuchte ich, dieses Gefühl zu ignorieren, und mich auf das zu konzentrieren, was sich in Papy Philippes Wohnzimmer abspielte.

Dafür musste ich mich voll und ganz auf meine Ohren verlassen, denn das Bett war so positioniert, dass der Tisch und die Stühle die Sicht zur Küche verstellten. Das war mein Glück. Anderenfalls hätte man nämlich natürlich auch mich sehen können.

»Denken Sie, der Plan funktioniert?«, hörte ich Monsieur Mathis sagen. »Bisher hatte ich nicht den Eindruck, als wäre der Junge durch das Mädchen besonders abgelenkt.«

HÄ?! Um ein Haar hätte ich aufgeschnauft, hielt mich aber Gott sei Dank rechtzeitig zurück.

»Es stimmt«, erwiderte Yvette. »Théodore ist schwer für andere Menschen zu begeistern. Das war bei ihm schon immer so. Deshalb hat er ja auch kaum Freunde. Ich denke trotzdem, dass die Gefahr durch Claras Anwesenheit minimiert ist. Er hat gar nicht die Gelegenheit, seine Nase viel in ... Moment.« Yvette verstummte, dann – nach einer gefühlten Ewigkeit – fragte sie plötzlich: »Spüren Sie das?«

»Was meinen Sie, Madame?«, sagte Mathis.

»Dieses Vibrieren in der Luft.«

»Nein.«

»Aber selbstverständlich, mein lieber Mathis, es kann doch nicht sein, dass Sie das nicht merken! Ich hätte meine Katzen darauf verwettet, dass es heute Nachtmittag noch dort unten war. Aber ... wandert es? *Mon Dieu*! Es wandert! Mathis, wissen Sie, was das bedeutet?«

»Madame Lombard, bei allem Respekt, es kann nicht wandern, solange es nicht angenommen wurde.«

»Natürlich, Mathis. Da haben Sie recht.« Wieder wurde es still, ehe Yvette sagte: »Vielleicht bin ich auch einfach reif fürs Bett.«

Keine fünf Minuten später fiel die Wohnungstür ins Schloss. Ich atmete auf. Kurz hatte ich wirklich gedacht, Yvette würde beginnen, das Zimmer auf den Kopf zu stellen. Und ich hätte nicht gewusst, welche glaubhafte Erklärung ich dafür hätte finden können, dass ich mitten in der Nacht unter dem ehemaligen Bett meines Großvaters kauerte. Doch das war nicht alles. Auch wenn Monsieur Mathis es offensichtlich nicht wahrnahm, spürte ich dieses Vibrieren in der Luft ebenfalls deutlich. Mir war sogar, als würde es von Minute zu Minute kräftiger werden. Es erinnerte mich an das Gefühl, das ich immer wenige Augenblicke, bevor ein Gewitter vom Himmel krachte, hatte. Ein Prickeln. Eine Spannung.

Doch es lag nicht nur in der Luft. Ich merkte es ganz deutlich an meinem Bauch. An meiner Haut. Das Buch heizte sich auf. Hatte es anfangs noch gekribbelt, brannte es jetzt wie Feuer.

Keine Sekunde länger konnte ich das ertragen.

Blitzschnell kletterte ich unter dem Bett hervor, knipste meine Handytaschenlampe wieder an, griff nach dem Einband und lief, das Buch ein Stück von mir gestreckt, in die Küchennische. Gott sei dank hatten Yvette und Monsieur Mathis vergessen, die Bodenklappe zu schließen. So konnte ich schneller hinunter in die Werkstatt.

Dort angekommen begab ich mich auf direktem Weg zu der losen Holzdiele, schob sie zur Seite und holte die Schatulle aus ihrem Versteck. Dieses Mal konzentrierte ich mich auf jede Bewegung. Als das Buch im Inneren des Kästchens lag, drückte ich es fest zu, wickelte die Kette so eng es ging darum und verknotete anschließend die Stelle, an der ich heute Nachmittag mit der Zange hantiert hatte, mit einem doppelten Knoten. Ich hoffte, das würde fürs Erste reichen. Zumindest so weit, dass ich die nächsten Stunden etwas Schlaf bekommen konnte. Morgen würde ich über alles Weitere nachdenken – und Théo in die Dinge einweihen, die ich Yvette und Monsieur Mathis hatte sagen hören. Und von denen ich nur Bahnhof verstand.

Man würde meinen, Bücher wären dazu da,
Geschichten zu erzählen.
Wissen zu sammeln.
Die Welt zu erklären.
Gefühle festzuhalten und zugleich
neue Gefühle zu schenken.
Doch das ist nur ein Bruchteil dessen,
was Bücher für Menschen leisten.
Was Bücher für
Menschen bedeuten.
Menschen verstecken die ausgefallensten
Dinge zwischen den Seiten
ihrer Bücher.
Dinge von Wert.
Dinge, an die sie sich erinnern wollen.
Und Dinge, die ihre Bedeutung
verloren haben.
Manche Menschen wählen schließlich auch
Dinge, die niemals in die Hände
der falschen Personen
geraten dürfen.
Das Aufspüren dieser Dinge ist meine Leidenschaft.

Noël Lombard

17.

Ohne den Duft der frischen Croissants am nächsten Morgen wäre ich wahrscheinlich niemals aufgewacht. Wenn das mit den Nächten in Lyon so weiterging, würde ich ein ernst zu nehmendes Schlafproblem entwickeln. Ich fühlte mich wie weiche Butter.

Yvette stellte mir wortlos einen Kaffeebecher vor die Nase. Sie versuchte, sich nichts anmerken zu lassen, doch es war schwer zu übersehen, dass sie im Vergleich zu gestern einen weitaus weniger fröhlichen Eindruck machte. Seit ich die Küche betreten hatte, hatte sie nicht weniger als zehnmal hinter vorgehaltener Hand gegähnt, unter ihren Augen lagen dunkle Schatten, und sie trank gerade ihre vierte Tasse Kaffee. Ihr Zopf sah aus, als hätte sie ihn während des Schlafens gar nicht erst geöffnet und nach dem Aufstehen auch nicht neu geflochten. Tausende winzige Härchen standen links und rechts heraus. Außerdem sprach sie auffällig wenig. So kannte ich das überhaupt nicht von Yvette. Aber ich wunderte mich nicht. Ich wusste ja, woran es lag.

Im Gegensatz zu Théo, der seine Tante immer wieder verstohlen anschielte, dabei aber natürlich nicht aufhörte, auf seinem Smartphone herumzutippen. Genau wie gestern hatte er sich nicht an den Tisch gesetzt, sondern auf das Fensterbrett etwas abseits. Heute schien Yvette sich nicht daran zu stören. Ohne ihm oder mir Beachtung zu schenken, blätterte sie in einer Tageszeitung, wie ich sie nur von der Bernstein-Oma kannte, und aß beiläufig ein Croissant. Zwischendurch schüttelte sie immer mal wieder den Kopf und legte die Stirn in Falten, als hätte sie besonders schockierende Nachrichten gelesen. Nach allem, was ich vergangene Nacht gehört hatte, fiel es mir schwer, sie nicht pausenlos zu beobachten. In jeder Bewegung, die sie machte, witterte ich einen potenziellen Hinweis auf ihr Geheimnis. Doch das einzige Geheimnis, das ich entdeckte, war die Tatsache, dass sie der unter dem Tisch sitzenden Floof einen Happen Croissant zusteckte.

Eine Weile versuchte ich Théo mithilfe von Handzeichen zu bedeuten, dass wir später dringend miteinander reden mussten. Doch jedes Mal, wenn ich dazu ansetzte, hing sein Blick bereits wieder auf dem Display. Das war ja zum aus der Haut Fahren mit diesem Typen! Ich fragte mich, was er eigentlich die ganze Zeit machte. Nachdem ich nun dank Yvettes nächtlichen Aktionen wusste, dass Théo anscheinend nicht zu der Sorte Teenager gehörte, die einen ganzen Fußballclub an Freunden um sich scharten, musste ich davon ausgehen, dass er nicht mit seiner obercoolen Clique aus Paris schrieb. Hm. Ich trank einen Schluck und sah ihn für einen winzigen Augenblick an. Ob er wohl eine Freundin hatte? Nur, weil ein Mensch nicht so viele Freunde hat, bedeutet das schließlich noch lange nicht, dass er nicht verliebt ist. Vielleicht hatte er eine Freundin, von der Yvette nichts ahnte? Oder einen Freund? War schließlich nicht gesagt, dass er auf Mädchen stand. Obwohl ich das hoffte. Und dass er keine Freundin hatte ... *Stopp*. Was dachte ich denn jetzt schon wieder für bescheuertes Zeug? Das tat doch alles überhaupt nichts zur Sache!

Schnell schob ich diese Gedanken beiseite, nahm noch einen kräftigen Bissen von meinem Croissant und konzentrierte mich lieber wieder darauf, Yvette nicht aus den Augen zu lassen.

Sie war soeben dabei, die Zeitung zusammenzufalten und den letzten Rest aus ihrem Becher zu leeren. Dann erhob sie sich mit einem Ruck vom Stuhl, platzierte ihre Tasse in der Spüle und setzte ihr erstes Lächeln des Tages auf. Wenn auch deutlich verhaltener als normalerweise. »Meine Lieben«, verkündete sie. »Die Arbeit ruft. Ich für meinen Teil muss zu einem wichtigen Termin, aber ihr beide habt noch eine ganze Menge Bücher, die abgestaubt werden wollen.«

»Wir sind gestern mit allen Regalen fertig geworden«, sprach Théo das aus, was ich dachte.

»Tja.« Yvette nickte und machte sich daran, ihren Zopf etwas in Ordnung zu bringen. »Ich bin sicher, über Nacht ist wieder viel Staub von der Decke gerieselt. Die Bücher wollen jeden Tag abgestaubt werden.«

»Jeden Tag?!«, rutschte es mir heraus. Entsetzter, als ich es beabsichtigt hatte.

»Allerdings, jeden Tag.« Yvette strich ihre Strickweste glatt. »Entschuldigt mich, ich habe es jetzt wirklich eilig. In fünf Minuten seid ihr bitte unten bei Monsieur Mathis.«

Vielleicht hatte Monsieur Mathis ein schlechtes Gewissen, weil er gestern so fies gewesen war. Oder es lag an den Karamellkeksen, die er schon den ganzen Vormittag knabberte. Möglicherweise hoben die seine Laune. Die Bernstein-Oma sagte jedenfalls immer, Zucker wäre gut für die Seele. Ich wusste, dass Zucker in erster Linie schlecht für die Zähne war, aber bei Monsieur Mathis schien es wahr zu sein: Den ganzen Vormittag meckerte er mich nur ein einziges Mal an. Und das auch nur, weil ich nicht gleich nach ihm rief, als eine Kundin den Laden betrat und nach einer Ausgabe von *Der Glöckner von Not-*

re Dame fragte. Dass ich nicht nach ihm rief, lag daran, dass ich dieses Buch zufälligerweise gerade erst abgefegt hatte und es der Dame eigenhändig geben konnte. Was mich gewaltig stolz machte. Sie war meine erste Kundin und zwinkerte mir dann auch noch fröhlich zu, als sie das Antiquariat wieder verließ. Angesichts dessen konnte ich verschmerzen, dass Monsieur Mathis mich ein bisschen anmotzte.

Dafür nervte es mich gewaltig, dass sich einfach nie eine Gelegenheit ergab, um mit Théo unter vier Augen zu sprechen. Nach dem Frühstück hatte ich es versucht, doch da war er genauso schnell weg gewesen wie Yvette. Und jetzt schlich Monsieur Mathis ständig in unserer Nähe herum. Zudem hatte Théo sich Kopfhörer in die Ohren gestöpselt und hörte pausenlos Musik. Nachdem ich gestern zweifelnd auf seine Bücherwürmer-Theorie reagiert hatte, hielt sich sein Interesse, sich mit mir zu unterhalten, offensichtlich in Grenzen.

Umso erleichterter und überraschter war ich, als Monsieur Mathis mich kurz vor der Mittagspause von der Leiter bat und mir einen Stapel Bücher in die Hand drückte. »Mademoiselle Bernstein, das ist eine Bestellung von Monsieur Petit«, erklärte er mir und legte einen Zettel mit einer Adresse auf das oberste Buch. »Unter gewöhnlichen Umständen würde ich Ihnen diesen Auftrag niemals geben. Aber ich sehe mich heute leider nicht imstande, das Antiquariat zu verlassen. Es gibt zu viel …«, seine Augen streiften die halbvolle Keksdose, »… anderes, das dringend erledigt werden muss. Deshalb muss ich Sie bitten, dass Sie diese Lieferung für mich erledigen.«

»Gerne!« Ich nickte hastig und versuchte mir nicht anmerken zu lassen, wie großartig ich das fand. So wie ich diesen Monsieur Miesmuffel einschätzte, hätte er es sich sonst bestimmt sofort wieder anders überlegt und mich zurück auf die Leiter zum Staubwischen verdonnert.

»Ich werde Clara begleiten«, verkündete Théo plötzlich.

Für einen Moment dachte ich, das Glück wäre auf meiner Seite. Eine bessere Möglichkeit, um ihm alles zu erzählen, konnte es ja gar nicht geben.

»Nein.« Monsieur Mathis zerschlug meine Hoffnung ebenso schnell, wie sie aufgekeimt war. »Sie werden den Laden nicht verlassen, bis Ihre Tante zurück ist.«

»Ach was!« Théo sprang mit einem Satz von der Leiter und landete knapp vor meinen Füßen. »Tante Yvette hat bestimmt nichts dagegen, wenn ich Clara ein bisschen die Stadt zeige. Sie ist seit vorgestern hier und hat noch kaum mehr als diesen staubigen Buchladen gesehen.«

»Nein.« Monsieur Mathis verschränkte die Arme und schüttelte entschieden den Kopf. »Das kann ich nicht zulassen. Mademoiselle Bernstein muss allein gehen. Madame Lombard würde es mir sehr verübeln, wenn ich Ihnen erlaube, einfach den Laden zu verlassen. Vor allem …« Er sprach nicht weiter.

»Vor allem was?«, bohrte Théo nach.

Monsieur Mathis machte als Antwort nur eine abfällige Handbewegung, als würde er auf diese Weise alle Einwände zur Seite wischen. »Nein. Mademoiselle Bernstein geht allein. Ende der Diskussion.«

18.

Monsieur Petit wohnte in der *Rue Gasparin* in der Nähe des *Place Bellecour*. Ich schlenderte über die *Pont Bonaparte* von der Altstadt hinüber auf die Halbinsel und versuchte unterwegs, meine Gedanken zu sortieren. Außerdem spürte ich, wie gut es nach der aufregenden Nacht tat, etwas an die frische Luft zu kommen und mich im Trubel der Stadt treiben zu lassen. Das alte Haus der Familie Lombard war zwar wegen Papy Philippe früher der Ort gewesen, an dem ich mich am wohlsten gefühlt hatte, doch die Erlebnisse der letzten Stunden hatten irgendetwas in mir verändert. Plötzlich kam mir alles unheimlich, rätselhaft und bedrückend vor. Ich hätte mir einen Menschen gewünscht, mit dem ich diese Erlebnisse teilen konnte. Eine beste Freundin. Jemanden wie Nele.

Bei diesem Gedanken blieb ich abrupt stehen. Ich befand mich direkt unter dem Reiterdenkmal in der Mitte des *Place Bellecour*. Dieser Platz mit seinem roten Schotterboden, der Statue und dem Riesenrad gilt in Lyon als Kilometer null. Von hier wird jede Entfernung berechnet. Wenn man sich in Lyon trifft, vereinbart man als Treffpunkt immer den *Place Bellecour*. Es war also kein Wunder, dass ich jede Menge Teenager sah, die zusammensaßen und herumalberten. Ihr Anblick machte mich schlagartig traurig. Weil mir bewusst wurde, wie einsam ich mich fühlte. Ich hatte niemanden, den ich anrufen konnte. Nicht einmal meine Eltern. Die hätten mir bestimmt kein Wort von den Dingen geglaubt, die ich in der Nacht erlebt hatte. Eher hätten sie sich riesengroße Sorgen gemacht und von mir verlangt, dass ich das Praktikum vorzeitig beendete.

Besonders Mama hatte von Anfang an ihre Bedenken gehabt. Sie hatte gedacht, ich würde Papy Philippe während meiner Zeit in Lyon vielleicht so sehr vermissen, dass es mir plötzlich nicht mehr gut ginge. Wäre ich nun mit derart obskuren Stories angekommen, hätte sie sich bestimmt sofort in ihrer Befürchtung bestätigt gefühlt.

Und dann war da natürlich noch die Sache mit Nele. Erst heute Morgen hatte ich ihr wieder eine Nachricht draufgesprochen, aber sie hatte mir nicht geantwortet. Dafür hatte sie ihr Profilbild zu einem Bikini-Strand-Surfbrett-Foto geändert, auf dem man schön sehen konnte, was für eine tolle Zeit sie hatte. Klar freute ich mich für sie. Aber ich hätte es schon nett gefunden, wenn sie mir wenigstens kurz zurückgeschrieben hätte. Ich war nämlich nicht der Ansicht, dass sie einen Grund hatte, so hartnäckig sauer auf mich zu sein. Irgendwann war's dann ja auch mal gut.

In dem Moment bemerkte ich, dass eine Gruppe Männer, die auf einer der Bänke am Platz saß und rauchte, mich anglotzte. Ziemlich gruselige Männer, um genau zu sein. Sie sahen aus, als würden sie tagsüber irgendwo auf Plätzen herumlümmeln und die Nächte im Park hinter den Büschen verbringen. Schnell ging ich weiter und hoffte, dass sie mich nicht mehr so durchdringend anstarren würden. Leider spürte ich ihre Blicke noch, als ich den *Place Bellecour* verließ und über den Zebrastreifen auf die andere Straßenseite wechselte. Wenigstens machten sie nicht den Eindruck, als würden sie auf die Idee kommen, mir zu folgen. Ich beschleunigte meine Schritte trotzdem und sah zu, dass ich in die nächste Gasse kam. Zum Glück war es von dort aus kein weiter Weg mehr in die *Rue Gasparin*, eine relativ kurze Straße, in der sich ein elegantes Haus an das nächste reiht. Und in einem gelben mit zahlreichen Gitterbalkonen wohnte anscheinend dieser Monsieur Petit.

Ich kontrollierte noch einmal die Adresse auf dem Kärtchen, das Mathis mir mitgegeben hatte, dann suchte ich den richtigen Namen auf dem Klingelschild und läutete.

Es dauerte eine ganze Weile, bis sich eine junge weibliche Stimme meldete. »*Bonjour*!«, sprach ich in die Gegensprechanlage. »Ich komme vom Antiquariat Lombard, Monsieur Mathis schickt mich, er ist leider verhindert. Ich soll Ihnen Bücher bringen, die Monsieur Petit bestellt hat.«

Ohne eine Antwort begann die elektronische Türöffnung zu surren. So unerwartet, dass ich erschrocken hinstürzen musste, um rechtzeitig hineinzukommen. Ich stieß in letzter Sekunde mit Schulter und Ellenbogen dagegen – da blieb mein Blick an einem Typen hängen, der gegen die Fassade des gegenüberliegenden Hauses gelehnt stand. Er rauchte.

Im ersten Moment dachte ich, es wäre einer der gruseligen Kerle vom *Place Bellecour*. Ein Schauer überlief meinen Rücken. Das hätte schließlich bedeutet, dass sie mir doch nachgegangen waren. Zu Hause hatte ich für solche Fälle einmal einen Selbstverteidigungskurs besucht, den meine Schule organisiert hatte. Aber ich war nicht sicher, ob ich noch in der Lage gewesen wäre, irgendetwas davon anzuwenden. Zum Glück war ich noch nie in einer Situation gewesen, in der ich das hätte ausprobieren müssen.

Noch während ich versuchte, mich zumindest an die Grundgriffe zu erinnern, dämmerte mir, dass ich diesem Mann dort drüben schon einmal begegnet war. Das war der Typ, der vorgestern Nacht in der *Rue Saint Jean* gestanden und sich mit der Katze unterhalten hatte!

Wahrscheinlich war mir das deshalb nicht früher eingefallen, weil ich mir das Aussehen der Katze deutlich besser eingeprägt hatte als das dieses Mannes. Allerdings fand ich ihn jetzt nicht weniger unheimlich als nachts – und auch nicht als die Gruppe vom *Place Bellecour*. Ich war ganz sicher, dass er nicht nur einfach dort herumlungerte und rauchte. Er stierte mich an.

Ich war richtig erleichtert, als die Haustür hinter mir zuknallte, und ich mich über das noble Treppenhaus hinauf zur Wohnung dieses Monsieur Petit begeben konnte.

Monsieur Petit war wesentlich jünger und wesentlich größer, als ich ihn mir vorgestellt hatte. Irgendwie hatte ich die ganze Zeit das Bild eines kleinen, runzeligen alten Opis im Kopf gehabt, der eine Bibliothek voller gebrauchter Bücher in seinem Wohnzimmer angelegt hat. Stattdessen öffnete mir ein bestimmt zwei Meter großer Mann, den ich ungefähr auf das Alter meines Vaters schätzte. Er lächelte ein breites Lächeln, als er die Tüte voller Bücher in meinen Händen sah. »Großartig«, rief er begeistert. »Yvette ist wahrlich eine Meisterin ihres Faches!«

»Äh, ja«, antwortete ich verwirrt und lächelte zurück. Ich hatte zwar keinen Schimmer, was Yvette für diesen Monsieur Petit organisiert hatte, doch es schien offensichtlich eine ziemliche Sensation zu sein.

Noch bevor ich wieder gehen durfte, tanzte die ganze Familie Petit an und ließ sich von Monsieur Petit die Bücher aus der Tüte präsentieren. Die ich nicht einmal besonders schön fand. Papy Philippe hätte vermutlich den Kopf geschüttelt. Bei der Hälfte handelte es sich um Taschenbücher, wie man sie in den Achtzigerjahren des zwanzigsten Jahrhunderts produziert hatte. Sie waren total zerlesen und fleckig. Bis ich verstand, dass die Familie sich deshalb so sehr über diese Bücher freute, weil es anscheinend exakt die Ausgaben waren, die Monsieur Petits Großvater gesammelt hatte. Was mich sofort lächeln ließ. Das war wieder einmal so typisch für Yvette! Sie suchte nicht nur verlorene Dinge zwischen den Seiten alter Bücher, sie kümmerte sich auch darum, dass Bücher den Weg zurück in ihre Familien fanden.

Das war einer dieser Momente gewesen, wie ich ihn an einem Tag wie diesem gebraucht hatte. Augenblicklich war ich nicht mehr so niedergeschlagen und vergaß auf dem Weg zurück auf die Straße sogar, wie müde ich war. In meinem Bauch flatterte es aufgeregt, und ich beschloss, Yvette gleich heute Abend zu fragen, ob sie mich auf die nächste *Kleine-Freuden-Mission* mitnehmen würde.

Ich war so sehr in Gedanken, dass ich den eigenartigen Mann in meiner Nähe völlig übersah. Ich bemerkte ihn erst, als ich fast wieder den *Place Bellecour* erreicht hatte und mit einem Mal laute Schritte dicht hinter mir hörte, während die Gruppe von Typen auf dem Platz vor mir sich plötzlich erhob und begann, sich in meine Richtung zu bewegen.

19.

Es war helllichter Tag. Die Sonne knallte vom Himmel, und ich befand mich auf einem der am meisten besuchten Plätze der Stadt. Das sagte ich mir im Geiste und sah zu, dass ich den Weg vom *Place Bellecour* zur Altstadt einschlug, ohne einen Blick über meine Schulter zu werfen. Es war sicher besser, ich machte keinen ängstlichen Eindruck. Wenn diese eigenartigen Typen merkten, dass ich mich gruselte, hätten sie es am Ende nur noch toller gefunden, mir einen Schrecken einzujagen. Lieber ging ich so schnell ich konnte und mischte mich beim Zebrastreifen vor der *Pont Bonaparte* in eine Traube von Menschen. Dann erst wagte ich es, einmal hinter mich zu sehen. Und entdeckte sofort wieder ihre Gesichter. Verdammt. Was wollten die von mir? Oder bildete ich mir das ein? War das nur ein eigenartiger Zufall, dass sie ausgerechnet seit dem Moment, in dem ich an ihnen vorbeigekommen war, alle in dieselbe Richtung liefen und mich jedes Mal, wenn ich mich umwandte, durchdringend anstarrten? Egal. Was auch immer das zu bedeuten hatte, ich wollte es nicht herausfinden.

Auf der Brücke blieb ich kurz scheinbar unbeteiligt stehen, gab vor, die hübschen Altstadthäuser zu betrachten, die sich im Fluss spiegelten, und kramte in meinem Umhängebeutel nach meinem Handy. Meine Mutter hatte mir erklärt, dass ich immer, wenn ich mich einmal bedroht fühlte, so tun sollte, als würde ich telefonieren. Und genau das plante ich. Doch meine Hände zitterten so sehr, dass ich das blöde Smartphone einfach nicht finden wollte. Ich kramte, kramte, kramte und dann – urplötzlich – streiften meine Finger einen harten, kantigen Gegenstand. Der eindeutig nicht mein Handy war. Ich biss mir auf die Unterlippe und spähte noch einmal vorsichtig hinter mich. Die Typen standen nun auf der anderen Straßenseite und schienen mich weiterhin zu beobachten, machten aber keine Anstalten, sich vom Fleck zu rühren. Also wagte ich es, mich völlig auf den Inhalt meines Umhängebeutel zu konzentrieren. Ich warf einen Blick hinein – und traute meinen Augen kaum. Ich trug das Buch mit dem dunkelgrünen Einband mit mir spazieren! Es lag in meiner Tasche, als hätte ich es selbst dort hineingesteckt. Was ich nicht hatte. Dieses Mal überlegte ich nicht lange. Ich wusste ganz genau, dass ich es in der Nacht sicher in seiner Schatulle verstaut und diese wieder unter die Holzdiele im Boden gelegt hatte. Ich konnte mich an jedes Detail erinnern. Und ich wusste auch noch, dass sich die Luft eigenartig kribbelig angefühlt hatte. Was jetzt nicht der Fall war. Dafür schillerte der Buchdeckel so hell, wie er es in der Nacht noch nicht getan hatte. Ich hielt den Atem an und zog es heraus.

Eine halbe Sekunde später wurde mir klar, dass ich das lieber gelassen hätte. Denn das war der Moment, in dem die Männer auf der anderen Straßenseite sich schlagartig in Bewegung setzten. Und so zielstrebig, wie sie dabei wirkten, stand spätestens jetzt außer Frage, dass es sich bei diesen Personen um keine gewöhnlichen Passanten handelte.

Ich packte das Buch blitzschnell zurück in die Tasche und rannte los. Wenigstens hatte ich den Vorteil, dass diese eigenartigen Kerle erst den Zebrastreifen passieren mussten, und die Leute in ihren Autos sich wieder einmal nicht an Verkehrsregeln hielten. Was ich nicht sehen konnte, da ich keine Zeit damit verschwenden wollte, zu beobachten, was sich hinter mir abspielte. Aber ich hörte Flüche und wildes Hupen.

Ich rannte, rannte und rannte. Mein Herz hämmerte wie verrückt. Irgendwann kam es mir so vor, als würde ich nur noch das laute Pochen in meiner Brust und das Klacken meiner Schuhe auf dem Asphalt wahrnehmen. Ein paar Mal wich ich Touristen aus, die auf der *Pont Bonaparte* stehen geblieben waren, um Fotos der Altstadt zu knipsen. Ich wusste nicht mehr, ob die Männer noch hinter mir waren, ob sie mir dicht auf den Fersen waren, und ob sie mir alle folgten. Ich wollte es auch nicht wissen. Ich hatte das Gefühl, solange ich mich nicht damit beschäftigte, konnten sie mir nichts anhaben. Ich musste einfach nur zusehen, dass ich so schnell wie möglich zurück ins Antiquariat kam. Irgendetwas sagte mir, dass sie mir nicht bis dorthin folgen würden. Und wenn schon – dort war Monsieur Mathis. Er würde bestimmt nicht zulassen, dass eine Gruppe solch eigenartiger Gestalten in den Laden kam. Wir konnten dort die Türen fest verschließen und die Polizei rufen. Außerdem war Yvette vielleicht wieder von ihrem Termin zurück. Sie würde mir hoffentlich verraten, was es mit diesem Buch auf sich hatte. Denn ich musste zugeben, jetzt, inmitten dieser unerklärlichen Verfolgungsjagd, fand ich meine Idee, ihr zu verheimlichen, dass ich dieses Buch gefunden hatte, plötzlich ganz schön hirnrissig. Ich würde …

Mein Gedanke riss in dem Moment ab, als ich mit jemandem zusammenknallte.

Und dieser jemand hielt mich fest. »Clara! Ey, was ist los? Du siehst aus, als hättest du ein Gespenst gesehen!«

Ich hob den Blick und blinzelte Théo atemlos an.

Er stand dicht vor mir und lächelte. Natürlich völlig nichts ahnend. Unruhig riskierte ich nun doch einen weiteren Blick über meine Schulter, und brauchte nicht lange, um die Typen nur wenige Meter hinter mir zu entdecken. »Wir müssen hier weg«, keuchte ich, packte einfach Théos Hand und stürmte los.

Gemeinsam rannten wir über den *Place Saint Jean* und schlängelten uns zwischen den Touris in der *Rue Saint Jean* hindurch, und die ganze Zeit stellte Théo keine Fragen, bis wir das Antiquariat erreicht hatten und durch die Eingangstür stolperten. Mit einem solchen Karacho, dass Monsieur Mathis wie von der Tarantel gestochen von dem Hocker hinten im kleinen Kabuff hochschreckte und uns entgeistert anstarrte. Die Schlüssel über der Tür läuteten wie verrückt.

»*Mon Dieu*!«, rief Monsieur Mathis. »Was soll dieser Wirbel? Das hier ist ein Antiquariat! In einem Antiquari…« Er verstummte. Und ich hätte schwören können, seine buschigen Augenbrauen wackelten ein bisschen, ehe er fassungslos fragte: »Mademoiselle Bernstein, was haben Sie in Ihrer Tasche?«

»Ich … äh«, stammelte ich und starrte auf meinen Umhängebeutel. Das Buch schillerte grünlich hindurch.

Was nun auch Théo bemerkte. Er öffnete erstaunt den Mund, nur um ihn gleich darauf wieder zu schließen.

»Das ist …« Ich wollte dazu ansetzen, den Sachverhalt zu erklären, doch da fiel Monsieur Mathis mir bereits aufbrausend ins Wort. »Mademoiselle Bernstein! Sie haben kein Anrecht, irgendeines der Bücher, die sich in den Klappen unter der Decke befinden, auch bloß anzusehen, geschweige denn anzufassen! Was fällt Ihnen …«

»Komm mit!« Mitten in Monsieur Mathis' Schimpftirade packte Théo meine Hand und zog mich schnell in den hinteren Verkaufsraum.

Wir schlüpften durch die Hintertür hinaus in den Hof, und Théo bugsierte mich kurzerhand ins Haus. »Lass uns in dein Zimmer gehen«, sagte er atemlos. »Ich glaube, du hast etwas in deiner Tasche, mit dem nicht zu spaßen ist.«

20.

Das Buch lag auf dem Blümchenbezug meiner Bettdecke und schillerte eigenartig vor sich hin. Jetzt spürte ich auch wieder dieses undefinierbare Prickeln, das von ihm ausging. Ein Spannungsgefühl, als würde gleich ein kleines Gewitter losbrechen. Vielleicht lag es daran, dass wir uns wieder im Haus befanden und nicht so viele andere Dinge um mich herum geschahen, die von diesem Gefühl ablenken konnten.

»Merkst du das auch?«, fragte ich heiser an Théo gewandt. Mein Herz wummerte immer noch. In meinem Kopf drehte sich alles. Und ich hatte Seitenstechen. Man konnte also wirklich sagen, dass die Verfolgungsjagd noch in jeder Faser meines Körpers steckte.

Ich hätte gerne gewusst, ob die Männer in den Laden gekommen waren. Was sich gerade dort unten abspielte. Was dieses Buch mit den Büchern zu tun hatte, die in den Deckenklappen des Antiquariats aufbewahrt wurden. Und in was zum Teufel ich da hineingeraten war!

»Ja, ich merke es«, antwortete Théo und betrachtete das Buch aus sicherer Entfernung, während er die Arme fest vor der Brust verschränkte. »Erinnerst du dich an Grand-père Antoines Vorliebe für Okkultes?«, wollte er jetzt wissen.

»Okkultes?« Ich schüttelte verständnislos den Kopf.

»Geisterbeschwörung und so Zeug.« Anscheinend dachte Théo, ich hätte das Wort nicht verstanden. »Geheimbünde, Besuche auf dem Friedhof, Tote, die man zum Leben erweckt.«

»Äh«, machte ich. Irgendwie beruhigte es mich nicht unbedingt, dass Théo ausgerechnet jetzt mit so etwas anfing. »Ganz so gut kannte ich Grand-père Antoine nicht«, sagte ich dann. »Für mich war er immer nur ein etwas schrulliger alter Opa, der mir erlaubte, im Haus herumzugeistern. Wieso weißt du so viel über ihn, wenn du doch in Paris aufgewachsen bist?« Der Satz war schon ausgesprochen, als mir auffiel, wie falsch er klang. »Ich meine, du warst als Kind doch öfters mal auch hier«, schob ich schnell hinterher. »Ich hab dich nie gesehen, aber ich war ja auch immer nur in den Sommerferien bei Papy Philippe.«

»Ich war jedes Jahr an Weihnachten bei Yvette«, erklärte Théo und machte Gott sei Dank keinen verletzten Eindruck. »Und da hat Grand-père Antoine nicht gespart, mir von seinen Abenteuern als junger Mann zu erzählen. Die Hälfte davon ist natürlich erfunden oder aus irgendwelchen Romanen, das ist mir schon klar. Aber nicht alles, was er sagte, war Unsinn, denke ich. Yvette tut natürlich so. Und dein Großvater hat auch so getan, nicht wahr?« Théo warf mir einen wissenden Blick zu.

Ich nickte. »Papy Philippe meinte, Antoine wäre geistig leicht umnachtet … oder so.«

»Klar.« Théo lachte. »Genau das behauptet Yvette, damit ich bloß nicht auf die Idee komme, Nachforschungen anzustellen. Da kann sie sich aber auf den Kopf stellen und mit den Füßen wackeln, sie wird mich nicht davon abhalten, die Wahrheit herauszufinden. Und eine dieser Wahrheiten ist offensichtlich, dass Grand-père Antoine nicht ohne Grund die verlorenen Bücher erwähnte. Sie sind das Zuhause Verstorbener.«

»Das Zuhause Verstorbener?«, entfuhr es mir. »Was soll das denn heißen?«

»Geister«, verkündete Théo trocken. »Er meinte, dass die verlorenen Bücher von Geistern bewohnt werden. Und wenn einen ein solches Buch dazu auserwählt hat, es an den Ort seines Ursprungs zu bringen, dann muss man das tun, sonst wird dieser Geist ...« Er brach ab.

Ich starrte ihn mit großen Augen an. Falls ich gedacht hatte, mein Herz hätte zuvor schon gewummert, wurde ich gerade eines Besseren belehrt: Jetzt klopfte es so heftig, dass ich glaubte, keine Luft mehr zu bekommen. »Was wird dieser Geist?«, fragte ich tonlos.

Théo zuckte die Schultern. »Keine Ahnung. Hat Grand-père Antoine nie ganz klar ausgesprochen. Wahrscheinlich dachte er, das würde mir Angst machen.« Irgendetwas an der Art und Weise, wie er das sagte, ließ mich vermuten, dass er mir die Wahrheit nicht verraten wollte. Vielleicht, weil sie so schlimm war, dass er fürchtete, ich könne sie nicht verkraften. Dabei kannte Théo ja noch nicht einmal die ganze Geschichte, was mich und dieses Buch betraf. Er wusste nicht, dass ich einen Zettel darin gefunden hatte, der seinen Inhalt verändert hatte. Und der heute Nacht einen Hinweis auf Marseille gegeben hatte. *Marseille.* Gänsehaut bildete sich auf meinen Armen. War das vielleicht die Heimat eines ... Geistes?! Oh. Mein. Gott. Eines Geistes, der zwischen den Seiten dieses alten Buchs lebt. Und war das die Fähigkeit, von der Yvette gesprochen hatte? Konnte Théo Geister fühlen? Und hatten Théos Eltern diese Fähigkeit gehabt? Waren diese Bücherwürmer aus den Märchen vielleicht nichts weiter als ... Geister?! Hatte Papy Philippe diese Gabe auch gehabt, meine Mutter jedoch nicht? Und dachte Yvette deshalb, ich hätte die Gabe auch nicht? Aber in Wirklichkeit hatte ich sie doch?! Mit Geistern zu kommunizieren? Es passte alles zusammen. Diese Schatulle. Hatte sie dazu gedient, diesen *Geist* zu bannen? Hatte ich ihn befreit?

Und, und, und …?!

Mir wurde schwindelig vor lauter Fragen. Ich konnte selbst kaum glauben, dass ich all diese Dinge in diesem Moment wirklich überlegte. Aber wahrscheinlich ist es normal, dass man, wenn man schon einmal so viel eigenartiges Zeug wie ich während der letzten Nächte erlebt hatte, gar nicht mehr auf die Idee kommt, dass es auch eine logische, rationale und gewöhnliche Erklärung geben könnte. Ich jedenfalls zweifelte plötzlich kein bisschen mehr daran, dass Théos Urgroßvater Antoine die Wahrheit gesprochen hatte. Und ich entschied, dass jetzt der Zeitpunkt gekommen war, Théo in die Details einzuweihen.

»Krass«, war das erste Wort, das Théo sagte, nachdem ich ihm von den Erlebnissen der vergangenen Nacht erzählt hatte.

Ich hatte mir Mühe gegeben, nichts auszulassen. Die Tatsache, dass dieses Buch mich anscheinend verfolgte, alles, was Yvette mit Monsieur Mathis gesprochen hatte, und der Moment, in dem diese Männer auf der Straße begonnen hatten, mich wie aus heiterem Himmel zu verfolgen.

Plötzlich schien es mir, als würden sich die Puzzleteilchen zu einem großen Ganzen fügen. Nur eine Sache brannte mir auf der Seele, und ich fand keine Antwort. »Was soll ich denn jetzt tun?«, sprach ich es schließlich aus. »Denkst du, ich bin nun irgendwie … na ja … verflucht?«

Théo setzte dazu an, etwas zu erwidern, doch ausgerechnet in diesem Moment polterte es kräftig an der Tür. »Kinder!«, rief Yvette draußen vom Gang. »Macht bitte sofort auf! Monsieur Mathis hat mir verraten, was ihr angestellt habt.«

»Mist«, zischte Théo. Beunruhigt schielte er zwischen mir und der Tür hin und her, dann deutete er zum Fenster. »Lass uns abhauen.«

»Was?«, fragte ich entsetzt.

Yvettes Hämmern gegen die Tür wurde energischer. »Théodore! Ihr wisst überhaupt nicht, womit ihr es zu tun habt! Und macht jetzt verdammt noch einmal auf! Clara, wenn du dich so verhältst, muss ich deine Eltern anrufen und ihnen sagen, dass du leider nicht länger bei mir im Antiquariat arbeiten darfst. Ich glaube, sie wären sehr enttäuscht. Ihr müsst auch keine Angst haben. Wenn ihr aufmacht, dann reden wir in Ruhe über alles, und ich nehme dir nicht übel, Clara, dass du gestohlen hast.«

»Ich hab nicht …«, japste ich, da packte Théo meine Hand und zog mich zum Fenster.

»Kannst du klettern?«, fragte er.

»Äh.«

»Ist nicht schwer.« Er öffnete das Fenster, dann lief er noch einmal zurück zum Bett und griff nach dem Buch. »Au!«, rief er erschrocken aus, als er es berührte. Und ließ es zurück auf die Bettdecke fallen. »Das verteilt Stromschläge?«, wunderte er sich und blickte mich ratlos an, während er sich die Hand rieb und ein bisschen gequält das Gesicht verzog. »Macht es das bei dir auch?«

»Keine Ahnung.« Ich hastete ebenfalls zum Bett, nahm das Buch – und es geschah absolut rein gar nichts.

»Hm«, überlegte Théo. »Vielleicht möchte der Geist aus diesem Buch nicht, dass es jemand anderer bei sich trägt als die Person, die er auserwählt hat.«

»Auserwählt?« Mir wurde langsam schon ganz schön übel von all diesem Chaos.

»Auserwählt, den Verstorbenen an den Ort seines Ursprungs zu bringen«, sagte Théo und ließ dabei die Tür nicht aus den Augen. Es war still geworden. Hatte Yvette es aufgeben?

Doch dann begann urplötzlich ein leises Rattern. Es kam aus dem Schlüsselloch. Und da wurde mir klar, dass Yvette sich soeben daran gemacht hatte, von außen mit einem spitzen Gegenstand die Tür aufzuknacken.

»Raus jetzt!« Théo packte mich so ruckartig, dass ich einmal auf dem Absatz herumwirbelte, zerrte mich zum Fenster und deutete auf die Gitterstäbe des schmalen Balkons. »Hier klettern wir entlang, hangeln uns nach unten und schleichen uns dann in den Hof. Wir brauchen Yvettes Motorroller.«

»Wieso?« Ich verstand nicht.

Théos Lippen verzogen sich zu einem breiten Grinsen. »Weil wir beide heute noch nach Marseille fahren.«

21.

Théo hatte bei seinem Plan offensichtlich eine winzig kleine Sache nicht bedacht. Um Yvettes Motorroller fahren zu können, brauchte er den Zündschlüssel. Und der hing im Kabuff hinter dem Kassentisch, in dem zuvor Monsieur Mathis gesessen und Kekse gefuttert hatte. Es war schwer davon auszugehen, dass er den Laden nicht allein gelassen hatte, während Yvette oben damit beschäftigt war, die Tür zu Grand-père Antoines Kammer aufzubrechen.

Wenigstens schien sie nicht mitbekommen zu haben, dass Théo und ich längst nicht mehr im Zimmer waren. Ganz wie Théo gesagt hatte, waren wir über die schmalen Gitterbalkone vor den Fenstern hinunter in die Gasse geklettert und hatten uns anschließend in den Innenhof geschlichen. Während ich dort oben an den verschnörkelten Gitterstäben gehangen hatte, hatte ich mich zwar ein paar Mal gefragt, was um alles in der Welt ich da eigentlich gerade machte und ob ich verrückt geworden war, aber ich sah keine andere Möglichkeit, als Théo einfach zu vertrauen. Obwohl ich diesen Jungen kaum kannte. Doch wenn man einmal mit Dingen wie einem Buch, das sich – im wahrsten Sinne des Wortes – wie durch Geisterhand selbstständig macht, zu tun bekommt, erscheinen einem andere Sachen mit einem Mal ziemlich harmlos. Außerdem hatte Yvette behauptet, ich hätte das Buch gestohlen. Und auch wenn sie versucht hatte, dabei freundlich zu klingen, fand ich, dass sie sich ziemlich sauer angehört hatte. Wenn sie das meinen Eltern erzählte, wären die bestimmt maßlos enttäuscht. Und ich wusste nicht, wie ich das Gegenteil beweisen hätte können. Angesichts dessen fühlte ich mich gerade so überfordert, dass ich kaum einen klaren Gedanken fassen konnte. Jetzt setzte ich mich einfach nur auf den Motorroller, wie Théo mich anwies, klammerte meine Hände fest um das Buch und betete innerlich, dass alles gut werden würde. Das war einer dieser Momente, in denen ich mir wünschte, ich wäre mutiger und selbstbewusster. Eines von diesen Mädchen, die sich von nichts aus der Ruhe bringen lassen. Aber das war ich nicht. Ich hatte schreckliche Angst. Ich hatte Angst, dass Yvette mir nicht glauben und mir niemals verzeihen würde. Ich hatte Angst, meine Eltern zu enttäuschen. Ich hatte Angst, dass das mit dem Buch stimmte: Dass es von einem Geist bewohnt wurde, und ich verflucht war, nur weil ich diese blöde Schatulle geöffnet hatte. Ich hatte Angst, dass die eigenartigen Männer auf der Straße mir etwas antun wollten, weil ich das Buch besaß. Und ich hatte Angst, dass die ganze Geschichte sowieso ein schreckliches Ende nehmen würde. So wie das Leben von Théos Eltern ein schreckliches Ende genommen hatte. Obwohl ich nicht wusste, ob es zwischen diesen Dingen überhaupt einen Zusammenhang gab.

»Bin sofort wieder zurück«, raunte Théo mir zu und deutete zur Hintertür des Antiquariats. »Ich organisiere uns den Schlüssel. Sollten Yvette oder Monsieur Mathis auftauchen, sieh am besten zu, dass du Land gewinnst. Sie werden versuchen, dir das Buch abzunehmen und sich danach irgendwelche Stories einfallen lassen, um zu vertuschen, was eigentlich Sache ist.« Kurz wurde er still, dann sah er mich fest an. »Bitte, Clara, du musst mir jetzt helfen, die Wahrheit herauszufinden. Und meine Tante wird alles tun, um genau das zu verhindern.«

Ich nickte. Weil mir nicht mehr einfiel, was ich in diesem Augenblick anderes hätte tun können. Obendrein fühlte ich mich auch nicht zu mehr imstande. Ich wollte einfach nur noch, dass das wieder aufhörte, ich ein normales Praktikum in Yvettes stinknormalem Antiquariat machen durfte, und dass mein Leben nicht schlagartig danach aussah, als verstünde ich nicht einmal die Hälfte davon.

Aber *normal* war für diesen Sommer wohl gestrichen. »In Ordnung«, krächzte ich schließlich heiser.

Théo nickte. Dann stürmte er davon in den Laden.

Ich konnte nicht sagen, wie lange es dauerte, bis ich ein lautes Knallen hörte, die Tür wieder aufflog, er mir Yvettes roten Mopedhelm zuwarf, »Aufsetzen!« rief und sich vor mich auf den Roller schwang. Auch er stülpte sich einen Helm auf den Kopf, ließ den Verschluss hastig einrasten und sagte: »Halt dich fest!«

Ich steckte das Buch in meinen Hosenbund und verkrampfte die Hände links und rechts in den Seiten des Ledersitzes unter mir.

»Besser an mir festhalten!«, rief Théo und startete schon die Maschine. »Ich werde jetzt schnell fahren, du musst dich mit mir in die Kurven lehnen können.«

Etwas unsicher löste ich die Hände wieder vom Sitz und legte sie sachte an Théos Oberkörper.

»Bereit?«, wollte er wissen.

Im Hintergrund rumorte es. Yvette stürzte gerade oben auf die Arkadengalerie und sah zu uns hinunter. »Kinder! Was macht ihr denn für einen Quatsch?!«, schrie sie uns zu.

Monsieur Mathis kam aus dem Antiquariat gestürmt. »Stehen bleiben! Hört ihr?!«

»Bereit«, hauchte ich, überwand mich und schlang meine Arme fest um Théos Bauch. Der Geruch des Waschpulvers von seinem T-Shirt stieg mir in die Nase. Ich spürte leichte Muskeln unter seinem Shirt. Und plötzlich wurde mir total warm. Was allerdings höchstwahrscheinlich vor allem daran lag, dass ich immer noch nicht wusste, was gerade mit mir geschah.

Théo trat aufs Gas. Wir rasten durch das geöffnete Tor hinaus auf die Gasse und ließen das Antiquariat hinter uns.

Wir bogen gerade auf die Kaistraße entlang der Saône in Richtung Süden ab, als ich schlagartig aus einer Art Trance erwachte und mir bewusst wurde, was ich hier gerade machte. Ich fuhr mit einem beinahe fremden Jungen auf einem gestohlenen Motorroller in die Provence, weil ich fürchtete, ich hätte ein von einem Geist besessenes Buch in einem Kästchen unter dem Holzdielenboden meines Großvaters gefunden. Wie crazy war das bitte schön?! Es tat in dieser Situation richtig gut, den Fahrtwind im Gesicht zu spüren. Er gab mir auf eine seltsame Art und Weise das Gefühl, nicht durchzudrehen. Möglicherweise deshalb, weil er das Normalste für mich zu sein schien, das momentan um mich herum passierte. Außerdem fand ich angenehm, dass Théo das Tempo nun wieder etwas drosselte, und der Fluss links neben uns gemächlicher vorbeizog. Ich sah sogar einige Seerosen am tümpeligen Ufer treiben, die mich beruhigten, weil sie mich daran erinnerten, dass ich diese Strecke schon mal mit Papy Philippe und meinen Eltern gefahren war. Ich begab mich also nicht in eine Region Frankreichs, die mir völlig unbekannt war. Obwohl das wahrscheinlich auch keinen Unterschied mehr gemacht hätte – verrückt war das, was ich hier tat, so oder so. Trotzdem bekam die Sache dadurch etwas Vertrautes. Und Schönes. Sofern das ging.

Also versuchte ich mir vorzustellen, die ganze Aufregung von eben würde gar nicht existieren, und ich wäre einfach nur ganz gewöhnlich auf Sommerferienreise. Mit einem süßen Franzosen auf einem Motorroller durch das Land cruisen. Die pralle Sonne des Südens auf der Haut. Nele hätte das bestimmt toll gefunden. *Nele.* Meine Gedanken blieben hängen. Nele existierte momentan nur noch in meinem Handy. Genauso wie meine Eltern. Mein ganzes Leben daheim.

Und mein Handy lag gemeinsam mit meinem Umhängebeutel in Grand-père Antoines Zimmer.

Ich schluckte. Mama und Papa würden mir den Kopf abreißen.

Ist dir schon einmal aufgefallen,
dass es kaum noch Platz
für Magie auf
dieser Welt gibt?
Dass alle Menschen denken, Magie wäre
nicht mehr als ein Konstrukt
der Fantasie?
Dabei ist das der größte Unsinn.
Wir müssen nur unsere Augen öffnen.
Wir müssen zuhören.
Dann werden wir sie entdecken.
Die Magie des Lebens.
Und einer dieser magischen Momente,
meine liebe Clara, wird
dir begegnen, wenn du
auf dich vertraust.
Wenn du an dich glaubst.
Vergiss dabei niemals: Sei eine mutige kleine Chevalier.
Zeige ihnen niemals deine Angst.

Philippe Gustave Chevalier

22.

Ich hatte nicht nur kein Handy bei mir. Ich hatte absolut gar nichts mitgenommen, abgesehen von dem Buch und den Klamotten, die ich am Leib trug. Meine roten Chucks, eine Jeans und ein Streifenshirt, das nach der vielen Aufregung nicht mehr ganz frisch roch.

Als Théo mir, nachdem wir die Stadt verlassen hatten und in eine ländliche Gegend voller niedlicher Steinhäuschen kamen, mit Vorgärten, in denen Oleandersträuche blühten, versicherte, dass er sein Handy dabeihatte, war ich erleichtert.

»Wir müssen tanken«, sagte er und rollte an den Straßenrand. »Yvette hat natürlich wieder mal fast alles leer gefahren und nicht ans Tanken gedacht. So ein Mist, ich habe keinen Schimmer, wo die nächste Tankstelle ist.«

»Weißt du denn überhaupt, wo wir sind?«, fragte ich vorsichtig. Ich war nicht sicher, ob ich die Antwort wirklich hören wollte. War ja ohnehin schon alles aufregend genug. Die Erkenntnis, dass wir uns heillos verfahren hatten, hätte ich mir gern erspart.

»Na klar«, behauptete Théo selbstsicher. »Wir sind ... irgendwo in der Pampa halt. Rund um Lyon gibt es überall solche kleinen Orte. Das tut aber nichts zur Sache. Ich kann im Smartphone nachsehen.« Er nestelte sein Telefon aus der Seitentasche seiner Hose. »Oh. Tante Yvette hat dreiundzwanzigmal angerufen.«

»Ich habe Angst, dass wir gerade etwas ganz schön Dummes machen«, murmelte ich. »Vielleicht hätte ich Yvette das mit dem Buch einfach erzählen sollen.« Ich biss mir auf die Unterlippe. »Außerdem … wir wissen doch gar nicht, ob wir nicht einem totalen Hirngespinst nachjagen. Dieses Buch …« Ich zog es aus meinem Hosenbund und betrachtete es. Mir war, als wäre das Schillern des Einbands noch mal stärker geworden. Und an den Stellen, an denen ich es mit meinen Fingerspitzen berührte, konnte ich auch das Prickeln deutlich fühlen. Nur die Luft vibrierte hier draußen nicht so stark.

Vorsichtig schlug ich das Buch auf. Wie automatisch landete ich bei dem Zettel zwischen den Seiten.

Théo, der gerade noch auf dem Smartphone herumgetippt hatte, um herauszufinden, wo wir waren, lehnte sich jetzt neugierig zu mir nach hinten. »Das ist diese Botschaft?«

Ich nickte und faltete das Papier auseinander.

Im nächsten Moment glaubte ich, nicht richtig zu sehen. Der Text hatte sich erneut verändert. Dort, wo zuvor **Bibliothèque Marseille** gestanden war, schwangen sich nun feine Buchstaben zu einer Adresse in Marseille.

»Meinst du, dieser Geist kommuniziert über das Blatt Papier mit uns?«, rätselte ich.

»Nein.« Théo schüttelte den Kopf. »Dieser Geist kommuniziert nicht mit *uns*, liebe Clara. Er kommuniziert mit *dir*!«

Die Tankstelle sah ziemlich heruntergekommen aus. Das Schild über dem Gebäude war von der Sonne ausgebleicht, und die weißen Parkmarkierungen auf dem unebenen Asphalt hatten definitiv schon bessere Zeiten erlebt. Außer uns schien momentan auch niemand tanken zu müssen, wir waren die einzigen Menschen weit und breit, ausgenommen der junge Typ mit auffällig starken Geheimratsecken, der hinter der Kasse in dem kleinen Tankstellenshop hockte und Kaugummi kauend in einem Fußballmagazin las, während ich Sprudelflaschen, zwei Schokoriegel und eine Straßenkarte aus dem Regal nahm. Insgesamt wirkte hier alles sehr ausgestorben. Die Tanke lag direkt an einer lang gezogenen Hauptstraße, auf der kaum Fahrzeuge fuhren, und an der es ansonsten nur einen Gebrauchtwagenhändler gab.

Wie wir mittlerweile wussten, waren wir irgendwo in der Nähe von Chavanay gelandet, einem Ort etwa eine Stunde von Lyon entfernt, der zwar von schönen Weinbergen umgeben ist, in dem aber offensichtlich nicht viel passiert. Auf dem Weg hierher waren wir exakt zwei Personen begegnet. Einer Frau auf einem Fahrrad, die in einem Körbchen vorn an der Lenkstange total frankreichklischeemäßig Baguette transportiert hatte, und einer alten Omi im Blümchenkleid, die mit Gehstock vor einem der Steinhäuser gesessen und uns neugierig nachgeguckt hatte. Ich vermutete, dass sie nicht so gestarrt hatte, weil man hier nie unbekannte Gesichter zu sehen bekam (es gab bestimmt Touristen, die gern für eine Auszeit und für Weinproben kamen), sondern weil Théo und ich einen so verlorenen Eindruck machten. Wir waren andauernd an den Kreuzungen stehen geblieben, hatten einen Blick auf Théos Handy geworfen und gehofft, diese Tankstelle zu finden, bevor der Tank völlig leer war, und wir plötzlich festsaßen.

Je länger wir nun unterwegs waren, desto mehr fragte ich mich, welcher Wahnsinn mich geritten hatte, mich auf diese Aktion einzulassen. Doch alles war so schnell gegangen, und nach der Hetzjagd durch die Straßen Lyons war es mir irgendwie nicht mehr möglich gewesen, einen klaren Gedanken zu fassen. Wahrscheinlich hatte das mit dem vielen Adrenalin zu tun, das dabei durch meinen Körper gepumpt worden war. Meine Tante Lotte, die nicht nur hässliche T-Shirts an Weihnachten verschenkte, sondern auch Ärztin war, hätte mir da nun bestimmt recht gegeben. Und da dieses Adrenalin jetzt langsam weniger wurde, merkte ich, wie bescheuert es war, was wir da gerade machten.

Yvette hätte uns doch mit Sicherheit nicht angelogen und alles abgestritten, wenn ich ihr erklärt hätte, was ich schon alles mit dem Buch erlebt hatte. Man kann vielleicht so tun, als wäre es völlig harmlos, dass nachts eigenartige Gestalten in einer Gasse herumschleichen, aber man kann schwer vorgeben, es wäre alles normal, wenn ein Buch eigenständig den Ort wechselt, und ein Zettel zwischen den Seiten liegt, der seinen Inhalt verändert. Hätte ich das Yvette erzählt, hätte sie garantiert gewusst, was Sache ist, und mir helfen können, ohne dass ich Hals über Kopf nach Marseille aufbrechen musste. Zumal sich unsere Theorien aus dem wirren Gerede eines alten Mannes speisten.

Vermutlich war auch das durch den Schreck nach der Begegnung mit diesen gruseligen Kerlen passiert, doch nun fragte ich mich, wieso ich Théo die Story mit dem Geist so einfach geglaubt hatte. Es gab Hunderte andere Erklärungen für all das! Na ja. Mir fiel zugegebenermaßen keine ein, aber deshalb erkundigte man sich doch bei Erwachsenen, sobald etwas komisch war. Damit sie es einem begreiflich machen.

Ich legte Wasserflaschen, Schokoriegel und Straßenkarte auf die Theke und beobachtete den Kassierer dabei, wie er gemächlich das Fußballmagazin zuklappte und sich daranmachte, die Ware zu scannen, während ich mir selbst auf den Füßen herumtrat und immer stärkere Bauchschmerzen angesichts der Lage bekam.

Ich warf einen Blick durch die Glasfront nach draußen zu Théo. Er zog gerade den Schlauch aus dem Tankloch des Motorrollers und schraubte den Verschluss wieder zu. Insgesamt war er bedeutend entschlossener als ich, und das verstand ich. Für ihn ging es hier um viel mehr. Er wollte etwas über seine Eltern herausfinden – und offensichtlich hatte er das Vertrauen in seine Tante verloren. Mir fiel ein, dass ich noch nicht einmal wusste, was er angestellt hatte und warum dieser Großonkel aus Paris sauer auf ihn war. Aber ich ging nach allem, was ich mitbekommen hatte, schwer davon aus, dass es mit der Frage nach dem Tod seiner Eltern in Zusammenhang stand. Für Théo schien es kein anderes Thema zu geben. Und wahrscheinlich wäre es mir an seiner Stelle nicht anders gegangen. Er tat mir echt leid. Ich stellte mir vor, dass er sich mega verlassen und hilflos fühlen musste. Ich konnte mir auch beim besten Willen nicht erklären, wieso Yvette ihm das antat. Warum sie nicht ehrlich zu ihm war. Wieso sie ihn so sehr im Dunkeln tappen ließ, und warum sie all seinen Fragen geflissentlich aus dem Weg ging. So betrachtet, ergab die Theorie mit den Geistern zwischen den Seiten alter Bücher doch wieder mehr Sinn, egal, wie eigenartig das klingen mochte. Möglicherweise dachte sie, sie könnte ihren Neffen schützen, wenn sie ihm diese unfassbare Geschichte und seine Fähigkeiten, mit Verstorbenen zu kommunizieren, verheimlichte. Ich weigerte mich nämlich zu glauben, dass Yvette schlechte Absichten hatte. Das wäre nicht die Yvette Lombard gewesen, die ich bereits mein ganzes Leben kannte.

»Mademoiselle? Geht es Ihnen gut?«

Ich schreckte auf. Der Typ hinter der Kasse blickte mich fragend an. Vor lauter Grübelei hatte ich gar nicht mitbekommen, dass er auf die Bezahlung wartete.

»*Pardon*«, murmelte ich, kramte die beiden Zehneuroscheine, die Théo mir zuvor in die Hand gedrückt hatte, aus meiner Hosentasche und schob sie dem Mann entgegen. Er nahm sie, ohne mich aus den Augen zu lassen, ließ die Kassenlade aufspringen und legte mir das Wechselgeld hin. So wie der guckte, rätselte er bestimmt, ob ich etwas gestohlen hatte und deshalb so verwirrt in die Luft schaute, oder ob ich eine kleine Ausreißerin war, die Angst hatte, erwischt zu werden. Eventuell überlegte er, ob er die Polizei rufen musste.

Die Polizei.

Meine Kehle fühlte sich plötzlich ganz eng an. Was, wenn Yvette bereits die Polizei alarmiert hatte und Théo und mich suchen ließ? Meine Eltern würden vor Sorge umkommen! Und das Donnerwetter, das mich danach erwartete, wollte ich mir nicht einmal ausmalen. Ich hatte so etwas noch *nie* getan! Üblicherweise hatten meine Eltern und ich ein vertrauensvolles Verhältnis, weil sie mir sowieso die meisten Dinge erlaubten.

»Schönes Wetter heute«, sagte ich jetzt zu dem Tankstellentypen, um irgendwas zu sagen und von der eigenartigen Stille abzulenken. Eine Ausreißerin auf der Flucht wäre ganz sicher nicht so entspannt gewesen, mit einem fremden Menschen über das Wetter zu plaudern. »Ist es immer so …«, ich räusperte mich, weil der Kerl nun eine irritierte Grimasse zog, »… schön hier?«

O mein Gott. Am liebsten hätte mir selbst einen Tritt in den Hintern verpasst. Eine bescheuerte Situation noch bescheuerter machen? Darin war ich wirklich ein Naturtalent. Schnell griff ich nach dem Wechselgeld und den Sachen, murmelte »*Au revoir*«, und wollte mich zum Gehen wenden. Dabei war ich jedoch so überhastet, dass ich über meine eigenen Füße stolperte und nach vorn taumelte. In letzter Sekunde gelang es mir, mich abzufangen, aber die Schokoriegel, eine der Wasserflaschen und die Karte glitten mir aus der Hand und landeten auf dem Boden, gemeinsam mit dem Buch, das sich wegen der ruckartigen Bewegung aus meinem seitlichen Hosenbund gelöst hatte. Die Seiten schlugen auf, der Zettel flatterte heraus.

Genauso wie in dem Moment, als ich das Buch zum ersten Mal in Papy Philippes Werkstatt entdeckt hatte, flog er mir ein bisschen um die Nase, ehe er landete und unter ein Regal voller Chipstüten rutschte. So ein verdammter Mist!

Hastig machte ich mich daran, mein Zeug aufzusammeln und krabbelte auf allen vieren zu dem Regal, um einen Blick in den Spalt zwischen Metallstäben und Boden zu werfen.

Das Papier war ziemlich weit nach hinten geglitten.

Der Typ streckte den Kopf neugierig in die Höhe. »Alles in Ordnung, Mademoiselle?«

»Äh, ja, ich ... äh ... muss nur ...«, stammelte ich, aber da war er schon um die Theke herumgekommen, stieß mit der Spitze seines ausgelatschten Turnschuhs den Zettel hervor und bückte sich danach.

Ich hielt die Luft an, als seine Finger das Papier berührten. Ich war überzeugt davon, dass er nun jeden Moment einen Stromschlag oder so was bekam.

Stattdessen verzog sich sein Mund zu einem amüsierten Grinsen. »Leeres Blatt? Dafür würde ich niemals auf dem Boden herumkriechen.« Er deutete auf das Buch, das ich in Händen hielt und fest gegen meine Brust drückte, aus Angst, es könnte mir wieder entkommen. »Sieht alt aus«, meinte er. »Ein Erbstück?«

»Ja«, log ich und wunderte mich, dass er gar nichts wegen

des Schillerns sagte. Und wieso er meinte, der Zettel wäre leer. Sogar aus einiger Entfernung konnte ich die Adresse erkennen.

Ich war total erleichtert, als er mir den Zettel ohne weiteren Kommentar reichte und sich wieder hinter die Kasse begab. Gleichzeitig wurde mir etwas klar. Ich rappelte mich auf und rannte hinaus zu Théo.

»Nur wir sehen es!«, keuchte ich atemlos.

»Wie? Was?« Théo hockte lässig auf dem Motorroller und klopfte mit den Daumen auf den Griffen am Lenker herum. »Ich hab mich schon gefragt, wo du steckst! Der Tank ist voll, und ich hab gleich hier mit Karte gezahlt, wir können weiter. Nach Marseille brauchen wir über die Landstraße mit dem Roller gute fünf Stunden. Ähm, aber was sehen nur wir?«

»Das Buch!« Ich blieb stehen und holte Luft.

»Das Buch?«

»Nein, also natürlich nicht das Buch … das sieht jeder. Aber dass es grün schillert! Und die Schrift auf dem Zettel. Der Typ aus der Tankstelle meinte, es sei ein leeres Blatt Papier!«

»Du hast es ihm gezeigt?« Théo blinzelte mich entsetzt an.

»Nein«, erklärte ich. »Es ist mir runtergefallen, und er hat den Zettel aufgehoben, ohne einen Stromschlag zu bekommen.«

»Das Buch hat mir den verpasst, nicht der Zettel«, gab Théo zu bedenken. »Vielleicht macht der Zettel das ja nicht?«

»Hm.« Ich öffnete das Buch mit einer energischen Bewegung und landete natürlich wieder exakt an der Stelle, an der das Blatt Papier sich verbarg. »Stimmt … sollen wir …« Ich brach ab. Wie dämlich war es, Théo allen Ernstes den Vorschlag zu machen, sich als Stromschlag-Versuchskaninchen zur Verfügung zu stellen?!

Aber ich musste es nicht aussprechen. Ihm war klar, worauf ich hinauswollte. »Nicht hier«, sagte er mit Blick auf die Zapfsäule. »Lass uns einen sicheren Platz suchen, dann können wir testen. Magst du aufsteigen?«

Ich nickte und kletterte hinter ihn auf den Motorroller. Vorhin im Tankstellenshop hatte ich noch gedacht, dass ich ihm den Vorschlag machen sollte, umzudrehen und alles mit Yvette zu besprechen. Klar, sie würde wütend sein. Doch bestimmt auch erleichtert, weil wir wieder da waren. Sie würde mir – oder uns – bestimmt weiterhelfen.

Aber jetzt prickelte plötzlich wieder dieses wilde Abenteuer-Rätsel-Geheimnis-Prickeln in mir, das mich meine Sorgen für den Moment total vergessen ließ. Ich wollte einfach nur noch herausfinden, was es mit Zettel und Buch wirklich auf sich hatte, und ob es tatsächlich sein konnte, dass Théo und ich die Fähigkeit besaßen, etwas wahrzunehmen, das andere Menschen nicht spürten. Weil wir dazu in der Lage waren, mit der Welt der Geister zu kommunizieren.

Théo startete den Motorroller und lenkte ihn wieder zurück auf die Hauptstraße. Erst führte uns der Weg eine ganze Weile durch die eher öde Gegend, bis wir in das Ortsgebiet von Chavanay kamen, und die Tristesse von hübschen Weinbergen und urigen Häusern durchbrochen wurde. Von den Weinreben ging ein süßlicher Duft aus, und in der Sonne war es so warm, dass man das Gefühl hatte, die Luft würde stillstehen.

Wir bogen in ein schmales Seitengässchen, dem man anmerkte, dass dieser Ort ziemlich alt sein musste. Die eng beisammenstehenden, sandsteinfarbenen Gebäude mit den schrägen, schwarzen Schieferdächern hätten direkt aus dem Mittelalter stammen können.

Die Straße führte steil bergauf, und das Brummen des Motorrollers hallte an den Fassaden entlang, bis wir das letzte Haus hinter uns ließen und die Spitze des Hügels erreichten. Links von uns war ein kleines Wäldchen, rund um uns Weinstöcke über Weinstöcke, und direkt vor uns stand eine Holzbank, von der aus man einen wunderschönen Blick in die buckelige Landschaft bis zur Rhône hatte, die sich am Horizont entlangschlängelte.

Théo stoppte den Motorroller und drehte sich zu mir um. »Ich denke, hier können wir das in Ruhe testen«, sagte er und streckte die rechte Hand aus.

Ich zögerte kurz, doch dann zog ich das Buch hervor, holte den Zettel heraus und legte ihn auf seine ausgebreitete Handfläche. Sofort zuckte er zurück. Womit das geklärt war. Während es für andere Menschen offenbar kein Problem war, ließen Buch und Zettel ganz eindeutig nicht zu, dass Théo sie anfasste.

23.

»Es muss etwas mit deinem Vater zu tun haben«, überlegte ich
laut. »Yvette hat letzte Nacht davon gesprochen, dass du Noëls
Sohn bist, und sie deshalb das Risiko nicht eingehen konnte,
in deiner Gegenwart nach dem Buch zu suchen. Kann es sein,
dass dein Vater diese Dinge auch wahrnehmen, aber nicht berühren konnte?« Ich biss ein Stück von meinem Schokoriegel
ab und sah Théo nachdenklich an.

Wir hatten den Motorroller am Straßenrand abgestellt und
uns auf die Holzbank gesetzt. Vor lauter Aufregung hatte ich
davor gar nicht bemerkt, wie sehr mein Magen knurrte. Was
kein Wunder war. Wir waren kurz nach der Mittagspause abgehauen, und seit dem Frühstück hatte ich nichts mehr gegessen.
Théo schien nicht weniger hungrig zu sein.

Er hatte seinen Schokoriegel in einer Heidengeschwindigkeit zur Hälfte verputzt und trank gerade einen kräftigen
Schluck Wasser. Dann setzte er die Flasche ab und zuckte mit
den Schultern. »Das mit meinem Vater ist denkbar, aber ich
weiß es nicht. Ich habe letzte Woche jeden Abend, wenn Yvette im Bett war, versucht, die alten Unterlagen in der Bibliothek und im Büro zu durchsuchen. Auch die Familienchroniken. Doch es ist, als hätte Yvette wirklich alles, was mit meinen
Eltern zu tun hat, eliminiert. Oder es war Grand-père Antoine,
das kann ich mir aber einfach nicht vorstellen. Wie gesagt, er
war die einzige Person, die ab und zu bereit war, mit mir über
die beiden zu sprechen. Und da erzählte er das mit den Bücherwürmern und den verlorenen Büchern.«

»Meinst du …« Ich stockte kurz. »Also … falls es diese Bücherwürmer wirklich gibt, dass sie Geister sind? Dass Papy Philippe mir immer die Geschichte irgendwelcher Geister erzählt hat? Weil er wusste, dass ich … es … auch sehe?«

Wieder zuckte Théo die Achseln. »Ich glaube nicht, dass sie Geister sind. Ich denke, es sind die Männer, die du nachts beobachtet hast, und die dich heute verfolgt haben. Die passen doch viel besser zur Beschreibung. Sie jagen die Leserinnen und Leser besonders wertvoller Bücher. Was sind diese Bücher, wenn nicht besonders wertvoll?«

»Stimmt«, gab ich ihm recht. »Daran habe ich noch gar nicht gedacht. Aber in der ersten Nacht hatte ich das Buch noch nicht bei mir. Und trotzdem standen diese Typen unter dem Zimmerfenster, und der eine, der auch heute Nachmittag dabei war, grinste mich seltsam an.«

»Vielleicht spürt er, dass du kannst, was du kannst?«, schlug Théo vor. »Oder das war ein Zufall, und sie schleichen sowieso die ganze Zeit um das Antiquariat herum. Erinnerst du dich, was Yvette und Monsieur Mathis wegen der Bücher aus den Deckenklappen sagten?«

»Sie dachten, ich hätte das Buch dort gestohlen.«

»Mhm!« Théo nickte. »Was bedeutet, dass sie dort oben genau solche Bücher aufbewahren. Sie wussten anscheinend nicht, dass es auch zumindest eins davon in der Werkstatt deines Großvaters gab. Die Frage ist, wer hat es unter den Holzdielen versteckt?«

»Papy Philippe hätte nichts vor Yvette verheimlicht«, meinte ich, nahm noch einen kleinen Bissen vom Schokoriegel und kaute kurz nachdenklich, bevor ich fortfuhr: »Er schätzte sie total. Ich weiß noch, dass er ihr immer die Hand küsste, wenn sie zu ihm gekommen ist, und dass er sie *die zauberhafte Madame Lombard* nannte.«

»Vielleicht wollte er es nicht vor Yvette verstecken?«, spekulierte Théo. Er ließ den Blick in die Ferne schweifen, als würde ihm das beim Denken helfen. »Sagtest du nicht, da stand ein Name auf der Schatulle?«

Ich nickte. »Ja. Henri.«

»Also gibt es drei Möglichkeiten«, begann Théo. »Entweder gehörten Schatulle und Buch einem Henri, wer auch immer das sein mag, und er hat alles dort versteckt. Oder dein Großvater wollte sie vor Henri verbergen.«

»Wieso sollte dann sein Name auf dem Vorhängeschloss stehen?«, gab ich zu bedenken.

»Das ist wahr. Dann vielleicht Möglichkeit drei.«

»Die wäre?«

»Henri ist der Name des Geistes.«

»O Gott!«, entfuhr es mir. Ich schlug mir die Hand vor den Mund.

Théo sah mich verwundert an. »Was ist?«

»Ich hab an dem Nachmittag, als ich die Schatulle mit dem Buch fand, diesen Henri direkt angesprochen.«

»Du hast was?«

»Na ja«, gestand ich ein bisschen verlegen, »ich hab da so eine etwas schräge Angewohnheit.«

Théo zog eine Braue hoch, und ich konnte genau erkennen, dass sich ein leichtes Grinsen in seinem Gesicht zeigte. »Und zwar?«

Meine Wangen fühlten sich schlagartig ganz heiß an, und ich begann, am Nagel meines linken Daumens zu knabbern. »Ich rede mit Büchern.«

Jetzt wurde das Grinsen in Théos Gesicht eindeutig breiter. »Und mit Katzen«, fügte er kichernd hinzu.

»Haha«, machte ich beschämt. »Sehr witzig.«

»Ist doch wahr, oder?«, veräppelte er mich weiter. »Hab selbst gesehen, wie du dich mit Monsieur Minou unterhalten hast. Mit dem würde ich das übrigens eher lassen.«

»Wieso?«, seufzte ich. Irgendwie war mir das echt peinlich.

»Weil … er beißt«, sagte Théo und lachte. »Monsieur Minou ist von Yvettes Katzen definitiv die gefährlichste.« Er lächelte mich an. »Also ganz schön mutig von dir, dich auf ein Gespräch mit ihm einzulassen. Aber zurück zum Thema. Du hast Henri angesprochen?«

»Ja«, erzählte ich weiter. »Ich wollte wissen, wer dieser Henri ist … und da hab ich das Buch … gefragt.«

Verlegen knüllte ich die leere Folie meines Schokoriegels zusammen und sah mich nach einem Mülleimer um. Leider war keiner da. Ich wäre in diesem Moment wirklich gern ein Stück weggegangen, um den Kopf freizubekommen. Ich mochte es nicht, wenn jemand meine Eigenarten herausfand. In der Schule hatte ich den Ruf, etwas verschroben zu sein. Es gab zwar auch Mädchen und Jungs in meiner Klasse, die gern lasen, doch sie bevorzugten alle druckfrische Bestseller und nicht so alte Schinken wie ich. Und mit Büchern gesprochen hätten sie bestimmt niemals. Aber ich hatte eben Papy Philippe seit meiner frühsten Kindheit immer so viel bei der Arbeit zugesehen, und er hatte genau das getan. Die Bücher gefragt, wie es ihnen geht, und was sie brauchen. Wie gute Buchbinderinnen und Buchbinder das laut ihm machten.

»Dann ist das vielleicht der Grund, wieso das Buch begonnen hat, dich zu verfolgen«, schlussfolgerte Théo und erweckte dabei

nicht den Eindruck, als fände er mich nun seltsamer als zuvor.
»Hm, lass mal überlegen. Das Buch teilt anscheinend über diesen Zettel mit, was es möchte. Und wie es aussieht, will es, dass du es zu dieser Adresse nach Marseille bringst. Was, wie gesagt, zu Grand-père Antoines Geschichte mit den Geisterbüchern passt. Es könnte also doch wirklich sehr gut sein, dass Henri …«

»… der Name des Geistes ist«, vollendete ich Théos Satz. »Und weil ich ihn angesprochen habe, hat er überhaupt erst angefangen, mit mir zu kommunizie…« Ich unterbrach mich selbst und setzte mich aufrecht hin. Ich hatte völlig vergessen, in welcher Situation wir gerade steckten. Und dass nun wirklich nicht der Zeitpunkt für ausführliches Plaudern war, da wir a) den Plan gehabt hatten, noch heute nach Marseille zu kommen, der Nachmittag aber bereits langsam zum Abend wurde, und wir b) mehr oder weniger von zu Hause abgehauen waren. Na ja, soweit sich das Antiquariat momentan als Zuhause bezeichnen ließ. Fest stand, dass Yvette mit Sicherheit vor Wut und Sorge tobte. Und ich das alles nur tat, um herauszufinden, was es mit diesem Buch auf sich hatte, die Antwort aber vielleicht leichter zu finden war, als ich die ganze Zeit glaubte. Seit ich wusste, dass dieser Zettel zwischen den Seiten seinen Inhalt verändern konnte, war ich noch keine Sekunde auf die Idee gekommen, das Buch direkt anzusprechen.

»Alles okay, Clara?«, wunderte sich Théo.

»Ähm, ja!« Ich sprang auf und hetzte zum Motorroller. Damit ich das Buch nicht pausenlos so unpraktisch bei mir tragen musste, hatten wir es in den kleinen schwarzen Gepäckkoffer hinter der Sitzfläche gesteckt. Erst als ich davorstand, fiel mir ein, dass ich den Zündschlüssel benötigte, um ihn zu öffnen. »Théo, ich brauche dringend das Buch!«, rief ich.

»Was hast du vor?«, wollte er wissen, während er näher kam und mir mit einer beiläufigen Bewegung aufschloss.

Der Deckel sprang in die Höhe, und das Buch schillerte mir grünlich entgegen.

»Ich muss etwas ausprobieren!«, sagte ich aufgeregt. »Was ist, wenn der Geist, oder was auch immer in diesem Buch steckt, dazu in der Lage ist, mir selbst zu beantworten, was er wirklich will? Und mehr zu mir sagen kann, als mir nur eine Adresse zu nennen?«

»Du meinst, wenn du ... ihn direkt ansprichst?«, verstand Théo und nickte. »Einen Versuch ist es wert.«

»Mein Großvater hat mir möglicherweise nicht umsonst beigebracht, mit Büchern zu sprechen«, sagte ich. »Vielleicht ahnte er wirklich, dass ich ... *die Sache* ... kann? Ich gehe schwer davon aus, dass er sie selbst auch beherrschte. Ich weiß noch gut, dass er jedes Mal, wenn ein neuer Auftrag in seine Werkstatt kam, erst ein Gespräch mit dem Buch begann. Er fragte es, was ihm passiert sei, was seine Lebensgeschichte sei und ob es überhaupt repariert werden wollte. Manchmal meinte er nämlich, dass es Bücher gäbe, die lieber ihr altes, abgewetztes Kleid behalten wollten. Wir Menschen gehen viel zu schnell davon aus, dass die Bücher nicht verschlissen aussehen dürfen, doch für manche ist das laut Papy Philippe völlig in Ordnung. Sieh dir nur dieses Buch an, das macht auch einen total kaputten Eindruck. Aber ich glaube, es würde nicht zu ihm passen, wäre das anders.«

»Stimmt irgendwie«, meinte Théo und betrachtete das Buch genauer.

»Gut«, entschied ich schließlich. »Dann ... äh ... ich geh mal dort rüber zur Bank.« Ich sah ihn bittend an. »Ich wäre lieber allein. Sonst komme ich mir bescheuert vor.«

»Okay.« Théo lächelte, auch wenn er ein bisschen enttäuscht wirkte, nicht zusehen zu können. Das war der Moment, in dem mir zum ersten Mal auffiel, wie stark er sich verändert hatte, seit wir unterwegs waren. Er war gar nicht mehr so wortkarg und verschlossen. Und am Smartphone klebte er nun auch nicht mehr. Entweder lag es daran, dass ihm das alles so große Hoffnung gab, etwas über das Leben und den Tod seiner Eltern herauszufinden, oder diese schweigsame Art war nur eine Masche gewesen. Ich beschloss, dass ich ihn später dringend ausfragen musste, warum genau er den Sommer bei Yvette verbrachte. Doch erst einmal stand nun eine wichtigere Fragerunde an.

Ich nickte Théo noch einmal leicht verlegen zu, dann machte ich auf dem Absatz kehrt und eilte zurück zu der Bank.

Ehe ich mich setzte, ließ ich den Blick umherwandern, um sicherzustellen, dass keine fremden Menschen in der Nähe waren. Doch wir hatten wirklich einen guten Platz gewählt. Nur in einiger Entfernung die Straße runter sah ich zwei Männer, die dort in ein Gespräch vertieft zu sein schienen. Doch sie waren weit genug weg, und außer ihnen schien der Ort immer noch völlig verlassen. Nur das Zirpen der Grillen und das Vogelgezwitscher in dem Wäldchen links von uns waren zu hören.

Théo saß mit dem Rücken zu mir halb auf dem Motorroller. Das war sehr taktvoll von ihm.

Ich setzte mich auf die Bank, legte das Buch auf meinen Schoß und blickte es noch einmal genau an. Das grüne Schillern des Einbands wurde wirklich immer kräftiger. Und wenn ich das Buch anhob und es etwas schwenkte, bewegte sich das Glitzern weiterhin wie Flüssigkeit in einer Wasserwaage auf und ab. Oder wie zähe Marmelade, die man irgendwo an die Wand gekleckert hatte und die langsam hinunterlief.

»Hallo«, sagte ich leise – und kam mir sofort komplett behämmert vor. Normalerweise passierten solche Bücher-Gespräche einfach so. Ich dachte dabei kaum nach und dadurch ging mir das natürlich über die Lippen. Ich hatte ja auch nie vorsätzlich mit den Büchern direkt geredet – es war stets mehr wie eine Art Selbstgespräch verlaufen, das ich anstatt an mich eben an das Buch, einen anderen Gegenstand oder ein Tier richtete.

»Mein Name ist Clara.«

Oh. Mein. Gott.

Ich seufzte und schloss die Augen. Alles klar. Erst mal musste ich dieses hölzerne Gefühl loswerden, sonst würde das hier garantiert nicht funktionieren.

Ich versuchte, mich daran zu erinnern, wie Papy Philippe solche Momente begonnen hatte. Bei ihm hatte es nie gewirkt, als wäre er sich auch nur ein kleines Stück seltsam vorgekommen. Nicht mal in Anwesenheit meiner Eltern, und Mama war nicht unbedingt ein Mensch, der solche Dinge normal fand. Ihrer Meinung nach war mein Großvater in dieser Hinsicht ein bisschen wunderlich gewesen. Sie liebte Bücher zwar genauso, sonst wäre sie keine Illustratorin geworden, doch sie betrachtete sie nicht, als wäre irgendetwas an ihnen lebendig.

Papy Philippe hingegen hatte mir erklärt, dass Bücher auf eine ganz spezielle Weise lebten. Dass sie viel von den Leserinnen und Lesern, denen sie gehörten, aufnahmen. Jetzt dämmerte mir zum ersten Mal, dass er das vielleicht wortwörtlicher gemeint hatte, als ich immer gedacht hatte.

Ich öffnete die Augen wieder und fuhr mit beiden Händen langsam über den Einband. Ich konzentrierte mich auf jede Faser des Leders an meiner Haut. Die feinen Rillen, die sich auf der Oberfläche gebildet hatten, und die Einkerbungen an den Kanten. Dann schlug ich die Seiten auf und nahm den Zettel heraus. Noch einmal schloss ich die Augen, atmete tief durch und sagte schließlich leise: »Du bist ja ein interessantes grünes Buch. Was möchtest du denn von mir? Wieso verfolgst du mich?«

Kurz wartete ich, bevor ich einen Blick auf das Blatt Papier warf. Enttäuscht ließ ich die Mundwinkel hängen und machte einmal »Hm«. Nichts war passiert. Es stand nach wie vor in geschwungener Schreibschrift die Adresse in Marseille dort.

Aber plötzlich kam mir in den Sinn, dass ich möglicherweise die falsche Frage gestellt hatte. Ich hatte wissen wollen, was es *möchte*. Doch vermutlich war es genau das, was Théo anhand von Grand-père Antoines Büchermärchen geschlussfolgert hatte – ich sollte es zu dieser Adresse nach Marseille bringen, etwas anderes erwartete es (oder er? Falls es wirklich der Geist von diesem Henri war, der das Buch bewohnte?) wohl gar nicht von mir.

Ich fasste also den Entschluss, es noch einmal zu versuchen, dieses Mal mit einer klüger gewählten Frage.

»Wieso soll ich dich nach Marseille bringen?«, fiel mir schließlich ein. »Ist das der Ort, an dem du früher gelebt hast?«

Ich wartete und starrte dabei ohne Unterlass den Zettel mit der Adresse an.

Nach einer gefühlten Minute gestand ich mir ein, dass das alles offensichtlich völliger Quatsch gewesen war, denn erneut tat sich nichts. Ein bisschen genervt seufzte ich, fuhr noch einmal mit der Zeigefingerkuppe über das Blatt – und blinzelte.

Wie durch Zauberhand bildeten sich feine, schwarze Striche auf dem Papier.

Hast du dir schon einmal die Frage gestellt,
woran es liegen könnte,
dass so viele verschiedene Menschen Bücher
sammeln?
Dass Bücher seit so vielen Jahrhunderten
zu den größten Schätzen
gehören?
Sind Bücher vielleicht mehr
als nur
Text aus Druckerschwärze auf Papier?
Sind sie vielleicht die Heimat des Unsichtbaren?
Das sichtbar wird, wenn man es erlaubt?

Antoine Louis Lombard

24.

Mit jedem neuen Strich, der wie wachsende Rosenranken über das Papier kletterte, bekam das Bild eine stärkere Kontur. Ich konnte erkennen, dass es sich dieses Mal nicht um einen Text, sondern um eine Zeichnung handelte. Eine Zeichnung, die so wunderschön war, wie ich es noch nirgendwo gesehen hatte. Die Linien verschmolzen richtig mit dem Blatt, und gleichzeitig hatte ich das Gefühl, sie wären so plastisch, dass ich nur mit den Fingern nach ihnen greifen müsste, um sie anzuheben.

Gespannt wartete ich, bis das Bild urplötzlich aufhörte zu wachsen. Und nichts mehr geschah. Anscheinend war das Blatt (Das Buch? Der Geist? Was auch immer …) fertig mit dem, was es mir zeigen wollte.

Ich kniff die Augen zu kleinen Schlitzen zusammen und versuchte, zu verstehen, was diese feinen Linien darstellen sollten. Es dauerte ein bisschen, dann dämmerte es mir.

Das hier war das Bild eines Bücherstapels. Eines Bücherstapels, der aus drei alten, abgenutzten Büchern bestand, die irgendwo verloren in einer Art Universum schwebten. Jedenfalls fand ich, dass die kleinen Sternchen rund um die Bücher einen solchen Eindruck erweckten.

»Théo«, flüsterte ich aufgeregt, dann wurde mir klar, dass er mich natürlich nicht hören konnte, wenn ich so leise sprach, und rief lauter: »Théo!«

Er war so schnell neben mir, dass er mich wohl doch die ganze Zeit heimlich beobachtet haben musste. »Spricht es mit dir?«, fragte er leise.

»Ich glaube ja.«

»Was sagt es?«

»Gar nichts. Es zeigt ein Bild.«

»Ein Bild?«

»Ja.« Ich hielt ihm den Zettel so hin, dass er ihn besser sehen konnte. »Ich glaube, das sind Bücher.«

»Bücher?« Théo runzelte die Stirn. »Stimmt, da sind Bücher. Aber die Adresse ist nicht verschwunden. Das bedeutet wohl weiterhin, dass du es dorthin bringen sollst.«

Ich nickte. »Ich denke allerdings, dass ich jetzt verstehe, was es von mir möchte. Ich soll es in diese Bibliothek bringen. Weil dort andere Bücher sind, zu denen es …«

»*Merde*!«, unterbrach mich Théo.

Erst war ich verwirrt, dann folgte ich seinem Blick und entdeckte das Problem.

Am Ende der schmalen Gasse, die hinaus aus dem Ort in die Weinberge führte, standen zwei Männer. Einer von ihnen lehnte lässig an der Fassade eines urigen Steinhäuschens, der andere redete aufgeregt und mit den Armen fuchtelnd auf ihn ein.

Es war Monsieur Mathis. Wie zum Teufel hatte er es geschafft, uns *hier* zu finden? Wir waren irgendwo im Nirgendwo. Man konnte nicht einmal sagen, dass es die übliche Strecke nach Marseille war, dafür waren wir viel zu weit von den Hauptstraßen abgefahren. Ganz davon abgesehen hatten weder Monsieur Mathis noch Yvette mitbekommen, dass wir nach Marseille wollten. Sie wussten nicht, welche Adresse der Zettel zwischen den Seiten uns gezeigt hatte.

»Haben sie uns entdeckt?«, flüsterte ich Théo zu und erhob mich wie in Zeitlupe von der Bank. Irgendwie dachte ich, jede fahrige Bewegung würde nur dazu führen, dass sie sich sofort auf uns stürzten.

Théo schüttelte den Kopf. »Ich vermute nicht, sonst wären sie schon zu uns gekommen. Aber vielleicht haben sie den Motorroller entdeckt?«

Ich warf einen schnellen Blick zum Straßenrand. So wie wir den Motorroller geparkt hatten, war wirklich schwer davon auszugehen, dass er ihnen aufgefallen war. Und wahrscheinlich diskutierte Monsieur Mathis auch deshalb so heftig mit diesem Typen, den ich leider nicht erkennen konnte. Sein Gesicht lag im Schatten, außerdem war er zu weit weg.

»Was machen wir jetzt?«, fragte ich unsicher. »Sollen wir …«
Ich sprach es nicht aus. Das musste ich auch nicht.

Théo nickte mir trotzdem zu. »Lass uns in den Wald abhauen!«, sagte er. »Sie werden bestimmt erst in den Weinbergen suchen. Im Wald können wir uns besser vor ihnen verstecken.«

»Und wenn das ein Fehler ist?«, meldete sich meine Unsicherheit wieder. »Vielleicht möchte Monsieur Mathis uns helfen.«

Théo seufzte leise. »Clara, du musst mir glauben, dass meine Tante und er alles daransetzen werden, diese Art von Dingen vor uns geheim zu halten. Ich kenne die beiden. Sie wollen uns garantiert nicht helfen. Sonst hätten sie mich schon längst dabei unterstützt, mehr über meine Eltern zu erfahren. Willst du herausfinden, was du kannst? Und was es mit diesem Buch auf sich hat?«

»Ja, klar …«

»Dann sollten wir jetzt auf der Stelle zusehen, dass wir hier wegkommen, bevor Monsieur Mathis und dieser Kerl uns finden.«

»In Ordnung.« Ich schob all meine Sorgen im Kopf zur Seite und sah nach links in Richtung des kleinen Wäldchens. Es war ziemlich zugewachsen, aber an einer Stelle bogen sich die Äste so weit auseinander, dass man dort bestimmt gut ins Dickicht schlüpfen konnte.

Ich deutete still dorthin, und Théo nickte. Wir duckten uns und schlichen so schnell wir konnten davon.

Das war gut, denn schon hörte ich die Stimmen näher kommen. Bald verstand ich ganze Sätze.

»Ich habe ihr gleich gesagt, dass das Mädchen ein Problem ist.«

»Wieso das Mädchen?«

»Weil es die Enkeltochter von Philippe Chevalier ist.«

»Das ist es?«

»Ja, du Dummkopf. Was denkst du denn?«

»Ich dachte, sie sei die Freundin des Noël-Malou-Bengels.«

»Quatsch. Nenn ihn außerdem nicht so.«

»Und das Mädchen stiehlt also Magiebücher?«

»Verstehst du es jetzt auch endlich?«

»Aber wieso tut es das? Weiß es Bescheid?«

»Unsinn.«

»Könnte doch sein. Chevalier wollte anders mit diesen Dingen umgehen als Madame Lombard.«

»Deshalb weiß seine Enkelin aber nicht Bescheid. Nicht einmal seine Tochter ahnt etwas.«

»Besser so.«

»Was?«

»Ich hätte auch lieber, dass meine Familie nicht Bescheid weiß.«

»*Mon Dieu!*«

»Was denn? Ist doch anstrengend.«

»Das kann ich nicht beurteilen.«

»Ach ja, du hast keine Familie. Und keine Fähigkeiten.«

»Halt jetzt den Mund und konzentrier dich auf die Spur der beiden Nervensägen.«

»Jetzt nennst du die Kinder so.«

»Halt den Mund!«

»Wovon reden die? Magiebücher?«, hauchte ich Théo zu, während ich versuchte, mit ihm Schritt zu halten.

Er schüttelte den Kopf und presste sich den Zeigefinger auf die Lippen. Dann zog er die Äste auseinander, und wir pirschten durch in den Wald. Sofort wurde die Hitze der prallen Sommersonne von einer angenehmen Kühle verdrängt. Die Luft roch nun intensiv nach Kiefernzapfen und etwas modrig nach den abgefallenen Blättern auf dem Boden. Bei jedem Schritt versuchte ich, nicht auf eins der Ästchen zu treten. Jedes Geräusch hätte uns verraten, und da ich die Männer immer noch reden hörte, ging ich schwer davon aus, dass sie ganz in unserer Nähe waren.

In mir rasten die Gedanken wie verrückt. Das Wort *Magiebücher* ließ mich nicht mehr los. Hätte nicht von *Geisterbüchern* die Rede sein müssen? Oder täuschte Théo sich, und wir hatten es hier mit ganz etwas anderem zu tun? War an den Geschichten über Geister in alten Büchern vielleicht doch gar nichts dran? Aber wenn nicht, was passierte dann stattdessen mit diesem Buch?

Als wir schon ein ganzes Stück in den Wald gegangen waren, bedeutete Théo mir, dass ich stehen bleiben sollte. Wir versteckten uns hinter dem Stamm eines großen Baumes und versuchten, weitere Gesprächsfetzen der Männer aufzuschnappen.

Doch erst einmal blieb es völlig still, nur ein Vogel zwitscherte irgendwo in der Baumkrone über uns fröhlich ein Lied.

»Vielleicht sind sie weg?«, spekulierte ich mit gedämpfter Stimme.

»Nein«, war Théo sich sicher. »Sie haben den Motorroller gefunden, sie werden garantiert nicht so schnell aufgeben. Bestimmt denken sie, wir verstecken uns im Weinberg. Aber vielleicht können wir es schaffen, über die andere Seite zum Roller zu gelangen und abzuhauen.«

»Wird es nicht langsam etwas spät, um es heute noch nach Marseille zu schaffen?«, fragte ich. »Das ist eine weite Strecke, und ich weiß nicht, ob wir mit dem Roller fahren sollten, wenn es dunkel wird.«

»Es ist erst achtzehn Uhr«, meinte Théo leichthin. »Bis die Sonne untergeht, dauert es noch eine ganze Weile. Wenn wir Glück haben, schaffen wir es vorher nach Marseille. Aber zurück werden wir erst morgen kommen.«

»Was machen wir dann denn?«, sagte ich beunruhigt. »Wir können morgen doch nicht einfach im Antiquariat auftauchen und Yvette gegenüber so tun, als wäre nie etwas gewesen.«

»Mir wird schon etwas einfallen. Ich hab bei solchen Sachen Erfahrung mit ihr.« Théo zuckte die Schultern. »Ist nicht das erste Mal, dass ich ausgebüxt bin.«

»Was soll das heißen?« Ich konnte nicht unbedingt behaupten, dass ich es sonderlich ermutigend fand, so etwas von Théo zu erfahren.

»Lange Geschichte«, wich er aus.

»Dann solltest du vielleicht anfangen, sie mir jetzt zu erzählen«, sagte ich bestimmt. Langsam reicht es mir mit dieser ganzen Geheimniskrämerei, die hier alle betreiben. Den Worten von Monsieur Mathis und diesem anderen Typen nach zu urteilen, hatte ja offenbar sogar Papy Philippe nicht immer die Wahrheit gesprochen. Was ich niemals geglaubt hätte. Ich war immer davon ausgegangen, dass mein Großvater einer der ehrlichsten Menschen auf der Welt gewesen war. »Ich fahre bestimmt nicht mit dir nach Marseille, wenn ich nicht einmal weiß, was du angestellt hast. Wieso ist dieser Onkel aus Paris sauer auf dich?« Innerlich staunte ich selbst, dass die Sätze plötzlich aus mir heraussprudelten, und ich es endlich schaffte, die Fragen zu stellen, die mich schon die ganze Zeit beschäftigten.

Théo verzog gequält das Gesicht. »Nicht jetzt. Nicht hier.«

»Doch, jetzt und hier«, entschied ich. »Ich muss dir vertrauen können, wenn wir das hier zusammen machen.«

»Okay.« Théo seufzte noch einmal tief, dann sah er mir fest in die Augen. »Also ... in Paris ... ich hab das Moped meines Großonkels ... na ja ... entwendet. Weil ich eine Spur zu dem hatte, was mein Vater getan hat.«

»Wie meinst du, was er getan hat?«

»Für das Antiquariat. Die Aufträge, die er ausgeführt hat. Hast du dich nicht gewundert, wieso ich so schnell auf den Gedanken gekommen bin, dass dieses Buch mit Grand-père Antoines Geschichte zusammenhängt? Das liegt daran, dass es einen alten Brief meines Vaters gibt, den er meinem Großonkel in Paris geschickt hat, als er mit dem Motorrad durch Frankreich unterwegs war. In diesem Brief schreibt er, dass er verlorene Bücher an ihren Ursprungsort zurückbringt. Und dass das die Aufgabe des ...«

»Na, was für kleine, entflatterte Vögelchen haben wir denn da?«, schnitt ihm eine knatternde Stimme das Wort ab.

25.

Die Stimme gehörte einem schlaksigen Mann mit kurz ge-
schorenen, schwarzen Haaren und einer spitzen Nase, die mich
an den Schnabel eines Geiers erinnerte. Er stand unmittelbar
hinter uns und musste sich lautlos wie ein Tiger auf Raubzug
durchs Dickicht angepirscht haben.

Von Monsieur Mathis fehlte weit und breit jede Spur. Aber
ich vermutete, dass das hier dann wohl der Kerl war, mit dem
wir ihn hatten sprechen hören.

Der Typ grinste amüsiert und stierte das Buch in meinen
Händen an. »Mädchen, ich glaube, wir sind uns einig, dass du
keine Ahnung davon hast, was du da bei dir trägst«, sagte er in
einem auffällig lang gezogenen Französisch. »Es ist bekanntlich nicht gut, gefährliche Dinge mit sich herumzuschleppen,
von denen man nichts versteht. Deshalb gibt es zwei Möglichkeiten, wie wir dieses Dilemma beheben können: Entweder du
überlässt mir das Buch freiwillig, oder ich muss dir leider ein
bisschen wehtun, bevor ich es dir abnehme. Wäre zwar schnell
vorbei. Aber das wollen wir trotzdem vermeiden, stimmt's?« Er
öffnete die Hand und streckte sie mir entgegen. Seine Finger
bewegten sich wellenartig auf und ab. »Na, wie sieht's aus? Freiwillig oder unfreiwillig? Kurz und schmerzlos? Oder kurz und
schmerzhaft? Du hast die Wahl.«

Automatisch trat ich einen Schritt zurück. Es widerstrebte
mir, das Buch einfach einem fremden Mann auszuhändigen,
der drohte, mir *wehzutun*, wenn ich es ihm nicht gab. Außerdem war Monsieur Mathis nicht in der Nähe, weshalb ich kei-

nen Plan hatte, ob und was dieser Typ mit Yvette oder dem Antiquariat zu schaffen hatte. Ich war nicht einmal mehr sicher, ob das hier wirklich die Stimme des Unbekannten war, mit dem Monsieur Mathis sich unterhalten hatte.

»Wir sollten auf Monsieur Mathis warten«, murmelte ich.

»Ich gebe es ihm, aber nicht … irgendwem. Außerdem habe ich es nicht gestohlen, ich glaube, es gehörte meinem Großvater.«

»Clara«, zischte Théo mir leise zu.

»Clara also«, wiederholte der Mann langsam und bedächtig. »Die kleine Clara. Ach ja, Clara, Clara, wir hätten es doch auch ganz einfach machen können, oder? Ich hab dir ein Angebot unterbreitet, und du hättest es annehmen können. Ich mag es eigentlich gar nicht gern, wenn es anstrengend wird. Aber jetzt … hey!«

Urplötzlich hatte sich Théos Hand in meine gefädelt und völlig unvermittelt riss er mich mit sich. Im ersten Moment strauchelte ich ein wenig, weil ich so überrascht war, doch dann stürmte ich mit ihm gemeinsam über den Waldboden davon. Unter uns knackten die Äste, Blätter schnalzten mir ins Gesicht, und irgendwann verlor ich völlig die Orientierung. Ich verließ mich nur noch darauf, dass Théo wusste, was er tat, und wohin er wollte. Ich folgte ihm so lange, bis wir den Wald verlassen hatten und wieder auf der Wiese mit der Holzbank landeten.

»Zum Motorroller!«, keuchte Théo neben mir.

Ich sah Monsieur Mathis zwischen den Weinreben auftauchen. Sein Gesicht hatte sich puterrot verfärbt, und trotzdem fand ich, dass er für sein Alter ganz schön schnell war.

»Bleibt stehen!«, rief er. »Junger Mann!«

Mehr bekam ich nicht mit.

Wir erreichten den Motorroller, sprangen auf und Théo kramte den Zündschlüssel aus seiner Hosentasche. Seine Finger zitterten, als er ihn ins Zündschloss steckte und mir den Helm reichte. »Gut festhalten«, sagte er, während er sich bereits nach vorn wandte und den Roller anließ.

Erst als wir losbretterten, wagte ich einen Blick über meine Schulter. Monsieur Mathis eilte gerade zu einem schrottigen, dunkelblauen Renault Clio, der etwas weiter unten auf der Straße im Ort geparkt stand. Wir ließen die Häuser schon hinter uns, als er die Fahrertür aufriss und sich hinters Steuer setzte, obwohl der Typ aus dem Wald noch nicht wieder aufgetaucht war.

»Mathis holt uns bestimmt bald ein«, rief ich Théo beunruhigt zu. »Mit dem Auto ist er schneller als wir!«

»Wir werden nicht die Hauptstraße nehmen«, entschied Théo. »Ich biege gleich ab, sodass Mathis an uns vorbeifährt! Erschreck dich nicht!«

Ich nickte und klammerte beide Arme fest um Théos Oberkörper. Völlig unpassender Weise musste ich dabei daran denken, dass wir uns gerade so nahe waren, dass kein Blatt mehr zwischen uns gepasst hätte. Bei jedem seiner Atemzüge spürte ich, wie sich sein Brustkorb aufgeregt hob und senkte. Mir war sogar, als würde ich seinen Herzschlag bis in meinen Körper pochen fühlen. Konnte aber auch sein, dass das doch nur mein eigenes Herz war, das dermaßen heftig raste.

Die Straße lief eine ganze Weile gerade dahin, und wir kamen wieder in den wenig ansprechenden Teil dieser Gegend. Dann lenkte Théo den Motorroller unvermittelt nach rechts, und wir landeten auf dem Vorplatz einer Art Müllhalde. Dort fuhren wir hinter eine Metalltonne, wo Théo den Motor stoppte.

Vorsichtig spähten wir auf die lange Hauptstraße. Es vergingen ungefähr sechzig Sekunden, bis tatsächlich der zerbeulte Renault Clio auftauchte – und vorbeiraste.

»Es hat funktioniert«, flüsterte ich. »Wir haben ihn abgehängt!«

»Ja.« Théo seufzte erleichtert und setzte dazu an, den Zündschlüssel wieder umzudrehen, als ein lautstarkes Brummen die Stille durchbrach. Ein Motorrad tauchte auf, das mit einer Heidengeschwindigkeit über die Landstraße jagte. Anders als Monsieur Mathis bremste es jedoch mit Schwung vor der Einfahrt zum Müllplatz ab.

Obwohl die Person, die diese Maschine steuerte, einen Helm trug, erkannte ich anhand der schwarzen Klamotten und des schlaksigen Körperbaus sofort, dass das der Typ war, dem wir im Wald begegnet waren. Er sah sich nach links und rechts um und stellte dann den Motor aus.

Mein Herz hörte im selben Augenblick auf zu schlagen.

Na ja. Zumindest fühlte es sich so an.

»Wer ist der Kerl?«, hauchte ich atemlos.

»Keinen Plan«, antwortete Théo. »Noch nie gesehen. Ich kann mir aber schwer vorstellen, dass er zu den Bekannten meiner Tante gehört.«

»Wieso nicht?«

»Yvette kennt keine Menschen, die drohen, dass sie einem Mädchen wehtun, wenn es ihnen ein Buch nicht freiwillig gibt.«

»Und wieso ist er dann mit Monsieur Mathis unterwegs?«

»Ich habe keinen Schimmer.«

»Was sollen wir jetzt machen?«, fragte ich.

Der Mann war mittlerweile abgestiegen und zog sich den

Motorradhelm vom Kopf. Es war der Typ aus dem Wald. Lässig klemmte er sich den Helm unter den Arm und blieb still auf dem Motorrad sitzen, während er ein Smartphone aus seiner Hosentasche zog und darauf herumzutippen begann.

Innerlich zählte ich mit.

Eins.

Zwei.

Drei.

Er steckte das Telefon wieder weg und sah sich noch einmal um. Zum Glück schien er uns hinter der Metalltonne wirklich nicht wahrzunehmen. Erneut holte er sein Handy heraus und warf einen Blick auf das Display.

Eins.

Zwei.

Drei.

Jetzt schob er es in seine Hosentasche, setzte den Helm auf und warf das Motorrad an. Der Motor jaulte auf, Kies spritzte zur Seite, und er verschwand in dieselbe Richtung, in die Monsieur Mathis gefahren war.

»Puh!« Ich atmete erleichtert auf. »Ich dachte, er findet uns.«

»Das wäre Mist gewesen«, meinte Théo. »Hier hätten wir uns nicht einmal verstecken können. Aber anscheinend vermuten sie, dass wir in den Süden wollen, diese Straße führt nämlich dorthin. Vielleicht sollten wir einen Abstecher machen?«

»Der wie aussieht?«, fragte ich etwas unsicher. *Abstecher* klang für mich nach unbequem holperigen Waldstraßen und Stöckchen, die auf dem Boden herumlagen. Außerdem nach Umwegen, die mindestens eine Stunde länger dauerten. Auf der anderen Seite war ich nun gerade wirklich nicht in der Situation, es mir aussuchen zu können. Auf keinen Fall wollte ich noch einmal diesem Typen aus nächster Nähe begegnen, und auf Monsieur Mathis verzichtete ich auch gerne freiwillig.

»Die Weinberge«, verkündete Théo seinen glorreichen Plan. »Wir können die Landwirtschaftswege entlangfahren, zumindest eine Weile. So lange, bis wir weit genug weg sind.«

»Darf man das denn? Durch die Weinberge fahren?«

»Clara!« Théo drehte sich mit einem Grinsen zu mir um. »Meine Güte, ist doch egal! Oder möchtest du diesen Spinnern in die Hände fallen?«

Nein. Wollte ich nicht.

Mein Rücken würde mir diese Entscheidung vermutlich nicht verzeihen. Das war mir wenige Minuten später klar.

Wären diese Pfade nicht so hubbelig gewesen, hätte es eigentlich sogar schön sein können, an den hübschen Weinreben vorbeizufahren. Hier roch die Luft noch viel intensiver nach dem süßen Duft der in der Sonne reifenden Trauben, und manchmal entdeckte ich am Horizont das Glitzern der Rhône. Der Fluss diente uns gleichzeitig als Orientierungspunkt, denn er fließt über Lyon bis nach Südfrankreich. Solange wir ihn sehen konnten, wussten wir also, dass wir uns auf dem richtigen Weg befanden.

Ich schätze, das ging eine Stunde so, bis Théo den Entschluss fasste, wieder zurück auf die normale Straße zu wechseln und das Risiko einzugehen, von Monsieur Mathis oder dem Typen aufgespürt zu werden.

Wobei ich mir schwer vorstellen konnte, dass die beiden uns immer noch nachjagten. Irgendwann musste ihnen aufgefallen sein, dass sie einer falschen Fährte folgten, und wir nicht mehr vor ihnen waren.

Je mehr Kilometer wir hinter uns ließen, desto entspannter wurde ich. Ich klammerte mich an Théos Oberkörper, spürte die von ihm ausgehende Wärme und verstand mit einem Mal, dass dieser Sommer das aufregendste Abenteuer meines Lebens werden würde. Aber aus einem anderen Grund, als ich immer gedacht hatte.

26.

Abenteuer laufen allerdings selten nach Plan. Falls man in unserem Fall überhaupt davon sprechen konnte, dass wir einen *Plan* hatten. Denn die Idee, mit einem Motorroller über die Landstraße nach Marseille zu fahren, und dort anzukommen, bevor es dunkel wurde, konnten wir uns pünktlich um dreiundzwanzig Uhr abschminken. Wir hatten zwar bereits ein großes Stück der Strecke bewältigt, hatten aber zweimal zum Tanken angehalten, einmal hatte Théo sich bei einer Abzweigung geirrt und alles wieder zurückfahren müssen, und ein anderes Mal hatten wir etwas zu essen gekauft. Als auch der letzte Sonnenstrahl vom Himmel verschwand, und wir immer weiter in die Dunkelheit hineingerieten, stoppte Théo den Roller plötzlich am Straßenrand und drehte sich zu mir um. »Ich fürchte, Clara, wir müssen warten, bis es hell wird. Ich habe mich eindeutig etwas verschätzt.«

»Okay«, sagte ich unsicher. Ich musste zugeben, dass ich auch schon ganz schön erschöpft war. Die letzten Tage hatten mich Kraft gekostet, das spürte ich immer mehr. Es wäre schön gewesen, ein wenig Schlaf zu bekommen. Allerdings war das auch das Problem. »Denkst du, wir finden irgendwo so schnell ein Zimmer?«, fragte ich. »Es ist August, Hauptreisezeit. Bestimmt sind alle Pensionen völlig ausgebucht. Es kommt noch dazu, dass ich die ganze Zeit keine einzige gesehen habe. Wo sind wir überhaupt?«

»Hm.« Théo deutete hinter mich auf den Gepäckkoffer. »Lass uns einen Blick in die Straßenkarte werfen und herausfinden, was es hier in der Nähe gibt. Mein Handyakku ist fast leer, wir sollten ihn schonen.«

Ich stieg ab, kramte die Karte hervor und wir breiteten sie über dem Lenker aus. Leider fiel uns da erst ein, dass wir die Taschenlampenfunktion von Théos Smartphone brauchten, um etwas erkennen zu können. Doch wir hofften, dass der Akku noch eine Weile durchhalten würde, und riskierten es.

Relativ schnell stellte sich heraus, dass wir bereits ganz in der Nähe der Stadt Valence waren. Ich erinnerte mich, dort schon einmal mit meinen Eltern gewesen zu sein, und dass Papy Philippe immer den bekannten Spruch gesagt hatte: »In Valence beginnt der Süden.« Denn auch wenn ich immer der Meinung war, Lyon würde sich nach Südfrankreich anfühlen, im Vergleich zu anderen Regionen war das Wetter dort weniger warm und mediterran – in Valence hingegen konnte man die Nähe zum Mittelmeer deutlich spüren.

»Na dann«, sagte Théo, während wir nach einer Weile die Karte wieder zusammenfalteten, und ich sie sicher im Gepäckfach verstaute. »Lass uns nach Valence fahren!«

Die Tür öffnete sich nach innen, und Théo bedeutete mir mit einer Handbewegung, vor ihm einzutreten. Langsam setzte ich einen Schritt vor den anderen, knipste den Lichtschalter an der Wand neben dem Eingang an und sah mich im Zimmer um. Links und rechts im Raum stand jeweils ein schmales Einzelbett, und ich musste an die Pritschen aus der Jugendherberge denken, in der meine Klasse vor drei Jahren eine Woche verbracht hatte. Die muffige Duftmischung aus scharfem Putzmittel und nassem Hund passte auch ins Bild. Die hing allerdings nicht nur hier, sondern in der ganzen Pension. Wenigstens waren die Besitzer super freundlich gewesen und hatten uns – ohne viele Fragen danach zu stellen, wieso zwei Teenager mitten in der Nacht allein und ohne Gepäck unterwegs waren – sofort das letzte freie Zweibettzimmer gegeben. Und teuer war es auch nicht. Fünfundvierzig Euro die Nacht, von denen Théo meinte, dass er sie verschmerzen konnte. Ich war in jedem Fall heilfroh, nicht irgendwo versteckt zwischen den Weinreben schlafen zu müssen. Zwischenzeitlich hatte ich das nämlich schon befürchtet, da Théo und ich in den Außenbezirken von Valence lange keinen Hinweis auf ein Hotel oder etwas in der Art hatten entdecken können. Doch dann waren wir plötzlich auf diese kleine Pension direkt am Rand der Hauptstraße in Richtung Süden gestoßen und hatten unser Glück kaum fassen können. Wir würden morgen früh einfach vor die Haustür treten, uns auf den Motorroller setzen und auf direktem Weg weiter nach Marseille fahren. So betrachtet, ließ es sich wirklich ertragen, dass das Hotel müffelte, und die Betten auch ganz schön unbequem aussahen.

Ich setzte mich schweigend auf das linke. Die Federn sanken augenblicklich in sich zusammen, und es quietschte leise. Ich strich mit der Handfläche über den Stoff der dünnen, bunten Decke, die eigentlich nicht mehr als ein Laken war. Sie fühlte sich klumpig und kühl an.

»Alles in Ordnung bei dir?«, fragte Théo, während er mir gegenüber Platz nahm und die Papiertüte mit dem Baguette neben sich stellte. Ich freute mich jetzt schon sehr darauf, ein Stück von diesem duftenden Brot abzubrechen und ein paar Oliven aus dem Glas zu naschen. Es ist unglaublich, wie hungrig und müde ein Abenteuer machen konnte. Ich war ganz sicher, dass ich heute innerhalb weniger Sekunden wegnicken würde, obwohl die Vorstellung, mit Théo in einem Zimmer zu schlafen, ungewohnt war.

»Alles gut«, sagte ich und lächelte ihn an. »Bin nur k.o., du nicht?«

»Doch, klar.« Er lächelte zurück, brach etwas Baguette ab und reichte es mir. »Magst du?«

»Danke.« Ich nahm es und biss sofort hinein. Eine Weile kaute ich still und war froh, etwas zu tun zu haben.

Théo aß ebenfalls und sah dabei wortlos zum Fenster, das hinaus auf die Hauptstraße zeigte. Ich war nicht sicher, woran es lag, aber seit wir das Hotel betreten hatten, schien Théo mir wieder viel mehr in sich gekehrt zu sein.

»Beschäftigt dich was?«, traute ich mich irgendwann zu fragen.

»Hm?« Er wandte den Blick zu mir.

»Weil, du ... wirkst so.«

»Nee.« Er schüttelte den Kopf.

»Ganz sicher?«

»Ja.« Jetzt zögerte er. »Okay, ich musste daran denken, dass mein Vater mit dem Motorrad eine Reise durch ganz Frankreich gemacht hat, und das hier doch eigentlich ähnlich ist. Vor allem, weil es bei ihm auch um die verlorenen Bücher ging.«

»Du hast mir die Geschichte noch gar nicht fertig erzählt«, fiel mir ein, während ich in den Schneidersitz wechselte und ihn neugierig ansah. »Wieso dein Großonkel dich nicht mehr bei sich in Paris haben möchte, und was mit dem Brief von deinem Vater war, und welche Aufträge er für das Antiquariat ausgeführt hat.«

»Stimmt.« Nun erinnerte sich auch Théo an das, was wir eine halbe Sekunde, bevor Monsieur Mathis' Gruselkomplize uns erwischt hatte, gerade besprochen hatten. »Ist auch eine etwas komplizierte Story.«

»Wir haben die ganze Nacht Zeit.« Ich grinste ihn an.

Wenn mich nicht alles täuschte, wurden seine Wangen ein bisschen rot. Und das wiederum bewirkte, dass auch mir das Blut ins Gesicht schoss. Hastig richtete ich den Blick auf meine Zehen. O Mann. Was war denn jetzt mit mir los? War doch gar nichts Peinliches passiert.

Théo räusperte sich. »Mein Vater führte eben, wie gesagt, Aufträge für das Antiquariat aus, von denen er meinem Großonkel in diesem Brief geschrieben hat. Da stand, dass er einen Sonderauftrag für ein ganz besonders wertvolles Buch aus der Kategorie der verlorenen Bücher erhalten hatte, das er zurück an seinen Ursprungsort bringen musste. Ich dachte im ersten Moment, als ich diesen Brief gelesen habe, dass das doch alles totaler Quatsch sein muss, weil ich auch angenommen habe, diese Sache mit den verlorenen Büchern und den Bücherwürmern wäre ein Märchen. Aber nachdem mein Großonkel fast ausgetickt ist, als ich ihn auf den Brief ansprach, setzten sich für mich alle Puzzleteile zusammen. Grand-père Antoine behauptete, Bücherwürmer hätten meine Eltern auf dem Gewissen ... und nur kurz vor diesem tödlichen Ereignis machte mein Vater eine Reise, bei der er davon sprach, einen ganz besonderen Auftrag rund um die verlorenen Bücher auszuführen. Dann tauchst du auf und findest ein rätselhaftes Buch unter dem Fußboden – und dieses Buch scheint mit dir zu kommunizieren. Da muss es doch einen Zusammenhang geben!«

»Und wegen dieses Briefs hast du das Moped deines Großonkels gestohlen?«, fragte ich. »Deshalb ist er so wütend?«

»Nein, er ist wütend, weil ich es aus Versehen ...« Théo hielt inne und seufzte leise, ehe er verlegen den Kopf hob und beiläufig die Schultern zuckte. »Ich habe es zu Schrott gefahren und bin außerdem in ein altes Château eingebrochen.«

»Du bist *was*?« Ich riss erschrocken die Augen auf. Ehrlich gesagt wusste ich nicht, was ich schlimmer finden sollte.

»Jaaa«, antwortete er lang gezogen. »Das Château war der Ort, an den mein Vater laut diesem Brief eines der verlorenen Bücher brachte. Ich wollte versuchen, es zu finden. Aber das ist mir nicht gelungen, weil ich leider erwischt wurde, bevor ich in die Bibliothek kam. Der Besitzer war ziemlich sauer, und ich bekam eine Strafe wegen Hausfriedensbruch aufgebrummt. Die hat Onkel Sébastien zwar für mich übernommen, aber ich muss ihm jeden Cent davon wieder zurückzahlen. Er entschied, dass ich dafür den Sommer über bei Yvette im Laden arbeiten soll, um zu lernen, mein Geld auf *ehrliche Weise* zu verdienen. Er und Yvette tun jetzt so, als wäre ich ein Problemfall, bei dem sie sich Sorgen machen müssten, dass ich auf die schiefe Bahn gerate. Was lächerlich ist. Ich habe davor nie irgendwas in der Art angestellt, und eigentlich wissen sie, dass das alles mit Papas Brief zusammenhängt. Aber von dem und allem anderen wollen sie ablenken. Mir wurde dann allerdings klar, dass es gar nicht so übel ist, wenn ich die Sommerferien bei Tante Yvette verbringe. Im Antiquariat habe ich viel bessere Chancen, der Angelegenheit auf den Grund zu gehen. Ich glaube, Yvette ahnte, dass ich keine Ruhe geben würde … deshalb hat sie dir das Praktikum bei sich im Laden erlaubt.«

»Wie bitte?«

»Hast du dich nie gewundert, wieso sie dich bei sich arbeiten lassen möchte, obwohl sie normalerweise niemanden außer Monsieur Mathis akzeptiert?«

»Doch, schon … aber … ich dachte, sie hat meinen Groß-vater sehr geschätzt und freut sich, mich bei sich zu haben.«

»Sie hat sich auch auf deinen Besuch gefreut. Aber trotzdem weiß ich, dass sie dachte, ich wäre durch deinen Besuch abge-lenkt und würde nicht so viel herumschnüffeln.«

»Wieso sollte ich eine Ablenkung für dich sein?« Ich ver-stand nicht.

»Weil wir ungefähr im selben Alter sind … Außerdem glaubt Yvette, du würdest einen guten Einfluss auf mich haben.«

»Einen guten Einfluss?«

»Weil du so brav bist.«

»Ich bin nicht so brav.«

»Du bist ziemlich brav.«

»Nein, bin ich nicht.«

»Ach ja?« Théo musterte mich mit hochgezogener Augen-braue. »Was hast du denn schon Schlimmes angestellt, wenn ich fragen darf?«

»Hmpf«, machte ich und bedachte ihn mit einem kämpferi-schen Blick. »Ich bin mit einem fast fremden Jungen auf einem gestohlenen Motorroller abgehauen.«

Théo lachte. »Das zählt nicht.«

»Wieso nicht?«, wollte ich wissen.

»Weil ich dich dazu angestiftet habe. Du musst mir schon et-was erzählen, was du aus freien Stücken verbockt hast.«

Ich überlegte. »Ich hab meiner besten Freundin Nele in der Grundschule nie etwas von meinem Pausenbrot abgegeben, weil ich behauptet habe, meine Eltern würden mir das nicht erlauben. Dabei hat das gar nicht gestimmt.«

»Das ist kein Beweis dafür, dass du nicht superbrav bist.« Théo zeigte sich wenig beeindruckt.

Nun verschränkte ich die Arme vor der Brust. »Na gut, vielleicht bin ich relativ …«

»Sehr!«, warf Théo ein.

Ich rümpfte die Nase. »Einigermaßen … brav! Aber am Bravsein ist auch gar nichts schlimm. Es ist total in Ordnung, brav zu sein.«

»Sag ich auch nichts dagegen«, behauptete Théo. »Und Tante Yvette findet es ganz toll, deshalb bist du ja wie erwähnt bei uns.«

»Das ist echt fies.« Ich war beleidigt. »Ich bin wirklich davon ausgegangen, dass sie mich eingeladen hat, weil ich mir das so sehr gewünscht habe.«

»Spielt bestimmt trotzdem eine Rolle«, versuchte Théo mich zu trösten. »Ihr Plan mit dem guten Einfluss auf mich hat ja offensichtlich sowieso nicht geklappt.«

»Wie meinst du das?«

Théo grinste. »Na, *ich* bin eindeutig eher ein schlechter Einfluss auf *dich*. Ich bringe dich einfach dazu, total …«, das Grinsen auf seinen Lippen wurde noch breiter, »… *schlimme* Sachen zu machen.« Im nächsten Moment dämmerte ihm allem Anschein nach, wie sich das anhörte. Er wandte sich eilig ab, ich sah aber trotzdem ganz genau, dass sich über seine Nase ein rosafarbener Schatten zog. »Vielleicht sollten wir jetzt besser schlafen«, sagte er dann nur.

Das Wunder der alten Bücher ist
das leise Knirschen
ihrer Seiten.
Der staubige Duft, der mir verrät,
dass dieses Buch
schon mehr erlebt hat,
als ich in der Lage bin mir vorzustellen.
Wir sollten viel öfter danach
fragen.
Du würdest staunen, was die Bücher
dir alles erzählen können.

Antoine Louis Lombard

27.

Der nächste Tag begann um sechs Uhr morgens. Wir aßen schnell ein Frühstück bestehend aus einem halben Baguette mit Marmelade, schalem Filterkaffee und einem Glas Orangensaft, dann brachen wir sofort auf. Zum ersten Mal seit einer Ewigkeit fühlte ich mich zumindest halbwegs ausgeschlafen, weshalb ich die Fahrt über die Landstraße richtig genießen konnte. Niemand verfolgte uns, wir hatten keinen Zeitdruck, weil wir so früh losgekommen waren, und es war klar, dass wir heute noch das Meer sehen würden. Ich konnte es kaum erwarten. Auch wenn ich eigentlich nicht nach Frankreich gekommen war, um das Meer zu sehen. Aber sobald ich jetzt darüber nachdachte, prickelte es wild in meinem Bauch. Während mir der Fahrtwind ein paar meiner schwarzen Strähnen in die Stirn wehte, schloss ich die Augen und stellte mir vor, wie es aussehen und sich anfühlen würde. Das tiefe Blau des Wassers, dazu die Sonne auf der Haut.

Für eine lange Zeit bestand die Landschaft um uns herum aber erst einmal weiterhin aus von Weinstöcken bewachsenen Hügeln, trockenen Wiesen und kleinen Wäldern, die stellenweise etwas verdorrt wirkten. Dazwischen tauchten ab und an pittoreske Dörfer und Städtchen auf, in denen, genauso wie in Chavanay, urige Steinhäuser mit roten oder schwarzen Schieferdächern standen, die ihre Ziegelschornsteine dem heute völlig wolkenlosen Himmel entgegenstreckten.

In Marseille roch die Luft dann wirklich nach Salzwasser und gebratenem Fisch, während rundum der Trubel aus den

Hafenrestaurants zu hören war. Wenn ich früher zu Papy Philippe gesagt hatte, in Lyons Gassen würde der Geruch des Südens hängen, verstand ich jetzt, wieso er immer gemeint hatte, dass ich erst noch den wirklichen Süden erleben müsste, um das beurteilen zu können.

Marseille war der Süden. Und die älteste und zweitgrößte Stadt Frankreichs, wie Théo mir erzählte, während er kurz nach zwölf Uhr mittags den Motorroller am Straßenrand in der *Rue de la République* parkte.

Die Häuser um uns herum sahen ähnlich aus wie in Lyon, mit verschnörkelten Gitterbalkonen, an denen vereinzelt Blumenkästen hingen, und bunt gestrichenen Fassaden. Die meisten waren gelb, orange oder eierschalenfarbig. Viele der großen Fenster wurden von Holzläden verschlossen, die verhinderten, dass die Hitze des Tages in die Wohnungen kriechen konnte.

»Hast du die Adresse parat?«, fragte Théo und verstaute die Helme in der Box hinter der Sitzfläche.

»Ja.« Ich schlug das Buch auf und holte den Zettel heraus. Immer noch war dort die Zeichnung der drei Bücher zu sehen, daneben stand gut sichtbar eine Hausnummer.

»Ich glaube, sie müsste direkt am Hafen liegen«, sagte ich. »Hier, da steht *Quai de Belges*. Aber eine Bibliothek am Hafen? Ist das nicht ein bisschen ungewöhnlich?«

Théo zuckte die Schultern. »Ungewöhnlich finde ich schon mein ganzes Leben so einiges, wirklich wundern würde mich das jetzt auch nicht mehr.«

»Stimmt«, gab ich leise lachend zu.

Wir machten uns auf den Weg. Vor uns lag die Hafenbucht mit zahlreichen kleineren und größeren weißen Yachten, und in den Erdgeschossen der Häuser, an denen wir vorbeigingen, reihte sich ein Restaurant an das nächste. Es schien alle Arten von Lokalen zu geben. Viele waren typisch französische Cafés und Brasserien, einige aber auch italienisch oder marokkanisch. Auf den Karten der Brasserien lockten vor allem Gerichte mit Fisch- und Meeresfrüchten. Fischsuppe, Krabben, Muscheln und all das. Ich mochte zwar gar keine Meeresfrüchte, merkte aber, dass das Frühstück schon wieder eine Weile her war, und mein Magen ganz schön knurrte. Am liebsten wäre ich in eine der Patisserien gegangen und hätte mir etwas von den süßen Törtchen und Macarons geholt, die bunt dekoriert aus den Schaufenstern lachten. Aber natürlich war dafür keine Zeit. Théo und ich hatten schließlich eine Mission.

Wir liefen die breite, kopfsteingepflasterte Straße am Kai entlang und blieben schließlich vor einer Tür stehen, die zwischen einem Delikatessenladen und einer dauerhaft geschlossenen Crêperie lag. Die Tür war aus braunem Holz, das an vielen Stellen abgeschlagen war und ansonsten einen völlig unscheinbaren Eindruck machte.

»Das ist die Adresse einer Bibliothek?«, wunderte sich Théo und schüttelte verwirrt den Kopf. »Das scheint mir eher der Eingang in ein privates Wohnhaus zu sein.«

Ich kontrollierte noch einmal den Zettel zwischen den Seiten des alten Buches. »Doch«, sagte ich. »Wir sind richtig. Schau mal bei den Klingelschildern, steht da irgendwo *Bibliothèque Marseille?*«

Théo suchte. »Ah!«, rief er. »Tatsächlich! Hier. Aber was ist das denn dann für eine Bibliothek?«

»Werden wir sehen«, meinte ich. Auf einmal fand ich die Sache noch aufregender als die ganze Zeit davor. Ich fragte mich, was gleich passieren würde, wenn wir das Buch dorthin zurückbrachten, wo es hingehörte. Zumindest, wenn unsere Vermutungen stimmten, und das der Sinn dieser ganzen Aktion war.

Théo drückte auf die Klingel, und wir warteten eine gefühlte Ewigkeit, bis die Tür surrte. Ich drückte dagegen, wir traten ein und standen im nächsten Moment in einem kühlen Treppenhaus, in dem sich eine marmorierte Steinwendeltreppe nach oben und nach unten schlängelte. An der Wand hing ein Metallschild, auf dem *Bibliothèque* stand und ein Pfeil hinab deutete.

»Im Keller?«, rätselte ich, da hörte ich bereits das Klackern von Schuhen.

»*Bonjour*!«, rief eine tiefe Männerstimme. »*Bonjour*! *Bonjour*! *Bonjour*! Nicht so schüchtern, kommen Sie nur!«

Unsicher sah ich Théo an. Er kniff die Lippen zusammen und zuckte die Schultern, doch dann setzte er einen Fuß auf die Treppe und machte sich daran, die Stufen hinunter in den Keller zu gehen.

Ganz kurz zögerte ich noch, ehe ich hastigen Schrittes folgte.

Die Treppe schlängelte sich ein ordentliches Stück nach unten, und mir fiel jetzt erst auf, dass wir völlig vergessen hatten, das Licht im Gang anzuknipsen. Doch zum Glück stand am Fuß der Treppe eine Tür weit offen, aus der ein fahler Lichtschein herausdrang. Und im Türrahmen wartete ein alter Mann, den ich ungewöhnlich klein fand. Er reichte mir nicht einmal bis zum Kinn. Neben Théo wirkte er gleich noch winziger. Davon abgesehen war sein Auftreten reichlich speziell. Er hatte eine Glatze, um die sich ein schneeweißer Haarkranz wickelte, eine runde Brille, die seine Augen mindestens doppelt so groß wirken ließ, und trug zu all dem ein orangefarbenes Hawaiihemd.

»Willkommen«, sagte er, als ich neben Théo auf die letzte Stufe der Treppe trat. »Es ist mir immer eine Freude, wenn Besuch in meine Bibliothek kommt. Wissen Sie, das passiert nicht so oft. Und in letzter Zeit sogar noch seltener als früher.« Er lächelte breit und bedeutete uns mit einer einladenden Geste, auf die eine altmodische Verbeugung folgte, dass wir eintreten sollten. »Bitte, bitte. Herein in die gute Stube. Sie werden sich denken können, dass wir hier draußen auf unsere Worte achten müssen. Ich vermute, Sie kommen mit einem *Anliegen*?« Irgendwie sprach er das Wort *Anliegen* eigenartig verschwörerisch aus.

»Wir … bringen etwas … glaube ich«, sagte ich.

»Mmmmhhh, Sie bringen also etwas?« Er lächelte. »Menschen, die in diese Bibliothek kommen, suchen eigentlich etwas. Es gibt üblicherweise keinen anderen Grund, zu mir zu kommen, als den, etwas zu suchen. In Bibliotheken ist das so, wissen Sie? Aber lassen Sie uns in Ruhe nachsehen, *was* Sie suchen, meine Lieben. Vielleicht wissen Sie ja auch einfach noch gar nicht, was genau es ist?«

Hä? Ich blinzelte ihn verwirrt an.

»Oh, nein, Sie wissen es nicht! Sie zumindest nicht, junge Mademoiselle. Weiß es der junge Monsieur?«

»Ähmmm?«, machte Théo.

»Auch der junge Monsieur weiß es nicht. Ach, eine Herausforderung! Einen solchen Fall hatte ich schon lange nicht mehr!« Der Mann schüttelte aufgeregt den Kopf. »Ich glaube sogar, ich hatte diesen Fall erst ein einziges Mal im Laufe meiner gesamten Bibliothekarslaufbahn! Aber jetzt kommen Sie doch wirklich endlich herein.«

Zaghaft schob ich einen Fuß vor den anderen und fand mich schließlich in einem winzigen Raum wieder, dessen Wände von unten bis oben mit Regalen voller Bücher zugestellt waren. Es gab kein einziges Fleckchen hier drinnen, von dem aus einem nicht mindestens zehn elegant verzierte Buchrücken entgegenlachten. Und das, obwohl der Raum eigentlich überhaupt nicht besonders schön war. Eher wie ein Keller, der zu einer Bibliothek ausgebaut worden war, in die jemand alle alten Bücher gestopft hatte, die er hatte auftreiben können. Wahrscheinlich war das auch das, was diese Bibliothek ausmachte: Hier gab es allem Anschein nach *nur* steinalte Bücher. Ich entdeckte kein einziges Exemplar, das jünger als hundert Jahre aussah.

»Was ist das für ein Ort?«, staunte ich.

Ein breites Grinsen bildete sich auf den Lippen des Mannes. »Das, meine liebe Mademoiselle, ist die Bibliothek der verlorenen Dinge. Hier kommen alle Einzelbücher mit Inhalt zusammen, die im Zuge der großen Unruhen ihre Geschwisterbücher verloren haben. In ganz Frankreich gibt es nur diese eine Bibliothek. Nirgendwo sonst werden solche Bücher gesammelt. Ausgenommen natürlich in dem zauberhaften Laden, aus dem die junge Mademoiselle und der junge Monsieur soeben anreisten, nicht wahr?«

»Tante Yvettes Laden?«, fragte Théo dazwischen. Er war die ganze Zeit still gewesen und hatte sich mit in den Nacken gelegtem Kopf umgesehen.

»Ach«, sagte der Mann. »Tante Yvette? Dann sind Sie der kleine Sohn von Noël Lombard?«

»Ja.« Théo stutzte. »Also, klein zwar nicht mehr, aber sein Sohn. Sie kannten meinen Vater?«

»Natürlich!«, rief der Mann aus. »Wie großartig, Sie kennenzulernen. Ich dachte schon, dass Sie mir irgendwie bekannt vorkommen, Sie sehen ihm ähnlich, wissen Sie das?«

»Es gibt Fotos«, erwiderte Théo leise.

»Oh ja, hmm.« Der Mann seufzte und schloss für die Dauer eines Wimpernschlags die Augen, dann sah er mich an. »Und Sie sind?«

»Clara Bernstein«, sagte ich stockend.

»Bernstein?« Der Bibliothekar rieb sich nachdenklich die Nase. »Helfen Sie mir auf die Sprünge.«

»Chevalier«, ergänzte ich, da ich mir dachte, dass der Name meines Großvaters hier vermutlich eine Rolle spielen würde.

»Ach! Der Buchbinder! Das ist ja ... grandios!« Plötzlich strahlte der Mann über das ganze Gesicht. »Was für eine Ehre, dass ich sie beide hier bei mir zu Besuch haben darf. Man könnte sagen, eine kleine Sensation, nach all den Jahren. Hat Yvette Lombard es sich anders überlegt?«

»Was?«, fragte Théo.

»Na, die Sache mit der Handhabung. Wie wir mit den Dingen verkehren, nachdem passiert ist, was passiert ist. Sie möchte, dass auch in ihrem Antiquariat nur noch ein Sammeln und keine Missionen mehr stattfinden. Und das betreibt sie auch seit sechzehn Jahren sehr konsequent. Oh!« Er schlug sich die Hand vor den Mund. »Sie wissen es gar nicht, meine Lieben? Sie wissen ... gar nichts? Also, Ihnen ist nicht nur unbekannt, *was* Sie suchen, Sie wissen auch nicht, *dass* Sie suchen?!«

28.

»Kaffee, nehmen Sie ein bisschen Kaffee!« Der schrullige Bibliothekar goss mit einer schwungvollen Bewegung dicht vor meiner Nase Kaffee in eine abgeschlagene, kleine Keramiktasse und schob sie mir dann auffordernd zu.

Dasselbe machte er keine Sekunde später bei Théo. Danach stellte er einen Teller voll dunkelbrauner Kekse auf den kleinen Tisch mit Plastiktischtuch, der etwas abseits ganz hinten in dem Bücherraum stand. Da es nur einen Stuhl gab, hatte er für Théo und mich jeweils zwei große Stapel Bücher auf dem Boden aufgetürmt, und uns gebeten, darauf Platz zu nehmen. Es war ein eigenartiges Gefühl, auf Büchern zu sitzen, zumal sie bei jeder Bewegung ein bisschen wackelten.

»Na schön«, sagte der Mann jetzt, zog seinen Stuhl heran und setzte sich ebenfalls. »Dann wollen wir mal über die Fakten sprechen, nicht wahr? Das scheint bei Ihnen beiden ja wirklich noch niemand getan zu haben. Bewundernswert, dass Sie trotzdem auf Mission sind.«

»Auf Mission bedeutet?«, wollte ich wissen.

»Sie suchen das Geschwisterbuch eines verlorenen Buches.«

»Okay, und … verlorene Bücher sind …«, ich stockte, »… von Geistern bewohnt?«

»Wie bitte?« Der Bibliothekar lehnte sich mit vor der Brust verschränkten Händen zurück und begann plötzlich, schallend zu lachen. »Mademoiselle!«, rief er zwischen seinem Lachanfall. »Also, ich bin … beeindruckt.«

»Beeindruckt?«

»Wie kommen Sie denn auf diesen Gedanken?«

»Ähm«, setzte ich an, doch Théo fiel mir ins Wort: »Das hat Clara von mir, und ich habe es von meinem Urgroßvater Antoine Lombard.«

»Beeindruckend«, wiederholte der Mann, griff sich einen Keks und biss genüsslich hinein. »Nehmen Sie sich doch bitte, meine Lieben.« Er deutete auf den Teller. »Die sind köstlich. Karamellkekse aus der Normandie, ich könnte Tonnen davon verdrücken. Ich hoffe, das sieht man mir nicht an!« Er klopfte sich auf den Bauch und sprach mit vollem Mund weiter: »Wie auch immer, Antoine Lombard durfte ich nie kennenlernen, aber ich hörte, dass er eine höchst ausgeprägte Fantasie hatte. Was diese Geschichte mit den Geisterbüchern beweist. Nein, meine Lieben, diese verlorenen Bücher haben selbstverständlich nichts mit Geistern zu tun. Wobei ich sagen muss, dass ich nicht weiß, ob es Geister auf dieser Welt gibt oder nicht gibt. Nachdem es viele andere Dinge gibt, könnte ich mir durchaus vorstellen, dass auch Geister existieren. Doch Erfahrung habe ich damit keine.« Er verstummte, und Théo und ich blinzelten ihn ratlos an.

Es war bemerkenswert, dass ein Mensch so viel sprechen und dabei so wenig sagen konnte.

Langsam zog ich mir auch einen Keks vom Teller, knabberte etwas daran und fragte vorsichtig: »Okay, also keine Geisterbücher. Was sind sie dann?«

»Nun …« Er räusperte sich, erhob sich und wuselte trippelnd davon, ehe er wenig später mit einem Buch in der Hand zurückkehrte. »Das hier beispielsweise ist ein Exemplar, das mir Madame Lombard erst vor einer Woche hat zukommen lassen. Sie meinte, es könnte mich interessieren, da es ein Einzelstück zu sein scheint. Ich liebe Einzelstücke, genauer gesagt beschränke ich mich, wie erwähnt, in meiner Sammlung auf Einzelstücke. Beim Durchblättern stellte Yvette Lombard fest, dass es zu den prickelnden Büchern gehört, in denen sich eine Vogelfeder versteckt.«

»Prickelnde Bücher?«, warf Théo verwirrt ein.

»Wenn man sie berührt, fühlt man ein Kribbeln«, antwortete der Bibliothekar, als wäre das etwas, das sowieso hinlänglich bekannt war.

»Aha.« Théo wirkte etwas genervt. »Verlorene Bücher? Magiebücher? Geisterbüch… Na gut, zugegeben, das stammt … na ja … von Grand-père Antoine. Aber langsam komme ich durcheinander mit diesen ganzen Namen.«

»Verständlich«, meinte der Bibliothekar, von dem mir gerade erst auffiel, dass er sich uns noch überhaupt nicht namentlich vorgestellt hatte. »Es gibt auch wirklich viele unterschiedliche Bezeichnungen, und jede ist davon abhängig, welchen Zweck die jeweilige Person verfolgt. Alle Begriffe betiteln jedoch dieselbe Art von Büchern. Nämlich die, in denen Vorbesitzer *besondere* Gegenstände vergessen haben. Magiebücher sagen meines Wissens aber nur die Bücherwürmer.«

»Die Gruselgestalten aus dem Märchen?«, warf ich nun ein und trank einen Schluck Kaffee. Schmeckte widerlich bitter. Fast so schlimm wie der, den Papa zu Hause machte. Aber ich beschloss, ihn trotzdem zu trinken, um diesen Mann nicht zu beleidigen. »Zumindest erzählte mir mein Großvater immer ein Märchen, in dem es um solche unheimlichen, menschlichen Bücherwürmer geht. Gibt es sie wirklich? Wer sind sie?«

»Natürlich gibt es sie wirklich, junge Mademoiselle. Das sind Personen mit üblen Absichten, ich denke, mehr müssen Sie dazu nicht wissen.«

»Wieso nicht? Wäre es nicht besser, wir sind über die Bösewichte in der Geschichte informiert?«, wandte ich ein.

Der Bibliothekar seufzte tief. »Ich fürchte, das würde Ihnen Angst machen. Und Angst ist, was Sie den Bücherwürmern niemals zeigen dürfen. Je mehr Angst Sie vor ihnen haben, desto mehr gehen sie davon aus, dass sich etwas von Interesse in Ihrem Besitz befinden könnte.«

Ich nippte noch einmal am Kaffee und versuchte, das Gesicht nicht zu verziehen, als sich der bittere Geschmack auf meiner Zunge ausbreitete. »Nach der Theorie mit den Geisterbüchern dachten wir, dass es sich bei den Bücherwürmern entweder um Geister handelt oder um die Männer, die mich auf der Straße verfolgt haben«, sagte ich. »Aber wenn die Sache mit den Geistern nicht stimmt ...«

»Sie wurden bereits von Bücherwürmern verfolgt?«, fragte der Bibliothekar erschrocken und ließ den Blick hastig zur Tür schweifen. »Wann? Wo? Jetzt?«

»Nein, nein«, beruhigte ich. »Gestern, in Lyon. Da war eine Gruppe von Männern, die mir plötzlich nachlief ... und später haben wir uns überlegt, dass das vielleicht ...«

»Oh, da haben Sie vermutlich richtig überlegt«, schnitt der Bibliothekar mir das Wort ab. »Wenn Sie das Buch mit dem Gegenstand in der Tasche hatten, und diese Männer Ihnen folgten, müssen sie Bücherwürmer gewesen sein.«

»Woher wissen Sie, dass ich das Buch in der Tasche hatte?«

»Weil das selbstverständlich ist«, sagte der Bibliothekar leichthin. »Sie, junge Mademoiselle, tragen es jetzt bei sich«, er deutete auf das Buch in meiner Hand, »also sind Sie es, die die Mission angenommen hat. Sobald man das tut, folgt einem das Buch mit dem Gegenstand, bis man seine Aufgabe erfüllt und es zurück an den Ort gebracht hat, an den es gehört. Sie können also so oder so keinen Schritt mehr gehen, ohne dass das Buch in Ihrer Nähe auftaucht. Es sei denn, Sie versiegeln es mit einem Bannzauber.«

»Oh!«, machte ich. Obwohl mir das in gewisser Weise schon klar gewesen war. Aber irgendwie fühlte es sich noch einmal anders an, wenn dieser Mann es so deutlich aussprach. »Und wie habe ich das angenommen? Es lag in einer Schatulle im Fußboden, umwickelt mit einer Kette, die habe ich aufgezwickt. Habe ich es dadurch angenommen?«

»Dort lag es?« Die Augen des Mannes weiteten sich. »Wieso um alles in der Welt machen Sie das Schloss eines Kästchens auf, von dem Sie nicht wissen, was in ihm steckt? Das ist überaus unvernünftig und riskant.«

Ich fand, dass er sich plötzlich ganz schön abfällig anhörte. »Weil ... ich neugierig war«, gab ich ehrlich zu.

Er seufzte. »Neugierig also. Hm, Neugier ist eine gefährliche Sache. Manchmal bewirkt sie, dass wir unseren Verstand ausschalten.«

»Ich habe nicht ...«, wollte ich protestieren.

Doch er unterbrach mich mit erhobenem Zeigefinger. »Mm Mm Mm!«, machte er. »Es ist offensichtlich, dass Sie unwissentlich agiert haben, darüber müssen wir nicht diskutieren, oder?«

»Na ja ...«

»Wer ohne sich der Konsequenzen bewusst zu sein, etwas tut, hat nun einmal nicht unbedingt seinen Verstand benutzt. Aber ich will Ihnen keine Predigt halten, Sie sind jung und ... Sie werden lernen. Fangen wir also mit Ihrer Frage an, wie Sie die Mission angenommen haben. Das hat nichts mit dem Öffnen einer Kiste oder dem Knacken eines Schlosses zu tun. Haben Sie dem Buch zugesprochen?«

»Ja …«

»Dann ist das die Antwort. Ich vermute, dass Sie sich das bereits denken konnten. Doch wenn Sie sagen, dass das Buch verschlossen in einer Schatulle lag, würde mich brennend interessieren, welcher Gegenstand sich zwischen den Seiten versteckte.«

»Sie meinen den Zettel?«, fragte ich und zog das Stück Papier aus dem Buch, legte es auf den Tisch und schob es über die Platte. »Auf dem steht die Adresse dieser Bibliothek. Die tauchte allerdings erst auf, nachdem ich das Buch bereits aus der Truhe genommen hatte. Davor waren das nur drei Buchstaben, die ausgesehen haben, als hätte ein kleines Kind sie gekritzelt, und die in der Zwischenzeit verschwunden sind. Was meinen Sie denn jetzt überhaupt mit *besonderen* verlorenen Dingen? Solchen wie diese Feder? Gehört diese ganze Sache doch zu Yvettes kleinen Freuden?«

»Die kleinen Freuden?«, wunderte der Mann sich, während er den Zettel neugierig betrachtete, ohne ihn zu berühren.

»Was soll das sein?«

»Ähm, so eine Angewohnheit meiner Tante«, erklärte Théo. »Sie bringt Menschen persönliche Dinge zurück, die sie in Büchern vergessen haben.«

»Interessant.« Der Bibliothekar hob den Blick wieder und sah zwischen Théo und mir hin und her. »Das ist eindeutig nicht mehr als eine schrullige Angewohnheit Ihrer Tante. Es hat nichts mit den besonderen Gegenständen aus den verlorenen Büchern zu tun. Nein, diese besonderen Dinge … stammen aus dem Besitz von Magiern.«

»Von … wem?!«, entfuhr es mir, und ich starrte ihn fassungslos an.

»Magiern«, wiederholte er trocken.

»Magiern?«, fragte Théo lang gezogen. »Sie meinen solche Zauberer wie Merlin oder Miraculix?«

»Nicht solche«, verneinte der Bibliothekar. »Außerdem handelt es sich bei Miraculix um einen Druiden und keinen Zauberer, das sind zwei verschiedene Sachen, die nicht verwechselt werden sollten, junger Monsieur.« Er holte einmal tief Luft, dann fuhr er fort: »Ich spreche von richtigen Magiern. Die wirklichen Zauber ausüben. Ich muss schon sagen, es erstaunt mich, dass Sie beide so schockiert sind. Glaubten Sie nicht eben noch an Geister?«

»Doch, schon«, gestand ich. »Aber … na ja … Geister sind irgendwie … ich weiß nicht, deren Existenz kann man sich eher vorstellen, oder? Die lassen sich mit den Seelen von Verstorbenen erklären.«

Der Bibliothekar streckte die Hände fragend in die Luft. »Ich persönlich plädiere dafür, dass die Existenz von Magiern mindestens genauso wahrscheinlich scheint. Nein, nicht nur scheint. Sie *ist* es! Das ist eine erwiesene Sache. Und Sie, meine Lieben, sind beide magiefühlig.«

»Wir sind was?« Jetzt war ich noch ratloser als zuvor.

»Magiefühlig, junge Mademoiselle. Sie sind dazu in der Lage, wahrzunehmen, ob ein Gegenstand Magie in sich trägt oder nicht. Und die Magie ist in der Lage, mit Ihnen zu kommunizieren und Ihnen mitzuteilen, was sie möchte. So wie diese magische Botschaft, die sich zwischen den Seiten des alten Buches verborgen hat. Sie hat Ihnen mitgeteilt, dass Sie in diese Bibliothek gebracht werden möchte, da sich hier«, er deutete auf die Zeichnung der drei Bücher, »vermutlich eines seiner Geschwisterbücher befindet. Sehen Sie diese leichten Risse am Rand des Papiers? Dieses Blatt wurde zerteilt ... höchstwahrscheinlich sogar dreigeteilt, da drei Bücher auf dem Bild gezeigt werden. Wir müssen also davon ausgehen, dass es auch in echt insgesamt drei Bücher gibt und Ihre Mission mit dem Finden des zweiten Exemplars nicht vollendet ist. Was die Vermutung nahelegt, dass es sich um einen besonders mächtigen Zauberspruch handelt, der erst sichtbar wird, wenn man alle *drei* Teile zusammenfügt. Eine interessante und übliche Taktik talentierter Magier, die verhindern wollen, dass ihre Zaubersprüche in die Hände der falschen Personen fallen. Sie zerteilen sie und bewahren sie in unterschiedlichen Büchern auf, die nur sie kennen. Doch wenn im Laufe der vergangenen Jahrhunderte die privaten Bibliotheken der Magier einem Gewaltakt wie Bücherraub oder Bücherverbrennungen zum Opfer fielen, verstreuten sich die Teile dieser Zaubersprüche in alle Winde. Magie weiß jedoch fast immer, wo ihre Gegenstücke sind. Und sie hat stets das Bestreben, am Ort ihrer Herkunft zu bleiben und von dort aus im Guten zu wirken. Sehen Sie sich also diese Feder an!« Er zog eine rabenschwarze Vogelfeder aus seinem Buch. »Sie muss eine magische Funktion haben, die erst aktiv wird, würde sie mit einer weiteren magischen Feder in Berührung kommen. Ihrem Gegenstück. Sie zeigt aber keinen Hinweis, wo diese andere Feder sich befinden könnte, oder woher sie kommt. Das bedeutet höchstwahrscheinlich, dass das Buch mit dem Gegenstück dieser Feder vollständig zerstört wurde. Sagen wir also, dass die Heimat dieses magischen Gegenstands samt des fehlenden Teils zum Beispiel abgebrannt ist. Dadurch hat sich die Feder in ein magisches

Einzelstück verwandelt. Das wiederum ist der Grund, wieso ich solche Einzelexemplare sammle: Sie stellen keine Aufgaben, sie bleiben an Ort und Stelle. Sie sind still, aber nicht minder faszinierend. Manchmal passiert es jedoch, dass das Gegenstück plötzlich und unerwartet wieder auftaucht. Dann muss ich das entsprechende Buch mit seinem magischen Gegenstand selbstverständlich gehen lassen. Ich nehme an, dass das Buch aus meiner Bibliothek, das das Gegenstück zu Ihrem darstellt, bisher nicht feststellen konnte, wo sich das andere befindet, da es – wie Sie sagten – in eine Schatulle gesperrt war. Höchstwahrscheinlich eine mit Bannfunktion, die verhindert hat, dass die Magie nach außen dringt. Die Frage, die sich nun stellt, meine junge Mademoiselle, ist allerdings, aus welchem Grund das Buch weggesperrt wurde. Soweit mir das bekannt ist, verriegelt Yvette Lombard seit sechzehn Jahren zwar alle verlorenen Bücher, die den Weg in ihr Antiquariat finden, sofort in speziell dafür angefertigten Schränken. Kisten im Fußboden sind mir neu.«

»Ich glaube, es gehörte einem Mann namens Henri«, sagte ich. »Auf dem Vorhängeschloss stand dieser Name.«

»Hmmm.« Der Bibliothekar kniff die Brauen zusammen und schwieg einen Moment. »Henri«, murmelte er dann leise.

»Kennen Sie einen Henri?«, fragte ich.

»Hmmm, Henri.« Nachdenklich legte er sich einen Zeigefinger an die Lippen. »Hmmm, hmmm, hmmm … Henri … ich muss überlegen, ob es einen bekannten Magier dieses Namens gab. Oder gibt? Hmmm.« Er deutete zu einer Tür in der Ecke. »Lassen Sie mir ein paar Minuten, ich werde einen Blick in meine Chronik werfen. In der Zwischenzeit würde ich Sie beide bitten, dass Sie sich auf die Suche nach dem anderen Buch begeben. Denken Sie, das bekommen Sie hin? Sie müssen dafür nur auf das Kribbeln in Ihren Fingern achten. Ihre Magiefühligkeit und der magische Gegenstand im Buch werden Ihnen den Weg zeigen.«

Lieber Onkel Sébastien,

nach dem schrecklichen Verlust von Malou und Noël, der mir immer noch
in allen Knochen sitzt, stehen wir jetzt
vor der entsetzlich traurigen Frage, was aus dem kleinen
Jungen werden soll.
Ich habe mich dazu entschieden, das Sorgerecht für ihn zu
übernehmen und die Verantwortung für ihn
zu tragen, bis er volljährig ist.
Ich fürchte aber, dass es eine zu große Gefahr für ihn
darstellt, in den Räumlichkeiten des Antiquariats
aufzuwachsen. Selbst wenn ich versuche,
alle verlorenen Bücher sicher zu
verwahren, wird sich nicht
vermeiden lassen, dass er mit dem einen oder
anderen in Berührung kommt.
Es wäre mir lieber, er würde seine Magiefühligkeit
niemals entdecken, um nicht Gefahr zu laufen,
in eine ähnliche Falle wie seine Eltern
zu tappen.
Vielleicht können wir auf diese Weise den Kreis
durchbrechen und dafür sorgen, dass in
Zukunft keine gefährlichen Missionen mehr stattfinden,
wie Noël sie mit Leidenschaft durchgeführt hat.
Philippe Chevalier vertritt zwar die Ansicht, dass wir die Magie nicht im
Stich lassen dürfen, doch er ist angesichts der furchtbaren Ereignisse
bereit,
mir trotzdem dabei zu helfen, die nachkommende Generation von Dingen
dieser Art fernzuhalten.
Zumal weder seine Tochter noch seine Enkelin Fähigkeiten aufweisen,

und er deshalb davon ausgeht, dass die Familie Chevalier ohnehin bald
kein Mitglied mehr
haben wird, das mit Dingen dieser Art zu tun hat.
Lieber Onkel Sébastien, ich schreibe dir mit dem großen Anliegen, dass
Théodore bei dir in Paris aufwachsen darf, damit er nicht mit Magie in
Kontakt gerät.
Er ist Noëls Sohn, deshalb gehe ich schwer davon aus,
dass die Fähigkeiten des Jungen nicht weniger ausgeprägt sein werden.
Vielleicht schaffen wir es dennoch gemeinsam, unser ungewöhnliches
Antiquariat in ein gewöhnliches zu verwandeln.
Ein Buchladen, in dem Magie keine Rolle mehr spielt.
In dem alles normal ist.
Und in dem niemals wieder jemand auf diese Weise sterben muss.

Mit den besten Grüßen aus Lyon
Yvette

29.

Es fühlte sich eigenartig an. Ich fuhr mit den Fingerkuppen Buchrücken für Buchrücken ab und versuchte mich darauf zu konzentrieren, ob sich etwas tat. Ob es in meinem Körper zu kribbeln begann, oder ob ich den Eindruck hatte, die Luft würde vibrieren. Währenddessen hielt ich das Buch aus Papy Philippes Werkstatt fest unter meinen anderen Arm geklemmt und hoffte, dass es irgendwie reagieren würde, sobald ich mit den Fingern auf das richtige Geschwisterbuch stieß.

Doch momentan schillerte es nicht einmal. Es sah wie ein ganz gewöhnliches, altes Buch aus. Ich kam mir schon ein bisschen albern vor und fragte mich, was ich hier eigentlich machte. Alles, was dieser Bibliothekar gesagt hatte, klang so was von verrückt! Doch dann war da wiederum die Tatsache, dass ich in den letzten Tagen derart viel crazy Zeug erlebt hatte, dass ich langsam anfing, mich gar nicht mehr über Einzelheiten zu wundern.

Théo ging auf der anderen Seite ebenfalls die Reihen ab, denn der Bibliothekar hatte uns versichert, dass wir beide in der Lage sein würden, das besondere Buch zu erkennen. Den Umstand, dass Théo mit Stromschlägen davon abgehalten worden war, Zettel und Einband meines Buchs anzufassen, hatte er uns damit erklärt, dass Magie sich stets nur eine Kommunikationsperson aussuche und deshalb nicht bereit war, andere Magiefühlige an sich heranzulassen. Doch das traf laut ihm lediglich auf das aktuelle Buch zu. Das Exemplar, nach dem wir nun suchten, würde sich bestimmt auch von Théo berühren lassen, weil es noch nicht mit mir kommuniziert hatte.

»Spürst du etwas?«, fragte Théo nach einer Weile in den Raum hinein.

Ich wusste nicht genau, wie viel Zeit in der Zwischenzeit vergangen war, aber es kam mir so vor, als wäre der Bibliothekar schon vor einer halben Ewigkeit hinter der Tür verschwunden, um seine Chroniken zu studieren. Ich fragte mich, woher er eine solche Chronik über Magier der Vergangenheit und Gegenwart hatte. Ob Yvette so etwas auch besaß? Vielleicht stand diese Chronik, sollte es sie geben, ja die ganze Zeit schon in der Privatbibliothek der Familie Lombard, und ich war nur nie auf die Idee gekommen, die Bücher einmal gründlich zu durchstöbern.

»Nein, noch nichts«, antwortete ich. »Meinst du, wenn wir Magiefühlige sind, können wir sie auch anwenden?«, grübelte ich und warf ihm einen flüchtigen Blick zu.

»Keine Ahnung«, sagte er und blieb bei einem Buch stehen, um es noch einmal anzufassen. »Könnte aber durchaus sein. Das sollten wir den Typen fragen, sobald er zurück ist. Vertraust du ihm?«

»Wieso nicht?«, erwiderte ich. »Er macht auf mich nicht den Eindruck, als würde er Unsinn reden. Und irgendwie klingt das alles sehr plausibel. Eigentlich sogar mehr als die Sache mit den Geisterbüchern.«

»Ha!« Théo grinste mich an. »Soll das eine Beleidigung sein?«

»Wieso?«

»Die Theorie mit den Geisterbüchern habe ich höchstpersönlich anhand von Grand-père Antoines Erzählungen aufgestellt! Was heißt hier, die wäre nicht glaubwürdig?«

»Na gut, ich meine ja nur … wieso sollten Geister in Büchern leben?«, versuchte ich zu beschwichtigen. »Auch wenn es eine coole Idee ist«, setzte ich schnell hinzu.

»Schon, oder?« Jetzt feixte Théo noch mehr, und ich stellte wieder einmal fest, dass er echt süß aussah, besonders wenn er lächelte. Dann bekam er so hübsche Grübchen in den Wangen, und seine Sommersprossen verpassten ihm das Gesicht eines frechen Jungen, der nichts als Streiche im Kopf hat.

»Aber Magie zwischen den Seiten ist natürlich auch ganz okay«, schob er gnädig hinterher. »Und magiefühlig – das klingt fast wie eine Superkraft, findest du nicht?«

»Oh ja«, lachte ich. »Eine mega coole Superkraft sogar. Mit der kann man bestimmt die Welt retten.«

»Bestimmt.« Théo kicherte leise. »Ach Clara, weißt du was?«

»Hm?«, fragte ich und versuchte mich wieder ein bisschen mehr auf die Bücher im Regal zu konzentrieren. Wenn wir noch lange so trödelten, würden wir dieses Gegenstück niemals auftreiben.

»Ich bin echt froh, dass Tante Yvette dir erlaubt hat, dieses Praktikum im Antiquariat zu machen. Sonst müsste ich das alles hier allein tun«, sagte Théo. »Oder ich könnte gar nichts davon, weil ich das Buch wahrscheinlich nicht entdeckt hätte. Ich wäre ja nie auf die Idee gekommen, in die Werkstatt deines Großvaters zu gehen. Dann wäre ich in der Frage nach meinen Eltern keinen Schritt weiter. Obwohl ich nicht weiß, ob ich das wirklich bin.«

Ich blieb stehen und wandte mich wieder zu Théo um. »Wir müssen herausfinden, wer diese Bücherwürmer sind«, entschied ich. »Sie haben irgendetwas mit dieser Magiefühligkeit zu tun. Wie sonst sollten sie in der Lage sein, auf der Straße zu erkennen, dass ich ein solches Buch in meiner Tasche trage? Ich habe die Vermutung, dass es sich bei ihnen um Magiefühlige handelt, die keine guten Absichten mit der Magie verfolgen. Hast du dir mal überlegt, dass es bestimmt auch gefährlich ist, etwas mit Magie am Hut zu haben?«

»Inwiefern denn gefährlich?«, fragte Théo gespannt.

»Ich weiß ja nicht, wozu einen diese Magie befähigt, und ob es so ist, wie man das aus Büchern oder Filmen kennt«, sagte ich nachdenklich. »Aber Magie gibt demjenigen, der sie ausüben kann, doch mit Sicherheit eine ziemliche Macht. Ich meine, Liebeszauber zum Beispiel.«

»Liebeszauber?« Wieder grinste Théo mich an. »Das ist das Erste, woran du bei Magie denkst?«

»Nein.« Mir stieg die Hitze in die Wangen. Ich schüttelte den Kopf und drehte mich schnell dem Regal zu. Langsam ging ich weiter die Reihen entlang. »Aber Liebeszauber fällt mir ein, wenn es um gefährliche Magie geht«, murmelte ich.

»Ach ja? Wieso?« Théo suchte ebenfalls weiter.

»Weil man mit einem Liebeszauber jemanden dazu bringen kann, etwas zu fühlen, was dieser Mensch vielleicht gar nicht in Wirklichkeit fühlt. Wie fändest du es, wenn ich dich total verzaubern würde, sodass du mir plötzlich zu Füßen lägest?«

O Gott! War das echt aus meinem Mund gekommen? Was war nur in mich gefahren?!

Doch es kam noch besser.

Théo hielt inne. »Vielleicht hast du das schon?«

»Was?«

»Mich verzaubert.«

Ich erstarrte zur Salzsäule und hielt die Luft an. Hatte er das gerade wirklich gesagt? Und wenn er es wirklich gesagt hatte, wie hatte er das gemeint?

»Äh«, stotterte ich heiser. »Ich … also … was …«

»Rein theoretisch natürlich«, sagte Théo jetzt plötzlich blitzschnell. »Ich will damit nur sagen, dass man für manche Dinge gar keinen Liebeszauber braucht. Wäre doch blöd, wenn ich … also wenn wir … wegen der Entfernung und so.« Er verstummte.

»Ähm.« Ich fand meine Sprache immer noch nicht ganz wieder. »Ja«, brachte ich dann endlich über die Lippen. »Ja, klar. Das wäre … blöd.« Ich sah ihn nicht an. Irgendetwas knotete mir den Magen zusammen. Mir wurde auf einmal ganz übel. Gleichzeitig wummerte mein Herz seltsam heftig in meiner Brust. Eiligst versuchte ich, mich wieder auf die Bücher zu konzentrieren und ärgerte mich innerlich über mich selbst, dass ich das Thema Liebeszauber überhaupt auf den Tisch gebracht hatte. Welcher Teufel hatte mich denn da geritten? Das war doch mega peinlich. Gerade überlegte ich, was ich jetzt sagen konnte, damit die letzten Sätze nicht mehr so unheilvoll im Raum schwebten, als es passierte. Ich stieß mit dem Daumen gegen einen Buchrücken, der rutschte mir augenblicklich ein Stück entgegen und landete gleich darauf aufgeschlagen unmittelbar vor meinen Füßen auf dem Boden.

Ich senkte den Blick. Und sofort lachte mich ein loser Zettel zwischen den Seiten an. »Wow«, hauchte ich leise und betrachtete das Papier. Es glänzte wie fein poliertes Gold. Darauf leuchteten drei Buchstaben. Dieses Mal sahen sie nicht wie von einem kleinen Kind gekritzelt aus, sondern nach zarten, aus silberner Tinte und mit der Spitze einer feinen Feder gezogenen Linien.

»S, O, L«, las ich vor. »Was bedeutet das?«

Théo trat dicht neben mich. »Das werden wir wahrscheinlich erst erfahren, wenn wir die Teile zusammengefügt haben.«

»Sollen wir es gleich probieren?«, fragte ich und betrachtete das andere Buch unter meinem Arm. »Vielleicht zeigt es uns, ob wir wirklich noch ein drittes Buch mit einem weiteren Textteil suchen müssen. Was meinst du?«

»Einen Versuch ist es wert.« Théo hob das Buch vom Boden auf. Ganz wie der Bibliothekar gesagt hatte, verpasste dieses Exemplar ihm keinen Stromschlag. Vorsichtig, als würde er etwas höchst Zerbrechliches zwischen den Fingerspitzen halten, griff er nach dem Zettel mit den drei Buchstaben. Es war deutlich zu erkennen, an welcher Stelle das andere Papier abgetrennt worden war. Théo hielt mir das Blatt entgegen, ich nickte, schlug das Buch auf und holte den ursprünglichen Zettel heraus.

»Bereit?«, flüsterte ich.

»Bereit«, antwortete Théo mit entschlossener Miene.

Wir hielten die Papierteile aneinander. Sie berührten sich. Es geschah nichts. Zumindest nicht sofort. Doch dann stoben urplötzlich kleine blaue Blitze zwischen den Fasern hervor. Alles in meinen Fingern begann zu vibrieren, sie verfärbten sich blau, und ich konnte sehen, dass es bei Théo nicht anders war. Das Gefühl wurde intensiver und intensiver, bald schon glaubte ich, es keine Sekunde länger ertragen zu können. Ich erinnerte mich an den Moment in meiner zweiten Nacht in Lyon, als ich unter Papy Philippes altem Bett gekauert und gedacht hatte, das Buch würde mir die Haut verbrennen. Mindestens genauso fühlte es sich jetzt an, mit dem Unterschied, dass es nicht nur um eine kleine Stelle an meinem Bauch ging, sondern um meinen ganzen Körper. Das Vibrieren zog sich mit voller Kraft von meinen Fingerspitzen über meinen Arm bis in meine Schulter, und von dort krabbelte es wie winzige Spinnen über meinen

Rücken hinab bis in meine Fersen. Schlagartig zitterte alles in mir. Ich brachte keinen Ton mehr heraus. Nur mit dem Blick versuchte ich festzustellen, ob Théo dieselbe Intensität wahrnahm.

Und das tat er eindeutig. Völlig erschrocken, verwirrt, fasziniert und ratlos starrten wir uns an.

Bis das Gefühl mit einem Mal nachließ, sich die blaue Farbe aus unseren Armen und Händen zurückzog und das Schillern erlosch. Dafür hielten wir jetzt nicht mehr jeder einen Zettel in der Hand … sondern beide gemeinsam ein fest zusammengewachsenes Blatt Papier.

»Was steht drauf?«, war das Erste, was Théo fragte, nachdem der magische Moment vorbei war, und wir beide wieder zurück ins Hier und Jetzt gefunden hatten.

Zeitgleich betrachteten wir das Blatt.

Doch es war leer. Die drei Buchstaben waren genauso verschwunden wie die Adresse der Bibliothek in Marseille. Es gab keinen Hinweis, der in irgendeiner Art angedeutet hätte, dass wir einen weiteren Teil suchen sollten. Nicht einmal das Bild der drei Bücher war noch zu erkennen. Das einzige Detail, das verriet, dass diese Mission nicht erfüllt war, war der untere Teil des Zettels. Dort zeigte sich unverkennbar eine geriffelte Stelle, an der etwas abgerissen worden war.

»Hm«, machte ich. »Was sollen wir jetzt tun?«

»War die Adresse beim letzten Mal sofort da?«, wollte Théo wissen.

»Nein, sie zeigte sich erst, als wir bereits unterwegs waren.«

»Dann müssen wir vielleicht einfach noch ein wenig abwarten?«, schlug Théo vor. »Oder dieser Bibliothekar …«

»Dieser Bibliothekar muss Sie leider auffordern, ihm die Bücher samt den magischen Botschaften zu überlassen!«, unterbrach ihn die Stimme des Mannes. Er kam durch die Hintertür in den Bücherkeller und mir war, als hätte sich sein Gesicht eigenartig rot verfärbt, und als würden ihm die wenigen weißen Haare, die sich um seine Glatze zogen, im wahrsten Sinne des Wortes zu Berge stehen. Er erinnerte mich plötzlich an eine Eule. Eine Schleiereule, um genau zu sein. Eine ziemlich aufgeregte Schleiereule, um noch genauer zu sein. Eine aufgeregte Schleiereule, die mit einer blitzschnellen Bewegung die Tür hinter sich abschloss und sich auf den Weg zur anderen Seite des Raums machte, vermutlich um diesen Ausgang ebenfalls zu verriegeln.

»Was soll das werden?«, rief Théo genauso entsetzt, wie ich mich schlagartig fühlte.

»Das Einzige, was in dieser Situation richtig ist«, antwortete der Mann. »Glauben Sie, ich habe es nur aus Versehen vergessen, Ihnen meinen Namen zu nennen? Ich bin ehrlich gestanden erstaunt, dass Sie mir die ganze Zeit ein solch blindes Vertrauen entgegengebracht haben. Ich konnte nicht wissen, was Ihre Tante Ihnen über mich und die Dinge, die mit dem Tod Ihrer Eltern in Zusammenhang stehen, erzählte. Vielleicht sagt Ihnen mein Name ja auch etwas. Weshalb ich auch weiterhin schweigen werde.«

»Mit dem Tod meiner Eltern?« Théos Miene verriet deutlich, was sich gerade in ihm abspielen musste.

»Die Männer, die sich dieses magischen Gegenstandes annehmen werden, sind bereits auf dem Weg hierher.« Der Typ überging Theos Bemerkung einfach. »Die junge Mademoiselle wird die Dinge freiwillig übergeben, danach dürfen Sie beide unbeschadet gehen. Ich bin offen gestanden entzückt, dass Sie mir ein solches Exemplar von selbst vor die Nase geworfen haben.«

»Sind Sie verrückt?«, entfuhr es mir. »Sie können uns hier doch nicht einfach einschließen!«

»Oh, Mademoiselle Chevalier …«

»Bernstein!«

»Ist doch egal, wie Sie heißen. Junge Mademoiselle, ich kann noch viel mehr, falls ich das möchte. Am einfachsten wird es aber für uns alle, wenn Sie mir die beiden Bücher jetzt aus freien Stücken aushändigen, dann lasse ich Sie sofort gehen. Sie müssen dann auch nicht mehr den Männern begegnen, die üblicherweise weniger zimperlich mit jungen Magiefühligen umgehen als ich.«

»Wieso wollen Sie so unbedingt, dass Clara Ihnen die Bücher überlässt«, fragte Théo misstrauisch. »Wenn Sie sie haben wollen, können Sie sie uns doch auch abnehmen, oder etwa nicht?« Er wurde kurz still, dann richtete er seinen Blick auf mich. »Clara«, flüsterte er. »Es ist wegen der Stromschläge.«

»Wie bitte?« Ich verstand nicht.

»Du musst die Bücher aus freien Stücken abgeben, sonst können andere Magiefühlige sie nicht berühren …«

»Oh, es gibt durchaus noch einen anderen Weg«, fiel der Mann ihm ins Wort. »Aber ich gehe nicht davon aus, dass das die Art und Weise ist, wie Sie Ihre Freundin behandelt wissen möchten. Denn dann war sie die längste Zeit Ihre Freundin.«

»Sie sind ja total irre!« Völlig fassungslos starrte ich den Mann an. Ich konnte nicht glauben, dass ich in ihm zuvor wirklich nur einen etwas kauzigen Bibliothekar gesehen hatte. Er schien mir plötzlich bösartiger zu sein als jeder andere Mensch, dem ich jemals zuvor begegnet war. »Ich werde Ihnen diese Bücher mit Sicherheit nicht aushändigen. Wer weiß, was Ihnen mit der Magie, die darin steckt, einfällt!«

»Nur das Richtige.« Der Kerl lachte heiser. »Das, was wir alle, die diese Fähigkeiten haben, mit solchen Dingen tun sollten. Sie für unsere Zwecke nutzen! Oh! Sie sind da!«

Ein lautes Rumoren draußen im Flur war zu hören. Es klang nach einer ganze Elefantenherde, die gerade herantrampelte.

Ich sah zu Théo. »Was machen wir jetzt?«, zischte ich.

»Wir hauen ab«, zischte er zurück.

»Und wie?«

»Ganz einfach. Wirf dem Typen eines der Bücher zu.«

»Was?«

»Ja, aber nicht, weil du es ihm übergeben willst. Stell dir vor ...«

»Was soll das Getuschel?«, fuhr der Bibliothekar uns an.

»... stell dir vor, du möchtest ausprobieren, ob er einen Stromschlag bekommt«, beeilte Théo sich zu sagen, ehe er den Zeigefinger vor seine Lippen presste und sich wieder dem Mann widmete. »Lagebesprechung«, sagte er leichthin. Und dann doch wieder an mich gewandt: »Clara! Schnell!«

Ich atmete tief durch. So fest ich konnte, konzentrierte ich mich auf meine Gedanken. Im nächsten Moment schnappte ich beide Bücher, schob den Zettel zwischen die Seiten des ersten Exemplars und rief: »Lassen Sie uns bitte was versuchen!«

Der Bibliothekar blickte mich überrascht an, da schleuderte ich ihm die Bücher bereits beide entgegen. In hohem Bogen sah ich sie durch die Luft fliegen.

Anscheinend sorgte der Kerl sich, dass sie beschädigt werden könnten: Er sprang überraschend geschickt in die Höhe, streifte beide Ledereinbände mit den Fingern – und zuckte erschrocken zurück. Dabei taumelte er ein bisschen nach hinten, verlor das Gleichgewicht und stürzte gegen ein Bücherregal, das hinter ihm umkippte.

Im selben Atemzug machte Théo einen energischen Schritt nach vorn und entriss dem verwirrten Typen den Schlüsselbund. »Die Bücher!«, rief er mir zu, während er bereits in Richtung Hintertür stürmte.

Ich schnappte beide Exemplare, so schnell ich konnte, folgte Théo, und wir schlüpften hinaus in einen Hinterhof. Mit zitternden Fingern schloss Théo ab.

Keine Sekunde später donnerte der Bibliothekar bereits deutlich erkennbar mit beiden Fäusten gegen das Holz der Tür. »Aufmachen! Sofort aufmachen!«

»Weg hier«, flüsterte Théo mir zu.

»Aber wohin?«, erinnerte ich ihn daran, dass wir uns in einem fremden Hinterhof befanden. Es gab keinen anderen Ausgang als den Zugang in die Bibliothek.

»Aufs Dach! Dort werden wir bestimmt einen Weg finden, wie wir weg von diesem Haus und wieder hinunter auf die Straße kommen. Vorn können wir ohnehin nicht hinaus, wenn dort diese Männer sind. Ich vermute, mit *Männern* meint er Bücherwürmer.« Théo zeigte auf einen winzigen Vorbau. »Darüber können wir uns an die Regenrinne hangeln, hochziehen und über den Giebel davonschleichen.«

Blinzelnd folgte ich mit dem Blick seinem ausgestreckten Finger.

Toll. In was war ich da bloß hineingeraten?

30.

Die Dachziegel fühlten sich wie glühende Kohlen an. Ich setzte vorsichtig einen Fuß vor den anderen, versuchte nicht hinunterzublicken und gleichzeitig nicht abzurutschen. Um meine Schulter trug ich eine schmutzige Stoffumhängetasche, die wir im Hinterhof gefunden und in der wir die Bücher verstaut hatten. Mein Herz klopfte wie verrückt, und immer wieder beobachtete ich Théo dabei, wie er einen zaghaften Blick über die Brüstung warf. »Dort unten ist alles voller Bücherwürmer«, rief er mir zu. »Vor der Haustür stehen mindestens fünfzehn Männer. Ich bin nicht ganz sicher, aber es könnte gut sein, dass welche von den Typen dabei sind, die dich in Lyon verfolgt haben.« Er ging voraus, drehte sich aber immer wieder mit fragendem Blick nach mir um. Ich nickte, ja, alles okay, und versuchte zu lächeln. Hatte ich vorgestern wirklich noch Angst vor ein bisschen Herumklettern auf einer deckenhohen Holzleiter gehabt? Das hier war definitiv schlimmer.

Mein Herz pochte heftig, meine Finger waren schweißnass, und dazu knallte uns die Sonne auf die Köpfe.

Unter uns auf der Straße hörte ich tiefe Stimmen. Ich war sicher, dass sie zu den Männern gehörten, die offenbar noch nicht mitbekommen hatten, dass Théo und ich uns gerade mit den Büchern davonschlichen.

»Dort vorn muss eine Regenrinne sein!« Théo deutete auf ein Vordach. Wir beschleunigten automatisch unsere Schritte, natürlich trotzdem darauf bedacht, bloß keinen falschen Tritt zu machen.

Am Rand des Daches ging Théo mit nachdenklichem Blick in die Hocke und befühlte das Metall. »Sollte stabil sein«, meinte er. »Ich werde aber vorgehen. Du folgst mir, sobald ich unten bin und dir ein Zeichen gebe, in Ordnung?«

»Ja«, sagte ich, auch wenn ich nicht sicher war, ob ich mir wirklich vorstellen wollte, ungesichert an dieser Regenrinne in die Tiefe zu rutschen. Bei der Kletteraktion am Haus in der *Rue Saint Jean* hatte ich wenigstens Balkongitter gehabt, an denen ich mich gut hatte festklammern können. Hier war es nicht mehr als ein glattes Rohr, von dem man bestimmt leicht abrutschte.

Aber mir blieb keine Wahl.

Théo atmete tief durch, nickte mir aufmunternd zu und machte sich auf den Weg. Zittrig beobachtete ich, wie er hinabglitt – und schließlich tatsächlich sicheren Fußes auf dem Vordach landete. »Es geht!«, rief er mir mit gedämpfter Stimme zu. »Du kannst nachkommen!«

»Na gut, Clara Bernstein«, sagte ich zu mir selbst und versuchte zu ignorieren, dass ich mein Herzklopfen nun sogar in meinem Hals spürte. »Du schaffst das! Du hast dich schon ganz andere Dinge getraut.«

Wild entschlossen umfasste ich mit beiden Händen das Rohr der Regenrinne und war im selben Moment froh, dass diese an einer schattigen Stelle des Hauses angebracht war.

Ansonsten hätte sie uns garantiert die nackten Handflächen versengt.

Ich stemmte mich mit den Schuhsohlen gegen die Wand, atmete noch einmal tief durch und begann dann Schritt für Schritt nach unten zu klettern. Dabei war ich nicht ganz so schnell wie Théo, aber der machte laut Yvette schließlich auch

Parkour. Bestimmt war es nicht das erste Mal in seinem Leben, dass er so etwas tat.

Als ich fast auf dem Vordach angekommen war, spürte ich plötzlich Théos Hände nach meiner Hüfte greifen. Sanft half er mir, das letzte Stück zu springen. Ich holte erleichtert Luft. Dann sah ich ihn an. »Wohin jetzt?«, fragte ich.

»Zum Motorroller«, sagte Théo.

Der Plan war uns so gut vorgekommen. Der Motorroller schien momentan das Einzige zu sein, das uns etwas Sicherheit bot. Allerdings hatten wir nicht damit gerechnet, dass auf dem Parkplatz wenige Meter davon entfernt ein Motorrad stand, das mir ausgesprochen bekannt vorkam. Genauso wie der Mann, der lässig dagegenlehnte und eine Zigarette rauchte. Er pustete immer wieder kleine Wölkchen in die Luft, die davonschwebten und im Nichts verpufften.

»Mist«, flüsterte ich Théo erschrocken zu. Wir waren auf dem Bürgersteig auf der anderen Straßenseite stehen geblieben. »Wie, bitte, konnte der Kerl uns finden?«

»Keinen Plan«, sagte Théo. »Aber er wollte dir im Wald das Buch abnehmen. Ich vermute, er ist auch ein solcher ... äh.«

»Magiefühliger«, half ich ihm auf die Sprünge.

»Genau, ein Magiefühliger. Einer, der im Auftrag von Monsieur Mathis nach uns sucht.«

Ich zuckte die Schultern. »Auf jeden Fall sollten wir jetzt zusehen, dass wir hier wegkommen, bevor er uns bemerkt. Ich möchte ihm nicht noch einmal begegnen. Hast du eine Idee, wie wir das anstellen könnten?«

»Kannst du schnell laufen?«, fragte Théo.

»Äh, ja.«

»Okay, dann rennen wir bei drei los, schnappen uns den Motorroller und hauen ab. Der Typ wird uns nicht so schnell folgen, wenn er nicht mit uns rechnet.«

Ich nickte. »Alles klar.«

»Gut. Bereit?«

»Ja.«

»Eins«, sagte er langsam, und auf einmal spürte ich, dass sich seine Hand in meine schob.

»Zwei.«

Mein Blick wanderte zu unseren fest ineinander verschränkten Fingern, bevor ich aufsah und direkt ins Théos karamellbraune Augen schaute.

»Drei«, zählte ich leise.

Wir stürmten los. Hand in Hand. Alles in mir prickelte und flatterte. Besonders an den Stellen meiner Haut, an denen ich die Wärme seines Körpers spürte. Auch in meinem Bauch wurde es ganz warm. Es war, als hätte ich plötzlich ein Stückchen der Sonne verschluckt. Gleichzeitig fürchtete ich, vor Aufregung gleich keine Luft mehr zu bekommen. Ich hörte die knatternde Stimme des Typen an mir vorbeirauschen, er rief uns irgendetwas zu, wahrscheinlich, dass wir stehen bleiben sollten. Was wir nicht taten.

Erst beim Motorroller ließ Théo mich wieder los, wir schwangen uns beide auf die Sitzfläche, er steckte den Zündschlüssel ins Schloss und bretterte los. Im Vorbeifahren sah ich, dass der Mann sich gerade daranmachte, auch seine Maschine zu starten.

»Er will uns verfolgen!«, rief ich Théo atemlos zu.

»Wird er nicht schaffen. Er ist zwar schneller, aber wir sind wendiger. Das bringt uns im Stadtgebiet viele Vorteile!« Wie zur Bestätigung, schlug Théo einen Haken in eine schmale Seitengasse. Ich drehte mich um und sah gerade noch das Motorrad, wie es geradeaus weiterfuhr. »Wir haben ihn abgehängt«, jubelte ich.

»Aber nur für den Moment.« Théo rollte in eine freie Parklücke neben dem Bürgersteig. »Lass uns schnell die Helme aufsetzen, die Stadt verlassen und irgendwo einen abgelegenen Platz suchen, an dem wir in Sicherheit die heutige Nacht verbringen und darauf warten können, dass die nächste Adresse auf dem Zettel auftaucht. Ich habe auch schon eine Idee, wohin wir fahren könnten.«

Es dämmerte bereits, als Théo Stunden später den Motorroller auf eine holprige Straße in unwegsamem Gelände lenkte und wir bergauf fuhren, bis wir ein kleines, elegantes Gartentor erreichten. Théo stoppte den Roller, bat mich, einen Moment zu warten, stieg ab und begann mit den flachen Händen die Steinmauer um das Tor herum abzutasten. Es dauerte nicht lange, bis er »Ah!« rief, an einem einzelnen Steinbrocken zog und keine Sekunde später einen Schlüssel auf dem Zeigefinger in der Luft schwenkte. »Wie gut, dass mein Großonkel immer seine Schlüssel verliert, anderenfalls gäbe es dieses Sicherheitsdepot wahrscheinlich nicht.« Er grinste und öffnete das Gartentor.

Wir passierten den Eingang und folgten einem etwas ungepflegten weißem Kiesweg, der zu einem hübschen Steinhäuschen führte. Die Fassade war bis zur Dachrinne von Efeu umrankt, und in dem kleinen Vorgarten wuchsen zahlreiche Oleandersträucher und andere Pflanzen, von denen ich keine Ahnung hatte, wie sie hießen.

Sofort als Théo den Motor abstellte, hörte ich das laute Zirpen der Grillen. Man hätte glauben können, sie würden einen Wettbewerb veranstalten.

»Sehr schön hier«, fand ich und ließ den Blick ein wenig schweifen, während Théo mich über eine Steinveranda zu einer weißen Holztür lotste.

»Großonkel Sébastien liebt die Abwechslung zwischen Stadt und Land«, erzählte er und schloss auf. »Aber ich war sicher, dass er jetzt nicht hier sein würde, weil seine Lieblingsreisezeit für das Südfrankreich-Ferienchâteau der Juli ist. Den August verbringt er fast immer in Paris. Tante Yvette wird auch nicht auf die Idee kommen, dass wir hier sind. Sie denkt, ich hasse dieses Provence-Häuschen.«

»Tust du?«, fragte ich.

»Nein, ich hasse es nur, mit Großonkel Sébastien hier zu sein, weil er mich dann andauernd die Gartenarbeit machen lässt. Ich bin nicht sein Gärtner«, sagte Théo und bedeutete mir, ihm zu folgen.

Wir betraten einen langen Flur, in dem es intensiv nach Holz und altem Gemäuer roch.

Théo knipste das Licht an und zeigte mir, wo ich meine Schuhe ausziehen konnte. Ich setzte mich auf einen kleinen Holzhocker und rieb mir seufzend die Fußballen. Jetzt erst merkte ich, wie verdammt sie wegen des vielen Laufens brannten. Außerdem konnte ich es kaum erwarten, endlich unter eine warme Dusche zu kommen. Meine Klamotten hingen an meinem Körper, als hätte man sie in Klebstoff getränkt. Langsam fühlte ich mich auch wirklich muffig, immerhin hatte ich nichts zum Wechseln dabei. Vielleicht hatte Théo ja hier Klamotten und konnte mir ein frisches Shirt abgeben. Würde ich zwar im Schlabberlook herumlaufen, aber das war mir sowieso egal.

»Hast du Hunger?«, fragte er und ging zielstrebig auf einen offenen Durchgang am Ende des Flurs zu. »Mein Großonkel bunkert Konserven, als würde der Weltuntergang bevorstehen. Wir können uns ein tolles Abendessen kochen.«

»Hört sich gut an!«, rief ich Théo nach, da war er schon im anderen Raum verschwunden. Kurze Zeit später ertönte das Scheppern von Geschirr. Wahrscheinlich war dort also die Küche.

Ich blieb noch einen Augenblick sitzen und atmete tief durch. Dann öffnete ich die Stoffumhängetasche und holte die Bücher heraus. Der Einband von beiden schillerte nun in diesem faszinierenden Grün. Ich schlug jenes Buch auf, in das ich den zusammengefügten Zauberspruch-Zettel gelegt hatte. Enttäuscht stellte ich fest, dass immer noch keine neue Adresse aufgetaucht war. »Schade«, flüsterte ich und strich mit der Hand über das Papier. »Wäre wirklich toll, wenn du uns endlich verraten würdest, ob die Reise weitergeht ... und wenn ja, wohin wir dich bringen sollen.« Dann packte ich alles wieder in die Tasche und stellte sie zu meinen Schuhen neben den Hocker.

Théo hatte anscheinend Hunger. Als ich in die Küche kam, stand bereits ein großer Topf Wasser auf dem Herd, und er war damit beschäftigt, in einem der vielen Vorratsschränke herumzukramen. »Wird wohl was mit Linsen«, sagte er. »Ich weiß gar nicht, wieso mein Großonkel so dermaßen viele Linsen hortet. Aber was hältst du von Pasta damit?«

»Für mich ist alles okay«, sagte ich und sah mich um. Genauso wie der Rest des Hauses war auch die Küche wirklich hübsch.

Die Arbeitsflächen bestanden aus dunklem Eichenholz, und an den Wänden hingen altmodische Kuchenbackformen.

Etwas abseits der Kochnische gab es eine Sitzecke mit einem weiß lackierten Tisch, der von ebensolchen Stühlen umrahmt wurde. Auf dem Boden lagen farbenfrohe Flickenteppiche.

»Kann ich dir was helfen?«, erkundigte ich mich und lehnte mich mit dem Rücken gegen eine Kommode.

»Du könntest die Pasta ins Wasser geben.« Théo reichte mir eine Packung ungekochter Nudeln. »Aber dann musst du nichts tun, ich mache Sauce-Special-Théodore-Lombard! Du wirst sehen, was Besseres hast du noch nie gegessen.«

»Na, da bin ich gespannt!« Ich grinste ihn an und kümmerte mich um die Nudeln. Ein paar Mal umrühren, dann setzte ich mich an den Tisch und schaute aus dem gegenüberliegenden Fenster. »Meinst du, sie finden uns hier wirklich nicht?«, fragte ich. »Ich glaube, sie spüren uns alle über die Bücher auf.«

»Das denke ich auch«, antwortete Théo, während er mit nachdenklichem Blick den Finger in ein Päckchen geriebenes Chilipulver steckte und anschließend kostete, als wolle er überprüfen, ob das überhaupt noch zu gebrauchen war. »Aber ich hoffe, dass wir hier zumindest über Nacht sicher sind. Wenn wir morgen früh aufbrechen, werden wir ihnen schon entkommen.«

»Das stimmt.« Ich stützte seufzend das Kinn in meine Hände. »Aber jetzt haben wir nicht mehr nur ein Buch bei uns. Vielleicht strahlt die Magie stärker aus?«

»Falls es überhaupt wirklich Magie ist«, blieb Théo kritisch. Er streute eine Prise von dem Chilipulver in den kleinen Topf mit den Linsen und mischte alles durch. »Nachdem der Typ sich als einigermaßen crazy entpuppt hat, bin ich mir da nicht mehr so sicher.«

»Ich glaube ihm«, sagte ich. »Irgendwie passen die Dinge zusammen. Bleibt die Frage, was es mit dem Namen Henri auf sich hat.«

»Vielleicht ja wirklich der Magier, dem dieser Zauberspruch ursprünglich gehörte?«, schlug Théo vor.

»Würde das Buch dann in einer Truhe aufbewahrt werden, auf der das steht?«, sagte ich. »Ich frage mich außerdem immer noch, wer sie in den Holzdielen versteckt hat. Wenn es mein Großvater war, welchen Grund gab es dafür? Hat er es Yvette gestohlen? Monsieur Mathis und dieser andere Typ haben gestern im Wald erwähnt, dass Yvette und er unterschiedliche Herangehensweisen an das Thema hatten.«

»Könnte alles sein«, stimmte Théo mir zu. »Das ist, was mich so sehr daran nervt, dass Yvette nicht mit mir über die Wahrheit spricht. Es gibt Spekulationen, aber es ist unmöglich herauszufinden, was stimmt und was nicht.«

»Das wird sich ändern, wenn wir diese Mission erfüllt haben.« Davon war ich überzeugt. »Spätestens dann erfährt Yvette, dass wir das geschafft haben, und ich bin sicher, sie wird danach verstehen, dass sie mit dir – oder auch mit uns beiden – über die Wahrheit sprechen muss.«

»Hoffentlich.« Théo lächelte mich an, dann wandte er sich den Töpfen zu, und bald schon verbreitete sich ein köstlicher Duft im ganzen Raum. Da er jedoch meinte, dass es noch ein bisschen dauern würde, beschloss ich, erst einmal duschen zu gehen und mich aus diesen widerlichen Klamotten zu schälen.

Théo hatte nicht übertrieben. Die Pasta-Sauce-Special-Théodore-Lombard schmeckte wirklich besser als alles, was ich je zuvor gegessen hatte. Aber vielleicht kam mir das auch nur so vor, weil es sich einfach so unglaublich gut anfühlte, frisch geduscht und in einem von Théos sauberen Shirts und einer seiner Jogginghosen (die ich mir ziemlich eng hatte zubinden müssen) an diesem Tisch zu sitzen und für einen Moment vergessen zu können, dass wir gerade in einer echt verrückten Situation steckten. Alles schien plötzlich so normal zu sein. Als wären das hier einfach Sommerferien in einem Urlaubschâteau der Familie Lombard.

Während des Essens sprachen wir kaum ein Wort miteinander, weil wir offensichtlich beide solchen Hunger hatten, dass wir uns lieber auf jeden Bissen konzentrierten.

Doch als die Teller leer waren, blieben wir sitzen und unterhielten uns mit einem Mal über unsere Leben und die Welt. Dabei fiel mir auf, wie wenig ich bisher über ihn gewusst hatte. Fast jedes unserer bisherigen Gespräche hatte sich um Yvettes Geheimnisse und die verlorenen Bücher gedreht, aber so gut wie nie um gewöhnliche Dinge. Wir hatten uns nie erzählt, welche Filme wir mochten, welche Bücher wir liebten, auf welche Schulen wir gingen und wer unsere besten Freunde waren.

»Gibt es bei mir nicht viele«, sagte Théo und spielte unruhig mit den Fingern an der Tischkante herum. »Ich konnte nicht wissen, wie lange ich bei meinem Großonkel bleibe, oder ob er mich weiterreicht. Ich habe auch noch Großeltern in der Normandie. Die sind aber so beschäftigt, dass sie die Vorstellung, mich bei sich aufzunehmen, nie mochten. Und das ist auch okay für mich. Ich glaube, dass ich mich bei ihnen nicht wohlfühlen würde.« Er wurde still, dann legte er den Kopf schräg. »Was ist mit dir? Superviele beste Freunde?«

»Na ja.« Meine Gedanken wanderten zu Nele. »Ich habe eine beste Freundin, die kenne ich seit der Grundschule. Aber sie ist gerade sauer auf mich.«

»Und warum, wenn ich fragen darf?«

»Weil wir den Deal hatten, zusammen nach Griechenland zu fahren und dort surfen zu lernen. Aber weil Yvette mir diesen Sommer erlaubt hat, das Praktikum bei ihr im Laden zu machen, musste ich Nele absagen.«

Théo lehnte sich zurück und verschränkte die Arme. »Aber das in Tante Yvettes Laden ist dein Lebenstraum, oder? Das wolltest du doch immer schon machen?«

»Ja«, sagte ich mit belegter Stimme. Wieder musste ich feststellen, dass mich dieses Thema ganz schön bedrückte. Unterwegs war es mir gut gelungen, nicht lange und viel darüber nachzudenken, weil ich natürlich ganz andere Sorgen hatte, aber jetzt kamen alle Gefühle zurück.

»Vielleicht ist Nele dann gar nicht deine beste Freundin«, sagte Théo und sah mir in die Augen. »Sonst würde sie sich für dich freuen, dass du das machen kannst, was du dir seit einer Ewigkeit wünschst. Und sie wird doch wissen, dass das auch mit deinem Papy Philippe zu tun hat?«

Ich antwortete nicht und starrte auf den Tisch. Théo hatte recht. Nele und ich waren keine besten Freundinnen. Zumindest nicht mehr. Wir waren so unterschiedlich, dass wir angefangen hatten, uns auseinanderzuentwickeln.

Eigentlich hatte ich das bereits gewusst, als ich in Lyon angekommen war. Ich hatte es nur nicht wahrhaben wollen, weil es mich traurig machte.

»Weißt du, manchmal stelle ich mir vor, mein Leben wäre die Geschichte aus einem Roman«, sagte ich nach einer Weile leise.

»Und ich finde die Idee schöner, eine von den Romanfiguren zu sein, die eine beste Freundin haben. Wie in *Bibi und Tina*.«

»Wer sind *Bibi und Tina*?« Théo sah mich ratlos an.

»Egal«, lachte ich. »So richtig tolle beste Freundinnen, die zusammen durch dick und dünn gehen.«

»Ich habe den Eindruck, dass du allein ziemlich gut durch jeden Wirbelsturm kommst«, sagte Théo und lächelte. »Das hier ist doch ein ziemlicher Wirbelsturm, oder etwa nicht?«

»Kann man wohl sagen«, meinte ich. »Allerdings bin ich nicht allein.«

Plötzlich trat Stille zwischen uns ein. Wir sahen uns an. Ich wusste nicht, ob mich jemals zuvor ein Mensch so intensiv angeguckt hatte. Oder ob ich jemals jemand anderen so intensiv betrachtet hatte. Die Zeit verging. Vielleicht ein paar Sekunden, vielleicht sogar eine Minute.

Dann erhob Théo sich urplötzlich, klopfte sich mit den Händen auf die Knie und sagte: »Das Bett ruft!«

31.

In dieser Nacht schlief ich das erste Mal seit langer Zeit schnell ein. Denn anders als in der Pension von gestern war das Bett hier richtig kuschelig gemütlich, und im Gegensatz zum Stadthaus in der *Rue Saint Jean* knarzte nicht ständig irgendwas. Ich schmiegte mich in die dünne Sommerdecke, atmete den Duft von Lavendel ein und nickte sofort weg.

Wahrscheinlich hätte ich bis zum nächsten Morgen durchgeschlafen, hätte mich um kurz nach drei Uhr nicht ein eigenartiges Rumoren draußen vor dem Fenster geweckt. Es klang wie das Scharren von Hufen oder als würde jemand mit einer Schaufel in der Erde herumkratzen.

Ich rappelte mich auf, knipste aber extra nicht das Licht an. Ich wollte keine Aufmerksamkeit erregen. Sofort schossen mir die Bilder vom Nachtmittag in Marseille durch den Kopf. Was, wenn diese Männer uns doch gefolgt waren? Oder der Typ, der mit Monsieur Mathis unterwegs war? Oder Monsieur Mathis selbst? Wobei mir da erst auffiel, dass wir ihm seit Chavanay nicht mehr begegnet waren. Wo steckte er wohl? War er zurück ins Antiquariat und hatte diesem Kerl den Auftrag gegeben, uns zu jagen? Wusste Monsieur Mathis von diesem Ferienhäuschen in der Provence? Darüber hatten Théo und ich gar nicht gesprochen. Denn falls Monsieur Mathis davon wusste, hätte doch gut sein können, dass Yvette ihm einen Schlüssel gegeben hatte. Wobei das natürlich vorausgesetzt hätte, dass er in der Zwischenzeit wieder zurück nach Lyon gefahren war. Hm. Diese und Tausende andere Überlegungen jagten mir durch den Kopf, während ich vorsichtig ein Bein nach dem anderen aus dem Bett schob und meine nackten Füße den rauen Teppichboden berührten. Ich biss mir auf die Unterlippe und warf noch im Sitzen einen nachdenklichen Blick zum Fenster. Ich hatte vor dem Schlafengehen extra die Vorhänge zugezogen, weil wir im Erdgeschoss schliefen und mir die Vorstellung, dass nachts plötzlich jemand hereinschauen könnte, ziemlich Sorgen bereitet hatte. Deshalb konnte ich jetzt aber natürlich auch nicht erkennen, was dort draußen vor sich ging. Ich musste dafür näher ran. Zur Sicherheit lauschte ich erneut in die Stille. Das Scharren war immer noch zu hören. Leise seufzend erhob ich mich, dann trippelte ich auf Zehenspitzen durchs Zimmer, duckte mich unter das Fensterbrett und zog so langsam es ging ein Stückchen des Vorhangs zur Seite.

Die Nacht war stockfinster.

Man merkte, dass dieses Häuschen irgendwo total abgelegen am Rande eines provenzalischen Dorfes lag. Es gab keine Straßenlaternen oder andere Lichtquellen, die wenigstens für ein bisschen Beleuchtung gesorgt hätten. Ich konnte also absolut nichts erkennen außer dem schemenhaften Umriss der Gartenmauer. Jetzt wagte ich es, den Kopf etwas mehr in die Höhe zu strecken.

Das Zimmer zeigte nach hinten raus. Anscheinend gab es hier so eine Art Gemüsebeet, zumindest glaubte ich, dass diese Erdhügel, die sich wie kleine schwarze Berge vor mir auftürmten, dafür gedacht waren, Gurken, Tomaten und Ähnliches anzubauen. Allerdings wuchs momentan nichts, da niemand da war, der den Garten hätte pflegen können.

Vorsichtig versuchte ich irgendeine Bewegung auszumachen. Irgendetwas, das mir zeigte, woher diese seltsamen Geräusche kamen. Ich erkannte nun ganz deutlich, dass sie in der Nähe sein mussten. Es kam mir sogar so vor, als würden sie immer lauter werden.

Und dann entdeckte ich sie. Die Silhouette einer Katze mit zotteligem langem Fell, die ungewöhnlich groß sein musste. Sie buddelte wie verrückt in der Erde herum und erzeugte dabei ein eigenartiges Scharren. Was mich etwas wunderte, weil Katzen üblicherweise bekannt dafür sind, nahezu lautlos nach ihrer Beute zu jagen.

Ich kniff die Augen zusammen. Konnte das sein? War das die Katze, die in meiner ersten Nacht in Lyon ins Zimmer geklettert war? Aber wie hätte die hierherkommen sollen? Doch irgendwie schien es mir so, als würde dieser Schatten ziemlich dieselbe Größe haben, und auch die Länge des Fells passte dazu.

»Unsinn, Clara«, sagte ich zu mir selbst, schüttelte leise lachend den Kopf und tippte mir mit dem Zeigefinger an die Stirn. »Du drehst jetzt schon durch vor lauter Magie-Blabla.« Dann wandte ich mich wieder um … und hielt erschrocken die Luft an. Vor dem Schlafengehen hatte ich die Tasche, in der die Bücher verstaut waren, mit ins Zimmer genommen und neben das Bett gestellt. Jetzt strahlte sie plötzlich wie eine hellgrüne Leuchtkugel. Im ersten Moment war ich verwirrt und brauchte etwas, bis ich verstand, was das höchstwahrscheinlich zu bedeuten hatte. Doch dann stürzte ich darauf zu, kniete mich auf den Boden und holte die Bücher heraus. Mit vor Aufregung zitternden Fingern blätterte ich bis zum verlorenen Zettel, nahm ihn und … tatsächlich.

Paris.

Ich las es noch einmal.

Noch einmal.

Und noch einmal.

Aber immer noch stand da einfach nur *Paris*.

Ohne Adresse, ohne Hinweis auf eine Bibliothek, einen Buchladen, irgendetwas. Schlicht und ergreifend *Paris*.

Natürlich hatte ich schon immer davon geträumt, eines Tages nach Paris zu fahren. Zu Hause hingen unsere Wohnzimmerwände voller Bilder, auf denen Paris' elegante Straßen und der Eiffelturm zu sehen waren. Die erste gemeinsame Reise meiner Eltern hatte sie nach Paris geführt, und es gehörte zu ihren liebsten Anekdoten, wie mein Vater meiner Mutter in einem süßen kleinen Künstlercafé im Viertel Montmartre einen Heiratsantrag gemacht hatte.

Paris war eine riesengroße Stadt.

Um zu wissen, wo wir das dritte Buch finden konnten, benötigten wir dringend mehr Informationen.

Trotzdem beschloss ich, Théo sofort zu wecken und ihm die Neuigkeiten zu erzählen. Im Kopf begann ich schon darüber nachzugrübeln, wie wir auf dem schnellsten Weg in die Hauptstadt kommen konnten. Dass wir das von hier aus nicht mit dem Motorroller schaffen würden, stand auf jeden Fall fest. Dafür war die Strecke eindeutig zu weit.

Ich nahm beide Bücher samt Zettel, lief zur Zimmertür und schlüpfte hinaus in den Gang. Théo hatte mir den Raum zum Schlafen überlassen, in dem normalerweise er übernachtete, wenn er mit seinem Großonkel hier war. Deshalb hatte er es sich auf dem Sofa in dem kleinen Wohnzimmer hinter der Küche bequem gemacht.

»Hey!«, zischte ich aufgeregt, bevor ich ins Wohnzimmer schlüpfte. Ich wollte ihn nicht überrumpeln.

»Mhhh«, hörte ich ihn verschlafen brummen. Doch dann fiel

ihm wahrscheinlich alles wieder ein, denn keine Sekunde später sah ich seinen dunklen Umriss in die Höhe schießen, und er saß kerzengerade auf der Couch. »Clara, alles in Ordnung?«, fragte er. »Sind sie da?«

»Nein, nein«, beruhigte ich. »Darf ich hereinkommen?«

»Äh …« Er zögerte. »Ja«, sagte er dann langsam. »Aber warte, Sekunde … wieso denn?«

»Wir haben einen Hinweis«, flüsterte ich.

»Welcher Hinwei… Oh, verdammt! Wirklich?!«

»Ja!«

»Okay, komm rein.«

»Okay, also …« Ich kam näher, blieb dann aber mitten im Raum stehen. Ganz automatisch hatte ich mich zu ihm ans Fußende setzen wollen, doch dann wurde mir klar, dass das ein bisschen komisch rüberkommen würde. »Wir müssen nach Paris.«

»Nach Paris?« Er stöhnte auf und ließ sich theatralisch zurücksinken. »Ernsthaft?«

»Ja, ernsthaft.«

»Von hier aus dauert es aber, bis wir da sind.«

»Und wenn wir uns morgen gleich einen Zug von der nächsten Stadt aus heraussuchen?«, schlug ich vor.

»Werden wir wohl müssen. Gibt es eine Adresse? Irgendetwas?«

»Nein, es steht nichts da außer *Paris*.«

»Na toll, das wird eine Herausforderung. Paris ist riesig.«

»Aber eine Herausforderung, der wir gewachsen sind, oder?«

Ich sah es durch die Dunkelheit nicht, doch irgendetwas ließ mich glauben, dass er lächelte. »Natürlich sind wir dieser Herausforderung gewachsen«, stellte er klar.

»Okay«, sagte ich, zaghaft ging ich ein paar Schritte rückwärts. »Dann … dann geh … ich mal wieder ins Bett.«

»Okay«, sagte auch Théo. »Schlaf gut.«

»Schlaf gut.« Ich blieb stehen.

»Doch noch etwas?«, fragte er.

»Nein«, stammelte ich. »Obwohl, doch, ja.«

»Mh, und zwar?«

»Théo, ich finde eigentlich ganz gut, dass mein Großvater
und Yvette uns diese Sache verheimlicht haben.«

»Ach ja?«

»Ja. Sonst würden wir jetzt nicht dieses Abenteuer gemeinsam erleben. Auf das würde ich niemals verzichten wollen.«

Für einen Moment war Théo still. Dann flüsterte er: »Clara,
das geht mir ganz genauso. Hat dir schon einmal jemand gesagt,
dass du …« Er sprach nicht weiter.

»Dass ich was?«, hauchte ich tonlos. Wieder spürte ich, dass
es in meinem Bauch wild zu flattern begann. Fast so stark wie
in dem Augenblick, als er meine Hand genommen hatte und
wir gemeinsam zum Motorroller gestürmt waren.

»Du ziemlich mutig bist«, sagte er schnell.

»Mutig?«, fragte ich.

»Ja, du bist das mutigste Mädchen, das mir je begegnet ist.«

»Du bist der mutigste Junge, der mir je begegnet ist«, erwiderte ich leise. »Und …« Ich stockte.

»Und?«

»Gute Nacht«, murmelte ich. Jetzt klopfte mein Herz nicht
mehr, es raste wie verrückt. Um ein Haar wäre mir herausge-
rutscht, dass Théo der süßeste Junge war, den ich je getroffen
hatte. Aber dann war mir eingefallen, was er zwischen den Bü-
cherregalen der Bibliothek in Marseille gesagt hatte. Dass es

wegen der Entfernung doch ziemlich blöd wäre, wenn sich zwischen uns etwas entwickelte. Und damit hatte er total recht. Es durfte nicht so weit kommen. Ich hatte keine Lust, so einen schrecklichen Liebeskummer zu durchleben, wie Nele das jeden Sommer nach den Ferien tat, weil sie ihren neusten Sommerflirt zurückgelassen hatte. Nele sagte immer, Fernbeziehungen würden nicht funktionieren. Man würde vielleicht am Anfang noch oft miteinander telefonieren, aber dann lebte man sich auseinander. Und klar konnte ich mir vorstellen, eines Tages nach Frankreich zu ziehen. Ich fand es sogar sehr wahrscheinlich, dass ich das nach der Schule tun würde. Doch bevor ich volljährig war und mein Abi hatte, würden meine Eltern mir das niemals erlauben – und bis dahin dauerte es noch eine ganze Weile. Es hätte also alles so oder so keinen Sinn gehabt und wäre nur mit herzbrechenden Gefühlen verbunden gewesen. Außerdem wusste ich gar nicht, ob Théo überhaupt auch fand, dass ich … hübsch … oder süß … oder sonst was war.

Ich warf mich zurück ins Bett, zog mir die Decke über den Kopf und versuchte wieder einzuschlafen. Aber es ging nicht. Ich konnte nicht mehr aufhören, an diese Sache zu denken.

Meine liebe Malou,

ich hoffe, dieser Brief erreicht dich rechtzeitig. Du weißt,
dass ich immer versuche, alle Missionen so
schnell wie möglich zu beenden und zurück zu dir und dem Kleinen zu
kommen.
Doch diese ist anders. Sie lässt sich nicht einfach lösen.
Wahrscheinlich ist das die größte Mission, an der ich jemals dran war –
und deshalb auch die gefährlichste.
Du kennst das Problem mit den Bücherwürmern.
Sie stürzen sich wie die Geier auf alle Arten der Magie, und je mächtiger
sie ist, desto interessanter finden sie die Dinge.
Ich glaube, diese Magie ist genau das.
Mächtiger als alles, was mir jemals begegnet ist.
Ich kann jetzt nicht sagen, was passiert, wenn ich das letzte Teilchen des
Puzzles gefunden habe.
Ob es so sein wird wie immer.
Oder ob es noch gefährlicher für mich wird, als es das ohnehin schon ist.
Ich möchte einfach nur sicherstellen, dass du weißt:
Meine Gedanken sind immer bei euch.

In Liebe
Noël

32.

Der Morgennebel lag wie eine schwebende Decke über den Wiesen, Feldern und kleinen Wäldern. Trotzdem fühlte sich die Luft warm an. Ich klammerte mich an Théo fest, schloss die Augen und atmete tief ein.

Pünktlich um halb sechs hatte der Handywecker geläutet, wir hatten ein schnelles Keks-Frühstück draußen auf der kleinen Veranda zu uns genommen und waren sofort danach aufgebrochen. Théo hatte noch einen fixen Blick hinter das Haus geworfen, um zu kontrollieren, ob bei den brachliegenden Gemüsebeeten irgendetwas auffällig war. Denn natürlich hatte ich ihm von den Geräuschen und meinen Beobachtungen in der Nacht erzählt. Aber er meinte, das wäre wohl wirklich nur eine der Katzen aus der weiter umliegenden Nachbarschaft gewesen. Zumindest hatte er nichts Verdächtiges entdecken können.

Auf der Straßenkarte hatten wir versucht herauszufinden, über welchen Bahnhof wir am schnellsten nach Paris gelangten. Théo kannte die Strecke zwischen Paris und diesem kleinen Dorf zwar gut, doch bisher war er sie immer nur gemeinsam mit seinem Großonkel mit dem Auto gefahren.

Jetzt wussten wir, dass wir am besten zurück nach Marseille fuhren. Dort konnten wir in den TGV nach Paris steigen. Die Vorstellung, mit diesen Büchern in der Tasche in einem vollen Schnellzug zu sitzen, fand ich zwar etwas unheimlich, doch ich beruhigte mich damit, dass die meisten Menschen nichts wahrnehmen würden. Mittlerweile hatten Théo und ich eins und eins zusammenzählen können und waren uns darüber klar geworden, dass das der Grund sein musste, wieso der Typ in der Tanke damals nichts bemerkt hatte. Er war kein Magiefühliger. Nur Magiefühlige waren in der Lage, die Dinge zu sehen und diese seltsame Spannung in der Luft zu spüren. Wir mussten zwar leider davon ausgehen, dass die Männer, die wir inzwischen selbst nur noch *Bücherwürmer* nannten, alle Magiefühlige waren, aber wir hofften, sie würden nicht auf die Idee kommen, mit dem Zug zu fahren. Außerdem wären dort so viele Personen um uns herum, dass sie es bestimmt nicht wagen würden, uns gefährlich zu werden.

»Sieh mal«, sagte Théo irgendwann, als wir gerade einen Hügel überquerten. Er rollte an den Straßenrand und zeigte nach vorn zum Horizont. »Das Meer!«

Ich lehnte mich etwas über seine Schulter und presste die Lippen zusammen. »Wie wunderschön!«, flüsterte ich.

Es sah aus, als würden der morgenrote Himmel und das Glitzern des Wassers miteinander verschmelzen.

»Nicht wahr?« Théo drehte sich lächelnd zu mir um. Allerdings hatte er anscheinend nicht mitbekommen, dass sich mein Gesicht derartig dicht an seine Schulter befand – denn plötzlich waren wir uns so nahe, dass unsere Nasenspitzen um ein Haar zusammenstießen. Natürlich hätten wir in diesem Moment zurückzucken können. Irgendetwas in mir wollte das auch. Aber etwas anderes in mir wollte das auch ganz und gar nicht. Also machte ich nichts außer Théo still in die Augen sehen. Und er sah still zurück. Mein Blick wanderte zu seinem Mund. Ganz kurz und flüchtig. Dann hob ich ihn schnell wieder an. Genau so, dass ich mitbekam, wie sein Blick ebenfalls für eine winzige Sekunde meine Lippen streifte. Aber auch er riss sich sofort wieder los.

»Ja«, presste ich hervor. »Absolut großartig.«

»Finde ich auch«, murmelte Théo.

Immer noch starrten wir uns an.

»Sollen wir weiter?«, fragte ich nach einer Weile leise. Obwohl ich gar nicht wollte, dass die Situation endete.

Théo nickte, er drehte sich wieder um, legte die Hände auf die Lenkgriffe und startete den Roller.

In mir kribbelte alles. Und das hörte nicht mehr auf. Ich spürte es noch, als wir ein paar kleine Dörfer passierten, als wir die Küste entlangfuhren, und schließlich, als wir das Vorstadtgebiet von Marseille erreichten. Es prickelte und prickelte, und mit jeder Sekunde wurde mir mehr bewusst, dass ich langsam, aber sicher ein echtes Problem bekam. Weil die ganzen Vernunft-Gedanken, die ich mir in der Nacht gemacht hatte, plötzlich wie weggewischt waren. Sie machten Platz für etwas anderes.

Ich war erleichtert, als wir den Motorroller in der Nähe des Bahnhofsgebäudes parkten und gut verriegelten, denn das Prickeln wurde sofort weniger. Wahrscheinlich, weil ich Théo nun nicht mehr so nahe war. Es war paradox. Auf der einen Seite genoss ich jede Sekunde dieser gemeinsamen Rollerfahrten und wünschte mir, sie würden ewig dauern, auf der anderen Seite wusste ich, dass sie die Dinge komplizierter machten.

»Also gut«, sagte Théo, und ich konnte an seinem neutralen Tonfall beim besten Willen nicht erkennen, ob ihm während der letzten Stunde auf dem Roller ähnliche Gedanken wie mir durch den Kopf gegangen waren. »Dann lass uns mal den nächsten Zug nach Paris nehmen. Ich lade dich natürlich ein.«

»Oh.« Erst da fiel mir ein, dass ich ja kein Geld bei mir hatte. »Ich kann dir in Lyon alles zurückzahlen.«

Théo winkte ab. »Ich muss jetzt zwar meine ganzen Ersparnisse plündern, denke aber, das ist es mir wert.«

»Wirklich?«, fragte ich.

»Wirklich«, antwortete er, zwinkerte mir auf eine ähnlich verschmitzte Weise zu, wie seine Tante das immer tat, und deutete mit einem Kopfnicken an, dass ich ihm folgen sollte.

Wir gingen in den Bahnhof, erkundigten uns am Schalter nach der schnellsten Verbindung und fanden uns keine zwanzig Minuten später auf einem Bahnsteig wieder.

Um diese Uhrzeit schien nicht viel los zu sein.

Einmal lief ein junges Pärchen mit riesengroßen Backpacks auf dem Rücken an uns vorbei, einmal ein alter Mann mit Schnauzbart, der mit seinem Gehstock eine Dose auf die Gleise kickte und danach stolz grinste, als wäre das ein Beweis dafür, dass er noch jung und fit war.

Erst als der Zug einfuhr, drängten plötzlich ein paar mehr Personen auf den Bahnsteig, doch es blieb zu meiner Erleichterung sehr überschaubar. Ich war sicher, dass wir mitbekommen hätten, wenn einige der Männer aus Lyon oder von gestern aufgetaucht wären.

Théo reichte mir die Fahrkarte, wir stiegen ein und suchten die am Schalter reservierten Sitzplätze. Als wir saßen, streckte ich erleichtert meine Füße aus, wackelte ein bisschen mit den Zehen herum und stellte fest, dass ich mich freute. Théo und ich reisten nach Paris!

Wir sprachen die ganze Zeit kaum miteinander, aber als ich ihn kurz ansah, schenkte er mir ein schräges Lächeln. Er musste genauso aufgeregt sein wie ich.

Ich lehnte meinen Kopf seitlich gegen die Lehne, atmete tief durch und beobachtete, wie der Zug sich in Bewegung setzte. Wir wurden schneller und schneller – und da bemerkte ich ihn. Mein Herzschlag setzte kurz aus.

Monsieur Mathis stand draußen am Bahnsteig.

Mit weit aufgerissenen Augen blickte er mich direkt an.

In diesem Moment wusste ich, dass er uns die ganze Zeit beobachtet hatte. Und das war längst nicht alles. Neben ihm stand der schlaksige Typ ... und hielt die schwarze Katze aus der *Rue Saint Jean* im Arm.

»Sie haben uns verfolgt«, flüsterte ich atemlos.

»Wer?«, fragte Théo verwirrt. Er hatte offensichtlich nicht aus dem Fenster gesehen und daher nicht mitbekommen, was sich dort draußen abspielte.

»Monsieur Mathis und der Typ!«

Ich streckte den Finger aus, um es ihm zu zeigen, aber es war zu spät. Der Zug hatte den Bahnhof bereits verlassen.

33.

Ein kräftiger Ruck ging durch den Waggon. Alles schaukelte wie ein Schiff auf hoher See, und auch wenn das Ganze nach weniger als einer halben Sekunde wieder vorbei war, war das lange genug, um mich hochschrecken zu lassen.

Ich setzte mich langsam auf und rieb mir die Augen, dann warf ich einen Blick aus dem Fenster – und brauchte einen Moment, bis ich mich erinnerte, wieso ich in einem Zug saß und warum dort draußen die ersten Ausläufer einer Vorstadt vorbeizogen.

Sie hatten etwas von einer Wüste aus grauem Beton. Die einzigen Farbkleckse weit und breit waren ein paar bunte Wäscheleinen, die sich über die ansonsten trostlos aussehenden Balkone spannten, und Graffiti, mit denen manche der Hochhausfassaden besprüht worden waren. Besonders stach mir das Bild eines Mädchens mit knallroten Turnschuhen, gelbem Kleid und einem ebenso dottergelben Luftballon in die Augen, das mit dem Rücken zu den Bahngleisen auf eine Wand gemalt war und den Arm in die Höhe gestreckt hielt, als würde es darauf warten, jede Sekunde abzuheben und in den Himmel zu schweben. Über dem Kopf des Mädchens stand auf Französisch und in knallroter, herabfließender Schrift:

Wunder kommen zu denen, die an sie glauben.

»Willkommen in Paris«, hörte ich Théo sagen.

Ich riss mich von der Welt draußen vor dem Fenster los und wandte ihm den Kopf zu. »Wir sind schon da?«, fragte ich etwas erstaunt.

»Nein, wir sind *endlich* da!«, lachte Théo. »Mir tut vom vielen Sitzen alles weh.« Er rieb sich den Nacken.

»Wie lange habe ich geschlafen?«, fragte ich.

Théo lächelte. »Zwei Stunden. Ich wollte dich nicht stören, du bist bestimmt müde von der ganzen Aufregung. Ich habe in der Zwischenzeit etwas organisiert.«

Ich richtete mich auf. »Ja?«

Théo hob sein Handy in der rechten Hand ein Stück an, als wäre das die Antwort. »Wir müssen irgendwo unterkommen, bevor wir erfahren, wohin das Buch uns als Nächstes führt. Zu Onkel Walross können wir natürlich nicht, der würde sofort Yvette anrufen, außerdem möchte er mich nicht sehen. Aber ich habe Jacques kontaktiert. Er erwartet uns schon. Er wohnt mit seinen Eltern in Montmartre. Die sind momentan auf Mittelmeerkreuzfahrt. Es fällt also niemandem auf, wenn wir bei ihm übernachten.«

»Und wer ist Jacques?«

»Wir machen zusammen Parkour«, erklärte Théo. »Und er ist der einzige Mensch, mit dem ich früher schon über die ganze Sache gesprochen habe. Also das mit meinen Eltern und Grand-père Antoines Gerede meine ich, von diesem Zeug mit …« Er senkte die Stimme mit einem verstohlenen Blick zu einer alten Dame, die in der Reihe nebenan saß und seit Marseille an einem Paar froschgrüner Wollsocken strickte. »Na ja, von diesen verlorenen Dingen in den Büchern wusste ich natürlich noch nichts.«

»Ich dachte, du hast keine …« Ich stoppte mich rechtzeitig, weil mir in dem Moment klar wurde, wie gemein es klingen würde, wenn ich ihn nach seinen angeblich nicht vorhandenen Freunden fragte. »Ich wusste nicht, dass du jemanden hast, mit dem du dich über die ganze Sache unterhalten konntest«, versuchte ich die Situation schnell zu retten.

Théo hatte jedoch offensichtlich längst verstanden, was mir auf der Zunge gelegen hatte. »Ich kenne viele Menschen«, sagte er und zuckte die Schultern. »Ich bin nur vorsichtig damit, wen ich als meinen Freund bezeichne, anders als Yvette. Glaub mir, das ist manchmal besser. Aber Jacques zählt definitiv zu diesen wenigen Personen. Du wirst ihn mögen, denke ich.«

Wir erreichten den *Gare de Lyon*, jenen Bahnhof in Paris, den die Züge aus dem Süden anfahren. Auf dem Bahnsteig herrschte reger Trubel. Ich musste aufpassen, nicht versehentlich über die Trolleys zu stolpern, die vor mir über den Boden gezogen wurden, während ich damit beschäftigt war, die elegante Decke des Gebäudes zu bestaunen. Im Gegensatz zum *Gare de Lyon Perrache* in Lyon, der mehr an ein modernes Shoppingcenter erinnert, war dieser Bahnhof elegant und alt. Mit einer verglasten Kuppeldecke, die von Säulen getragen wurde, und Palmen, die links und rechts in schweren Tontöpfen wuchsen. Aus einer Boulangerie wehte mir der Duft frischer Croissants entgegen, und gleichzeitig hing dieser typische Großstadtgeruch nach schmutzigem Boden, dem gammeligen Inhalt der Mülleimer und zu vielen gehetzten Menschen in der Luft. Um uns herum hörte man Stimmen in den verschiedensten Sprachen durcheinanderreden. Man merkte deutlich, dass gerade in vielen Teilen der Welt Sommerferien waren.

Théo führte mich zielstrebig durch die Halle, und ich war froh, dass er den Weg offensichtlich schon öfters gegangen war. Natürlich kannte ich das Großstadtleben von zu Hause genauso wie aus Lyon, doch das hier fühlte sich anders an. Alles schien mir größer, lebendiger und aufregender zu sein. Mit noch mehr unterschiedlichen Personen. Da war eine junge Familie mit kleinen Kindern, die mit einem Blumenstrauß augenscheinlich auf irgendjemanden wartete, ein Rucksacktouristen-Pärchen, das schon in Marseille auf dem Bahnsteig gestanden hatte, eine Gruppe von Jungs, die bei den Bänken herumlungerte, und Hunderte andere Leute.

Théo lotste mich zur Metrostation, wir stiegen in die nächste Bahn, und noch unterwegs schrieb er seinem Freund, dass wir bald ankommen würden.

Dann dauerte es etwa eine halbe Stunde, bis er mir mit einem knappen Kopfnicken bedeutete, dass wir da waren.

Wir verließen die Metro und fuhren über eine lange Rolltreppe hinaus auf eine trubelige Straße, die links und rechts von Klamottenläden gesäumt wurde und steil bergauf führte. Wieder verließ ich mich voll und ganz auf Théo, der mit jedem Meter, den wir zurücklegten, schneller wurde.

Wir liefen an Häusern mit Gitterbalkonfenstern und Blumenkästen vorbei, und ich erinnerte mich daran, dass meine Mutter mir oft vorgeschwärmt hatte, was für ein zauberhaftes Künstlerviertel Montmartre war. Ein Künstlerviertel, das Tausende Literaten, Maler und andere kreative Menschen zu ihren Werken inspiriert hatte.

Was ich verstehen konnte. Die Atmosphäre war wirklich speziell. Eine Mischung aus elegant und in die Jahre gekommen, aus modern und altmodisch. Ich konnte mir gut vorstellen, morgens auf einem dieser winzig kleinen Balkone zu sitzen, eine Tasse Tee zu trinken, ein Croissant zu essen und mich auf die Arbeit an einem neuen Buch zu freuen. Natürlich dachte ich dabei vor allem an das Binden eines Buches, vielleicht ein

Notizbuch mit besonderem Einband, so wie Papy Philippe das immer getan hatte – damit es später einmal jemand als besonderes Tagebuch benutzen konnte.

Jetzt blieb Théo vor einem Haus mit auffällig nobler, weißer Fassade stehen, scannte das Klingelschild und läutete schließlich. Wir mussten ein bisschen warten, ehe die Tür zu surren begann, und Théo sie mir aufhielt. Wir betraten ein Treppenhaus mit sich emporschlängelten Stufen, an denen ein verschnörkeltes Geländer entlanglief.

»Dritter Stock«, sagte Théo und ging wieder voraus, da er anscheinend bemerkt hatte, dass ich zögerte.

Von oben konnte man bereits das Scheppern eines Schlüsselbunds, der im Schloss herumgedreht wurde, hören, gefolgt von den Geräuschen einer sich öffnenden Tür und anschließenden Schritten.

Kurz bevor wir den dritten Stock erreichten, steckte ein Junge mit rabenschwarzen Haaren und dunklem Hautton den Kopf über das Geländer und grinste uns entgegen. »*Salut* Théodore! Wieso ist es eigentlich so, dass du andauernd in der Patsche steckst? Langsam erkenne ich ein Muster!« Er lachte, und als Théo oben ankam, klatschten die beiden ab.

Dann fielen die Blicke der Jungs auf mich.

»Ach, darf ich vorstellen?«, sagte Théo. »Das ist Clara aus Deutschland. Sie verbringt die Sommerferien im Laden bei Tante Yvette ... und wir sind gemeinsam an der Sache dran.«

»Der Sache?«, fragte Jacques und lächelte mir freundlich zu.

»Du weißt, der ... Bücherwurm-Geistersache«, erklärte Théo.

»Ohhhh!«, machte Jacques.

»Die keine Geistersache mehr ist«, verkündete Théo.

»Oho!«

»Die Dinge haben sich ganz schön verrückt entwickelt. Aber das würde ich dir lieber nicht hier erzählen …«

»Kommt rein«, sagte Jacques schnell und winkte uns in die Wohnung. »Ihr habt bestimmt Hunger, oder? Meine Eltern haben den Kühlschrank vollgemacht, bevor sie gefahren sind. Sie glauben nämlich, ich wäre nicht in der Lage, mir selbst was zu essen zu kaufen, und deshalb hätten sie keine ruhige Minute während ihres Urlaubs, wenn sie nicht vorsorgen würden. Es gibt Käse, Weintrauben, Tomaten, Baguette, Joghurt, Hartwurst, Rosinen, Nüsse … ich hab sogar frisch gebackene Madeleines von Madame Dupond. Und Himbeermarmelade! Gut, dass ihr mich besucht. Wer soll denn das sonst alles essen?«

»Was ist mit Valérie?«, erkundigte sich Théo, während wir in einen langen Flur schlüpften und unsere Schuhe neben einem Garderobenständer auszogen.

Jacques ging bereits in das weitläufige Wohnzimmer am Ende des Gangs und rief über die Schulter: »Wer?«

»Valé… Sekunde, nein!« Théo riss die Augen auf und folgte ihm. »O Mann, ernsthaft?«

»Weißt doch, wie das ist«, hörte ich Jacques ungerührt sagen, als ich noch meine Schuhe ordentlich zusammenschob.

Die Jungs sprachen weiter. Ich hielt inne und lauschte ein bisschen. Es hätte mich brennend interessiert, was Théo über Mädchen zu erzählen hatte … ob er wohl schon mal eine Freundin gehabt hatte? Falls er keine hatte? Doch es ging die ganze Zeit nur um diese Valérie und Jacques, also hörte ich irgendwann nicht mehr zu. Dafür sah ich mich um. Alles wirkte so gepflegt, dass ich Angst hatte, ich könnte bei jeder Bewegung etwas kaputt machen. An den schneeweißen Wänden hingen knallbunte Bilder, von denen ich vermutete, dass sie moderne Kunst und einiges wert waren, und dazwischen Masken, die wahrscheinlich von überall auf der Welt stammten.

Schließlich trat ich zu den Jungs ins Wohnzimmer.

Jacques stand hinter einer großzügigen Küchenzeile und räumte gefühlt den halben Kühlschrank aus, während Théo mit baumelnden Beinen auf der Anrichte saß.

Als er mich bemerkte, lächelte er mich an und zeigte auf den Stoffumhängebeutel, den ich immer noch über der Schulter trug. »Vielleicht sollten wir mal kontrollieren, ob wir schon eine Adresse haben?«, schlug er vor.

Jacques sah neugierig von einem Stück Käse auf, das er gerade mit kritischer Miene inspiziert hatte. »Eine Adresse? Also ich glaube, jetzt wäre dann der Zeitpunkt, an dem ihr mich langsam mal aufklären solltet, was los ist.«

Théo nickte und versuchte, ihm in Kurzfassung alles zu erklären. Was ganz schön schwer war. Ein paar Mal ergänzte ich seine Erzählung mit kleinen Details.

Jacques sagte die ganze Zeit kein Wort, schüttelte nur immer wieder fassungslos den Kopf und zog ein Gesicht, als wäre er nicht sicher, ob er uns glauben sollte. Was ich ihm nicht verübeln konnte. Hätte mir jemand diese Story noch vor ein paar Tagen aufgetischt, hätte ich sie vermutlich als völligen Unsinn abgetan. Doch als Théo fertig war und auch ich nichts mehr hinzufügte, nickte er ernst und meinte: »Das heißt, ich kenne jetzt offiziell Menschen mit Superpower? Irgendwie cool. Und was ist nun mit der Adresse? Gibt es schon eine?«

»Ach ja!« Ich erinnerte mich daran, wie wir überhaupt auf das Thema gekommen waren, und holte schnell die beiden Bücher aus der Tasche. Sie schillerten wie eh und je, auch wenn

Jacques uns bestätigte, dass er nichts davon wahrnahm, und versicherte, sie würden für ihn nur wie alte Schinken aussehen.

Gespannt beobachteten die Jungs mich dabei, wie ich den zusammengefalteten Zettel hervorholte und ihn auffaltete. Auch ich merkte sofort, wie aufgeregt ich war. Vielleicht würden wir gleich erfahren, wo wir den dritten Teil des Rätsels finden und die ganze Angelegenheit damit zu einem Ende bringen konnten.

Doch meine Hoffnung wurde genauso schnell zerschlagen, wie sie gekommen war. Denn dort, wo zuvor unübersehbar der silberfarbene Schriftzug **Paris** gestanden hatte, lachte mir nun nichts als eine weiße Fläche entgegen.

»Und da sollte Paris stehen?«, fragte Jacques fünf Minuten später mit gerunzelter Stirn. Er beugte sich gemeinsam mit Théo über das Buch. »Seid ihr sicher? Ich sehe nichts«, fügte er hinzu.

»*Du* würdest da sowieso nichts sehen«, erwiderte Théo. »Aber das Problem ist, dass wir es auch nicht mehr sehen – und wir sind extra deshalb nach Paris gefahren.«

»Nehmt ihr mich auf den Arm?« Jacques lachte. »Ich wollte euch echt erst glauben, und ich weiß, Théo, dass dieser Unfall von deinen Eltern ziemlich mysteriös war, und du da einiges klären musst. Aber findest du nicht, dass das alles ein bisschen zu abgefahren klingt?«

»Ja, Mann!« Théo hob entschuldigend die Hände in die Luft. »Ich weiß, wie sich das anhört, ging mir anfangs ja ganz genauso. Ändert allerdings nichts daran, dass Clara und ich erlebt haben, was wir erlebt haben. Wir werden wegen diesen Büchern von fremden Männern und Monsieur Mathis gejagt. Das wäre kaum der Fall, wenn an der ganzen Sache nichts dran wäre, oder?«

»Okay, okay«, sagte Jacques beschwichtigend und ließ den Blick zwischen Théo und mir hin- und herwandern. »Ich sag ja schon nichts mehr. Was ist euer weiterer Plan?«

»Keine Ahnung«, gab ich zu. »Wir sind fest davon ausgegangen, dass die Adresse spätestens, wenn wir hier sind, auftauchen würde. Beim letzten Mal ging es sogar schneller, da waren wir noch nicht mal in Marseille.« Nachdenklich biss ich mir auf die Unterlippe. »Was ist, wenn das Buch doch nicht in Paris ist?«, schob ich an Théo gewandt nach.

»Nein, das wird schon hier sein«, kam von Jacques. Er winkte ab und machte sich beiläufig daran, einiges von dem Essen, das er zuvor aus dem Kühlschrank geräumt hatte, zu einem Tisch in der Mitte des Wohnzimmers zu tragen. »Macht euch da mal keinen Kopf. Paris ist voller Orte, an denen es von Büchern wimmelt. Museen, Buchhandlungen, Bibliotheken, die Bouquinistenstände an der Seine – es gibt Tausende Möglichkeiten. Vielleicht ist das eure nächste Aufgabe? Ihr müsst das dritte Exemplar so finden? Ohne einen konkreten Hinweis? Vielleicht hat euch dieser magische Zettel oder whatever nach Paris gelotst und verlangt jetzt von euch, dass ihr die Angelegenheit so löst? Vielleicht ist diese Magie irgendwie ein bisschen fies und hat keine Lust, es euch leicht zu machen?«

»Das ist doch verrückt!«, meinte Théo. »Eben *weil* es in Paris so viele Orte gibt, an denen man nach einem Buch suchen kann. Wie sollen wir das denn anstellen? Da bekommen wir graue Haare, bevor wir auch nur in der Nähe des Buches sind.«

»Vielleicht sollte ich wieder«, ich begann zu flüstern, weil mir das in Jacques' Anwesenheit etwas unangenehm war, »versuchen, mit dem Buch zu sprechen? Das hat schon einmal gut funktioniert.«

»Du sprichst mit Büchern?« Anscheinend hatte ich nicht leise genug geflüstert. Jacques grinste zu mir herüber und öffnete mit einem *Plopp* eine Flasche Traubensaft. »Wisst ihr, dass ihr ein echt drolliges Pärchen abgeben würdet?«, zog er uns auf. »Théo hat auch ein paar ziemlich spezielle Angewohnheiten. Hast du schon von seinen Sherlock-Holmes-Detektivnotizen auf dem Handy erfahren? Falls du denkst, der Typ ist handysüchtig – nö, ist er nicht. Er tipppt nur jede verdammte Beobachtung, die er macht, in die Notizfunktion seines Smartphones.«

34.

Jacques zeigte mir das Gästezimmer.

Es war ein großer, heller Raum mit einem Boxspringbett, auf dem ein Blümchenbezug lag. Die Fenster wurden von weißen Gardinen umrahmt und zeigten in einen sonnigen Hinterhof. »Wenn du was brauchst, sag Bescheid.« Jacques nickte mir lächelnd zu, ehe er das Zimmer verließ und die elegante, schneeweiß lackierte Tür zuzog.

Plötzlich war ich allein mit den Büchern.

Ich schaute ein bisschen um mich und überlegte, dann entschied ich, mich am besten auf das Bett zu setzen.

Dort rutschte ich bis ganz ans Kopfende, machte es mir im Schneidersitz gemütlich und schlug die Bücher auf.

Ich holte den Zettel heraus und hielt ihn mit leicht zusammengekniffenen Augen gegen das Licht. Was natürlich überhaupt nicht half. Das Papier blieb völlig leer.

Leise seufzte ich, legte den Zettel zurück zwischen die Seiten des einen Buches und holte tief Luft.

Wie schon beim ersten Mal fühlte ich mich anfangs ein wenig seltsam, aber dadurch, dass wirklich niemand in meiner Nähe war, der mich hätte beobachten können, gelang es mir jetzt schneller, diese Verlegenheit abzuschütteln.

Ich ließ die Fingerkuppen ein paar Mal sanft über das Papier streichen und flüsterte: »Hey, wieso verrätst du uns nicht, wo wir den dritten Teil finden? Wir wollen dir helfen, wir wollen dich vollständig zusammensetzen und zurück an den Ort bringen, an den du gehörst. Aber dafür brauchen wir deine Hilfe!«

Ich wartete ab. Nichts geschah. Was nichts zu bedeuten hatte, schließlich erinnerte ich mich gut, dass es auch beim letzten Mal nicht sofort funktioniert hatte.

Nachdem allerdings mindestens fünf Minuten vergangen waren, in denen sich nichts tat, knibbelte ich ein bisschen an meiner Unterlippe herum, bevor ich erneut seufzte und wieder flüsterte: »Hey, wir sind extra für dich nach Paris gefahren. Aber wir werden es nicht schaffen, den fehlenden Teil zu finden, wenn du uns keinen Hinweis gibst, wo wir suchen müssen.«

Gespannt beobachtete ich den Zettel. Irgendetwas in mir war sicher, dass es jetzt geklappt hatte, dass es nur diesen zweiten Anlauf gebraucht hatte. Ich glaubte fest daran, dass gleich Schriftzeichen oder zumindest eine Zeichnung auftauchen würden.

Doch ich wartete vergeblich.

Wahrscheinlich war es, weil ich nicht aufgeben wollte. Weil ich einfach nicht wahrhaben wollte, dass dieser Versuch tatsächlich nicht geklappt hatte. Aber ich vergaß völlig die Zeit und merkte erst, dass ich anscheinend über eine Dreiviertelstunde mit den Büchern verbracht hatte, als es an der Tür klopfte, und Théo mit besorgter Miene einen Blick ins Zimmer warf.

»Alles okay bei dir?«, fragte er. »Läuft es nicht?«

Enttäuscht schüttelte ich den Kopf. »Ich fürchte, wir haben keine andere Wahl, als das zu tun, was Jacques vorgeschlagen hat«, sagte ich. »Wir müssen ganz Paris nach dem passenden Buch abklappern und hoffen, dass wenigstens der Name der Stadt kein Missverständnis war. Hast du eine Idee, wo wir anfangen könnten?«

Théo zuckte die Schultern. »Das wird eine Ewigkeit dauern. Und was ist, wenn das Buch mit dem dritten Textteil gar nicht an einem öffentlichen Ort ist?« Er klang verzweifelt.

»Wie meinst du das?«

»Wir können doch nicht davon ausgehen, dass alle alten gebrauchten Bücher in Bibliotheken oder Buchhandlungen sind. Es kann genauso passieren, dass das Buch von jemandem gekauft wurde und jetzt in einer privaten Wohnung in einem Regal steht. Wie sollten wir da jemals rankommen?«

»O Mann«, seufzte ich.

Gleich nach dem Essen fassten Théo und ich den Entschluss, dass wir uns heute noch auf die Suche begeben würden. Auch wenn uns nicht mehr viel Zeit blieb, weil der Nachmittag sich langsam dem Abend entgegenneigte, und die Läden bald alle schließen würden. Trotzdem machten wir uns kurz nach siebzehn Uhr auf den Weg durch die Stadt, mit der berühmten Buchhandlung *Shakespeare and Company* nahe der Kathedrale *Notre Dame de Paris* als erstem Ziel. Natürlich wussten wir, dass das eine ganz schön gewagte Idee war, vor allem deshalb, weil dieser Laden so bekannt ist, dass er unzählige Kundinnen und Kunden aus aller Welt anlockt. Aber Théo meinte, es gäbe dort eine große Menge an alten Büchern, und bevor wir einen Plan hatten, an welchen Orten wir sonst noch suchen konnten, war das zumindest ein Anfang.

Wir gingen die Strecke zu Fuß, und so verrückt das auch klingt, ich genoss jeden Augenblick davon. Die Sonne schien immer noch warm vom Himmel und tauchte die Häuser in ein wunderschönes Licht. Erst liefen wir durch die Gassen von Montmartre und eilten steile Treppen hinab. Immer wieder blieb ich kurz stehen, obwohl wir es ja eigentlich so eilig hatten, doch ich konnte nicht anders. Man kann nicht in Paris sein und sich keine Zeit nehmen, diese außergewöhnliche Atmosphäre einzuatmen. Ich wollte nichts von dieser Stadt verpassen. Es fühlte sich unwirklich an, dass ich gerade hier war. Vor fünf Tagen war ich am Bahnhof in Lyon angekommen und hatte gedacht, das wäre der aufregendste Augenblick meines Lebens, weil ich zum ersten Mal allein eine so weite Reise gemacht hatte. Dabei hatte ich zu diesem Zeitpunkt noch keine Ahnung gehabt ...

»Clara?« Théo holte mich aus meinen Gedanken.

Ich schreckte auf.

Er wartete ein paar Stufen weiter unten und klopfte ungeduldig mit den Fingern auf dem Treppengeländer herum. »Wenn wir das noch vor Ladenschluss schaffen wollen, sollten wir weiter.«

»Entschuldigung«, murmelte ich und riss mich vom Ausblick über die Dächer los. Hastig lief ich die Stufen hinunter und folgte Théo in eine Gasse, in der links und rechts Motorroller und Motorräder geparkt standen. Wir gingen an kleinen Restaurants, eleganten Läden voller hübscher Einrichtungsgegenstände und Boulangerien vorbei. Wir überquerten einen Platz mit einem alten Karussell, auf dem ein kleines Mädchen gerade allein ein paar Runden drehte, während sein Großvater daneben wartete. Ich musste daran denken, dass diese Karusselle so typisch für französische Städte sind, und dass Papy Philippe mich in Lyon früher auch manchmal mit diesen Pferdchen hatte fahren lassen. Aber dieses Mal blieb ich nicht stehen. Théo hatte einen ziemlichen Zahn drauf, und wir mussten ja wirklich zusehen, noch rechtzeitig in den Buchladen zu kommen.

Es dauerte gute fünfzig Minuten, bis wir die *Pont Notre Dame* über die Seine erreichten, die Brücke zügig überquerten und schließlich in die *Rue de la Bûcherie* einbogen. Dort lachten uns dunkelgrüne Schaufenster entgegen. Über den Eingang zog sich in großen Buchstaben der Schriftzug *Shakespeare and Company*.

»Ich bin hier sehr oft«, erzählte Théo, während wir auf die Tür zugingen. »Vielleicht liegt es mir im Blut, dass ich mich auch in Paris regelmäßig in einem Laden voller alter Bücher herumtreibe.«

»Muss wohl so sein«, meinte ich lächelnd und betrat dicht hinter ihm das Geschäft.

Sofort stieg mir der typische Antiquariatsduft in die Nase. Hier allerdings war er etwas anders als in der Buchhandlung der Familie Lombard. Man roch geradezu, dass es auch neuere Bücher gab. Trotzdem liebte ich die Atmosphäre sofort. Die schmalen Durchgänge, in denen man fast die Decke berühren konnte, und die schiefen Wände, die bis in die obersten Ecken mit Büchern vollgestopft waren. Es sah bunter aus als in Yvettes Antiquariat, dafür entdeckte ich weniger von golden verzierten Barockbuchrücken.

Wir hatten Glück. Außer uns waren momentan nicht viele Kunden im Laden. Wir konnten uns also ganz in Ruhe umsehen und dann damit beginnen, langsam und möglichst unauffällig die Regale nach ausgesprochen alten Exemplaren abzusuchen.

Die ganze Zeit trug ich die Bücher mit dem verlorenen Magiezettel in meiner Tasche und hoffte, sie würden irgendwie reagieren für den Fall, dass wir uns dem richtigen dritten Buch näherten. Dass die Bücher grün schillerten, schien Gott sei

Dank niemandem aufzufallen, was wiederum bedeuten musste, dass keine der anderen anwesenden Personen magiefühlig war.

Im Stillen hoffte ich, das würde auch so bleiben.

Während Théo und ich uns aufteilten und jeder eine andere Etage des Ladens in Augenschein nahm, linste ich immer wieder unsicher um mich. Meine größte Sorge war, dass plötzlich Monsieur Mathis oder irgendwelche dieser Kerle auftauchen würden.

Eigentlich konnten wir sicher sein, dass Monsieur Mathis uns nach wie vor auf den Fersen war. Immerhin hatte er genau gesehen, dass wir im Zug nach Paris gesessen hatten. Aber ich beruhigte mich damit, dass er in jedem Fall ein paar Stunden hinterherhinkte, weil er den nächsten TGV nach Paris hatte abwarten müssen. Und es blieb die Hoffnung, dass er uns nicht sofort finden würde, sobald er die Stadt erreichte – Bücher und Magiefühligkeit hin oder her.

Obwohl ich mich fragte, ob die Magiefühligkeit auf Monsieur Mathis überhaupt zutraf. Hatte er in Papy Philippes Wohnung nicht zu Yvette gesagt, er würde nichts von dem Vibrieren in der Luft wahrnehmen? Und war in dem Gespräch mit diesem unheimlichen Geier-Nasen-Kerl nicht der Satz gefallen, dass er keine Fähigkeiten besaß? Doch wenn dem so war, wieso hatte er dann sofort gesehen, dass ich eins der verlorenen Bücher in meiner Tasche trug, als Théo und ich vorgestern nach der Verfolgungsjagd in den Laden gestürmt waren?

Vorgestern.

So lange war das schon her.

Das kam mir unglaublich vor. Gleichzeitig fühlte es sich auf eine verrückte Weise an, als wäre es viel länger her.

Mein Blick fiel auf Théo, der gerade wieder aus dem oberen Stockwerk gekommen war und nun dabei war, ein grünes Buch aus einem der Regale zu ziehen und genauer zu betrachten. Er schlug es auf, blätterte es durch und suchte die Seiten augenscheinlich ab. Wir wussten zwar beide ganz genau, dass wir es ohnehin gespürt hätten, wäre uns das richtige Buch in die Hände gefallen, aber auch ich warf zur Absicherung immer mal einen Blick in die Bücher.

Wir blieben bis Ladenschluss. Ohne Ergebnis. Was wir uns genau genommen hätten denken können. Das hier war ein magischer Bücherort, aber wahrscheinlich keiner von der Sorte, an dem sich verlorene Bücher versteckten.

Die letzten warmen Sonnenstrahlen im Nacken spazierten Théo und ich schließlich die Seine entlang, vorbei an der Kathedrale *Notre Dame de Paris*. Ich konnte mich erinnern, dass sie vor einigen Jahren einmal gebrannt hatte. Was man immer noch sah: Ein Teil des Dachstuhls fehlte, und das Gebäude wurde von einem Gerüst umzogen.

»Wie machen wir jetzt weiter?«, fragte ich, nachdem wir eine Weile schweigend ziellos nebeneinanderher gegangen waren.

Théo holte hörbar tief Luft. »Ich fürchte, wir müssen bis morgen warten. Alles hat geschlossen.« Abrupt blieb er stehen, sodass ich auch anhielt. »Denkst du, du könntest es noch einmal probieren?«, fragte er. »Also das mit dem Sprechen? Beim letzten Mal hat es auch geklappt. Möglicherweise hast du einfach nur noch nicht die richtigen Worte gefunden?«

»Hm«, machte ich und senkte den Blick auf die Umhängetasche. »Na ja, einen Versuch ist es wert. Sehr viel mehr bleibt uns nicht«, sagte ich und schaute mich um. »Aber nicht hier, es sind viel zu viele Menschen um uns herum. Lass uns einen ruhigen Platz suchen.«

35.

Hinter der Basilika *Notre Dame de Paris* liegt ein kleiner Park, in dem wir einen Platz auf einer der Bänke fanden. In einiger Entfernung saß nur ein Liebespärchen, das nicht den Eindruck machte, als würde es uns großartig Beachtung schenken. Ansonsten schienen die meisten Touristen, die die Kathedrale besichtigten, diesen Park gar nicht zu entdecken.

Als ich mich sicher fühlte, kramte ich die Bücher aus der Tasche und warf Théo wieder einen verlegenen Blick zu, den er sofort verstand. Er setzte sich auf eine andere Bank etwas abseits, aber trotzdem so in meiner Nähe, dass er hören konnte, falls ich ihn rief.

Ich suchte den Zettel aus dem Buch und stellte enttäuscht fest, dass er wirklich immer noch leer war. Irgendwie hatte ich die leise Hoffnung gehabt, dass sich in der Zwischenzeit etwas getan hatte und ein Hinweis abgebildet wurde.

Also begann ich mit den Büchern und dem Papier zu sprechen, so wie ich es auch zuvor probiert hatte. Ich versuchte verschiedene Sätze, machte Vorschläge, Angebote, bat um Hilfe … doch egal, was ich tat, das Blatt blieb ohne Schrift.

Ich wusste nach einiger Zeit gar nicht mehr, wie lange ich bereits dasaß und es versuchte, doch irgendwann spürte ich, dass mich Kraft und Motivation verließen. Ich stand auf, ging rüber zu Théo und zuckte entschuldigend mit den Achseln. »Sorry, es klappt nicht. Wir müssen die Suche nach der Nadel im Heuhaufen durchziehen.«

Théo erhob sich und seufzte. »O Mann, was für ein Mist! Ich

verstehe nicht, was dieses Mal anders ist. Wieso hat das davor funktioniert und jetzt nicht mehr?«

Und genau in diesem Moment kam mir plötzlich ein Gedanke. »Ich weiß, was dieses Mal anders ist«, sagte ich wie aus der Pistole geschossen.

»Ja?« Théo sah mich überrascht an.

»Ja!«

»Und zwar?«

»*Du* musst auch mit dem Buch, dem Zettel, der Magie … oder mit wem auch immer sprechen!«

»Ich?« Théos Augen wurden groß.

»Ja!« Ich nickte aufgeregt. »Wir haben den zweiten Teil des verlorenen Zettels gemeinsam gefunden, und wir haben es zu zweit zusammengesetzt, kannst du dich erinnern?«

»Ähm, ja, klar kann ich mich erinnern.«

»Das ist die Lösung«, sagte ich. »Wir müssen das genauso in Teamarbeit machen, wie wir es in der Bibliothek gemeinsam zu einem Ganzen zusammengefügt haben. Wir haben es seither nicht einmal mehr versucht. Es könnte doch sein, dass die Magie dich jetzt genauso als jemanden erkannt hat, mit dem sie kommunizieren möchte. Weil wir quasi …«, ich suchte nach der richtigen Bezeichnung, »… eine Einheit geworden sind«, schloss ich meine Überlegungen. Und spürte, dass mein Herz bei diesem Satz schneller zu schlagen begann.

Théo und ich waren eine Einheit geworden.

Ein Team. Wir arbeiteten gemeinsam an einer Mission.

Wir gehörten zusammen. Zumindest für den Augenblick.

»Okaaaay«, meinte Théo lang gezogen.

»Okaaay?«, fragte ich grinsend.

Théo zuckte die Schultern. »Das klingt für mich alles sehr

plausibel. Dann würde ich sagen, du musst mir beibringen, wie das funktioniert. Denn um ehrlich zu sein, Clara, ich habe noch nie mit einem Buch gesprochen. Und auch nicht mit einem anderen Gegenstand.«

Obwohl ich mich die ganze Zeit gesträubt hatte, in Théos Gegenwart mit den Büchern zu reden, fühlte es sich jetzt erstaunlich normal an. Was eventuell auch daran lag, dass er derjenige von uns beiden war, der sich offensichtlich reichlich dämlich vorkam.

Wir stellten schnell fest, dass die Bücher und das Papier ihm tatsächlich keine Stromschläge mehr verpassten, und ich zeigte ihm, wie er seine Hände genauso darüberstreichen ließ, wie Papy Philippe das immer getan hatte. »Und jetzt musst du es fragen, was es braucht«, flüsterte ich ihm zu und ignorierte, dass sich das Liebespärchen gerade in unsere Richtung bewegte. Ich war sicher, dass die beiden an uns vorbeigehen und uns weiterhin nicht wahrnehmen würden, so intensiv wie sie einander in die Augen schauten.

Théo lächelte mich unsicher an. »Einfach fragen, was es braucht?«

Ich nickte. »Ja, das ist nicht schwer. Das ist der Anfang.«

»Na gut.«

Gleichzeitig senkten wir den Blick auf den Zettel, legten beide unsere Hände auf das Papier und fuhren langsam darüber. Théo räusperte sich, dann murmelte er leise: »Hallo liebes …« Er brach ab und schüttelte den Kopf. »Clara, ich kann das nicht.«

»Doch, du kannst«, machte ich ihm Mut und lächelte. Dabei wusste ich ganz genau, was in diesem Augenblick in ihm vorging. »Sollen wir es zusammen fragen?«, schlug ich vor.

»In Ordnung.«

»Gut«, sagte ich. »Dann also gemeinsam.«

Und das taten wir. Ich sprach vor, Théo sprach nach. Wir erkundigten uns, wie es dem Buch ging, und baten, dass es uns zeigte, wo wir das nächste Gegenstück finden konnten. Wahrscheinlich waren es mindestens zehn Minuten, die wir auf diese Weise verbrachten. Anfangs mit Blick auf das Papier, irgendwann sahen wir uns nur noch gegenseitig an.

Ich beobachtete Théos Mimik während des Sprechens. Er tat das Gleiche bei mir. Bald bildete sich ein Lächeln auf seinen Lippen, und ich lächelte zurück.

Bis wir aufhörten, zu sprechen.

Plötzlich berührten sich unsere Finger auf dem Papier.

Sie stießen aneinander, erst ganz leicht, dann aber fuhr auf einmal Théos ganze Hand zärtlich über meine.

Gänsehaut bildete sich auf meinen Armen.

In meinem Bauch begann es wie verrückt zu kribbeln.

Als hätte ich eine Brausetablette getrunken.

Nein.

Ich *war* eine Brausetablette. So fühlte ich mich. Als wäre ich schlagartig Clara Bernstein, die Brausetablette, die ins Wasser gefallen war und sich langsam prickelnd auflöste.

Ich starrte Théos Lippen an. Und wusste, dass er auch meinen Mund anstarrte.

Er setzte dazu an, irgendetwas zu sagen, ließ es dann aber bleiben – und machte endlich das, was schon die ganze Zeit in der Luft schwebte.

Mich küssen.

Ich war noch nie zuvor geküsst worden. Vielleicht ist es also normal, dass man glaubt, einem würde der Boden unter den

Füßen wegbrechen. Als würde man urplötzlich auf einer Wolke schweben. Vielleicht ist es normal, dass einem heiß und kalt im selben Moment wird. Vielleicht war alles, was ich gerade erlebte, völlig normal. Aber für mich fühlte es sich an, als wäre das der außergewöhnlichste Kuss aller Zeiten. Ich spürte Théos Lippen auf meinen und seine Hand auf meiner, während seine andere Hand langsam über meinen Arm bis zu meinem Hals wanderte und sich dann sanft in meinen Nacken legte. Eine Weile blieb das so.

Wir küssten uns und küssten uns und küssten uns.

Ich bekam nichts mehr von dem mit, was um mich herum geschah. Es gab nur noch unsere Lippen und unsere Zungenspitzen, die zärtlich gegeneinanderstießen.

Und das wilde Prickeln in meinem Bauch, das immer stärker und stärker wurde.

Ich konnte beim besten Willen nicht sagen, wann der Moment kam, in dem Théo sich langsam von mir löste.

Doch als es passiert war, hätte ich ihn am liebsten wieder zurück an mich herangezogen, um ihn weiter zu küssen.

Aber ich tat es nicht.

Stattdessen sahen wir uns atemlos an.

Théos Pupillen wirkten doppelt so groß, und auf seiner Nase hatte sich ein rötlicher Schatten gebildet.

Sein Atem ging schnell, und irgendetwas verriet mir, dass es in seinem Bauch genauso kräftig kribbeln musste wie in meinem.

Ich fand, er wirkte ein bisschen verwirrt, als er sich leise räusperte und heiser sagte: »Ähm, Clara, sieh mal, der Zettel.«

»Welcher Zettel?«, hauchte ich.

»Na ja, der aus dem Buch«, antwortete er und rieb sich die Wangen. Was nichts nützte. Sie blieben trotzdem rosarot.

»Der aus dem …« Jetzt erwachte ich aus meinem Trancezustand. Ich senkte den Blick und war schlagartig wie vom Donner gerührt.

Auf dem Papier hatte sich eine Zeichnung gebildet.

Sie zeigte unzählige übereinandergestapelte Bücher.

»Meinst du, das bedeutet, wir sind nicht fertig, wenn wir den dritten Teil gefunden haben? Wir müssen … *dermaßen viele* Bücher aufspüren?«, fragte ich entsetzt. Es war keineswegs so, dass ich die Suche nach den verlorenen Teilen des Zauberspruchs nicht spannend fand. Es war ein Abenteuer. Doch jedes Abenteuer sollte irgendwann enden, und die Vorstellung, *derartig viele* Bücher mit Textteilen suchen zu müssen, fühlte sich mehr schrecklich und weniger abenteuerlich an. »Das sind doch mindestens dreißig, falls nicht mehr«, murmelte ich.

»Ich glaube nicht, dass wir so viele suchen müssen«, sagte Théo und schüttelte den Kopf. Langsam verschwand der rosarote Schatten von seinem Nasenrücken. »Das muss eine andere Bedeutung haben. Wieso sollte ein Zauberspruch aus so vielen Textteilen bestehen?«

»Ich weiß nicht«, sagte ich. »Meine Erfahrung mit Zaubersprüchen hält sich in Grenzen.«

»Auch wieder wahr.« Théo holte tief Luft und zog die Unterlippe zwischen die Zähne. »Aber sieh mal, auf den Büchern stehen Titel.«

»Oh!« Überrascht betrachtete ich das Blatt gründlicher. Er hatte recht. Anders als auf der Zeichnung mit den drei Büchern zogen sich auf diesem Bild feine Schriftzüge über die Buchrücken. Ich brauchte ein wenig, doch dann konnte ich einige davon entziffern und stellte fest, dass es sich um eine Reihe Klassiker handelte. »*Der Glöckner von Notre Dame*«, sagte ich und zeigte zur Basilika. »Wie passend.«

»Und was noch?«, fragte Théo.

»*Der kleine Prinz*«, las ich vor. »Oh, und hier ist sogar *Die Schöne und das Biest*! Also doch nicht nur Klassiker, es sind auch Märchen dabei.«

»Bleibt die Frage, was uns die Magie dazu mitteilen möchte«, rätselte Théo weiter. »Diese Bücher würden wir vermutlich in jeder Buchhandlung und in den meisten Bibliotheken finden. Das hilft uns nicht wirklich weiter.«

»Vielleicht müssen sie genau diese Anordnung haben?« Ich nahm das Blatt und drehte es ein wenig. »Die Bücher scheinen mir nicht zufällig irgendwie übereinandergestapelt, sie …«

»Stehen nebeneinander«, beendete Théo meinen Satz. Und dann rief er: »Die Bouquinistenstände!«

»Was meinst du?«

»Diese Bücher sehen aus, als wären sie so gestapelt, wie ich das von den Bouquinistenständen an der Seine kenne! Das sind diese Verkäufer gebrauchter Bücher, die ihre Ware entlang des Ufers verkaufen. Die gibt es auch an der Saône in Lyon, kennst du die nicht?«

»Doch, klar.« Ich nickte.

»Und schau doch nur, ist das nicht sogar eine Art Klappe, in der die Bücher liegen?«

Jetzt warf ich einen noch sorgfältigeren Blick auf das Papier und erkannte, was Théo meinte. Das waren nicht einfach übereinander- oder nebeneinandergestapelte Bücher.

Sie lagen in einer Art aufgeklappten Kiste.

»Bist du sicher, dass das einer der Stände sein könnte?«, fragte ich.

»Ganz sicher!«, sagte Théo. »Macht die Sache aber auch nur bedingt leichter … Es gibt viele von diesen Ständen. Um die neunhundert in ganz Paris, um genau zu sein. Wir müssen erst einmal den richtigen finden, und das kann dauern. Aber zumindest haben wir einen Hinweis, nach welchen Büchern wir Ausschau halten müssen. Und das bringt uns einen ganzen Schritt weiter, weil uns dadurch die Suche in Hunderten Buchhandlungen und Bibliotheken erspart bleibt.«

»Das heißt«, stellte ich fest, »unser Tag beginnt morgen mit einem Besuch bei den Bouquinistenständen an der Seine.«

36.

Wahrscheinlich war ich in meinem ganzen Leben noch nie so verwirrt gewesen. Den ganzen Weg von der Kathedrale *Notre Dame* zurück nach Montmartre sprach Théo nur über die Sache mit den Büchern. Als hätte der Kuss nie stattgefunden.

Ein paar Mal setzte ich dazu an, ihn einfach zu fragen, was denn nun eigentlich zwischen uns war, doch dann traute ich mich nicht. Weil ich dachte, er würde bestimmt von selbst etwas dazu sagen, wenn ihm danach war. Vielleicht bereute er den Kuss in der Zwischenzeit ja auch schon und wollte deshalb so tun, als wäre er gar nicht passiert. Zumindest schossen mir diese Gedanken durch den Kopf. Was sonst konnte es für einen Grund geben, dass er mich küsste und wenig später kein Wort mehr darüber verlor? Oder wartete er, dass ich etwas sagte? Ging es ihm vielleicht genauso wie mir? Dass er unsicher war und es nicht wagte, mich darauf anzusprechen?

Gerade als ich entschied, alle meine Sorgen über Bord zu werfen und die Sache auf den Tisch zu legen, erreichten wir Jacques' Wohnung, und Théos Freund begrüßte uns so überschwänglich, dass ich mein Vorhaben sofort wieder vertagte.

Wir verbrachten den Rest des Abends mit Orangenlimonade auf der Terrasse, genossen den Blick über die Stadt und gingen dann früh schlafen, um am nächsten Morgen fit für den hoffentlich letzten Teil unserer Mission zu sein.

Im Bett wälzte ich mich eine Weile von einer Seite auf die andere und grübelte, bis meine Augenlider immer schwerer wurden – und ich zum ersten Mal seit langer Zeit in einen tiefen, traumlosen Schlaf kippte.

Am nächsten Morgen machten Théo und ich uns auf den Weg. Die Bouquinistenstände an der Seine wurden gegen elf Uhr vormittags aufgebaut.

Unterwegs holten wir uns Croissants und Kaffee in Pappbechern, der trotzdem um Welten besser als zu Hause schmeckte. Aber am meisten genoss ich mein Croissant.

Ich nahm einen kleinen Bissen nach dem anderen, schloss dabei immer wieder die Augen und musste daran denken, wie sehr ich das in Deutschland vermissen würde.

Croissants in Frankreich waren einfach anders. Weicher, duftender, süßer und buttriger. Besonders, wenn sie noch warm waren wie dieses hier. Es ließ mich sogar vergessen, dass mich der Kuss von gestern immer noch beschäftigte, und Théo nach wie vor dazu schwieg.

Als wir den ersten Stand erreichten, brauchten wir nicht lange, um zu erkennen, dass wir hier nicht suchen mussten. Es war einer von diesen Bouquinisten, die vor allem kitschigen Souvenirkrempel verkauften: kleine Eiffeltürme zum Aufstellen, quietschbunte Bilder und Postkarten.

Wir gingen also weiter und klapperten die Stände nacheinander ab. Manchmal blieb ich länger stehen, weil mir ein besonders hübsches altes Buch in die Hände fiel oder eine uralte Postkarte. Doch nichts davon brachte uns auch nur einen Schritt weiter.

Und dann – als ich Théo schon fragen wollte, ob wir das wirklich durchziehen oder nicht doch eine andere Lösung suchen sollten – blieb mein Blick plötzlich an einem Mann etwas abseits hängen. Es dauerte nur einen winzigen Moment, bis es mir dämmerte.

Schnell sah ich um mich und suchte Théo. Er war gerade ins Gespräch mit einem der Bouquinisten vertieft, der ihm einen Gedichtband präsentierte. Hastig eilte ich zu ihm, packte ihn sanft am Arm und sagte: »Monsieur Mathis.«

Théo erstarrte. Langsam drehte er sich zu mir um. »Wie bitte?«, fragte er.

»Monsieur Mathis«, keuchte ich. »Ich habe ihn eben gesehen. Er beobachtet uns.«

»Wo?«, wollte Théo wissen.

Ich wirbelte herum und wollte zu dem Platz deuten, wo Monsieur Mathis gestanden hatte. Doch da war niemand.

»Hast du ihn vielleicht verwechselt?«, fragte Théo vorsichtig.

»Nein.« Ich schüttelte entschieden den Kopf. »Es war Monsieur Mathis.«

»Aber wieso sollte er uns nur beobachten und nicht zu uns kommen, wenn er uns entdeckt hat?«

»Keine Ahnung«, sagte ich. »Das ist doch auch schon in der Provence so gewesen. Ich bin überzeugt, dass er nachts mit dieser Katze beim Ferienhäuschen war.«

»Was soll Monsieur Mathis mit der Katze am Hut haben?«

»Ich weiß es doch nicht!«, sagte ich aufgeregt. »Auf jeden Fall verfolgt er uns nicht nur, er beobachtet uns … und das finde ich ehrlich gesagt noch unheimlicher.«

»Ich auch.« Théo ließ den Blick schweifen, als würde er damit rechnen, dass Monsieur Mathis jede Sekunde hinter irgendeiner Ecke auftauchte und über uns herfiel. Doch er schien tatsächlich verschwunden zu sein. Egal wo ich hinsah, auch ich konnte ihn nicht mehr entdecken.

»Was machen wir jetzt?«, fragte ich nach einer Weile.

Théo deutete auf die Bücher in meiner Umhängetasche. »Wir suchen weiter, wir werden uns von Monsieur Mathis nicht abhalten lassen. Vor allem, nachdem er nicht mehr da ist.«

Und das taten wir auch nicht. Bis Mittag wühlten wir uns durch zahlreiche Bouquinistenstände, fanden Unmengen traumhaft schöne Dinge, aber leider nie, wonach wir suchten.

Bis ich irgendwann müde wurde und beschloss, mir eine kleine Erfrischung zu holen, während Théo weitersuchte.

Ich machte mich auf den Weg, da entdeckte ich plötzlich einen Bouquinistenstand weit abseits der anderen. Davor saß ein alter Mann mit grauen Locken und einer regenbogenfarbenen Ballonmütze auf einem Holzschemel, las in einer Zeitung und lächelte mir zu, als ich an ihm vorbeiging. Ein wenig verwirrt lächelte ich zurück und bemerkte, dass er sich leicht verbeugte. Total altmodisch, dachte ich mir. Wer verbeugt sich denn heutzutage noch vor anderen Personen? Aber dann stellte ich fest, dass das hier ohnehin eine andere Art von Bouquinistenstand zu sein schien, denn es stapelten sich nicht nur Bücher über Bücher, hinten in einer Ecke der Klappkiste reihte sich eine Marionette an die andere. Es waren Holzmarionetten, die ich etwas unheimlich fand. Manche sahen total ramponiert aus. Trotzdem blieb ich automatisch stehen und starrte sie an. Sie hatten etwas an sich, das bewirkte, dass ich mich nicht mehr losreißen konnte.

»*Bonjour*«, sagte der Ballonmützen-Mann in diesem Moment und faltete die Zeitung gemächlich zusammen. »Sind Sie auf der Suche nach einem kleinen Freudentanz für die Seele?«, fragte er mich grinsend und zeigte seine braunen Stummelzähne. »Oder suchen Sie nach einem ganz bestimmten Buch, von dem Sie denken, dass es nur an einem besonderen Ort sein kann?«

»Ich … äh …«, stotterte ich. Meine Zunge fühlte sich mit einem Mal wie gelähmt an. Mein Blick klebte an den Buchrücken, die dieser Mann in seinem Stand liegen hatte. Besser gesagt: an den Buchrücken, die mir unendlich bekannt vorkamen. Weil ich sie schon einmal gesehen hatte. In exakt dieser Anordnung.

Es gab keinen Zweifel. *Das* hier waren die Bücher von der Zeichnung.

Verehrte Madame Lombard!

Nach allem, was in der letzten Nacht des Lichterfests geschehen ist, sehe ich mich nicht länger imstande, tagtäglich meine Zeit in der Rue Saint Jean zu verbringen. Ich glaube an jeder Ecke das Lachen der bezaubernden Malou zu hören. In jedem jungen Mann, der entschlossenen Schrittes auf mich zukommt, sehe ich den jungen Monsieur Lombard. Meine Puppen und ich werden einen anderen Weg suchen, unseren Lebensunterhalt zu verdienen. Wir sind von tiefer Trauer erfüllt. Ich hoffe, Sie haben Verständnis dafür, dass wir dem Antiquariat Lombard daher nicht länger unsere Dienste erweisen können.
Ich habe jedoch gehört, dass Sie das Baby nach Paris schicken. Es ist mir ein Anliegen, ein Auge auf den Kleinen zu haben. Ich denke, die bezaubernde Malou hätte das gewollt, genauso wie Monsieur Lombard. Meine Puppen und ihre Musik werden immer in der Nähe des Kleinen bleiben. Und sollte es einmal vonnöten sein, so werden wir ihn mit unserer Musik schützen, ganz wie wir es viele Jahrhunderte für das Antiquariat getan haben.

In tiefer Trauer schreibt Ihnen
Gaston

37.

»Suchen Sie eine spezielle Ausgabe von *Le Petit Prince*?« Die Stimme des alten Mannes mit der Ballonmütze riss mich vom Anblick der Bücher los. »Wussten Sie, dass der Autor dieses Buches aus Lyon stammt?« Er lächelte mich an. »Das ist auch meine Heimatstadt. Doch vor sechzehn Jahren hat es mich nach Paris verschlagen.« Jetzt schwieg er kurz, dann lehnte er sich so dicht an mich heran, dass mir der Ledergeruch seiner abgewetzten Jacke und eine leichte Note nach Pfeifentabak in die Nase stiegen. »Aber Sie suchen etwas anderes, nicht wahr? Ich kenne diesen Blick. Den haben nur Menschen, die auf der Suche nach etwas ganz Speziellem sind, das es nicht überall auf der Welt gibt. Kommen Sie noch näher, Mademoiselle. Kommen Sie näher, sehen Sie sich um.« Er machte eine einladende Geste in Richtung der Bücher. »Bitte schön, vielleicht entdecken Sie mit Ihrer außergewöhnlichen Gabe ja ein solches besonderes Exemplar?«

»Mit meiner außergewöhnlichen Gabe?«, fragte ich ihn verwirrt. Dieser Mann hatte etwas Eigenartiges an sich. Ich fand ihn auf der einen Seite faszinierend und auf der anderen Seite gruselig.

»Sie wollen mir doch nicht erzählen, Sie hätten keine Gabe, Mademoiselle?«, erwiderte der Bouquinist. »Es gibt keine Menschen, die meinen Stand, meine Puppen und meine Bücher entdecken, ohne einen Sinn für das Besondere im Leben zu haben. Außerdem erkenne ich in Ihren glänzenden Augen, dass Sie Dinge sehen, die andere nicht sehen. Deshalb lasse ich Sie nun allein, ich möchte Sie nicht vom Wichtigen ablenken.« Mit diesen Worten verbeugte er sich wieder total oldschool und zog sich langsam zurück. Ich blieb vor den aufgereihten Büchern stehen. Und hatte das Gefühl, eine der Puppen mit einer abgebrochenen Nase würde mich komisch angrinsen und mit den Augen zwinkern. Was natürlich nicht sein konnte, weil niemand in der Nähe war, der ihre Marionettenfäden hätte ziehen können.

Plötzlich trat Théo neben mich. Ganz selbstverständlich legte er einen Arm um meine Schulter. »Alles okay bei dir?«, fragte er. »Bist du fündig geworden? Ich habe mich gerade mit fünf verschiedenen Buchhändlern unterhalten, aber immer ohne Erfolg.«

Ich zeigte auf die Bücher vor unseren Nasen. »Ja, ich glaube, man kann wohl sagen, dass ich fündig geworden bin.«

Théos Blick folgte meinem ausgestreckten Finger, und ich erkannte aus dem Augenwinkel, dass er überrascht die Wangen aufplusterte. »O Mann!«, staunte er. »Das ist exakt die ...«

»Ja.« Ich nickte. Dann hatte ich eine Idee. Obwohl ich eigentlich sicher war, dass es dafür gar keine Notwendigkeit gab, holte ich jenes Buch aus meiner Umhängetasche, in das wir den Zettel gestern hineingeschoben hatten. Ich zog das Papier heraus, faltete es auseinander und hielt es in die Luft vor dem Bouquinistenstand. Und tatsächlich. Es hätte eine detailgetreue Bleistiftskizze dieses Buchstandes sein können. Doch das war nicht alles. Während gestern noch nicht mehr als die Bücher und ein Teil der dunkelgrünen Klappe, in der sie lagen, zu sehen gewesen waren, bemerkte ich jetzt, dass sich ein weiteres Detail auf dem Bild entwickelt hatte. Hinter den gezeichneten Büchern lachte eindeutig das Gesicht dieser Puppe mit der abgebrochenen Nase hervor.

»Siehst du das?«, fragte ich leise und deutete auf die feinen Linien. »Ist das nicht irgendwie crazy?«

»Kann man wohl sagen!« Théos Augen weiteten sich. »Dann lass uns herausfinden, wo sich das dritte Buch versteckt, damit wir die Sache zu Ende bringen«, schlug er vor.

»Okay.« Ich warf einen verstohlenen Seitenblick zu dem Bouquinisten. Er hatte es sich wieder auf seinem Holzhocker bequem gemacht, die Zeitung aufgebreitet und schien vertieft in seine Lektüre. Aber irgendetwas verriet mir, dass er dabei trotzdem genau mitbekam, was wir gerade taten.

Ich wandte mich wieder den Büchern zu. »Wie sollen wir anfangen?«, fragte ich, da erst bemerkte ich, dass Théo sich längst darangemacht hatte, ein Exemplar nach dem anderen durchzugehen, indem er seine Hände über die Stoff- und Ledereinbände streichen ließ. Ab und an nahm er eines der Bücher, schlug es auf und blätterte langsam die Seiten durch.

Einen kurzen Moment beobachtete ich ihn unauffällig dabei und spürte wieder dieses verwirrt-aufgeregte Prickeln in meinem Bauch, das seit unserem Kuss noch schlimmer geworden war. Aber dann jagte ich die Gedanken aus meinem Kopf, weil nun wirklich keine Zeit dafür war, und begann Théo zu helfen.

Wir verbrachten mit Sicherheit volle zehn Minuten auf diese Weise, bis Théo schlagartig in seiner Bewegung erstarrte.

»Hast du was gespürt?«, fragte ich sofort aufgeregt.

»Nein. Aber … diese Kiste.« Sein Finger zeigte auf die Holztruhe, die einer der Marionetten als Sitzgelegenheit diente.

»Was ist damit?«, wollte ich wissen.

»Sie ist mit einer Kette umwickelt«, sagte Théo. »Hast du nicht erzählt, dass das bei der Schatulle, die du in der Werkstatt deines Großvaters gefunden hast, ebenfalls der Fall war?«

»Ja, schon.« Ich betrachtete die Kiste genauer. »Sie hat sehr ähnlich ausgesehen. Aber … wäre das kein eigenartiger Zufall?« Théo drehte mir den Kopf zu. »Findest du wirklich, dass wir uns – nach allem, was auf dieser Reise passiert ist – über etwas *Eigenartiges* wundern sollten?«

»Das stimmt«, gab ich zu. Ich sah zu dem Bouquinisten. Immer noch saß er einfach nur Zeitung lesend auf seinem Schemel. »Und wenn wir ihn fragen, was in der Kiste ist?«, meinte ich. »Einfach öffnen können wir sie ja schlecht.«

»Das ist wahr.« Entschlossen ging Théo auf den alten Mann zu. »Entschuldigen Sie, wir haben etwas gefunden, das uns interessieren würde. Aber wir sind nicht sicher, ob Sie das verkaufen.«

Der Bouquinist hob mit einem wissenden Lächeln den Blick. »Das wäre, junger Monsieur?«

»Diese Truhe unter der Puppe.«

Nun stand der Mann langsam auf, legte die Zeitung zur Seite und kam gemächlichen Schrittes näher. »Diese Truhe?«, wiederholte er, als er neben mich trat. »Sind Sie sich sicher, dass Sie wissen, was das ist?«

»Eine Bücherkiste«, rutschte es mir heraus.

»Eine Bücherkiste.« Der Bouquinist nickte zufrieden. »Da haben Sie recht, junge Mademoiselle. Aber wissen Sie denn auch, *was* für eine Bücherkiste das ist?«

Ich überlegte, ob ich ihn auf die Bücher in der Tasche hinweisen und ihm unsere Vermutung mitteilen sollte, dass sich in seiner Truhe womöglich der dritte Teil unseres Zauberspruchs verbarg. So seltsam wie mir dieser Mann vorkam, konnte ich mir gut vorstellen, dass er auch ein Magiefühliger war. Es hätte zu ihm gepasst. Und beim letzten Mal hatte uns die Magie

287

im Buch auch an einen besonderen Ort geführt ... und nicht in eine gewöhnliche Bibliothek. Doch dann kam mir in den Sinn, dass es schließlich auch die Bücherwürmer gab – und wir deshalb vorsichtig sein mussten, wem wir vertrauten. Das hatte die Begegnung mit dem Bibliothekar in Marseille mehr als deutlich gezeigt.

Also entschied ich mich für eine andere Antwort. »Eine wunderschöne Büchertruhe«, sagte ich. »Sie würde perfekt in mein Zimmer zu Hause passen.«

O Gott, wie dämlich das klang!

Anscheinend sah der Bouquinist das anders. Sein Blick wanderte noch einmal zwischen Théo und mir hin und her, dann nickte er langsam. »Da haben Sie recht, junge Mademoiselle. Es ist eine wunderschöne Bücherkiste. Und sie ist dafür gemacht, einer zauberhaften jungen Frau den Tag zu versüßen, nicht wahr?« Er lehnte sich über seine andere Ware, schob die Puppe zur Seite und holte die Truhe unter leisem Ächzen aus ihrem Versteck. »Bitte schön, jemandem wie Ihnen gebe ich dieses Exemplar liebend gern.«

Erstaunt sah ich den alten Mann an, der mir die Kiste bereitwillig entgegenstreckte. Und erwischte mich bei der Überlegung, dass wir uns vielleicht doch getäuscht hatten und nichts daran besonders war. Normalerweise war es sicher nicht so einfach, einen magischen Gegenstand zu bekommen. Auf der anderen Seite konnte es natürlich sein, dass dieser Mann kein Magiefühliger und bloß so ein bisschen schräg drauf war. Vielleicht wusste er nicht, was er in Händen hielt. So oder so: um festzustellen, ob sich in dieser Truhe das dritte Buch mit dem letzten fehlenden Teil des Zauberspruchs verbarg, mussten wir sie kaufen.

Théo las anscheinend meine Gedanken. Er kam angelaufen, übernahm die Truhe mit einer raschen Bewegung und fragte: »Was bekommen Sie dafür?«

Der Bouquinist legte den Kopf schief. »Für Sie ist diese Truhe ein Geschenk.«

»Wie bitte?« Théo machte eine Miene, als wäre er nicht sicher, ob er richtig gehört hatte.

»Ich schenke sie Ihnen«, wiederholte der Mann lächelnd. Damit schien das Thema für ihn erledigt zu sein. Ohne unsere ratlosen Blicke zu beachten, machte er sich wieder auf den Weg zu seinem Holzschemel. Er hielt bereits die Zeitung in der Hand und war im Begriff, sich hinzusetzen, als er hinterherschob: »Monsieur Lombard, Mademoiselle Bernstein, ich glaube, Sie sind ohnehin die rechtmäßigen Besitzer des Inhalts dieser Truhe.« Und im nächsten Moment versteckte er sein Gesicht wieder hinter der Zeitung.

38.

»Woher wusste der Mann, wie wir heißen?«, rätselte ich jetzt schon zum dritten Mal, seit wir uns zurück auf den Weg nach Montmartre gemacht hatten.

Natürlich hatten wir genau diese Frage auch dem Bouquinisten gestellt, doch er hatte so getan, als würde er uns überhaupt nicht mehr wahrnehmen und nur einmal eine wegscheuchende Handbewegung gemacht.

»Keinen Schimmer«, meinte Théo. »Ich für meinen Teil habe diesen Typen jedenfalls in meinem ganzen Leben noch nie gesehen. Na ja, vielleicht ist mir sein Bouquinistenstand auch einfach nur nie aufgefallen. Aber geredet habe ich noch nie mit ihm!«

»Ich genauso wenig!«, sagte ich. »Wie auch? Ich war noch nie in Paris. Gut, er meinte anfangs, dass er aus Lyon kommt, was ich sowieso schon einen lustigen Zufall fand. Aber ich kenne ihn auch nicht daher. Und er hat meinen deutschen Namen erwähnt! Falls er ein Bekannter von Papy Philippe war, wüsste er deshalb doch nicht, wie die deutsche Enkelin von ihm heißt.«

»Das ist wirklich höchst mysteriös«, gab Théo mir recht. »Aber langsam muss ich sagen, wundert mich hier gar nichts mehr. Ist dir außerdem das hier schon aufgefallen?«

»Was denn?«, wollte ich wissen.

Théo hielt mir die Kiste hin. »Auf dem Vorhängeschloss steht *Antoine*.«

»Was?!« Fassungslos riss ich die Augen auf und starrte auf

das Schloss. »Tatsächlich! Wie Grand-père Antoine? Kann das ein Zufall sein?«

»Ich glaube nicht mehr an Zufälle!«

»Ich auch nicht. Dann muss da wirklich ein Zusammenhang bestehen.«

»Zum Glück«, fand Théo. »Wäre blöd, wenn wir jetzt aufgehört hätten zu suchen, aber das falsche Ding in Händen hielten. Hier ist es allerdings definitiv zu unsicher. Wir müssen alles in Jacques' Wohn... *Merde*!« Théo blieb schlagartig stehen.

Ich hob meinen Blick und entdeckte sie ebenfalls. An einer Straßenkreuzung hinter der *Pont Notre Dame* standen Monsieur Mathis und der Geier-Nasen-Kerl aus dem Wald. Und wieder trug der Typ die rabenschwarze Katze auf seiner Schulter. Was allein schon ziemlich seltsam war. Er hatte sie nicht einmal an einer Leine, und das mitten in der Großstadt. Aber die Katze schien kein Interesse daran zu haben, abzuhauen. Sie hockte seelenruhig dort oben und legte ihren buschigen Schwanz um seinen Nacken.

»Wieso müssen die immer auftauchen, wenn man sie am wenigsten brauchen kann?«, fragte ich.

»Das haben Bösewichte so an sich«, behauptete Théo, während er plötzlich meine Hand ergriff und uns in die entgegengesetzte Richtung lotste.

»Sind das denn die Bösewichte?« Ich versuchte zu ignorieren, dass Théos Berührung wieder ein kleines Feuerwerk in meinem Bauch auslöste, denn das hier war wirklich ein denkbar schlechter Zeitpunkt dafür. »Immerhin ist das Monsieur Mathis, der Angestellte deiner Tante«, sagte ich.

»Ich weiß. Trotzdem. Er ist mit einem zwielichtigen Kerl unterwegs, der gedroht hat, dir wehzutun.« Konzentriert ließ

Théo den Blick schweifen, dann sagte er »Hier entlang«, und zog mich wieder ein Stück mit sich. Wir verschwanden in einer schmalen Seitengasse auf der anderen Seite der Seine, lugten dabei aber immer wieder über unsere Schultern nach hinten. Wahrscheinlich hatten sie uns gar nicht bemerkt, zumindest schienen sie uns nicht gefolgt zu sein. Trotzdem beschlossen wir, noch ein ganzes Stück geradeaus zu gehen und uns irgendwo über eine andere Brücke und durch einen anderen Teil der Stadt zurück zu Jacques' Wohnung zu schleichen. Besonders jetzt, da wir vermutlich das dritte Buch mit dem letzten fehlenden Part in dieser Kiste mit uns herumtrugen, wollten wir kein Risiko eingehen.

Deshalb dauerte es am Ende auch zwei ganze Stunden, bis wir wieder in Montmartre waren, und Jacques uns die Tür öffnete. Er sah aus, als wäre er gerade aus der Dusche gekommen. Seine Haare glänzten noch dunkler, als sie es ohnehin schon waren, und in der ganzen Wohnung hing feuchter Dampf. »Mission erfolgreich?«, fragte er, als Théo und ich in den Flur schlüpften und unsere Schuhe auszogen. Da fiel sein Blick auf die Kiste. »Krass, was ist denn das?«, staunte er und kam näher. »Ich dachte, ihr sucht ein Buch? Und nicht einen Piratenschatz oder so was.«

»Tun wir auch«, erklärte Théo, und ich fand, dass er sich dabei ganz schön stolz anhörte. »Aber wir vermuten, dass das Buch, das wir suchen, sich darin versteckt.«

»Wow.« Jacques nahm die Truhe genauer in Augenschein. »Und da habt ihr keine Angst, dass die Sache doch irgendwie verflucht ist oder so?«

Théo sah ihn grinsend an. »Hast du Schiss, oder was?«

»Nein, ich mein ja nur, in Horrorfilmen kaufen Leute solche

Kisten auf Flohmärkten und holen sich damit einen Dämon ins Haus.« Jacques lachte leise. »Ha, jetzt weiß ich ehrlich gesagt nicht, ob ich will, dass ihr diese Truhe hier in der Wohnung öffnet. Ich bin noch ein Weilchen allein, bis meine Eltern aus dem Urlaub zurückkommen.«

»Nein, mit Dämonen hat das nichts zu tun«, versicherte Théo ihm, und die beiden Jungs machten sich wieder zu zweit auf den Weg ins Wohnzimmer, während ich noch meine Schnürsenkel aufknotete und die Schuhe dann ordentlich nebeneinanderstellte. Dabei ließ ich mir Zeit, weil ich plötzlich das Gefühl hatte, ein bisschen Abstand zu brauchen. Ich hielt es langsam nicht mehr aus, dass sich immer wieder dieser Kuss in meinen Kopf schlich, ich es aber bis jetzt nicht geschafft hatte, Théo darauf anzusprechen. Und irgendwie machte es mich auch sauer, überhaupt in dieser Situation zu stecken. Sauer auf mich, weil ich wie immer zu schüchtern war, um einfach über meinen Schatten zu springen, und nach und nach auch sauer auf Théo. Das konnte er doch nicht mit mir machen! Mich einfach küssen und dann so tun, als wäre nichts. Zumal das mein erster Kuss gewesen war. Was er natürlich nicht wissen konnte. Und ich war auch nicht sicher, ob ich wollte, dass er das herausfand. Mit sechzehn bisher ungeküsst gewesen zu sein, kam mir schon etwas seltsam vor. Die meisten Mädchen aus meiner Klasse hatten sogar schon ihr erstes Mal erlebt. Zu Hause hatte ich mich daran gewöhnt, mit allem später dran zu sein. Aber jetzt, gegenüber Théo und nach diesem Kuss, fühlte sich das plötzlich nicht mehr gut an.

Dass ich diesen Grübeleien ziemlich lange nachhing, merkte ich erst, als Théo plötzlich um die Ecke lugte und mich fragte, ob alles okay sei und wo ich bleiben würde.

»Ja, alles gut«, antwortete ich, rang mir ein Lächeln ab, nahm die Tasche mit den Büchern und ging zu den Jungs ins Wohnzimmer.

Sie hatten die Truhe auf den Esstisch gestellt. Zu dritt saßen wir nun um sie herum und betrachteten sie ausgiebig. Das Schloss sah wirklich genauso aus wie das, das ich in Papy Philippes Werkstatt mit einer Zange zerstört hatte. Wie eine alte Fahrradkette, um die jemand ein Vorhängeschloss montiert hatte.

»Ihr garantiert mir, dass da kein Dämon drin wohnt?«, bohrte Jacques nach. »Bei aller Freundschaft, Théo, einen Fluch muss ich mir echt nicht ins Haus holen.«

»Nein, bestimmt nicht«, versprach Théo.

»Aber hast du anfangs nicht vermutet, dass die Bücher von Geistern bewohnt werden?« Jacques ließ sich nicht so schnell überzeugen. »Dämonen oder Geister … das macht keinen Unterschied.«

»Wir haben dir schon gesagt, dass das mit den Geistern Quatsch war.« Théo lächelte ihn aufmunternd an. »Und Clara und ich müssen herausfinden, ob wir das richtige Buch erwischt haben. Aber wenn es dir lieber ist …«

»Nein, Mann«, unterbrach Jacques ihn schnell. »Komm schon, macht die doofe Kiste auf, ich will auch wissen, was sich darin versteckt. Was braucht ihr dafür?«

»Eine Zange«, sagte ich. »Zumindest habe ich das letzte Mal eine benutzt.«

»Okay, kommt sofort.« Jacques stand auf, eilte davon und kam wenig später mit einer ziemlich massiv aussehenden Brechzange zurück. »Reicht die?«, fragte er.

»Klar reicht die«, lachte Théo. »Hast du gesehen, wie dünn die Kette im Vergleich zu dieser Zange ist?«

Dieses Mal ging es tatsächlich schneller, die Kette aufzubrechen, weil ich nicht allein war, und die Jungs eindeutig etwas mehr Kraft hatten als ich. Die Kette zerbarst, der Deckel der Truhe sprang auf und ein bisschen Staub wirbelte heraus.

Théo zögerte kurz. »Möchtest du?«, fragte er an mich gewandt.

Ich schüttelte den Kopf. »Nein, hol du das Buch heraus«, entschied ich. »Ich habe die Kiste mit dem ersten Buch gefunden, du hast die mit dem letzten Buch gefunden.«

Théo nickte, griff in die Truhe hinein und zog ein Buch mit dunkelgrünem Ledereinband heraus. Es sah haargenau wie das Buch aus, das ich in Papy Philippes Werkstatt entdeckt hatte. Mit dem Unterschied, dass es sich dieses Mal augenscheinlich nicht um ein Kräuterbuch handelte, sondern um eine Art barocken Pilzführer. Sofort spürte ich ein kräftiges Vibrieren in der Luft, und auch Théo schien es wahrzunehmen.

»Das ist es«, flüsterte ich aufgeregt. »Wir haben den dritten und letzten Teil gefunden. Suchst du den Zettel, der hier drinstecken muss?«

Wieder nickte er. Seine Finger zitterten ein bisschen, während er die Seiten umblätterte. Es dauerte. Und dauerte. Doch ungefähr in der Mitte des Buches stieß Théo tatsächlich auf ein loses Blatt Papier. Es glänzte golden, und in silberfarbener Schrift waren drei Buchstaben darauf zu lesen. »M, P, L«, las Théo mit leiser Stimme.

»Vielleicht kommt der vollständige Text zum Vorschein, wenn wir alle Teile zusammengesetzt haben?«, überlegte ich. »Dann zeigt sich der Zauberspruch.«

»Krasse Scheiße!«, hörte ich Jacques neben mir murmeln. Er schüttelte den Kopf. »Ihr zwei wisst schon, dass ihr echt abgefahrenes Zeug macht? Das klingt wie aus irgendeinem verrückten Fantasyschinken.«

»Das finde ich auch«, stimmte Théo ihm zu. »Sollen wir den Text gleich zusammensetzen?«

»Wartet, wartet, wartet«, stoppte Jacques ihn. »Ich bin zwar ein neugieriger Mensch, aber irgendwie glaube ich, es wäre besser, ihr macht diese Sache zu zweit. Also … ohne mich, wisst ihr? Das fühlt sich für mich richtiger an. Das ist eure Superpower. Und um ganz ehrlich zu sein«, ein fettes Grinsen bildete sich auf seinen Lippen, »falls ihr doch einen Dämon entfesselt, will ich nicht dabei sein.«

Wir einigten uns darauf, dass der beste Zeitpunkt für das Zusammensetzen des magischen Zettels kurz vor dem Schlafengehen war, in diesen besonderen Minuten, wenn langsam Ruhe einkehrt und man anfängt, die Aufregung des Tages nach und nach etwas zu vergessen.

Jacques war schon in sein Zimmer gegangen, als Théo und ich es uns Stunden später im Wohnzimmer auf dem Sofa gemütlich machten, die Bücher hervorholten und den letzten Teil des Blattes dazulegten.

Die Terrassentür stand offen, und der Lärm der Stadt drang herauf – das Brummen der Motorroller, das Lachen irgendwelcher Leute, die durch Montmartre spazierten und das Pariser Nachtleben genossen, und andere Geräusche der Großstadt. Vielleicht hörte ich alles so laut, weil Théo und ich kein Wort sprachen, und ich das Gefühl hatte, ich müsste die Luft anhalten vor lauter Aufregung. Mit einem Mal wurde mir wieder bewusst, dass wir eigentlich gar nicht so genau wussten, was wir da taten. Wir gingen zwar davon aus, dass die Lösung des

Rätsels ein Zauberspruch sein würde, wie der Bibliothekar das behauptet hatte, aber wir hatten keinen Beweis dafür. Und wir konnten daher auch nicht wirklich wissen, was passieren würde, wenn wir alle drei Teile zusammenfügten. Nein. Nichts war hier sicher, außer eine Sache.

»Das ist dann auch das Ende unserer gemeinsamen Reise.« Théo nannte es plötzlich beim Namen. Er seufzte und legte das Buch mit dem dritten Abschnitt noch einmal zur Seite. »Tante Yvette wird stinksauer sein. Ich habe es dir nicht erzählt, weil ich dir kein schlechtes Gewissen machen wollte, aber sie ruft mich jeden Tag mindestens zehnmal an. Ich bin noch kein einziges Mal rangegangen, weil ich sowieso weiß, was sie mir sagen will. Dass wir auf der Stelle aufhören sollen, unsere Nasen in Angelegenheiten zu stecken, die uns nichts angehen. Und dass wir zurückkommen sollen, um ihr die Bücher zu überlassen. Sie würde sie dann in den Deckenklappen des Antiquariats verschwinden lassen, dich nach Hause schicken und danach so tun, als wäre nie etwas gewesen. Wie sie ja immer tut, als wäre nie etwas gewesen.« Er schwieg, dann seufzte er noch einmal und zuckte leichthin die Schultern, als würde ihm das helfen, die Gedanken an zu Hause und seine Tante abzuschütteln. »Es ist zwecklos, wir müssen diese Sache trotzdem beenden, weil wir sie angefangen haben. Oder eher«, kurz überlegt er, bevor er mich anlächelte, »weil *du* sie angefangen hast.«

»Stimmt«, sagte ich. »Weil ich die erste Schatulle gefunden habe.« Und dann rutschte es mir einfach heraus, obwohl das hier der unpassendste Moment von allen war. »Aber, Théo, was sollte das mit dem Kuss?«

Stille. Théo sah mich einfach nur schweigend an. Was dazu führte, dass mein Magen sich auf einmal enger und enger verknotete. Innerlich begann ich schon zu bereuen, überhaupt etwas gesagt zu haben. Doch auf der anderen Seite ließen mich die Gedanken daran sowieso nicht los. Irgendwann hätte ich es ohnehin auf den Tisch bringen müssen. Ob jetzt oder später war nun auch egal.

»Théo?«, fragte ich nach einer Weile zaghaft, weil er immer noch nicht reagierte.

»Ja, der Kuss«, sagte er schließlich, und sofort wurde das unangenehme Gefühl in meinem Magen stärker. Das hörte sich so an, als würde er mir wirklich gleich beichten, dass das nichts weiter als ein kleiner Ausrutscher gewesen war, den er sofort danach bereut hatte. Oder dass es etwas war, das er ständig mit verschiedenen Mädchen machte, und das deshalb nichts zu bedeuten hatte. Vielleicht klingt das übertrieben, aber ich hörte für ein paar Sekunden auf zu atmen. Nämlich so lange, bis Théo hinzufügte: »Diesen Kuss wollte ich … ähm … wahrscheinlich, seit ich dich zum ersten Mal gesehen habe.« Mehr sagte er nicht. Musste er auch nicht. Er tat etwas viel Besseres.

Er beugte sich zu mir – und küsste meine Lippen.

Dieses Mal ging alles viel schneller.

Zwar war er am Anfang noch vorsichtig, und es kam mir so vor, als würde er damit rechnen, dass ich zurückzuckte, doch dann – als ich das nicht tat, sondern den Kuss erwiderte – spürte ich seine Hände plötzlich von meinem Gesicht über meine Arme tiefer bis an meine Taille wandern, und wir ließen uns gemeinsam nach hinten auf das Sofa fallen. Eines der Bücher plumpste zu Boden, doch selbst das war uns in diesem Moment egal. Wir küssten uns einfach weiter, sanken tief in die übereinandergestapelten Kissen und vergaßen alles um uns herum. Sogar das, weshalb wir eigentlich hier waren.

39.

Selbst der schönste Kuss endet irgendwann. Wann genau das gewesen war – daran konnte ich mich allerdings nicht mehr erinnern, als ich mitten in der Nacht aufwachte, weil Théo sich neben mir bewegte. Ich öffnete meine Augen einen kleinen Spalt und sah, dass er sich mit langsamen, bedächtigen Bewegungen aus der Decke schälte, aufstand und das Wohnzimmer auf leisen Sohlen in Richtung Eingangsflur verließ. Höchstwahrscheinlich muss er zur Toilette, dachte ich, und schloss die Augen wieder.

Ich wusste gar nicht mehr, wann genau wir weggenickt waren. Es musste zwischen den Küssen passiert sein. Offenbar hatten uns die Ereignisse der vergangenen Tage doch mehr mitgenommen, als wir die ganze Zeit geglaubt hatten, denn die Küsse an sich waren definitiv nicht einschläfernd gewesen. Ich spürte sie jetzt noch auf meinen Lippen – und am liebsten hätte ich sofort dort weitergemacht, wo wir aufgehört hatten.

Ich schmiegte mich noch ein bisschen fester in das Kissen, atmete den Duft nach Théo ein und beschloss, diese Idee in die Tat umzusetzen, sobald er zurück war. Ich lauschte in die Stille hinein, doch ich konnte eine ganze Weile nichts hören. Es vergingen dann allerdings noch einmal gute zwanzig Minuten, bis ich anfing, die Sache etwas seltsam zu finden. Wo steckte er denn so lange?

Ich richtete mich auf und ließ den Blick durchs dunkle Wohnzimmer schweifen. Die Terrassentür war immer noch geöffnet, ein feiner Luftzug wehte herein, an der Wand über der

Küchenzeile tickte eine Uhr, ansonsten war es völlig still. Ich schob die Decke zur Seite, kletterte vom Sofa und schlich auf Zehenspitzen zum Flur.

Die Badezimmertür war angelehnt, es brannte kein Licht. Offensichtlich war Théo nicht dort drin. Dafür bemerkte ich etwas anderes. Seine Turnschuhe waren verschwunden.

Irritiert machte ich ein paar Schritte rückwärts und lugte noch einmal zurück ins Wohnzimmer. Das Zifferblatt der Uhr leuchtete mir weiß entgegen, und ich konnte erkennen, dass es drei Uhr morgens war. Wieso um alles in der Welt schlich Théo sich um drei Uhr morgens plötzlich aus der Wohnung? Kurz überlegte ich, ob das okay war, weil man das ja schon ein bisschen als nachschnüffeln bezeichnen konnte, aber dann eilte ich zu meinen Chucks, schlüpfte hinein und machte mich auf den Weg ins Treppenhaus. Meine Beine fühlten sich etwas taub an, weil ich in Jeans geschlafen hatte, doch jetzt war ich froh, die Klamotten vor dem Schlafen nicht ausgezogen zu haben. So konnte ich Théo sofort folgen. Wobei natürlich nicht sicher war, ob ich ihn überhaupt noch erwischte.

Dieser Teil gestaltete sich jedoch leichter als gedacht. Ich musste gar nicht weit gehen. Als ich die letzte Stufe der untersten Treppe erreichte, entdeckte ich Théo mit seinem Smartphone am Ohr neben der Eingangstür stehen. Augenscheinlich telefonierte er. Um drei Uhr morgens? Ich hatte zwar ein schlechtes Gewissen, doch gerade, *weil* es mitten in der Nacht war, und er sich so geheimnisvoll davongeschlichen hatte, war ich neugierig geworden. Also blieb ich stehen und versuchte, mich möglichst unauffällig zu verhalten. Ich bewegte mich keinen Zentimeter vom Fleck und spitzte die Ohren.

Théo sprach leise, doch ich verstand ihn erstaunlich gut.

»Clara wird stinksauer sein, wenn sie das herausfindet. Mh hm. Nein. Das mache ich nicht. Weil das fies wäre. Was soll das heißen? Nein, Tante Yvette. Die Magie hat sie umgebracht? Wieso hast du mir das nicht ... Sekunde.«

Erschrocken machte ich einen Schritt zurück in den Schatten. Théo ließ das Telefon sinken. »Hallo?«, fragte er.

Mist. Mist. Mist.

Da hatte ich mir eben noch Sorgen gemacht, es könnte nicht okay sein, Théo heimlich nachzuspionieren, und dann ließ ich mich jetzt auch noch dabei erwischen. Blöder ging es ja echt nicht. Und nun so tun, als wäre ich nicht da, hätte die Situation erst recht noch dämlicher gemacht.

Also trat ich wieder einen Schritt nach vorn und flüsterte: »Hey, was ist denn los? Du warst plötzlich weg.«

Durch die Dunkelheit konnte ich es nicht genau erkennen, aber es kam mir so vor, als wirkte Théo ziemlich verzweifelt, während sein Blick zwischen dem Smartphone in seinen Händen und mir hin- und herwanderte.

»Théo?! Ist das Clara?!«, hörte ich Yvettes dumpfe Stimme aus dem Hörer rufen. »Gib sie mir bitte! Ich möchte mit ihr sprechen und ihr das alles erklären. Außerdem warten ihre Eltern hier bei mir auf sie und sind völlig durch den Wind!«

»Was ist denn los?«, fragte ich noch einmal an Théo gewandt.

Den Teil mit meinen Eltern versuchte ich so schnell wie möglich aus meinem Kopf zu verbannen. Natürlich war mir klar gewesen, dass sie nicht zu Hause bleiben würden, sobald sie erfuhren, dass ich abgehauen war. Ich wollte mir gar nicht ausmalen, welche Sorgen sie sich um mich machten. Hätte ich das gemacht, wäre das schlechte Gewissen, das ich sowieso schon hatte, unerträglich geworden.

»Es ist … ich spreche gerade mit Yvette«, erklärte Théo.

»Das habe ich bemerkt«, sagte ich. »Aber … wieso denn? Ist etwas passiert?«

»Nein.« Théo schüttelte den Kopf. »Nein, es ist nichts passiert. *Noch* nicht. Nur hat Yvette mir gestern Abend eine Nachricht geschrieben, in der sie mich davor gewarnt hat, dass dir etwas passieren könnte, wenn wir diesen … Zauberspruch … vollständig zusammensetzen. Sie weiß, dass wir bei dem Bouquinisten waren.«

»Okay?«, fragte ich. »Und … was heißt das jetzt?«

»Mein Vater und meine Mutter sind wegen einer solchen Aktion gestorben«, murmelte Théo.

Mama hatte recht. Kamillentee beruhigt die Nerven.

Ich atmete den feinen Dampf ein, schloss meine Hände fest um den Becher und pustete auf die heiße Oberfläche. Jacques schob Théo ebenfalls eine Tasse hin, dann setzte er sich zu uns an den Wohnzimmertisch. »Mann, ihr zwei seht ziemlich k. o. aus. Könnt ihr mich jetzt vielleicht mal aufklären, was mitten in der Nacht so Schlimmes passiert ist, dass man mich wecken und ein Gesicht ziehen muss, als wäre drei Tage Regenwetter?«

»Meine Tante hat mir eine Nachricht geschrieben«, antwortete Théo und nippte zaghaft an dem heißen Tee.

»Okay.« Jacques nickte. »Ich mag es auch nicht besonders, wenn meine Tante mir schreibt. Meistens sind ihre Messages super nervig. Aber ich nehme jetzt mal an, bei dir hat das alles noch einen anderen Hintergrund.«

»Sie hat geschrieben, dass sie nichts mit Monsieur Mathis' Jagd auf uns zu tun hat. Er war plötzlich verschwunden. Und dass sie einen Anruf bekommen hat von jemandem, den ich kenne, aber an den ich mich bestimmt nicht mehr erinnern kann.«

»Klingt mysteriös, wie alles in deiner Familie«, warf Jacques ein.

»Ja.« Théo holte tief Luft. »Dieser geheimnisvolle Jemand hat Yvette jedenfalls verraten, dass Clara und ich bei ihm waren und eine Kiste mit einem ganz speziellen Buch mitgenommen haben.«

»Der Bouquinist also«, sagte ich. »Deshalb kannte er unsere Namen, er kennt Yvette!«

»Scheint so«, sprach Théo weiter. »Er wollte ihr das erzählen, weil er im Gegensatz zu Yvette der Meinung ist, dass wir uns auf einem guten Weg befinden. Dass es richtig ist, wieder mit der Magie zu arbeiten und die Vergangenheit damit auf positive Weise hinter sich zu lassen. Ein Ansatz, den anscheinend auch dein Papy Philippe verfolgte. Aber Yvette sieht das anders. Denn für sie hat die Magie meine Eltern ermordet.«

»Wegen der Bücherwürmer?«, fragte ich.

»Nein.« Théo schüttelte entschieden den Kopf. »Sie sagt, die haben nichts damit zu tun.«

»Und wer sind jetzt eigentlich diese Bücherwürmer?«, wollte Jacques wissen.

»Yvette nennt magiefühlige Menschen *Bücherwürmer*, die böse Absichten verfolgen, indem sie magische Gegenstände sammeln und anschließend für viel Geld an Magier verkaufen, egal, was die mit der Magie anstellen wollen. Und wenn diese Bücherwürmer einen besonders wertvollen magischen Gegenstand wittern, jagen sie einen durchaus auch, um einem diesen Gegenstand abzunehmen. Es gibt zwei Wege, um die Stromschläge, die von den magischen Gegenständen ausgehen, zu vermeiden. Entweder die Person, die mit dem magischen Gegenstand arbeitet, übergibt die Mission freiwillig ... oder ihr wird der Garaus gemacht.«

»Was?« Entsetzt starrte ich Théo an, und auch Jacques schüttelte fassungslos den Kopf.

»Es gibt aber eine Möglichkeit, Magiefühlige und damit auch Bücherwürmer in ihrer Wahrnehmung zu stören.« Théo trank einen Schluck. »Musik. Das stört die magischen Wellen.«

»Mann, Mann«, sagte Jacques. »Die Story wird immer abgefahrener. Und das ist deinen Eltern passiert? Ihnen wurde ... also ... der Garaus gemacht?«

»Das dachte ich zuerst, aber ich lag falsch«, erklärte Théo. »Yvette sagt, meine Eltern starben, weil mein Vater einen besonders mächtigen Zauberspruch zusammensetzte, der ihnen beiden zum Verhängnis wurde.«

»Was bedeutet das?«, fragte ich mit großen Augen.

»Wenn man Zaubersprüche findet, weiß man nie, was ihre Wirkung ist. Das ist es, was magische Gegenstände so gefährlich macht. Sie entfalten ihre volle Wirkung immer erst, wenn sie vollständig zusammengefügt wurden. Und mein Vater fügte, ohne es zu wissen, einen Todeszauber zusammen. Weil er sich auf Missionen eingelassen hat, die Yvette niemals angenommen hätte. Aufträge von mächtigen Magiern.«

»Das klingt ... gruselig«, murmelte Jacques und er hatte damit absolut recht.

»Ist es auch«, fand Théo. »Was für mich jetzt allerdings vor allem wichtig ist ... Clara, wir können diese Mission nicht beenden. Ich will nicht riskieren, dass ich ...« Er brach ab.

»Was willst du nicht riskieren?«, bohrte ich nach.

Théo schluckte schwer. »Ich will dich nicht verlieren.«

Ich blinzelte.

Natürlich hatte ich mir immer ausgemalt, wie es sich wohl anfühlte, wenn einem jemand eine Liebeserklärung machte. Und ich hatte es mir immer romantisch vorgestellt. Zauberhaft. Mit ganz viel Herzklopfen.

Jetzt wusste ich, wie es sich anfühlte. Denn das, was Théo gerade gesagt hatte, war genau das für mich. Eine Liebeserklärung.

Und gerne hätte ich sie in irgendeiner Form erwidert. Mir blieb allerdings keine Zeit mehr dafür. Denn in diesem Moment deutete Jacques zum Sofa. »Wo sind eigentlich die Bücher?«

40.

Sie waren weg. Wir suchten das ganze Wohnzimmer ab. Ich sah sogar im Gästezimmer nach, obwohl sie dort heute ganz sicher nicht gewesen waren. Aber die Bücher und die Truhe blieben wie vom Erdboden verschluckt.

Irgendwann fiel mein Blick auf die offen stehende Terrassentür. Ich hielt es für Unsinn, aber trotzdem machte ich einen Schritt hinaus und blickte über das Gittergeländer. Und im selben Augenblick blieb mein Herz vor Schreck stehen. Dort unten auf der Straße stand ein altersschwacher Renault-Clio, den ich schon mal gesehen hatte. Neben dem Wagen standen Monsieur Mathis und der Typ mit der Katze. Die beiden Männer diskutierten heftig miteinander und waren damit beschäftigt, Bücher in eine Kiste zu laden. Und ich stellte relativ schnell fest, dass es sich dabei nicht um irgendwelche Bücher handelte.

»Monsieur Mathis hat sie gestohlen!«, rief ich atemlos und wirbelte zu den Jungs herum.

»Wie bitte?«, fragte Théo.

»Monsieur Mathis!«, wiederholte ich und rannte bereits zur Wohnungstür. »Er muss irgendwie durch die Terrassentür hereingekommen sein, während wir unten im Treppenhaus waren. Auf jeden Fall sind er und der Typ dort unten, und sie haben uns die Bücher gestohlen!«

»Clara!«, sagte Théo. »Wo willst du hin? Wir können diese Mission sowieso nicht beenden. Was auch immer Monsieur Mathis mit diesen Büchern plant, lassen wir sie ihm einfach.«

»Bist du verrückt geworden?« Entsetzt sah ich ihn an. »Ich werde das ganz bestimmt nicht tun. Meinetwegen fügen wir den letzten Teil des Zettels nicht mit dem Rest zusammen, meinetwegen schließen wir die Bücher wieder zurück in eine Kiste und lassen sie dort. Aber ich werde ganz bestimmt nicht zulassen, dass sich Monsieur Mathis mit den Büchern, die *wir* aufgetrieben haben, aus dem Staub macht. Vielleicht ist er ein Bücherwurm?! Hast du da schon mal dran gedacht? Möglicherweise möchte er diese Bücher jemandem verkaufen, der damit schlechten Zauber wirkt? So wie Bücherwürmer das machen! Das dürfen wir nicht akzeptieren!« Ich stürmte los. Wie von der Tarantel gestochen hetzte ich aus der Wohnung, raste die Stufen hinab und riss die Tür hinaus auf die Straße auf. Doch gerade, als ich keuchend auf das Kopfsteinpflaster stolperte, sah ich den Clio davonbrausen. »Mist, verdammter!«, rief ich und stützte schnaubend meine Hände an den Knien ab.

»Nehmt meinen Motorroller!«, hörte ich da Jacques' Stimme. Er und Théo waren mir nachgelaufen, und noch ehe ich es richtig realisiert hatte, sah ich Théo bereits zu einem knallblauen Motorroller hetzen.

Er schwang sich auf den Sitz und warf mir einen Blick zu. »Clara?«, fragte er. »Machen wir das gemeinsam?«

»Was glaubst du denn?«, antwortete ich und konnte mir ein Grinsen nicht verkneifen. Plötzlich war es wieder da – dieses total verrückte Abenteuerprickeln, das mich schon die ganzen letzten Tage durch die Mission getrieben hatte.

Ich sprang hinter Théo auf den Roller und wir rasten los. Mitten durch Montmartre. Unter uns holperten die Straßen, aber keine Sekunde verloren wir unser Ziel aus den Augen. Den Clio. Der gerade an einer Ampel anhielt.

Wir fuhren auf gleiche Höhe, und Théo klopfte fest gegen die Fahrerscheibe. »Monsieur Mathis!«, rief er. »Ich glaube, Sie haben da etwas, das uns gehört!«

Die Ampel war immer noch rot. Mein Herz raste. Ich bekam kaum noch Luft.

Monsieur Mathis ließ die Scheibe runter. »Das glaube ich nicht, mein Junge!«, sagte er – und trat aufs Gas. Er überfuhr einfach die rote Ampel und jagte davon.

»Der ist ja total bescheuert!«, rief ich Théo zu. »Das kann man doch nicht machen!«

»Ja, der ist echt bescheuert«, gab Théo mir recht, wartete, bis es grün wurde, und fuhr dann weiter. Wir fürchteten, dass Monsieur Mathis verschwunden war, doch offensichtlich hatte er nicht mit den vielen Ampeln gerechnet – ein paar Meter weiter vor uns stand er schon wieder. Erneut fuhren wir direkt neben ihn. Wieder klopfte Théo an die Fahrerscheibe. Doch dieses Mal öffnete Monsieur Mathis nicht mehr, er wandte nur den Kopf in unsere Richtung und presste offensichtlich verbissen die Zähne zusammen.

Da kam mir eine Idee. Blitzschnell sprang ich vom Motorroller, rief Théo zu »Lass uns gleich bei Jacques treffen!«, riss die Hintertür des kleinen Clio auf und schob mich auf die Sitze.

Puh! Es miefte ein bisschen nach Katze und Karamellkeksen.

»*Bonjour*!«, sagte ich und lächelte breit, als Monsieur Mathis sich entsetzt zu mir umdrehte.

»Mademoiselle Bernstein«, rief er fassungslos. »Sind Sie völlig verrückt geworden?!«

Das fragte ich mich allerdings auch. In meinem ganzen Leben hätte ich niemals gedacht, dass ich eine solche Show abziehen würde. Aber manchmal läuft man wohl eben einfach zu Höchstform auf, wenn man das muss.

Ich packte die Kiste mit den Büchern, die neben mir auf der Rückbank lag, riss die Tür wieder auf und stürmte davon, bis ich Théo auf dem Motorroller erspähte. Zum Glück war um diese Uhrzeit nichts los, so konnte ich über die Straße laufen, ohne mit vielen Autos in Berührung zu kommen. Dann kletterte ich wieder hinter Théo und hauchte atemlos: »*Salut!*«

Etwas erschrocken wandte er sich um. »*Salut*«, hauchte er zurück. »Bist du verrückt geworden?«

»Ich glaube ja«, sagte ich leise kichernd. Dann klopfte ich auf die Kiste mit den Büchern. »Doch eins weiß ich genau: Wir müssen die Bücher zurück ins Antiquariat der verlorenen Dinge bringen. Nur dort können wir dem Geheimnis des Zauberspruchs auf den Grund gehen.«

Vier Stunden später winkten Théo und ich Jacques durch die Fensterscheibe, während der Zug an Tempo zulegte und den *Gare de Lyon* hinter sich ließ. Als auch der letzte Teil des Bahnsteigs aus dem Sichtfeld verschwunden war und draußen nur noch graue Häuserfassaden vorbeizogen, lehnte ich mich seufzend zurück und schloss für einen kurzen Moment die Augen. Ich war todmüde! Wahrscheinlich wäre ich weggenickt, hätte ich nicht das Gefühl gehabt, dass Monsieur Mathis und der Typ mit der Katze jederzeit auftauchen konnten. Nur weil wir sie seit der Verfolgungsjagd durch die Straßen von Paris nicht mehr gesehen hatten, bedeutete das ja nicht, dass sie nicht mehr in unserer Nähe waren.

In den letzten Stunden war so viel auf einmal passiert, was ich jetzt erst nach und nach realisierte. Nachdem ich die Bücher wieder zurückgeholt hatte, waren Théo und ich zurück in Jacques Wohnung gefahren, und dort hatten wir bei geschlossenen Fenstern noch einmal eine kleine Krisensitzung abgehalten – bei der wir uns nicht ganz einig geworden waren.

Auf der einen Seite verstand ich Théos Bedenken, was das endgültige Zusammensetzen dieses Textes betraf, doch auf der anderen Seite sagte mir etwas, dass wir die Aufgabe hatten, diese Mission zu einem Ende zu führen … und zwar zu einem guten Ende. Ich glaubte nicht daran, dass es der richtige Weg war, hätten wir alle drei Bücher nun einfach zusammen in der Bannkiste gelassen, die Monsieur Mathis und der Katzen-Typ anscheinend dafür verwendet hatten, um zu verhindern, dass die Bücher von selbst wieder zurück zu Théo und mir kamen.

Hätten wir die Dinge auf diese Weise gelöst, hätte diese ganze Reise und all der Aufwand, den wir betrieben hatten, überhaupt keinen Sinn gemacht. Ja, vielleicht war es gefährlich. Aber da gab es diese leise Stimme in mir, die mich immerzu an Papy Philippe denken ließ.

Ich versuchte mir vorzustellen, was er mir nun raten würde. Denn falls tatsächlich er es gewesen war, der das Kästchen mit dem ersten Buch im Fußboden seiner Werkstatt versteckt hatte, hatte er bestimmt einen Grund dafür gehabt. Anderenfalls hätte er das Buch Yvette gegeben, damit sie es wie alle anderen verlorenen Bücher wegschließen konnte.

Ich war der festen Überzeugung, dass Papy Philippe gewollt hätte, dass diese Mission vollständig abgeschlossen wurde.

Dazu kam die Frage nach diesem Henri. Wir wussten immer noch nicht, was es mit diesem Namen auf sich hatte. Und wieso auf dem Schloss des anderen Kästchens *Antoine* stand. Oder wieso ausgerechnet ein Bouquinist aus Paris, den Yvette offenbar gut kannte, im Besitz des dritten Buchs gewesen war.

Hatten er und Papy Philippe sich ebenfalls gekannt? Hatten sie sogar gemeinsam beschlossen, die Bücher in diesen Kästchen mit den Vorhängeschlössern aufzubewahren? Doch warum nur?

Außerdem: Aus welchem Grund waren Monsieur Mathis und die Bücherwürmer so wild darauf, uns die Bücher abzuluchsen?

Je mehr ich über all das nachdachte, desto sicherer war ich, dass wir keine andere Wahl hatten: Wir *mussten* die drei Teile zusammenfügen. Allerdings fiel mir zuerst noch die Aufgabe zu, Théo wieder umzustimmen … Und das würde schwierig werden. Ich öffnete die Augen und sah zu ihm.

Er saß auf dem Sitzplatz mir gegenüber, blickte aus dem Fenster und hielt die Kiste mit den Büchern auf seinem Schoß. Seine Finger umklammerten das Holz, als hätte er Angst, die Truhe könnte sich jeden Moment selbstständig machen. Als er bemerkte, dass ich nicht schlief, wandte er sich mir zu und lächelte.

»Na, alles gut?«, fragte er.

Ich nickte und lächelte zurück. »Ja, irgendwie freue ich mich jetzt schon richtig darauf, wieder ins Antiquariat zu kommen. Auch wenn ich etwas Bammel vor dem Donnerwetter meiner Eltern habe.«

»Was glaubst du, wie es mir da geht?«, meinte Théo. »Deine Eltern … mir wird ganz anders bei der Vorstellung ihnen zu begegnen. Sie werden mich hassen.«

»Nein«, sagte ich. »Eventuell werden sie nicht ganz so begeistert davon sein, dass du mit mir abgehauen bist, und Papa wird dir möglicherweise eine kleine Standpauke halten, aber hassen werden sie dich nicht.«

Théo lachte. »Das beruhigt mich jetzt ungemein.«

»Ach, so schlimm sind Papas Standpauken nie«, versicherte ich ihm. »Solange er nicht herausfindet, dass du mich geküsst hast ...«

Théos Augen wurden groß und ich begann zu kichern.

»Spaß!«, sagte ich und winkte ab. »Mach dir da mal keinen solchen Kopf. Meine Eltern werden einfach froh sein, dass nichts passiert ist. Ich glaube, wir haben jetzt sowieso noch eine ganz andere Sorge.« Kurz zögerte ich, dann aber teilte ich meine Überlegungen bezüglich der Bücher mit ihm.

Théo hörte sich alles an, schüttelte aber immer wieder den Kopf und seufzte leise: »Clara, das hatten wir doch schon! Ich möchte wirklich nicht, dass dir etwas passiert.«

»Mir wird nichts passieren!«, sagte ich entschieden. Und dann: »Weißt du was? Ich beende das alleine. Ich habe es ja auch alleine begonnen.«

Eine ganze Weile sah Théo mich schweigend an, bis sich ein leichtes Lächeln auf seinen Lippen bildete. »O Mann, und ich dachte, ich hätte es mit einem superbraven Mädchen zu tun, dabei bist du taff wie sonst was. Um das klarzustellen: Alleine lasse ich dich das ganz bestimmt nicht machen!«

41.

Wir erreichten Lyon. Als wir das Bahnhofsgebäude des *Gare de Lyon Part Dieu* – der wichtigste Bahnhof der Stadt – verließen, regnete es in Strömen. Das erste Sauwetter, seit ich in Frankreich angekommen war. Dafür aber gleich ein ordentliches. Die wenigen Menschen, die auf den Straßen unterwegs waren, eilten von Haustür zu Haustür und versteckten sich unter ihren Schirmen oder zogen sich die T-Shirts bis über die Ohren. Auf dem Asphalt hatten sich bereits Pfützen in der Größe kleiner Tümpel gebildet.

Ganz schön unerwartet für einen Tag, der in Paris mit herrlichstem Sonnenschein begonnen hatte.

Théo und ich waren darauf natürlich nicht vorbereitet, wie wir ja während dieser Reise auf genau genommen gar nichts vorbereitet gewesen waren.

Wir liefen so schnell wir konnten und trotzdem hatten sich meine Haare bald schon in eine Frisur à la ins-Wasser-geplumpste-Perserkatze verwandelt. Wenigstens war es ein warmer Sommerregen und wir waren außerdem so in Eile, dass ich schon nach wenigen Metern total ins Schwitzen kam.

Die Bücher trug Théo, und dadurch, dass sie sich in der Kiste befanden, in die Monsieur Mathis und der Typ sie gepackt hatten, hofften wir, dass sich keine Bücherwürmer durch die Magie angelockt fühlten … falls überhaupt welche dieser zwielichtigen Kerle unterwegs waren. Doch nach der letzten Begegnung, die ich in Lyon mit ihnen gehabt hatte, ging ich schwer davon aus, dass es in der Stadt nur so von ihnen wimmelte. Vielleicht lag das am Antiquariat. Wenn es an einem Ort einen Laden gab, in dem sich immer wieder so viele verlorene Bücher sammelten, musste das für die Bücherwürmer höchst interessant sein. Eben ganz wie echte Bücherwürmer, die sich von Holz und anderem Material, in das sie sich gerne hineinfressen, angelockt fühlten.

Dazu kam auch noch die Tatsache, dass Monsieur Mathis augenscheinlich einer von ihnen war und jahrzehntelang im Laden gearbeitet hatte. Er hatte es ihnen sicher leicht gemacht, besonders lukrative Magie in ihren Besitz zu bringen.

Plötzlich kam mir auch die Erkenntnis, dass das die Erklärung für meine eigenartigen Beobachtungen in meiner ersten Nacht sein musste. Yvette hatte tatsächlich nichts davon wissen können, dass sich zu so später Stunde Leute im Laden herumtrieben – weil Monsieur Mathis klammheimlich Magie an die Bücherwürmer verteilt hatte!

Bei dieser Vorstellung zog sich ein Gänsehautschauer über meinen Rücken. Wie unheimlich war das denn? Noch vor ein paar Tagen hatte ich mit diesem Mann gemeinsam gearbeitet und mich von ihm herumkommandieren lassen, und dabei die ganze Zeit nicht den leisesten Schimmer gehabt, dass er in dieser Geschichte zu den fiesen Kerlen gehörte.

Na ja. Zugegeben, dass mit ihm nicht gut Kirschen essen war, das hatte ich natürlich schon relativ bald verstanden. Aber ich hatte nicht gedacht, dass er zu der schlimmsten Sorte zählte. Ich fragte mich, wie Yvette das aufnehmen würde, wenn wir im Antiquariat ankamen und ihr davon erzählten.

Ob sie uns glauben würde? Immerhin kannte sie Monsieur Mathis schon seit sehr langer Zeit.

Das musste ein Schock für sie werden.

In jedem Fall würden wir ihre Reaktion in Kürze erleben, denn wir ließen soeben die *Pont Bonaparte* hinter uns und befanden uns nun auf direkter Zielgerade in Richtung Renaissancealtstadt.

Wieder einmal stellte ich fest, wie schön hier alles war – sogar bei schlechtem Wetter. Die bunten Häuserfassaden spiegelten sich in der Wasseroberfläche der Saône und wegen der Regentropfen sah es aus, als würden die Farben wie auf einem Aquarellgemälde ineinander verlaufen.

Als wir die *Rue Saint Jean* erreichten, wichen wir ein paar Touristen in Regenponchos aus und sprangen über das kleine Rinnsal, das sich in der Mitte der Gasse gebildet hatte.

Und dann standen wir vor dem Antiquariat.

Das Schild über der Eingangstür wackelte etwas im Wind und an den Schaufensterscheiben hatte sich Wasser gesammelt.

Es fühlte sich an wie nach Hause zu kommen, obwohl alles mit diesen leichten Magenschmerzen verbunden war, weil ich nicht wusste, wie meine Eltern drauf sein würden. Oder Yvette.

Wir hatten im Zug beschlossen, ihr nicht zu verraten, dass wir planten, den Text zusammenzusetzen.

Sie sollte glauben, wir hätten uns entschieden, tatsächlich auf sie zu hören. Doch heute Nacht würden wir uns heimlich in den Laden schleichen, einen Blick in die Deckenklappen werfen – denn wir gingen davon aus, dass Yvette die Bücher genauso wie alle anderen verlorenen Bücher dort einschließen würde –, und sie wieder herausholen. Irgendwie schien es uns richtig, das alles in den Räumen des Antiquariats zu tun, auch wenn uns das gegen einen Todeszauber nicht weitergeholfen hätte. Aber so abwegig das klingen mochte, ich war bereit, dieses Risiko einzugehen. Weil ich so oder so nicht daran glaubte, dass Théo und mir etwas passieren würde. Ich konnte mir nicht vorstellen, dass irgendetwas Böses seinen Ursprung in Papy Philippes Werkstatt hatte. Selbst wenn er angeblich nicht hatte wissen können, welche Art von Zauberspruch sich in dem Buch versteckte, war ich felsenfest davon überzeugt, dass er niemals einen *Todeszauber* unter seinem Fußboden aufbewahrt hätte.

Théo griff nach der Türklinke des Antiquariats und drehte sich noch einmal zu mir um. »Bereit für den Wirbelsturm?«, fragte er.

Ich nickte entschlossen. »Ja, bereit.«

Er öffnete die Tür. Wir schlüpften hinein und ich atmete tief den Duft des Ladens ein. Ja, das hier war *wirklich* wie nach Hause zu kommen. Am liebsten hätte ich für einen Moment die Augen geschlossen und alles auf mich wirken lassen. Doch dafür war natürlich keine Zeit. Und außerdem verging meine Freude genauso schnell, wie sie gekommen war.

Mein Herz stolperte vor Schreck.

Ich hatte mir vielem gerechnet. Mit meinen tobenden und gleichzeitig vor Sorge weinenden Eltern, einer ziemlich ange-säuerten Yvette … und solchen Dingen eben. Aber ich hatte ga-rantiert nicht damit gerechnet, dass der erste Mensch, dem wir hier begegneten, ausgerechnet *er* sein würde.

Der gruselige Typ mit der Katze stand hinter der Kasse und schob sich genau in dem Moment, in dem wir den Laden be-traten, einen Karamellkeks in den Mund.

Einen kleinen Augenblick lang starrten wir ihn erschrocken an … und ich hätte schwören können, dass er genauso erschro-cken zurückstarrte. Doch dann löste seine Überraschung sich offensichtlich schlagartig auf und er grinste uns breit an. »*Bon-jour*, Kinderchen«, sagte er. »Wie gut, dass ihr endlich hier seid.

Dann können wir jetzt beenden, was wir schon vor ein paar Tagen im Wald begonnen haben. Nicht wahr? Es hat mich gnadenlos genervt, dass ihr beiden Kröten mir entkommen seid.«

Automatisch machten Théo und ich zeitgleich einen Schritt zurück, während der Typ sich mit zufriedener Miene hinter der Kasse hervorschob und auf uns zukam. Die ganze Zeit saß dabei die schwarze Gruselkatze auf seinen Schultern und starrte uns aus ihren bernsteinfarbenen Augen an. In meinem Kopf begann es wie verrückt zu rattern. Ich versuchte a) zu verstehen, was das alles sollte und ob Yvette etwas damit zu tun hatte und b) verzweifelt einen Ausweg zu finden. Wir hätten aus dem Laden stürmen können, wäre das diesem Kerl nicht eindeutig auch klar gewesen. Denn noch bevor er irgendetwas anderes tat, nutzte er unsere Schockstarre und ging zur Tür.

Mit einer raschen Bewegung drehte er den Schlüssel herum und ließ ihn anschließend zufrieden lächelnd in seiner Hosentasche verschwinden. »Das hätten wir damit geklärt, ihr kleinen Kröten: Dieses Mal entkommt ihr mir nicht. Also, wo sind nun die Bücher?« Er scannte uns ab, bis sein Blick an der Kiste in Théos Händen hängen blieb. »Junge, gibst du sie mir freiwillig oder müssen wir es wirklich auf die anstrengende Weise klären?«

Théo antwortete nicht. Und ich auch nicht. Wahrscheinlich weil es uns beiden die Sprache verschlagen hatte. Zumindest für den Augenblick. Das verschaffte dem Typen allerdings einen Vorteil, den er sofort ausnutzte. Urplötzlich packte er mich und zog mich in einen Klammergriff. »Na, Junge, vielleicht interessiert es dich ja weniger, ob ich mich an dir vergreife. Aber ich bin sicher, du möchtest nicht sehen, was ich gleich mit deiner klein…«

»Nicholas!« Yvettes Stimme schnitt ihm das Wort ab. »Was ist das für ein Unsinn? Wir hatten doch die Abmachung, dass den Kindern *nichts* geschieht.«

»Madame Lombard.« Ich konnte den Schreck im Körper dieses Typen richtiggehend spüren, als er mich blitzartig wieder losließ und ein Stück von sich weg schubste. »Monsieur Mathis meinte, ich sollte nicht zimperlich sein, um die Bücher an mich zu nehmen.«

Yvette war durch den langen Gang aus dem hinteren Verkaufsraum gekommen und ging jetzt kopfschüttelnd zur Kasse. »Aber doch nicht auf *diese* Weise! *Nicht zimperlich sein* bedeutet, dass du entschlossen mit ihnen sprichst und sie nicht entkommen lässt.« Yvette zwinkerte mir zu und ich wusste nicht, was ich fühlen sollte.

Was ging hier vor sich? Sie *kannte* diesen Kerl?

Wie um alles in der Welt war es überhaupt möglich, dass er vor uns hier angekommen war? Oder … dass Monsieur Mathis vor uns hier angekommen war. Denn genau der trat nun ebenfalls aus dem hinteren Verkaufsraum. Mit hochrotem Gesicht und wütenden Augen. Er musste mit seinem Clio wie ein Verrückter über die Autobahn gebrettert sein.

»Nun hat sich allerdings ohnehin alles gut gefügt.« Yvette ignorierte unsere verwirrten Blicke. »Ich hatte die Hoffnung, dass euch meine nächtliche Nachricht dazu bewegt, wieder zurückzukommen. Wissen konnte ich das natürlich nicht.« Sie lächelte. »Théodore, du bist genauso stur wie dein Vater, die Ähnlichkeit ist unglaublich. Aber das bedeutet auch, dass du offensichtlich auf die gleichen Tricks hereinfällst. Noël konnte man auch immer Angst machen, wenn man ihm das Gefühl vermittelt hat, Malou wäre in Gefahr. Und da für mich feststand, dass sie dir etwas bedeutet, dachte ich mir, dass du dir Sorgen um Clara machen wirst.« Jetzt nickte sie zufrieden. »Was sehr vernünftig ist. Mit einem potenziellen Todeszauber ist nicht zu spaßen. So, gibst du mir bitte die Bücher? Wir werden sie auf magische Weise versiegeln und zu den anderen Exemplaren schließen, die ich seit sechzehn Jahren sicher in speziell dafür vorgesehenen Schränken verstaue.«

»Wieso denn Todeszauber, Madame Lombard?«, fragte der Katzen-Kerl da in die Runde. »Wollen Sie sagen, die Kinder tragen allen Ernstes einen *Todeszauber* mit sich herum?«

Stille machte sich breit. Yvette holte tief Luft und schloss die Augen. »Ach, Nicholas«, seufzte sie leise.

»Tante Yvette, was soll das bedeuten?«, fragte da Théo. »Wieso sollten wir wissen, ob wir einen Todeszauber mit uns herumtragen? Hast du nicht selbst gesagt, man könnte vorab nicht feststellen, welche Art von Zauber man bei sich hat, und meine Eltern wären genau deshalb gestorben?«

»Oh doch, Junge«, sagte Nicholas, der Katzen-Typ. »Natürlich kann man vorab feststellen, welche Art von Zauber man mit sich herumträgt. Anders wäre das für die Bücherwürmer doch ein mühseliges ...«

»Nicholas!«, unterbrach Yvette ihn energisch. »Bist du von allen guten Geistern verlassen? Verstehst du denn gar nichts?«

»Nein, Madame Lombard«, erwiderte Monsieur Mathis. »Ich sage Ihnen doch, dass es entsetzlich anstrengend ist, mit ihm zu arbeiten, weil an der Stelle, an der andere Menschen ein Gehirn haben, bei ihm vermutlich eine Walnuss sitzt.«

»Sie sind so was von gemein!«, beschwerte Nicholas sich. Dann zuckte er mit den Schultern. »Ich dachte, das hier wäre jetzt der Punkt, an dem wir den Kindern sowieso die Wahrheit sagen, weil sie jetzt hier sind und es keinen Grund mehr gibt, sie mit irgendwelchen Tricks einzufangen.«

»Was soll das heißen?«, wollte Théo wissen. »Die Wahrheit? Was ist hier überhaupt los? Tante Yvette, steckst du mit den Bücherwürmern unter einer Decke?«

»Mit den Bücherwürmern?« Yvettes Augen weiteten sich. »Théodore, ich muss doch sehr bitten. Wie kommst du denn auf diese abstruse Idee? Ich würde mir im Traum nicht einfallen lassen, mit diesen skrupellosen Unwesen zu arbeiten. Sie haben deine Eltern auf dem Gewissen.«

»Was? Ich dachte ...«

»Nein, mein Junge. Das mit dem Todeszauber ist Unsinn. Das habe ich dir erzählt, um euch zurück nach Lyon zu locken. Deine Eltern starben, weil Noël an einer besonderen Mission dran war, die für die Bücherwürmer enorme Bedeutung hatte. Sie haben den Laden in der Nacht des Lichterfests überfallen, obwohl Gaston, der Puppenspieler, alles getan hat, um sie mit seiner Musik davon abzuhalten. Doch die Bücherwürmer ließen sich an diesem Abend nicht aufhalten. Noël und Malou versuchten gemeinsam, die Bücher in Sicherheit zu bringen. Es kam zu einer Verfolgungsjagd ... und sie sind mit dem Motorrad von der Straße abgekommen, ganz wie ich es dir immer erzählt habe. Seit dieser Nacht hängen die Schlüssel über der Eingangstür. Sie sind mit einem Bannzauber belegt, der verhindert, dass Menschen mit bösen Absichten den Laden betreten. Kein Bücherwurm wird es jemals wieder wagen, auch nur einen Fuß in dieses Geschäft zu setzen!« Yvette seufzte. »Ich wollte dich schützen, verstehst du das nicht? Ich wollte verhindern, dass du jemals mit diesen Dingen in Berührung kommst, damit du nicht dasselbe Schicksal wie das deiner Eltern erleidest. Noël hatte niemanden, der ihm bei seinen Missionen half. In den Generationen davor waren immer ein Magiefühliger aus der Familie Lombard und einer aus der Familie Chevalier in Teamarbeit am Werk ... Und ich dachte, in der Familie Chevalier gäbe es erneut niemanden, der magiefühlig ist. Weil schon Claras Mutter ohne diese Fähigkeit auf die Welt kam. Ich konnte nicht ahnen, dass Clara ... hätte ich das gewusst, hätte ich ihr niemals dieses Praktikum angeboten.«

»Also war Papy Philippe magiefühlig?«, fragte ich dazwischen.

Yvette sah mich traurig an. »Ja, doch er hat nie Missionen angenommen. Das hat sein Bruder getan. Henri.«

»Was?«, entfuhr es mir erschrocken.

»Ja.« Yvette nickte. »Dein lieber Großvater hatte einen Bruder. Henri Chevalier. Gemeinsam mit Grand-père Antoine hat er Missionen erfüllt, bis er schwer krank wurde und starb. Deinen lieben Papy hat das so sehr geschmerzt, dass ihm jedes Wort über Henri das Herz gebrochen hat ... Ich glaube, deshalb weiß nicht einmal deine Mutter von ihrem Onkel. Und Clara, du siehst ihm ähnlich. Du hast die gleichen dunklen Haare, die braunen Augen und den Leberfleck auf der linken Wange. Vielleicht hätte ich früher schon ahnen können, dass du ganz nach deinem Großonkel kommst ... und sehr wohl eine Magiefühlige bist.«

»Aber ... wenn du auf der Seite des Guten stehst, was machen dann Monsieur Mathis und er hier?«, fragte ich und zeigte auf Nicholas, der sich gerade einen neuen Keks aus der Dose angelte und in seinen Mund schob.

»Monsieur Mathis und Nicholas sind keine Bücherwürmer.« Yvette schüttelte lachend den Kopf. »Dachtet ihr das, weil sie versucht haben, euch die Bücher abzunehmen?«

»Ja«, kam es gleichzeitig von Théo und mir.

»Da muss ich euch enttäuschen«, antwortete Yvette. »Nicholas arbeitet schon seit langer Zeit für mich, auch wenn er früher einmal ein Bücherwurm war. Gemeinsam mit einigen anderen ehemaligen Bücherwürmern luchst er den bösen Bücherwürmern verlorene Bücher ab und bringt sie nachts zu mir in den Laden, damit ich sie am nächsten Tag versiegeln kann. Ich denke, Clara, dass du in deiner ersten Nacht ihn und einen seiner Kollegen gesehen hast. Obwohl ich ihnen eigentlich gesagt habe, dass sie den Hintereingang benutzen sollen. Monsieur Mathis und er haben euch allerdings trotzdem nicht in meinem Auftrag verfolgt, aber Monsieur Mathis fühlte sich wohl irgendwie verantwortlich für euch, nicht wahr, mein Lieber?« Sie warf ihm einen strengen Blick zu und er nickte betreten.

»Na ja, ich habe euch ohne Aufsicht hier im Verkaufsraum gelassen«, erklärte er. »Das hätte ich besser nicht tun dürfen, dann wäre es auch nicht passiert, dass euch ein solches Buch in die Hände fällt. Deshalb habe ich beschlossen, euch mit Nicholas' Hilfe zu suchen. Mit Nicholas' Hilfe, weil er im Gegensatz zu mir …« Monsieur Mathis unterbrach sich und räusperte sich leise, ehe er fortfuhr: »… er ist vollständig magiefühlig. Ich nur zur Hälfte.«

»Hä?« Ich blinzelte verwirrt. »Was bedeutet das?«

»Man kann auch nur ein bisschen magiefühlig sein«, antwortete Monsieur Mathis zerknirscht. »So wie ich. Ich sehe die Magie, aber ich fühle sie nicht. Daher ist es mir unmöglich, wie Bücherwürmer das zum Beispiel machen, auf die Jagd nach solchen Büchern zu gehen. Ich könnte sie nicht erfühlen. Und um euch beide … verfolgen … zu können, habe ich daher die Hilfe von Nicholas gebraucht. Der ist nämlich …«

»Vollständig magiefühlig«, beendete Nicholas den Satz selbst und aß den dritten Keks. »Anscheinend hält Monsieur Mathis mich ja für dumm, aber ich habe ihm in jedem Fall etwas voraus.«

»Ja, ja«, grummelte Monsieur Mathis und winkte ab. »Bilde dir da mal bloß nichts drauf ein.«

»Tue ich aber.« Nicholas kaute genüsslich vor sich hin.

»Okay, okay«, sagte Théo und stellte die Kiste mit den Büchern auf dem Kassentisch ab. »Jetzt langsam verstehe ich es. Monsieur Mathis und dieser …«

»Nicholas«, ergänzte Nicholas.

»Ja, meinetwegen, Nicholas«, seufzte Théo. »Sie sind uns gefolgt, weil sie uns die Bücher abnehmen wollten, um sie wieder hierher zu bringen? Aber Yvette wusste nichts davon?«

»Jap«, antwortete Nicholas.

»Aber was hat es mit dem Bibliothekar aus Marseille auf sich?«, fragte ich. »Er hat behauptet, dass Yvette ihm erst kürzlich ein Einzelexemplar hat zukommen lassen, wollte uns aber Bücherwürmer an den Hals hetzen. Da könnt ihr ja schlecht behaupten, der wäre harmlos.«

»Der ist auch nicht harmlos. Der alte Bibliothekar ist vor allem ein Halunke«, antwortete Yvette. »Er hat Noël damals gegen viel Geld verraten. Ich weiß nichts von einem Buch, das ich ihm überlassen habe. Er hat euch belogen. Manchmal schreibt er mir und fragt, ob wir noch Handel betreiben wollen – aber das kann er vergessen! Ich werde niemals wieder auch nur ein Buch an ihn abgeben. Ich bin froh, dass ihr ihm entkommen seid.« Yvette seufzte.

»Und wieso haben Sie dann gedroht, Clara wehzutun?«, fuhr Théo nun Nicholas an.

»Weil er ein Idiot ist«, übernahm Monsieur Mathis die Antwort. »Wie Madame Lombard gesagt hat, er war früher ein Bücherwurm und versteht nicht, dass *nicht zimperlich sein* in der Welt der Nicht-Bücherwürmer nichts mit abmurksen zu tun hat.«

»Sie wollten mich *abmurksen*?«, entfuhr es mir erschrocken.

»Na ja«, sagte Nicholas. »Irgendwie muss man doch an die Bücher herankommen. Da hatte Mathis einen Vorteil. Durch seine nicht vollständige Magiefühligkeit fühlt er keine Stromschläge, er kann die Bücher also jederzeit berühren, weil die Magie ihn nicht als Magiefühligen erkennt. Das ist übrigens auch der Grund, wieso wir die Bücher problemlos aus der Wohnung stehlen konnten. Nachdem das im Wald und in Marseille gehörig schiefging, haben wir nämlich einen Strategiewechsel beschlossen. Monsieur Mathis war der Meinung, wir sollten euch Kröten die Mission zu einem Ende führen lassen, und dann *alle* Bücher auf einmal stehlen. Deshalb haben wir euch ab da so gut es ging im Auge behalten. Meine liebe Katze hat für uns ausspioniert, wann ihr abgelenkt wart ... und *kabumm* ... haben wir uns die Bücher geholt. Falls ihr euch das jetzt fragt ... Katzen lieben Magie. Deshalb halten sie sich bevorzugt an Orten auf, an denen magische Gegenstände gelagert werden. Wie zum Beispiel hier.« Nicholas nickte in Richtung eines der Bücherregale, in dem drei von Yvettes Katzen saßen und zufrieden herunterstarrten.

42.

»Clara, wie konntest du nur?«

Mamas Blick fühlte sich an wie ein Messer in meiner Brust, das jemand hineingesteckt hatte und dann noch ein paar Mal hin und her drehte. Was auch dadurch nicht besser wurde, dass Papa mit ähnlich enttäuschtem Gesichtsausdruck neben ihr saß und kein Wort sagte. Er rührte in seinem Kaffee, und ich sah ihm an, dass er innerlich versuchte, alles, was in der letzten Woche passiert war, in seinem Kopf zu sortieren. Dass er sich fragte, ob es sich bei Yvettes Anruf mit der Nachricht, dass Théo und ich abgehauen waren, vielleicht doch nur um einen bösen Albtraum gehandelt hatte, aus dem er gleich wieder aufwachen würde. In dem beruhigenden Wissen, dass seine Tochter so etwas in Wirklichkeit niemals tun würde. Oder ob er nun wirklich in Yvettes Küche in der *Rue Saint Jean* saß und akzeptieren musste, dass er sich gewaltig in mir getäuscht hatte.

Das tat weh. Es tat sogar verdammt weh.

Ich wollte nicht, dass meine Eltern traurig waren.

»Wisst ihr …«, setzte ich zu einer Erklärung an, aber da trat Yvette zwischen Théo und mich und legte beruhigend eine Hand auf meine Schulter. Aus dem Augenwinkel erkannte ich, dass sie das Gleiche bei ihrem Neffen machte.

»Ts, diese beiden Ausreißer«, sagte sie, »wollten einfach die Welt entdecken.« Sie trat einen Schritt zur Seite, zog sich einen Stuhl heran und nahm ebenfalls Platz. »Was natürlich überhaupt nicht rechtfertigt, dass man sich auf einem gestohlenen Motorroller davonmacht, den dann auch noch irgendwo in

Marseille am Bahnhof stehen lässt, kein Handy mitnimmt und seine Eltern nicht anruft«, fuhr sie fort und bedachte Théo und mich mit einem strengen Blick.

»Yvette, es tut uns so fürchterlich leid«, sagte Mama und schüttelte pausenlos den Kopf. »Clara ist normalerweise nicht so. Ich weiß gar nicht, was in sie gefahren ist! Hätten wir geahnt, dass sie sich zu so etwas hinreißen lässt, hätten wir ihr niemals erlaubt, die Sommerferien …«

»Ach, Lucie!« Yvette winkte ab. »Wir waren doch auch mal jung, oder?« Sie zwinkerte. »Ich kann mich noch gut erinnern, dass wir beide einmal heimlich aufs Dach geklettert sind und von dort aus weiter über die Dächer der Nachbarschaft. Ich glaube, damit waren weder dein Vater noch meine Eltern einverstanden. Weißt du noch, wie wütend Noël war?«

Es dauerte einen kleinen Moment, in dem Mama weiter an ihrem Kaffee nippte, doch dann begann sie plötzlich leise zu kichern. »O Gott, Yvette«, sagte sie und stellte die Tasse ab. »Das habe ich schon total vergessen! Was wollten wir denn eigentlich dort oben?«

Yvette lachte. »Ich kann mich beim besten Willen nicht mehr erinnern. Vermutlich die Aussicht genießen. Wir waren eben jung und abenteuerlustig.« Auf einmal wurde sie wieder ernst. »Was natürlich nicht bedeutet, dass ich noch einmal etwas Ähnliches mit dir erleben möchte, mein lieber Théodore.« Sie knuffte ihn liebevoll in den Oberarm. »Sind wir uns einig?«

»*Oui*, Tante Yvette«, murmelte Théo. »Ich glaube, ich habe auch keinen Grund mehr …«

»Ah!«, unterbrach Yvette ihn schnell. »Über diese Details sprechen wir ein anderes Mal. Ich denke, das ist etwas für eine Unterhaltung unter vier Augen.« Sie lächelte meine Eltern an.

»Lucie und Paul mussten in den letzten Tagen genug durchmachen, und ich glaube, alle sind ein wenig müde von den Ereignissen, nicht wahr? Was haltet ihr davon, wenn wir uns etwas ausruhen? Und später gemeinsam kochen und uns anhören, was für ein verrücktes Abenteuer die Kinder erlebt haben?«

Bald darauf wurde mir klar, dass Yvette auf diese Weise nur meine Eltern hatte loswerden wollen. Mama und Papa hatten allerdings nichts dagegen einzuwenden gehabt, sich ein bisschen hinzulegen. Mittlerweile wusste ich, dass sie sofort, nachdem Yvette sie angerufen hatte, ins Auto gestiegen und mit nur einer einzigen Pause die Strecke nach Lyon durchgefahren waren. Und obwohl das jetzt ein paar Tage her war, hatte vor allem Mama in der ganzen Zeit kaum geschlafen. Wenn ich nur darüber nachdachte, meldete sich sofort wieder ein Schlechtes-Gewissen-Grummeln in meinem Bauch.

Aber Yvette ließ mir nicht lange Zeit, mir darüber den Kopf zu zerbrechen. Als Théo und ich in der Küche die Tassen spülten, kam sie plötzlich mit einer kleinen Schatulle in den Händen zu uns. Auf ihren Lippen saß ein fröhliches Lächeln. »Meine Lieben«, sagte sie. »Ich möchte euch eine Kleinigkeit erzählen und euch gemeinsam etwas geben. Vielleicht ist es euch aufgefallen, es würde mich ehrlich gestanden wundern, wenn ihr es nicht bemerkt hättet, aber in diesem Haus gibt es jede Menge Klappen und Geheimtüren in den Wänden. Eine dieser geheimen Klappen befindet sich in Grand-père Antoines alter Kammer. Und die einzige Person, die einen Schlüssel besitzt, um diese Klappe zu öffnen, bin ich. Das hat auch einen ganz bestimmten Grund.« Yvette stellte die Schatulle auf den Esstisch und winkte Théo und mich heran. »Liebe Clara, um euch das hier zu zeigen, musste ich warten, bis deine Eltern weg sind. Du wirst vielleicht verstehen können, dass es besser ist, wenn sie nicht zu viel von den Dingen wissen, die hier … nun … sagen wir … *anders* … sind. Oder? Was meinst du? Sollten wir ihnen davon erzählen?«

Ich zuckte ratlos die Schultern. »Ich glaube, dann würden sie mir nicht mehr so schnell erlauben herzukommen.«

»So sehe ich das auch«, bestätigte Yvette. Ihr Blick wanderte zwischen mir und Théo hin und her. »Das wäre traurig, besonders wo ihr beide nun doch …«

»Tante Yvette«, fiel Théo ihr ins Wort und schüttelte den Kopf.

»Entschuldige, junger Mann.« Yvette hob wieder einmal die Hände, als würde sie sich ergeben. »Ich freue mich doch einfach nur so sehr für euch! Das wirst du mir als deiner Tante ja wohl noch gestatten. Außerdem ist Clara ein wundervolles Mädchen, umso mehr … Ach, ich schweife ab. Eigentlich wollte ich ja auf etwas ganz anderes hinaus. Wo war ich stehen geblieben?«

»Die Wandklappe in Grand-père Antoines Zimmer«, half ich ihr auf die Sprünge.

»Richtig!« Yvette nickte. »In dieser Geheimtür bewahre ich seit vielen Jahren diese kleine Schatulle auf. Und in dieser Schatulle wiederum ist ein Schatz, den ich euch beiden heute schenken möchte. Ich glaube, er wird euch viel Aufschluss darüber geben, wer ihr seid.« Sie lächelte und öffnete den Verschluss der Truhe. »Es sind Briefe, Schriftdokumente, jede Menge alte Texte von«, Yvette sah Théo an, »deinen Eltern, mein lieber Junge. Genauso wie Texte von Grand-père Antoine und …« Jetzt wandte sie sich an mich. »… auch von deinem Großvater, liebe Clara.«

Yvette winkte mich heran. Ich trat näher und warf einen Blick ins Innere der Schatulle. An oberster Stelle lag ein verschlossenes Kuvert. Darauf stand in Papy Philippes geschwungener Handschrift: *Für Clara.*

Meine liebe Clara,
wenn du diese Zeilen liest, bin ich nicht mehr bei dir.
Jede Geschichte findet ein Ende. Und meine Geschichte ist an dieser Stelle vorbei. Aber deine beginnt gerade erst.
Ich wünsche mir für dich, dass es eine wundervolle Geschichte wird. Eigentlich bin ich sicher, dass sie das wird, denn du bist eine mutige kleine Chevalier, meine liebe Clara Claire Bernstein.
Ich habe nie mit dir über deine Fähigkeiten gesprochen, da ich dir die Möglichkeit geben wollte, sie selbst zu entdecken. Ich glaube, das gehört zu diesen Dingen dazu. Das macht erst ihre wahre Magie aus. Man muss sie für sich aufspüren und lernen mit ihnen umzugehen.
Ich weiß, wie Yvette dazu steht, und ich weiß, dass sie ihre Gründe dafür hat, aber ich wünsche mir für dich und den kleinen Lombard-Jungen, dass ihr einen Weg findet, alles wieder ins Lot zu bringen und mit der Magie zu arbeiten.
Falls ihr jemals auf die Truhe im Fußboden stoßen solltet, dann möchte ich dir an dieser Stelle erzählen, wie sie dort hinkam. Mein Bruder Henri Chevalier und Antoine Lombard waren in einer großen Mission, als Henri überraschend krank wurde und wenig später starb. Das schmerzte Antoine so sehr, dass er beschloss, die Mission nicht zu Ende zu führen. Ich schloss daraufhin die beiden Bücher, die sie bereits gefunden hatten, in zwei Truhen und hoffte, dass sich eines Tages jemand finden würde, der bereit ist, die Mission zu einem Ende zu führen. Die Bücherwür-

mer stellten deshalb kein Problem dar. Ist ein Buch eines mehrteiligen magischen Gegenstandes in einer Banntruhe sicher versiegelt, kann dieser Teil nur sehr schwer gefunden werden. Um das zu schaffen, muss man einen besonderen Zugang zur Magie haben. Man muss in der Lage sein, mit ihr zu sprechen. So wie du das kannst, davon bin ich überzeugt. Doch das macht sie wertlos für Bücherwürmer auf der Suche nach besonderer Magie. Mit magischen Gegenständen, die nicht vollständig sind, kann nicht gehandelt werden, egal welche Macht dieser Gegenstand in sich trägt.

Nach Noël und Malous schrecklichem Unfall stand ich vor der schwierigen Frage, was nun zu tun sei. Ich beschloss, ein Buch in meiner Werkstatt zu verstecken und das andere einem guten Freund zu geben, in der Hoffnung, sie vor der ewigen Versiegelung, die Yvette für alle magischen Gegenstände anstrebt, zu retten. Es tut mir sehr leid, dass ich Yvette auf diese Weise hintergehen musste, doch ich bin nicht der Meinung, dass Magie aus dieser Welt verbannt werden soll. Und ich habe mich immer darauf verlassen, dass die Bücher in den Schatullen eines Tages ihren Weg finden werden.

Hast du sie entdeckt, meine liebe Clara?

Wurde sie zu deiner ersten Mission?

Dann lass dir gesagt sein, dass deine erste Mission die Beendigung einer der größten und schwierigsten Missionen deines Großonkels war.

Ich bin stolz auf dich, meine mutige kleine Chevalier!

Papy Philippe

Das Ende der Mission ...

Es war kurz nach Mitternacht, als ich aus Grand-père Antoines Kammer schlüpfte und auf leisen Sohlen durch den Flur in Richtung Bibliothek schlich. Im Haus war es totenstill, nur einmal hörte ich das Trippeln von Katzenpfoten.

Théo wartete neben der Lampe, die aussah wie eine Ritterrüstung. »Bereit?«, fragte er, als ich neben ihn trat.

»Na klar«, sagte ich und nickte, auch wenn er das wahrscheinlich kaum sehen konnte, weil es zappenduster war.

Er griff nach meiner Hand. »Ich freue mich so sehr, das mit dir zu machen«, sagte er.

Und dann gingen wir gemeinsam hinunter in den Laden. So geräuschlos wie möglich schloss Théo die Hintertür auf und knipste die Taschenlampenfunktion seines Handys an. Zielstrebig liefen wir auf die Leiter zu, die gegen eine der Klappen in der Decke gelehnt stand. Wir wussten, dass Yvette die Bücher heute Nachmittag dort verstaut hatte. Sie wollte sie morgen für immer versiegeln. Damit die Magie auf ewig zwischen den Seiten der Bücher eingeschlossen war.

Aber das würden wir nicht zulassen.

Vorsichtig ließen wir die Rollen der Leiter einrasten. »Möchtest du zuerst?«, fragte Théo. »Oder soll ich vor dir hinaufklettern?«

»Ich gehe vor«, sagte ich entschlossen, und staunte über meinen eigenen Mut. Schließlich wussten wir nicht, was uns dort oben erwarten würde. Doch ich freute mich darauf, es herauszufinden. Ich stellte es mir einzigartig vor, einen Ort zu betreten, an dem sich ein verlorenes Buch mit magischem Gegenstand neben vielen anderen befand.

Sprosse um Sprosse kletterte ich die Leiter empor, öffnete die Verschlussschnalle der Deckenklappe, drückte sie nach innen – und staunte. Der ganze Raum wurde von einem grünlichvioletten Leuchten erfüllt. Doch ich hatte nicht viel Zeit, um diesen Anblick zu bewundern, denn Théo kam hinter mir die Leiter hinaufgeklettert.

Schnell kroch ich auf allen vieren ins Innere der Klappe und stellte fest, dass man hier oben sogar stehen konnte. Der Raum war wie ein kleiner Zwischenstock, der sich inmitten der normalen Stockwerke befand und den man nur über diese Deckenklappen und die Leitern im Laden betreten konnte.

»Krass«, murmelte Théo und leuchtete mit seiner Taschenlampe alles ab. »Wie um alles in der Welt konnte Yvette vor mir vertuschen, dass dieses Haus solche verborgenen Zimmer hat?« An den niedrigen Wänden hingen Glasschränke, aus denen uns wundervoll verzierte Buchrücken entgegenlachten. Und in der Mitte stand ein kleiner Tisch mit Werkzeug, das augenscheinlich dazu diente, die Bücher auf irgendeine unheimliche Weise für immer und ewig zu versiegeln.

Die Kiste mit unseren Büchern stand schon bereit, wahrscheinlich um sie am nächsten Tag der Prozedur zu unterziehen.

»Lass uns loslegen«, sagte ich und ging zielstrebig auf die Kiste zu. Noch ehe Théo neben mir stand, hatte ich die drei Bücher herausgeholt. »Bereit?«, fragte ich ihn.

»Natürlich«, erwiderte Théo. Wir lächelten uns im Schein der Handylampe an und suchten gemeinsam die Zettel. Als wir sie gefunden hatten, nickten wir uns zu. Dann taten wir genau das, was wir auch schon in der Bibliothek in Marseille getan hatten. Théo hielt die eine Seite, ich die andere – und auf diese Weise fügten wir sie zusammen. In uns und um uns begann alles wie verrückt zu kribbeln. Das grüne und blaue Leuchten des Papiers wurde stärker, es durchfuhr uns und ich spürte es bis in meine Zehenspitzen. So lange, bis das Papier vollständig zu einem Ganzen zusammengewachsen war. Doch dieses Mal liefen die Dinge anders als die Male zuvor. Damit war es nicht vorbei. Wie von Zauberhand zogen sich nach und nach fein geschwungene Buchstaben über die Oberfläche, angefangen mit den neun Buchstaben, die wir schon von den drei Teilen kannten. Sie bildeten einen magisch leuchtenden Text in lateinischer Sprache, der immer kräftiger und kräftiger wurde. Als es fertig war, senkte ich den Blick. »Das hier ist ein Wahrheitszauber«, flüsterte ich atemlos. »Es geht um Wahrheit.«

»Ja«, erwiderte Théo. »Und siehst du diese Adresse in Besançon? Ich glaube, das ist der Ort, an den wir den Zauberspruch nun bringen müssen. Das Zuhause dieser Magie, von dem aus sie im Guten wirken kann.«

»Tatsächlich«, hauchte ich fasziniert.

»Clara Bernstein, das hier ist das schönste Abenteuer, das ich je erlebt habe«, sagte Théo.

Ich lächelte und sah auf. »Aber es fängt doch gerade erst an, oder?«

Epilog
Fête des Lumières

3 Jahre später

Heute ist der letzte Abend des Lichterfests. Der herrliche Duft frischer Crêpes hängt in der Luft. In den Fenstern der Häuser flackern Kerzen. Das lässt mich für einen Moment vergessen, wie bitterkalt der Wind ist, der mir erbarmungslos um die Nase weht, während ich vom *Gare de Lyon Perrache* über den *Place Bellecour* in Richtung *Vieux Lyon* eile. Ich ziehe die Gurte meines kiloschweren Rucksacks fester, bleibe auf der *Pont Bonaparte* stehen und betrachte Lyons kunterbunte Altstadthäuser. Dabei grabe ich die Hände tief in die Taschen meines roten Wintermantels und versuche, gegen das steifgefrorene Gefühl in meinen Fingern anzukommen. Aber es hilft nicht. Die Kälte ist unerbittlich, sie kriecht bis in die Knochen. Ich vermute, dass bald der erste Schnee fallen wird. Und dieser Gedanke macht mich so fröhlich, dass mir nun doch gleich ein bisschen wärmer wird.

Ich kann es kaum erwarten, diesen Winter in Lyon zu erleben. Es wird der erste Winter sein, in dem ich die Stadt mein Zuhause nenne. Mein richtiges Zuhause.

Ich werde nicht mehr, wie die vergangenen drei Jahre, nur in den Ferien hierherkommen. Ich werde von jetzt an die kleine Wohnung im Dachgeschoss des alten Stadthauses in der *Rue Saint Jean* mit Leben füllen. Papy Philippes Buchbinderwerkstatt aus ihrem Dornröschenschlaf wecken.

Ich werde bei einem Bekannten von Yvette die Ausbildung zur Buchbinderin machen und alles, was ich lerne, in meiner eigenen kleinen Werkstatt umsetzen.

Ich werde jeden Morgen neben dem Menschen aufwachen, den ich immer, wenn ich nicht in Lyon sein konnte, unendlich vermisst habe.

Dem Menschen, der jetzt plötzlich hinter mir steht, und der glaubt, ich hätte ihn noch nicht bemerkt.

Langsam schiebt er seine Finger in den Wollhandschuhen über meine Augen. Seine vertraute Stimme ist mit einem Mal ganz dicht an meinem Ohr. »*Bonjour*, Mademoiselle Bernstein«, raunt er. »Ist es nicht ein bisschen gewagt von Ihnen, dass Sie denken, ich würde Sie an solch einem besonderen Tag nicht vom Bahnhof abholen?«

Kurz kichere ich leise, dann ziehe ich meine Hände aus den Manteltaschen und führe sie langsam an seine behandschuhten Finger. Sachte greife ich nach ihnen, löse sie von meinem Gesicht und drehe mich vorsichtig um.

Ich blicke direkt in karamellbraune Augen. »*Bonjour*, Monsieur Lombard«, sage ich lächelnd. »Ich wollte Sie nicht von der Arbeit abhalten.«

»Als ob die Arbeit für mich eine Rolle spielen würde, wenn ich weiß, dass du auf dem Weg zu mir bist«, lacht Théo und zieht mich in eine Umarmung. »Du solltest mich in der Zwischenzeit besser kennen«, murmelt er in meine Haare.

Ich entgegne nichts, weil mein Herz auf einmal so viel schneller schlägt, und ich einfach nur den Augenblick genießen möchte.

Eine Zeit lang stehen wir so da, doch dann trete ich ein Stück nach hinten und betrachte ihn.

Wir seufzen. Ich lehne mich wieder vor. Unsere eisigkalten Nasenspitzen stoßen aneinander, gefolgt von unseren Lippen. Erst ganz sanft, dann immer fester. Es ist einer dieser Küsse, die wir uns jedes Mal geben, wenn wir uns viel zu lange nicht gesehen haben. Die sich anfühlen, als müssten wir schrecklich viel nachholen. Und das müssen wir. Die letzten Monate waren voller Trubel bei ihm und bei mir.

Théo hat schon vor dem Sommer endgültig den Teil im Antiquariat übernommen, der sich um die verlorenen Bücher kümmert. Er macht keine gefährlichen Missionen, vor allem nicht alleine, das musste er Yvette und auch mir versprechen, doch gegen kleine magische Missionen ist nichts einzuwenden. Weder er noch ich wollen die Magie im Stich lassen. Wenn ich da bin, machen wir das gemeinsam. Wir sammeln zwischen den Seiten alter Bücher verlorene, magische Gegenstände und bringen sie zurück an den Ort ihres Ursprungs, damit sie dort im Guten wirken können. Natürlich wissen wir, dass wir sogar bei harmlosen Missionen einem kleinen Restrisiko ausgesetzt sind, Bücherwürmern in die Hände zu fallen. Doch wir haben gelernt, mit dieser Gefahr zu leben. Und zum Glück sieht auch Yvette nach all den Jahren ein, dass das der einzig richtige Weg ist, mit der Magiefühligkeit umzugehen. Ich denke, Yvette ist froh, dass endlich alles ausgesprochen ist, die Dinge beim Namen genannt wurden und Théo und ich ihr die Aufgabe abnehmen, sich mit diesen Sachen auseinandersetzen zu müssen. Jetzt kann sie in Ruhe ihren ganz und gar unmagischen Kleine-Freude-Missionen nachgehen, und das ohne schlechtes Gewissen, weil sie kein Geheimnis mehr mit sich herumträgt.

Ich war im Juli und August, gleich nach dem Abi, in Lyon. Danach musste ich wieder zurück nach Deutschland und alles für meinen Umzug vorbereiten. Nele und ich sind im September, bevor für sie die Uni losging, gemeinsam nach Griechenland gefahren. Wir haben uns zusammen von unserer Schulzeit verabschiedet, und sie hat mir fest versprochen, mich regelmäßig besuchen zu kommen. Und natürlich werde auch ich sie besuchen. Aber so ist das, wenn man erwachsen wird. Man packt seinen Koffer mit Erinnerungen und macht sich auf den Weg in ein neues Leben, um dort neue Erinnerungen zu sammeln. Ich kann es kaum erwarten, damit anzufangen.

Das spürt anscheinend auch Théo. Als unser Kuss endet, lehnt er noch ein wenig seine Stirn gegen meine und flüstert plötzlich: »Ist es Zeit für Begrüßungscrêpes in Raouls Crêperie?«

»Oh ja!«, rufe ich begeistert.

Théo nickt, zieht mir den Rucksack vom Rücken, schultert ihn selbst und nimmt meine Hand. Wir schlendern gemütlich über die *Pont Bonaparte* in Richtung Altstadt. Unter uns glitzert das Wasser der Saône, und die Fassaden der Häuser spiegeln sich darin. In den Fenstern brennen Kerzen, und in der Ferne höre ich den Klang einer Geige. Es ist eine fröhliche Melodie, von der ich denke, dass ich sie irgendwo schon einmal gehört habe.

Ende

Glossar

Vielleicht fragt ihr euch bei einigen Begriffen oder Dingen, die in diesem Buch vorkommen, wie man sie ausspricht, und was genau sie zu bedeuten haben. Deshalb habe ich euch hier eine kleine Erklärung zusammengestellt:

Lombard: Théos Familienname wird im Französischen ohne d gesprochen. Man spricht: *Lombaa*.

Caillou: Gastons Marionette trägt den altfranzösischen Jungennamen *Caillou*. Man spricht: *Caiju*. Der Name bedeutet Kieselstein oder Glatzkopf. Passt das nicht toll zu einer vorlauten Holzpuppe?

Rhône: Einer der beiden großen Flüsse in Lyon. Man spricht: *Rohn*.

Saône: Der zweite Fluss in Lyon. Man sagt: *Sohn*. Die *Saône* fließt direkt an der Altstadt vorbei, sodass sich die Häuser mit ihren orange-gelben Fassaden und Giebeldächern richtig romantisch im Wasser spiegeln. *Rhône* und *Saône* münden im Stadtgebiet von Lyon ineinander.

Fête des Lumières: Jedes Jahr rund um den achten Dezember findet in Lyon ein Lichterfest statt, das mehrere Tage dauert. Während dieser Zeit werden die Hausfassaden mit künstlerischen Lichtinstallationen beleuchtet, und die Bewohner der Stadt schmücken ihre Fenster oft mit Kerzen. Dann kann man sich wirklich vorstellen, dass in den Gassen Magie existiert!

Traboules: Gänge, die in der Altstadt von Lyon einzelne Hinterhöfe miteinander verbinden. Man spricht: *Trabuul*. Dazu erzähle ich euch im Nachwort mehr! ;-)

Papy: Papy klingt für deutsche Ohren vielleicht ein bisschen nach »Papi«, aber tatsächlich ist es das französische Wort für Opa. So wie »Mamie« das französische Wort für Oma ist.

Bûche de Noël: Eine total leckere Schokoroulade, die es in Frankreich traditionell als Weihnachtsdessert gibt. Damit sie richtig gut schmeckt, muss man sie gekühlt essen – und wer ein gutes Rezept dafür möchte, schreibt mir am besten einfach eine Nachricht! :)

Gare de Lyon Perrache: Einer der beiden großen Bahnhöfe in Lyon, den nicht nur Züge, sondern auch die internationalen Busverbindungen anfahren. Von diesem Bahnhof aus ist man in Lyon sehr schnell am *Place Bellecour* und damit ausgesprochen zentral.

Gare de Lyon: Ein Bahnhof in Paris, den die meisten Züge aus dem Süden Frankreichs anfahren, und an dem man deshalb im Normalfall ankommt, wenn man aus dem Süden nach Paris reist.

Nachwort

Liebe Leserinnen und Leser,

in diesem Buch steckt ganz viel von mir. Natürlich sagt das jeder Autor/jede Autorin und so ist es auch: In *allen* Geschichten stecken immer ganz viel Liebe, Herzblut, Persönlichkeit und Leidenschaft des jeweiligen Autors/der jeweiligen Autorin. Aber ich glaube, dieses Mal kann ich wirklich voller Überzeugung sagen: Hier steckt noch ein bisschen mehr von mir drin als sonst – und das vor allem aus drei Gründen, die in dieser Geschichte eine Rolle spielen.

Angefangen mit dem Nachnamen »Lombard«: Das ist der echte Nachname meiner französischen Ururgroßmutter. Auch wenn ich sie nie kennenlernen konnte, da sie lange vor meiner Geburt gestorben ist, begleiten mich schon immer zahlreiche Geschichten über ihr Leben. Ein sehr bewegtes Leben, denn sie war eine außergewöhnliche Person. Und genauso außergewöhnlich ist für mich der Nachname Lombard, weshalb ich mich entschieden habe, ihn aufzugreifen. Zwar sind alle Figuren in diesem Buch frei erfunden – ich schwöre! :) –, und so hat auch die Antiquars-Familie Lombard aus Lyon keinen realen Hintergrund, doch durch die sehr wohl reale Namensverbindung zu meiner eigenen Familie fühle ich mich den Charakteren sehr nahe.

Außerdem verbindet Clara und mich die Liebe zu alten Büchern. Denn so wie sie beeindruckten alte Bücher auch mich bereits in meiner Teenagerzeit, weil sie den Zauber des Zeitreisens oder der Unsterblichkeit in sich tragen. Okay. Jetzt denkt ihr euch vielleicht: Bücher? Unsterblichkeit? Zeitreisen? Ist sie total verrückt?

Das meine ich selbstverständlich nicht wortwörtlich, sondern nur im übertragenen Sinne, weil Bücher eine unfassbare Lebensdauer haben. Es gibt zwar Umstände wie zum Beispiel Feuer (ein dunkles Kapitel: Bücherverbrennungen) oder Wasser (Überschwemmungen), denen Bücher manchmal zum Opfer fallen, trotzdem existieren viele von ihnen über Jahrhunderte hinweg. Auch dann noch, wenn die Menschen, die sie geschrieben und hergestellt haben, längst tot sind. Vielleicht wird auch dieses Buch in hundert Jahren in den Händen einer Person landen, die dann natürlich nicht weiß, dass ihr es heute gelesen habt, oder welche Bücherregale es im Laufe der Zeit bewohnen durfte! Wir können nämlich nie ganz genau wissen, was so ein altes Buch alles miterlebt hat. Es gibt Bücher, die historische Unruhen wie die Französische Revolution oder den Ersten Weltkrieg überstanden haben! Ist das nicht faszinierend? Was würde so ein altes Buch uns wohl alles berichten, wenn es sprechen könnte? Natürlich ist das eine rein hypothetische Überlegung, denn Bücher sind aus Papier, Druckerschwärze, Leinen oder Leder. Sie werden niemals sprechen … zumindest nicht auf die Art, wie wir uns das im ersten Moment vorstellen. Aber wenn wir genau hinsehen, erzählen sie uns ab und an auch ohne Worte etwas über ihre Lebensgeschichte und über die Menschen, in deren Besitz sie sich früher befanden. So kann es zum Beispiel wirklich vorkommen, dass ihr euch ein gebrauchtes

Buch kauft, in dem jemand einen Gegenstand verloren hat. Mir ist das schon mehrfach passiert! Besonders oft waren es Lesezeichen, manchmal aber auch persönliche Notizen. Dann rätsle ich immer, wer der Mensch war, der diese Notiz vergessen hat. Zuletzt entdeckte ich zum Beispiel eine alte Einkaufsliste in einer circa fünfzigjährigen Ausgabe von »Tristan und Isolde« – und auf der Einkaufsliste stand in extra fetten Großbuchstaben *Katzenfutter*. Daher weiß ich, dass dieses Buch früher einmal jemandem mit einer Katze, die dringend neues Futter brauchte, gehört haben muss. ;-) Wenn ihr also einen Gegenstand zwischen den Seiten eines alten Buchs entdeckt, wird er sehr wahrscheinlich kein ganz so magisches Geheimnis in sich tragen wie Claras Gegenstand (falls doch, müsst ihr mir das unbedingt erzählen!), aber er wird euch bestimmt das eine oder andere Detail über die Vergangenheit des Buchs und seine Vorbesitzer verraten.

Der Gedanke fühlt sich fast nach Detektivarbeit an, oder?

Der dritte Grund, warum mir dieses Buch sehr am Herzen liegt, ist der Schauplatz Lyon. Während mein Debütroman *Booklove* in einer namenlosen, fiktiven Kleinstadt spielt, wollte ich das Antiquariat der Familie Lombard an einem realen Ort ansiedeln. Und sobald die Buchliebe – die Bibliophilie – im Zentrum einer Geschichte steht, liegt Frankreich als Ort des Geschehens irgendwie auf der Hand. Frankreich zählt zu den bibliophilsten Ländern der Welt und ist die Heimat zahlreicher Autorinnen und Autoren, die mit ihren Werken die Literaturgeschichte prägten. Stellvertretend sei hier der gebürtige Lyoner *Antoine de Saint-Exupéry* genannt, der Schöpfer des *Kleinen Prinzen*. Ich könnte mir also keinen besseren Standort für ein uriges Antiquariat mit magischem Geheimnis vorstellen als Frankreich! Und da Lyon seit vielen Jahren eine meiner französischen Lieblingsstädte ist, entschied ich mich dazu, diese selten in der Literatur erwähnte Stadt zum Schauplatz – beziehungsweise zum Ausgangspunkt – von Claras Abenteuer zu machen. Wart ihr schon einmal in Lyon? Falls nicht, kann ich euch eine Reise dorthin nur wärmstens empfehlen. Lyon ist genauso zauberhaft wie Paris, nur ein bisschen kleiner, ein bisschen gemütlicher, ein bisschen weniger überlaufen. Vielleicht ist es gerade das, was Lyon so besonders macht und mich so sehr an dieser Stadt reizt. Sie ist der Underdog unter den französischen Städten und dabei voller Kopfsteinpflasterstraßen, mittelalterlicher Häuser, spitzer Giebeldächer, kleiner und großer Schornsteine, bunter Fassaden, Graffiti, künstlerischer Wandmalereien, fantastischem Essen und dem Zusammenfluss zweier wunderschöner Flüsse – der *Rhône* und der *Saône*.

Außerdem ist diese Stadt gefüllt mit Besonderheiten, die man in dieser Form an keinem anderen Ort der Welt findet, beispielsweise die *Traboules*. Das sind Durchgänge, die zauberhafte Hinterhöfe miteinander verbinden, und über die man durch die Altstadt flanieren kann, ohne auch nur ein einziges Mal die Gassen außerhalb der Häuser betreten zu müssen. Meistens gelangt man über alte Holztüren, die ähnlich aussehen wie das Cover dieses Buchs, in die Gänge. Die Türen sind zwar eigentlich privat, trotzdem erlauben einem die Einwohner Lyons in vielen Fällen hindurchzugehen, solange man sich respektvoll verhält – schließlich betritt man in diesem Moment das Zuhause anderer Menschen. Und wer sich nun fragt, welchen Zweck Gänge haben sollen, die scheinbar bloß irgendwelche Hinterhöfe miteinander verbinden: In der Vergangenheit haben die

Traboules den Seidenwebern (Lyon ist heute noch berühmt für Seide!) als praktische Passagen gedient, über die sie die wertvolle Seide von einem Haus zum anderen tragen konnten, ohne hinaus in den Trubel und den Schmutz der Straßen und Gassen zu müssen. Später gab es auch andere geschichtsträchtige Funktionen für die *Traboules*, so waren sie während des Zweiten Weltkriegs ein Versteck für die *Résistance* – den französischen Widerstand.

Um ehrlich zu sein, die Liste von Dingen, die mich an Lyon begeistern, ist endlos lang, und ich kann hier leider nicht alle aufzählen, das würde die Seiten dieses Buches sprengen. Aber ich denke, dieser winzig kleine Einblick reicht aus, um deutlich zu machen, wieso Lyon die perfekte Stadt für einen magischen, buchverliebten Fantasyroman ist. Und solltet ihr irgendwann durch die kopfsteingepflasterten Altstadtgassen spazieren, würde ich mich sehr freuen, wenn ihr euch in diesem Moment an die Geschichte von Clara Bernstein, Théo Lombard und dem Antiquariat der verlorenen Dinge erinnert.

Herzlichst
Daphne Mahr

Ihr wollt mir erzählen, wie euch diese Geschichte gefallen hat? Ihr habt Fragen? Kontaktiert mich gerne unter:

Instagram: @daphnemahr
E-Mail: info@daphnemahr.com

Merci

Während des Entstehungsprozesses dieses Buchs hatte ich großartige Menschen an meiner Seite, die mich anfeuerten, mich stützten, mir Mut zusprachen und an mich glaubten, als ich nicht mehr an mich glaubte. Ohne diese Menschen gäbe es dieses Buch nicht. Ohne sie wäre ich wahrscheinlich nicht einmal mehr Autorin, weil mich der Mut verlassen hatte. Diesen Menschen gebührt ein riesengroßer Dank.

Liebe Angela, danke, dass du diese zauberhafte Idee mit mir geboren hast und zur Stelle warst, als es brannte. Ich hoffe, wir können auch in Zukunft im Teamwork neue Geschichten zum Leben erwecken.

Außerdem natürlich ein Riesendank an das gesamte Team des Ueberreuter-Verlags. Ich bin unendlich glücklich, dass ihr an mich glaubt, auch dieser Geschichte ein Verlagszuhause geschenkt habt und so viel Geduld mit mir hattet.

Liebe Steffi, ich danke dir von Herzen, dass du diesen Weg mit mir gegangen bist, obwohl er kompliziert und voller vieler verschiedener Dokumente war. Ohne deine Bereitschaft, im Lektorat einen solchen Sonderweg mit mir zu gehen und dich tröpfchenweise mit neuem Lesestoff füttern zu lassen, hätte ich das niemals geschafft. Danke, danke, danke! Ich habe keine Worte dafür, wie froh ich bin, dass das alles geklappt hat.

Liebe Martina, danke, dass du immer da bist, wenn ich Rat brauche. Danke, dass du dich mit mir in die Fluten gestürzt hast, als ich dachte, das Schiff sinkt! Danke außerdem an die gesamte Agentur Rumler dafür, dass ich bei euch sein darf! Ich fühle mich unglaublich wohl bei euch.

Lieber Pietro von Silver Tales Graphic Design, ich danke dir für das wunderschöne Cover, das dieser Geschichte ein so zauberhaftes und passendes Kleid gibt. Als ich es zum ersten Mal sehen durfte, saß ich gerade im Bus von Frankreich nach Hause und war völlig hin und weg, dass du das Bild einer Tür eingefangen hast, wie es sie in Lyon so zahlreich gibt.

Lieber Herr Kainbacher aus dem Antiquariat *Kainbacher* in Baden bei Wien: Herzlichen Dank dafür, dass Sie sich einen ganzen Vormittag lang Zeit genommen haben, um mir die Arbeit eines Antiquars näherzubringen. Das Gespräch über das Handeln mit alten Büchern war nicht nur ausgesprochen lehrreich, es hat mir auch einen gänzlich neuen Blickwinkel auf die Welt der Literatur eröffnet.

Tausend Dank an meine Autorinnen-Freundinnen! Zusammen sind wir stärker. Ich danke euch für den Austausch, die Ratschläge und den Zuspruch!

Anastasia und Tina: Eure Sprachnachrichten waren mein Anker. Meine Hilfe gegen düstere Wolken im Kopf. Meine Geheimwaffe gegen den dunklen Imperator.

Anastasia: Tausend Dank für dein Gegenlesen und dein Da-Sein zu einem Zeitpunkt, in dem sich jedes Wort wie eine unüberwindbare Steilklippe anfühlte.

Danke an mein zauberhaftes Mutmacherinnen-Team! Anna S.: Deine Begeisterung und deine Liebe zu Büchern und Geschichten sind großartig, lass dir diese Dinge niemals nehmen. Ich danke dir von Herzen, dass du so viel Leidenschaft ins Testlesen gesteckt und Théo und Clara vom ersten Moment an so sehr geliebt hast. Danke, dass du mich angefeuert hast, wenn nichts mehr ging – auch wenn es um Mitternacht war. Celine: Monsieur Minou ist für dich, obwohl er grummelig ist. Floof ist auch für dich! Inga: Danke, dass du mich beruhigt, mir zugehört und mir geholfen hast, meine Gedanken zu sortieren.

Ein riesengroßer Dank an meine wundervolle, verrückte, große Familie. Andreas: Du bist immer an meiner Seite, ganz besonders an Regentagen – und mit dir verwandelt sich jedes Unwetter in einen sanften Sommerregen. Ich danke dir so sehr! Auch dafür, dass du mir um drei Uhr nachts den Schreibtisch durch die halbe Wohnung trägst, nur weil ich mir einbilde, sonst nicht mehr schreiben zu können. Dass du mich darin unterstützt, von einem Tag auf den anderen nach Lyon zu reisen, nur weil ich glaube, sonst nicht mehr schreiben zu können. Und dass du mir sagst, dass es der größte Unsinn ist, wenn ich mir einbilde, nicht mehr schreiben zu können. Mama: Danke, dass du da bist. Danke für deine Worte. Danke für deine Französisch-Korrektur. Danke, dass du mir stundenlang zuhörst. Danke für die tiefen Wurzeln. Danke für alles.

Last but not least: Danke an alle meine Leserinnen und Leser! Ihr erweckt die Figuren in euren Köpfen zum Leben und lasst sie weiterexistieren, wenn ich mich von ihnen verabschieden muss. Ich bin eine glückliche Autorin, weil *ihr* meine Leserinnen und Leser seid!

Daphne Mahr
Booklove
Aus Versehen buchverliebt

352 Seiten
Hardcover mit Schutzumschlag
ISBN 978-3-7641-7110-0

Ab 12 Jahren

Eine magische Liebe aus Tinte und Papier

Emma hält nicht viel von kitschiger Romantasy und über die beliebte Reihe »Zwanzig Minuten vor Mitternacht« kann sie eigentlich nur lachen. Doch dann steht Vinzenz vor ihr – nicht etwa der strahlende Held des Buchs, sondern sein böser Gegenspieler. Emma muss ihn dringend wieder loswerden, um nicht in seinen Roman hineingezogen zu werden. Aber je mehr Zeit die beiden miteinander verbringen, desto schwerer fällt Emma diese Entscheidung ...

Ein humorvoll-romantischer Schmöker – wie »Stolz und Vorurteil« mit magischem Twist.

www.ueberreuter.de
Folgt uns bei Facebook & Instagram

Saskia Louis
Die Lügendiebin

416 Seiten
Hardcover mit Schutzumschlag
ISBN 978-3-7641-7128-5

Ab 14 Jahre

Was wäre, wenn man jede Art von Lüge sofort erkennen könnte?

Die 17-jährige Fawn ist die beste Lügendiebin Mentanos, denn mit ihrer roten Magie entlarvt sie Lügen, sobald sie ausgesprochen werden. Doch ihr größter Raubzug geht schief: Im Haus der adeligen Familie Falcron wird sie von Caeden, dem Sohn und Familienoberhaupt, ertappt. Und schon findet Fawn sich selbst in der größten Lüge ihres Lebens wieder ...

Der mitreißende Auftakt einer spektakulären Dilogie!

www.ueberreuter.de
Folgt uns bei Facebook & Instagram

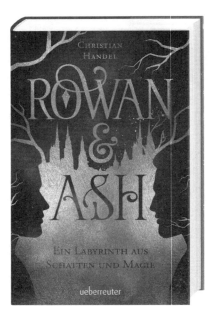

Christian Handel
Rowan & Ash
Ein Labyrinth aus Schatten
und Magie

416 Seiten
Hardcover mit Schutzumschlag
ISBN 978-3-7641-7105-6

Ab 14 Jahre

ebook

Ein Liebespaar, das alle Herzen im Sturm erobern wird

Sein Weg? Vorherbestimmt! Seine Verlobung? Arrangiert! Seine
Gefühle? Verboten! Tritt ein in eine Welt voll dunkler Magie und
geheimer Sehnsucht! Seit seinem dritten Lebensjahr ist Rowan O'Brien
mit der Kronprinzessin von Iriann verlobt. Für seine Familie bedeutet die Heirat viel, versprechen sich die O'Briens mit der Verbindung
doch eine Rückkehr an die Macht. Aber im Vorfeld der Hochzeit sorgen
Gerüchte für Verstimmung: Rowans enge Freundschaft mit der gleich-
altrigen Magierschülerin Raven wird von missgünstigen Stimmen
aufgebauscht und großgeredet. Dabei empfindet Rowan nichts als
Freundschaft für Raven. Die Wahrheit ist viel komplizierter: Rowan
liebt keine andere Frau. Sondern den Königssohn Ash.

www.ueberreuter.de
Folgt uns bei Facebook & Instagram